青岛文脉出版基金支持出版

赵夫青 编

# 崂山诗典

下

中国海洋大学出版社

· 青岛 ·

图书在版编目（CIP）数据

崂山诗典：上中下 / 赵夫青编. — 青岛：中国海洋大学出版社，
2023.12

ISBN 978-7-5670-2807-4

Ⅰ.①崂… Ⅱ.①赵… Ⅲ.①诗词—作品集—中国 Ⅳ.①I22

中国版本图书馆CIP数据核字（2021）第132701号

崂山诗典：上中下

LAOSHAN SHIDIAN：SHANG ZHONG XIA

| | | |
|---|---|---|
| **出版发行** | 中国海洋大学出版社 | |
| **社　　址** | 青岛市香港东路 23 号 | 邮政编码　266071 |
| **策　　划** | 文脉·崂山书房　马春涛 | |
| **出 版 人** | 刘文菁 | |
| **网　　址** | http://pub.ouc.edu.cn | |
| **电子信箱** | 1774782741@qq.com | |
| **订购电话** | 0532-82032573（传真） | 电　　话　0532-85902533 |
| **责任编辑** | 邹伟真　赵孟欣　孙宇菲 | |
| **装帧设计** | 李开洋 | |
| **平面制作** | 青岛齐合传媒有限公司 | |
| **印　　制** | 青岛东方华彩包装印刷有限公司 | |
| **版　　次** | 2023 年 12 月第 1 版 | |
| **印　　次** | 2023 年 12 月第 1 次印刷 | |
| **成品尺寸** | 130 mm×210 mm | |
| **总 印 张** | 31 | |
| **总 字 数** | 930 千 | |
| **印　　数** | 1~1000 | |
| **总 定 价** | 298.00 元 | |

发现印装质量问题,请致电 0532-83777611,由印刷厂负责调换。

# 目录

## 崂山导曲

## 崂山赋

## 崂山歌

## 崂山记忆

## 崂山纪游

## 崂山观海

## 崂山海市

## 崂山铭

## 崂山诗刻

## 崂山题图

## 栖隐

## 山产

## 山村

## 山居

## 山行

## 山友

## 水产

# 崂山词

## 戚氏·劳山

### 黄公渚

　　劳山东南濒海，有华严、上下清宫诸寺观，憨山卓锡遗址在焉。石刻摩崖，往往而觏。甲戌丁丑间，常携张子厚、路金坡、赵孝陆、张季骧、邹心一从雕龙嘴入山遍游诸名胜，岁月不居，倏已廿年，杜子宗甫适以劳山图长卷征题。从荷花村至下清宫止，所绘并劳山东南部也。追忆旧游，声为此阕，息壤在彼，幸勿使山灵笑人。

　　　古鳌山，祖龙曾此访神仙。
　　　左带黔陬，右襟黄海，碧摩天。
　　　孱颜。绝跻攀。珠宫绛阙有无间。
　　　自从憨衲去后，山扃岩幌锁苍烟。
　　　海印芜没，宝珠花老，空余窟纪罗延。
　　　望蓬莱咫尺，尘起波涵，几阅桑田。

　　　游迹，暗省从前。
　　　芒鞋席帽，胜践挟藤筥。

雕龙嘴，皈心初地，迟我烟鬟。

望华严，亭亭一塔，林端危亭，自耸斐然。

悬心河畔，返岭村旁，冈峦一望无边。


俯仰乾坤大，入黄山境，别有仙源。

遥指二宫分路，访伽蓝信宿古禅关。

天风暮卷海涛翻。

禺貌海若，缥缈云中现。

谒上清暂住缘何浅？追往事、曾几何年？

汗漫游，无奈华颠。

付丹青温梦旧山川。

望凌烟崮，会当蜡屐，同证前缘。


## 春从天上来·太平宫与莼珵二弟同游

### 黄公渚


上苑莺花。

迓讨春游屐，修竹排衙。

幡影飞翚，铃声怖鸽。

芳林高啄檐牙。

香火三清缘结，瑶华荐，为折疏麻。

醉流霞，恍神游圆峤，肩拍洪崖。


堪嗟太平梦渺，几项蹶嬴颠，满地虫沙。

萧瑟江关，笺天欲问，言归争奈无家。

莫上狮峰极目，崦嵫迫，日影西斜。
怅云涯，愿留身灵琐，且住为佳。


## 青房并蒂莲 · 甲子夏日偕依隐罡弟登劳山绝顶巨峰

### 黄公渚

御长风。
陟翠微高处，秋迥山空。
手揽雌霓，绝顶我为峰。
玉京咫尺朝天路，俯齐烟九点濛濛。
闪去帆、一片孤光，碧瀛如镜荡青铜。

沉沉丽农乌使，惊海涵尘飞，撼睡鲛宫。
慢回首，冥冥八表，日下高春。
明灭黛螺可数，送斜照，七十二芙蓉。
叹倦游，目极南云，断魂万里逐归鸿。


## 鹧鸪天 · 劳山头

### 黄公渚

放眼长空对泬寥，瀛壖地尽海嶕峣。
冈峦阅世无今古，潮汐知时自暮朝。

山峍崒，石巍颡，波掀地轴撼灵鳌。

云垂涛立天容墨，百怪回皇海若骄。


# 桂殿秋·劳山近区纪游

## 黄公渚

丹山路，草初青，崇桃积李绚春晴。

沉沉林际山如睡，唤醒黄鹂三两声。

丹山在李村，居民以蔬果为业，花时游屐綦盛。


山自少，意云何，笑人白发已婆娑。

桃花十里春风路，二月韶光尔许多。

少山在丹山东，桃花为一春胜赏。


春烂熳，日晴暄，李村几许好林园。

压枝金帅苹婆果，满架葡萄火齐燃。

李村果圃以产红玉、金帅苹果驰名海外。


月子口，水湾环，白沙河出乱山间。

村姑个个双丫髻，踏地能歌八拍蛮。

月子口在夏庄，为白沙河上游。


法海寺，接康庄，酒垆买醉胜琼浆。

趁墟日午游人集，竿木邀棚正作场。

法海寺在夏庄，建自宋代。

阿兰若，窣堵坡，亭亭三塔影微俄。

石门庵戴中心崮，云髻嵬峨耸黛螺。

石门庵中心崮在石门山上。


那罗崮，艺孱颜，遥空迓客石门山。

双崖壁立三千尺，积铁嵯峨鬼斧镌。

那罗崮在石门山。


财帛涧，霸王台，沙沉铁戟莽蒿莱。

离离禾黍闲丘垄，日暮牛羊自下来。

财帛涧在夏庄东，有丘隆起，曰霸王台。


山鹃突，卧狼匙，翠岩镵削碧琉璃。

山塍短短桃花发，叱犊声中雨一犁。

卧狼匙峰在石门山南。


海神庙，建何年，山农报赛谱神弦。

明珰翠羽天妃像，缥缈灵旗去渺然。

海神庙建自明季，中祀天后像。


烟台顶，燹痕多，神州地尽海嵯峨。

乾坤百战修罗劫，过眼兴亡一刹那。

烟台顶在劳山南，海滨有明季防倭遗迹。


沙子口，几人家，渔庄蟹舍足生涯。

东风解冻流澌活，开遍田间荠菜花。

沙子口在姜哥庄东，居民以捕鱼为业。

登窑路，海南漘，轻阴天气草初薰。
缘岩路入陈芳国，漠漠梨云十里春。
登窑在汉河东南，春时梨花尤为巨观。

小赤壁，大劳村，乌衣巷有百家屯。
莎坪一个灰牛石，雨打风吹卧树根。
小赤壁在乌衣巷东北。

呼浪子，莫惊疑，飞泉界破碧山垂。
因风任意为挥洒，成就飞云一段奇。
飞云瀑一名花花浪子，在神清宫东南。

慧炬院，古禅林，一泓池水空人心。
凤凰崮落三天外，古碣开皇不可寻。
慧炬院在石门山青龙峰下。

凌烟崮，白云封，华楼绝顶更无峰。
峡门一纵南天目，合沓云峦百万重。
凌烟崮在华楼山，为华楼廿四景之一。

白鹤峪，望华岩，路迷幽篠乱松间。
飞泉一道从天下，碧澈澄潭启镜奁。
白鹤峪有瀑曰"天落水"，下为白鹤潭。

峰一朵，碧芙蓉，神清随喜谒琳宫。
云堂自饱伊蒲馔，谩听阇黎饭后钟。
神清宫在大劳观西南。

石门屋，午山村，沧溟无际海天昏。

平生政有乘桴愿，遗世相从石老人。

石门屋、午山村，并在劳山东北。


# 台城路

## 黄君坦

秋暮偕同半髡大兄、公孟四弟、叔姝妹、湘畹倕驱车至柳树台，望劳山归途作。


西风凋尽荒台柳，重来又逢秋暮。

新涨沙寒，余凉叶泣，九水盈盈如故。

断烟荒潋，带天外遥帆，恒河沙数。

一镜空濛，浅莎吹冷鹭鸶雨。


伤心颦山恨水。

冻鬟应笑我，归梦无据。

蕨尾盟鸥，桃腮试鳜，枨触前游离绪。

夷歌凄苦，和断雁哀筎，声声如诉。

莽荡中原，乱鸦天尽处。

## 八声甘州·玉鳞口飞瀑

### 梁启勋

是银河倒泻下天来，珠玉散缤纷。
听冷冷激石，淙淙穿穴，溅沫飞尘。
潇洒千年风雨，岩壑自生云。
潭水沉松影，鳞甲惊人。

夹道悬崖天窄，度小溪清浅，时见青蘋。
喜深山昼永，啼鸟倍相亲。
问何时、春风来此，看石苔、痕迹有新陈。
堪题处，野花含笑，细草如茵。

## 金缕曲·太清宫

### 梁启勋

古寺林间矗。
独凭高、凝眸睇远，海天相续。
曲径纡回沿涧出，上接云烟岩麓。
念当日，水翻平陆。
万里阴山东入海，笑江河、萦抱昆仑足。
看展此，画图幅。

苍松如盖擎空谷。
望层崖、幽篁滴翠，小窗浮绿。

收纳群峰来眼底，万壑千岩可读。
生不羡、朱轮华毂。
绝代佳人罗袂薄，倚天寒、瘦削腰如束。
略胜似，便便腹。


## 临江仙·太和观

### 梁启勋

昨夜梦魂归月殿，醒来环堵依然。
飞鸿驾避十三弦。
墨痕来细认，笼护倩云烟。

藤葛萦回穿石隙，披萝山鬼当前。
买春唯有绿苔钱。
柳梅忙点染，松柏不知年。


## 满江红·白云洞

### 梁启勋

天外飞来，看坠地、苍崖崩裂。
谁信道、嶙峋风骨，几经凉热。
料是补天无用处，独留空谷欺霜雪。
倩何人，详细问山灵，应悲切。

松如盖，山如阙；

花如锦，人如月。

叹飞磨千古，乍圆还缺。

赤鸟不来山鬼啸，黄鹂高坐花梢说。

问人生、何事苦相寻，鹃啼血。

## 摸鱼儿·明霞洞

### 梁启勋

倚长松、高寒笼翠，悬崖千仞嶒陡。

青山列队来相媚，侍立只依前后。

堪消受，蓦忽地、龙蛇起陆群峰走。

思量尽有。

是吹下天风，推移云海，俯视见林薮。

烟岚外，万壑争流似吼，雨痕犹禁新柳。

松涛奏出钧天乐，管甚白云苍狗。

君知否，算只是、青山与我周旋久。

无言搔首。

把姹紫嫣红，落花飞絮，付与灌园叟。

## 清平乐 · 华严寺

### 梁启勋

山开半面，愈觉天涯远。
人影櫂桡都不见，唯有烟波一片。

翠岩苍壁玲珑，深山宛在舟中。
云阵奔腾四海，松涛仿佛飘蓬。


## 水龙吟 · 庚午重阳前四日谒南海先生墓

### 梁启勋

可怜无限江山，未应短尽英雄气。
悠悠万古，沉沉长夜，人间何世。
独立苍茫，呼天不语，碧空无际。
念当年杖履，森森万木，更谁识，凄凉意。

历乱冈陵堆起，对西风、远山如睡。
秋容渐老，萧萧落木，平林如醉。
我亦飘零，百年何许，人生如寄。
整朦胧泪眼，荒丘细认，待何时至。

# 水调歌头 · 望田横岛

### 梁启勋

横览海天阔，世态等浮云。
悠悠上下今古，后果接前因。
昔日堂皇贵客，留得低昂荒塚，强弱属谁人。
万事有前定，何必自纷纭。

塞天地，唯浩气，是长存。
从容拔剑相视，奇悍竟无论。
谁识齐烟一点，中有精魂五百，未肯入侯门。
此意君知否，难作汉功臣。

# 天门谣 · 天门峰

### 梁启勋

疑是神仙窟。遍岩谷，杜鹃花发。
飞鸟绝。有双峰如阙。

看雨湿轻云粘石隙，乍见翠鬟旋复失。
难仿佛，但脉脉，遥岑对碧。

## 鹧鸪天·北九水道中

### 梁启勋

春在平芜水石间，断崖新涨绿波澜。
峰回路转溪山改，雪盛苗肥野老欢。

人静寂，鸟绵蛮。茅檐东畔有牛栏。
山中自是多天趣，荠菜蒲葵次第看。

## 西江月·劳山太清宫

### 蒲松龄

独坐松林深处，遥望夕阳归舟。
激浪阵阵打滩头，惊醉烟波钓叟。

苍松遮蔽古洞，白云霭岫山幽。
逍遥竹毫拿在手，描写幻变苍狗。

# 崂山八景

## 钱醉竹

### 双调忆江南·白云观日

云深处，曲径路三叉。

千尺虬松觇晓日，万竿秀竹乱朝霞。

莫是野人家？

山环里，奇境忽纷拏。

凿壁漫教云出岫，嵌空疑是鬼生涯。

洞口夕阳斜。

### 水调歌头·崂顶试啸

人在白云外，山卧白云中。

登岱而小天下，较此问谁雄？

不数吴山立马，第一层峦，输我最高峰。

把酒祝明月，系住夕阳红。

携素侣，登绝顶，啸长空。

吹将洞管三尺，大泽起蛇龙。

陆上烽烟四塞，海上风云变色，何事蛰深宫？

试出擎云手，霖雨有奇功。

### 一痕沙·棋坪仙踪

欲觅仙踪何处，指与棋秤弈路。

经纬自分明，任纵横。

漫道纵横无定，几许方圆动静。

成败莫论人，且消停。

棋盘石在崂顶东北，路旁有巨岩，方广二三丈，上刻弈路，经纬分明，相传为仙人对弈处。

### 步虚词·老僧佛影

古柏常年系马，白云出岫参禅。

一株银杏矗云端，顶礼空王天半。

底事常开笑口？漫因一晌贪欢。

为名为利不知还，笑尔迷途牵绊。

老僧峰有古柏，相传为齐王系马处，银杏一株，亭亭如华盖，皆千年物也。峰形如老僧含笑，远望酷肖，以此得名。

### 清平乐·上清牡丹

朝真何处，不见迎仙住。

巉壁题诗仙已去，剩有夕阳院宇。

长春（长春真人）春去还留，留仙（蒲留仙）旧踪堪搜。

试看当年绛雪，依然百种风流。

上清宫前，原有"朝真""迎仙"二桥，夭矫涧上，今已颓败，山壁有长春真人巉壁题诗十绝句，今亦无迹象可寻。唯宫中牡丹，为蒲留仙《聊斋志异》中所艳称者，二百年来，丰韵犹存，尚堪供吾人于依稀仿佛间，资其凭吊也。

### 菩萨蛮·古宫藏经

逶迤曲径连天碧，梵宫紫阙谁相接？

释道本难容，而今一径通。

玉函修秘笈，中有神仙术。

道德五千言，东来同一源。

自华严庵至上清宫，一径相接，为沈市长督率军民所修，联僧道于一家，诚山中韵事也。下清宫中藏《道藏》全部，计五千零四十八卷，与老子《道德经》五千言，同为道家至宝。

## 一斛珠·华楼访古

名山负我，当年王粲此经过。

凌烟玉女娇无娜，胜迹流传，十二从头数。

残水剩山何太苦，玉皇洞塞迎仙路。

翠屏岩倩娲皇补，独立斜阳，似向游人诉。

华楼山，方广如楼，故名。元王思诚，曾分定华楼十二景，如：凌烟崮、玉女峰、玉皇洞、迎仙崮、翠屏岩、斜阳洞等，颇为游人所赏。今则名山胜迹，半都湮没，吊古登临，徒唤奈何而已。

## 南乡子·塔院参禅

策马此登临，古寺蒲牢吼一声。

尘梦惺忪劳唤醒，迷津，拟向禅关证上乘。

何处问前因，乞借金针度与人。

古塔斜阳浑不语，懵腾，辜负空王一片心。

华严庵中有慈霑上人塔院，古塔蟠松，风景至佳，且亦山中仅有之僧寮也。

## 青玉案·上清宫

### 邱处机

长春真人于大安己巳胶西醮罢，道众邀请来游此山，上至南天门，命黄冠士奏空洞步虚毕，乃作词一首，名曰青玉案。

乘舟共约烟霞侣。
策杖寻高步，直上孤峰尖险处。
长吟法事，浩歌幽韵，响遏行云住。

凭高目断周四顾。
万壑千岩下无数。
匝地洪涛吞岛屿。
三山不见，九霄凝望，似入钧天去。

编者注：此词刻于上清宫东北。

## 满江红·青岛

### 俞陛云

一角青峰，敌三面、洪波环绕。
尽年年、鼍鸣蛟舞，潮吞浪扫。
碣石南来湾势转，扶桑东指帆痕小。
问登封、七十二君多，谁临眺。

兵气靖，夷歌闹。
灯火夕，亭台晓。

访元明残石，华楼遗庙。

山色迥凝松翠秀，春风浓展樱花笑。

向鱼鳞峡畔认题名，吾曾到。

## 临江仙·访崂山太清宫

### 赵朴初

一路波光照我，海风送上崂山。

曾闻幽趣绝人间。

上清未到，已试碧虚寒。

遍抚唐榆汉柏，洞天小梦千年。

道人微笑指庭前。

耐冬无恙，异史忆留仙。

耐冬为张三丰手植。《聊斋志异·香玉》故事中之绛雪，即指此耐冬花。

## 八声甘州·题《崂山游记》

### 张伯驹

接昆仑、渡海拄胶东，何世问洪荒。

看沧波万里，齐烟九点，足下微茫。

远送童男五百，多事笑秦皇。

甚神山飘渺，空望扶桑。

艳说香醅色醉，尚珠林梵宇，不见花王。

剩耐冬一树，犹自倚红妆。

我曾来、三游三宿，有佳人、相伴女河阳。

丹青笔、写灵山照，都付诗囊。


## 扫花游 · 无题

### 周叔弢

崂山九水多樱桃花、杏花。庚申二月约矩斋老人、笃文、伯明往游，遂成此作。


清明过了，又风日催晴，做成春倦。

车尘轻软，踏芳郊路迥，柳黄都遍。

融云凝珠，惊绝妍华照眼。

翠眉浅，更薄拂燕支，香晕娇脸。


山空芳意远，整云鬟风鬓，无限清怨。

晚香零乱，傍疏林野户，靓妆谁见。

怎说无聊，幽恨年年经惯。

欢情懒，正千峰、夕阳红恋。

# 崂山导曲

## 劳山导引曲

### 韩凤翔

久矣二劳不挂胸，二劳况得接仙踪。
乘风欲访天坛客，今在深云第几重。

曾向风尘共步趋，却于幽静见真吾。
王乔崮上怀众侣，可有笙歌接引无。

多情抛却入深山，卧月眠云任往还。
粉黛假真人世远，八仙墩上好安闲。

黄石宫前草作茵，白云洞里净无尘。
前头便是蓬壶路，那管人间富与贫。

堪笑分疆共画田，巨峰随意上层巅。
云封紫微烟霞晓，便似清风一洞仙。

为访仙家与佛家，青山地僻远桑麻。
而今尚有安期在，共入深岩餐紫霞。

绝去尘缘性已成，深山幽静道心生。
海门重觅观音洞，应得红莲一叶轻。

挂月峰头放眼宽，飞虹涧口奠居安。
风炉石鼎无人识，自炼延年九转丹。

四面青峰插碧霄，参禅问偈俗怀消。
飞升欲上那罗窟，石磴云梯路不遥。

真忘姓名与春秋，大小劳峰自在游。
到此全消尘世想，何须更问出家由。

## 劳山导引法曲

### 赵似祖

洞里白云生紫石，坛边苍柏挂青萝。
黄芽炼就凭谁买，自古仙翁海上多。

万丈巨峰霜色寒，悬崖古木叶流丹。
烂柯樵客休担尽，留与壶公煮石餐。

真人癖性好名山，华盖翩翩莫等闲。
一自栖真远相访，连篇月露到人间。

环佩珊珊双翠钩，仙妃昨夜宿丹邱。
烧金汉武空余恨，白玉难梯梳洗楼。

一夜箫声落碧空，月明烟淡有无中。
纯阳祠外惊眠鹤，飞上南天唳晓风。

万片金波跳一丸，朝暾直射紫霞寒。
三天玉女踏云去，洞口明霞护碧坛。

森林瑶笋几千秋？海印无边鼓子头。
斫作仙人九节杖，拨云挑月上华楼。

吸露天和定无踪，云中短笛月中钟。
空余野鹤不飞去，化作海边白石峰。

冲虚妙悟入山中，银鼎丹炉活火红。
太极涵真传妙术，九光霞护上清宫。

提笼海上摘仙葩，邋遢石头隐碧霞。
不识三丰何处所？空留一树耐冬花。

满山香雨海红花，多少仙娥醉紫霞。
漫饮摸钱深涧水，黄金耐可化丹砂。

梦里仙云悟未迟，离离凤尾竹知时。
吟风赏月精神在，为到三生玉女池。

半林山月玉玲珑，白鹤秋高响碧空。
一任天风吹不落，昙云深护上清宫。

仙鹤谁传化石时？人间岁月一枰棋。
梧桐金井潇潇雨，不为仙家管别离。

银鼎丹炉夜有光，漫漫东海拍扶桑。
明霞洞口三更月，现出空灵是道场。

月高风定水无痕，碧海青天玉女魂。
踏破琉璃三万顷，洞箫吹上八仙墩。

漠漠林泉路不分，好将丹诀问茅君。
谁开顽石成仙洞？手抚青天醉白云。

飞锡瑶池宿雾开，青莲万朵涌楼台。
修真庵里黄花瘦，曾见麻姑送酒来。

文蒲池上月明孤，活泼源头涌慧珠。
修到绝无根蒂处，清波白石养菖蒲。

瑶草琪花种玉冈，和云服食紫衣郎。
延年大药浑无用，留与空山发古香。

# 崂山赋

## 崂山观海赋

### 韩邻佐

惟危虚之分野，望不其之名城。山连亘于东南，势巑岏而峥嵘。逄萌以避新莽之乱，吴子爰得灵宝之经。高巍峨以尨茸，盖齐鲁其犹青。远苍莽而盘郁，穷游屐其焉停。若夫幽涧飞泉，宵折上下，梵宇仙宫，往迹胜况，山经所记，恢诡万状，此二崂之大观也。然其东临大海，遥望扶桑，水天一色，万顷汪洋，星辰汩没，包含穹苍。登巨峰而长啸，穷睇盼兮远望，览田横之危岛，想冯夷之幽房，尤宇宙之奇观，乍见之而徜徉。尔乃六合为家，烽烟不动，王会有图，职方来贡，黑齿雕题，舣舟相送，估客昼眠，渔舟晓梦，观浩淼之天涯，喜率俾之有众。若日驭兮返虞渊，朝暾兮望晓天，瞳瞳兮将出，紫霞兮相连，光浮金而闪烁，色赪赤以如然，似鲸宫之在冶，俨野烧之蔓延，信惊心而骇目，荡心胸其何言！既而旭日高腾，红焰渐灭，波声澎湃，惊涛如雪，鸟飞飞兮不下，云晶晶兮欲结，乍蜃楼兮一见，忽海市之更迭。恍身世之皆幻，抒远眺而心悦。其或巨鳌露脊，邱阜崔巍，尾长十里，拨刺画开，摩空蔽日，鼓浪成雷，喷薄千顷，风烟乍回。《齐谐》志怪，乃有是哉！惟夫阴雨连绵，飓风飘摇，鲛人夜泣，舟子魂销，势颓洞兮动天地，气茫昧兮失昏朝。想阴阳之未判，思元气于鸿蒙，悟天一之所生，初混沌而何终？观潮汐之呼吸，道盈虚其奥穷。惟谦受于尾闾，故百谷之向东。思学海之不至，念观澜之可通。成连刺舟而移情，仲尼浮海其难逢，登高丘兮远望，洵有动乎予衷。乃有鞭流血兮石不起，安期不来兮卢敖死，悲精卫兮木常衔，笑县靡兮空脱屣。辞曰：崂山矗矗兮海洗洋，登且望兮若木乡。浴日月兮可相望，海有截兮波不扬。湛恩汪濊兮圣化翔，愧作赋兮比长杨。

# 劳山赋

## 江　曦

东莱属邑，不其名城。奇峰环钮，森矗穹窿。脉远宗夫青岳，势巑岏而峥嵘，跨辽闵之肘腋，尽齐鲁其犹青。人第羡天地清淑之凝结，孰知为东南钟育之秀灵。至其面临大海，远望扶桑，水天一色，万顷汪洋，星晨汩没，色含穹苍，尤宇宙之奇观，乍见之而徜徉。时清明兮气爽，睇岚光兮丽天。瞳瞳兮将出，紫霞兮相连。既冠峰而抗岭，忽断巘以笼巅，娱心悦目，莫可言宣。及夫石瘦经冬，高岑积雪。玉标挺拔兮晶莹莹，绡窟练素兮寒冽冽。晖映银宫，光含贝阙，昼则与艳阳同明，夜则偕皓月并洁，灞桥之诗句生新，袁安之稳卧欲绝。逮乎土膏泉液，春融夏交，松苍柏翠，柳纤桃夭，纷纷兮百药仰苏，莘莘兮万蔬茁苗。盖天不爱其宝，斯民生之利饶。四序递禅，有后必剥。寒潭彻，霜叶落，雨丝丝以涤岩，风瑟瑟以吹壑。气澹神清，恠乎寥廓。尔乃招隐士，携异人，涉雕化之口，披莲台之云。则有华楼耸峙，万丈嶙峋。策杖藜，跻高崛。攀登缘砌，讶道寻真。又有黄石隐见，宫殿云屯。北泉之谏书常在，沧浪之词笔犹存。此外则狮峰醮于波涛，仙墩浮于潮汐。计奥区之名胜，叹灵迹之不测。迤逦而来，复寻别路。越嵚崎而途穷，乃跻夫巨峰之高处。藤壁梯崖，神工鬼斧。上下四十五里，与太山相割据。为之歌曰："高作山兮圣人起，剑光烛兮斗牛里。龙旋于海兮目不可指，虬盘于山兮常饮墨水。游心兮蜃楼，寄兴兮海市。胜演易飞鸟之巅，奚踵武兮大龟之趾。"

## 邋遢石赋

### 金印荣

墨邑东南三十里，未至于海，已入于云。高山屏立，低山攒层。中有一峰，郁郁丛丛，蓊荜茏葱。如线之水，绕山而蜿蜒；如涛之石，堕山而疾走。既僻既奇，且深且渊。天规巽气，地矩升光，伏石婆娑，一片青黄。所传"邋遢"张仙之迹非乎？余丙寅岁游上谷，与鹤岭先生团坐云藏书屋。每晨清夜静，承露映月，手执五经，自谈白业。常常摹状此山，想其飞脱回翔，虹盘鹗立，可以深潜德辉，琢磨道器。意中时与之游，但隔一见耳！戊辰同公游燕山，公拜大谏，为天子簪笔绳愆，遂以此山付余曰："余有藏书楼玉蕊，可以留子矣！"夏五月，余因携诸公子朗生、隆生东归，公复饯之于报国寺松下。语次，嘱之曰："此山真气未漓，中有鸿庞，为我获之！"迨抵邑时，天气熇蒸，南山出云，蒙蒙冥冥，少霁多昏。因暂停行李于郭外之俟老园。凡百日，穿履下地，举箸衔杯，何刻不与此山对面？人语我曰："草深殆未可有欤？"公自都中贻书，皆叩此山近来面目。余亦以人言寄答曰："草深未可有也。"越仲秋后三日，临白露初降，葭苇未苍。望南山渐有瘦削之色，忽忽如山灵命之促骑，朝装，蹩然独行。问道而往，来入山口。但见藻牵碧濑，苔染青峦，远岫缴乎半空，重螺叠于云额，步步引我而遥。既入谷，两峡如门，断流纵横，石巍巍如鬼如神，草短短似茵似针。余乃叹天地之异气，决不在人耳目之前。兹信然哉！突近三峰，攫拿蹲踞。马上倦眼忽开。樵夫告余：此三标也，旁峙作障者，铁旗也；湾湾者，玉环也；抱山脚而串入，涉浅渚而西迤，若鹏翼之覆地，则邋遢石也。山势忽圆，来路俱室，高崖双耸，平陆如阿；翳翳枣桑，垂垂女萝，巍檐插云，翚飞峨峨。乃玉蕊在焉。其楼前面大石，北枕幽阙，后缭青嶂，左带寒瀑；枅栌不雕，矮墙不高，四面皆窗，山光在寮；朝岚朝馥，夕濑夕涛；乾离舒文以净旭，坤云袭彩而流膏。目眩嵌岩，心惊谲云，据轩漫瞩，轶轧嶙岣。何异县圃之三重，鬼神不能夺其囷也哉？夫先生之所因于山者，逸矣！得于山者，亦全矣！乃其契于山，则更真矣！余尝品山，谓山多秀媚之气者趣妍而味薄，而多浑灏之气者貌古而情深。每见江南眼前一二可喜之处，片片有富贵气，则庄严丽也；寸寸有斧凿痕，则粉饰工也；绀岩古窦亦有名利态，则游娱盛也；一石一树亦有逢迎想，则本质亡也。虽不可以此概抹煞江南之奇奥，而一二眼前可喜之处，已如弄儿媚子供人谐笑，却无俊味令人梦怀。余所谓天地之异气决不在人耳目之前者，此也。孰若收造化之芒心，断人物之智解，藏春夏之真意，如兹山者乎？余观群山之腹，藏此一石，灵气所归，纳于其脐。可名此山为石脐。此山之异，聚于兹楼，珠玉之光，启乎其蕊。诚哉此楼，称为玉蕊！先生自壬戌出守雄川，距今七载。今复立骢马于燕山，睨望东海。非余为此山说寒暄，谁能通近耗于西台夜草之函丈哉？余上下山陬，坐楼间竟日，摘树枣啖之。只觉灵苗擢颖，松盖承香。石磷能浮，何用鼓籥子桐峰之瑟？秋光可挹，不必叶皇娥穷桑之歌。从此经郦水而然沙，可斫烟湘之碧树矣；望葱茏而剪彩，可辇柘岉之寒梓矣；涉漏海而渡狼渊，可束霞桑于叠嶂矣；逾其皋而过阴陌，可呼黑魄于香琼矣。庶几托契以尽神，亦且觌象而披胆。归来日冥，竹窗荧荧，饮酒半罂，援笔赋此。辞曰：瞻仙岩兮擢秀灵，眺瑶阁兮启金绳。

履天霓兮协英明，濡霞藻兮垂琼霙。三壶盈尺兮壁光澄澄，八鸿聚米兮坐瞩零陵。神擎香露兮异艳初凝，麟吐玉书兮净洒飞萦。餐脂桂于华山兮泻天无尘，烜萍花于黑水兮傍日情倾。乘霄耕兮飞玉晨。三素回天元，清霭翼虚庭。玉华披丹房，紫凤曜云营。佩镇珪于兰浦，食飞鱼于海滨。琼琳七映之宫，抚驭八景之轮，飞高慕远兮，奠鳌极而为京。


# 吊海印寺故址赋

## 蓝恒矩

　　释德清，号憨山。于明万历十一年（1583）来劳。十五年（1587）改太清宫建海印寺。又八年为故太清宫道士耿义兰控告，谪雷州，寺毁。（明·高出《游劳记》称："达下清宫，是憨师启檀越地，其始作定之方中，大风拔其枋。"又陶允嘉《游劳记》称："方其毁宫为寺丹垩落成日，天宇澄丽，忽飘风飞雨，洒淅而至。四众骇怖，罔测所由，出视海口，见二巨鱼如山，昂首喷波，直射殿中。"）

　　客有寻幽海上，访古山巅，睥睨顽石，指点寒烟。则见夫怒涛撼岸，愁云障天。长松悲啸，虚壑黯然。乃睹废墟，遐想当年，心慕憨山之为人，知为海印之故址焉。昔憨山演三教一致之义，怀立地成佛之志。其始也，逃空门，入萧寺，参上乘，拜舍俐。智慧夙成，衣钵克嗣。既而浪迹五台，观光上国。吟浪仙诗，泼怀素墨，时而蒲团参禅，时而面壁沉默。由是太后闻名，公卿动色。建法幢兮何时？恨名山之不得。辄复杯渡云游，从此锡卓仙域。三生有缘，二劳在即。方其来劳也，那罗延窟苦不可居，太清宫日就倾覆。星散黄冠，雨吹破屋。然而海色连天，曲蹊通陆。涓涓流泉，森森古木。出内赐金，书买山牍。创兰若莫如兹，举宫观而我鬵，于是，梁栋更新，堂构改卜。前襟沧浪，后负翠麓。金碧炜煌，轮奂耀煜。而又磨危崖，凿幽谷；出奇峰，疏悬瀑。广致名花，多栽绿竹。山亦增辉，地岂无福！及其登坛狮吼，说法石听。简邮天下，敕下彤廷。牟东林则青莲结社，伏北阙则白马驮经。方期塲建选佛，岂只慰夫山灵也哉。无奈狼心反噬，鼠齿速狱。鬼蜮暗伤，蜂虿有毒。骚客兴叹，名士顿足。恨醑口之铄金，等此身于碎玉。长流遐荒，谁白心曲。望王孙兮不归，愿美人兮赐赎。缅想夫猰貐踯躅，猿鹤仓皇。空林削色，高岑无光。梵呗歇兮水幽咽，木鱼挂兮风凄凉；菩萨低眉以他徙，金刚怒目而下堂。玉宇等昙花一现，绀园若海市倐藏。始知拨栌终非佳征，吹浪已兆不祥也矣！嗟！嗟！逢萌养志，郑玄设庠；长春栖止，三丰徜徉。迄今精舍，化为鹿场；或余孤塔；或剩颓墙。但使名垂宇宙，何妨迹变沧桑。念振古其若此，睹夫遗址复何伤。

# 登巨峰顶

## 李云麟

琼劳雄镇苍海边，云峰鹫岭何连延。嵯峨盘踞数百里，巨峰独压群山巅。阻瀛兮映岱，穷奥而通玄，栖未升之诸灵兮，宿阆苑之游仙。卓尔匡庐犹难拟，藐兹雁荡何堪言！乃今空有登临客，名区未登嗟徒还。遂使天台久绝探药径，桃源无复寻渔船。我兹欲识真面目，裹粮杖策盰来前。仙墩霞室虽足悦，不登斯地心如牵。遍访玄室并精舍，路径荒没无人传。进步巉岩竟数日，穷幽凿险心逾坚。历尽蚕丛得异境，神开意豁忘胝胼。翠屏丹崖积云锦，依微天际藏青莲。内环外拱真奇峭，笏排队拥争萦缠。神碑高耸数十丈，太空谁与共磨刊。匍匐危崖出石隙，仰见空际飞流泉。孙许诸仙久驻此，何时羽化升云軿。鹤去飘摇不可接，森罗古洞余遗筌。梵宫倾圮铁瓦没，神居那许通人烟。嵯岈更上十二里，骇心夺目虞颠顿。越过三台凌绝顶，岂无灵导哀余虔！俯视冈峦俨层列，儿孙罗侍各序肩。西盼半齐鲁，北带及幽燕，转望东南更无际，青霄碧海形为迁。坤维缺裂乾象倒，浑沦空阔相融连。幻讶静度兜罗绵，幻出一片作世界，又疑神工巨手呈将万里明镜当诸天。世外奇观此为最，个中消息谁能诠！四顾徘徊不忍去，枕苔藉草且稍眠。振衣兮濯足，觉胸次兮超然。餐紫霞之缥缈兮，盼凤鸾之翩翩。戚今日之难留兮，愿结茨于他年。但恐忽有神鳌将此负置蓬莱侧，令我可望难即愁怅而盘旋。

## 书带草赋

### 陆龟蒙

彼碧者草，云书带名。先儒既没，后代还生。有味非甘，莫共三山芝校；无香可媚，难将九畹兰争。叨词林畔种，在经苑中荣。翠影临波，恐被芙蓉见鄙；贞姿傍砌，愁为芍药相轻。发地抽英，因天授性。纷稚圭池上之宅，拂仲蔚门外之径。不省教施异术，安得返魂；未尝辄入明廷，何当指佞。几临寒目，幸到青春。莎蕊未传于渔父，蒲葺窃咏于诗人。霜亦曾沾，潘令偏知白薤；风常遍起，宋生惟道青苹。栽培只倚于贤邻，搴撷长忧乎雉戏。出惭无用，舒还有异。当《琴操》发伯牙山水之情，值儒编动凿齿《阳秋》之思。敢曰求友，宁忘慕义。吴娃楫上，空羡苔滋；魏主帷中，惟通蕙气。或乃兰荧越徼，蕫茂周原。幽搜莫及，兴咏徒存。此则对仲举萧疏之室，处子山摇落之园。不识深宫，岂是曾为帝女？非侵远道，谁言能忆王孙？徒爱其敛疏烟。披晓露，弱可揽结，匀能布护。萧萧而不计荣枯，漠漠而何干好恶。金灯照灼，尚惊秦帝之焚；粉蝶留连，真谓羽陵之蠹。尔乃高推篱菊，瑞竹阶赏；我则惟亲志士，每聚流萤。岂便离蒿莱于隙地，希杜若于遥汀。傥遇翰林主人之一顾，庶长保岁寒于青青。

# 华楼赋

## 王 纮

山名华楼，有四峰，中为高霞崮。磴道在崮左侧，极峻极曲。半有石屏若轩，名迎仙，步行八里余可至。山口正东，一石插天，高数十丈，上下势均，无级可升。仰观绝顶，短松盘生石上，蒙茸可爱。一名独石楼，一名梳洗楼。西一崮，附高霞，顶平中坎，宛然一盆，因名玉女盆。又西大石矗峙，嶒嶙欲崩，背临深涧百余丈，下视不见底，其石凿磴可登，最险危，登者莫敢展足自由。顶有二丘，砌石酷肖砖。疑为长春子师友墓。旁则丹灶遗迹，更多滑窍，秃松张势若龙攫。石底前洞，有云岩子骸，偃仰若生人，数百年筋节不腐。折下数十武，又一平石，水出中孔不涸，是为天液。南抵山半平坡，有玉皇、老子两殿。老子像，衣纹须眉，神致如生，盖传为鲁班手塑者，古秀异常。庙负一壁，堆薛坠葩，敷碧绕绿，名翠屏岩。岩腰一洞如瓮口，内可容数人。洞侧出泉，清洌堪烹佳茗，故名金液。山备诸丽，乃称华楼。胡子与余莫逆，人多忌焉。时养静于华阴之慧炬，疏越者三年，相携游此，对景有感而赋之：嗟余之蒙蒙，何知华楼？既广乃闻见，心惓惓夫岩岫。尝升高眺影，凭虚眇情。率若峛崺之坂，耸蒙崆峣之形。丛横茂密，崔巍乎成观；静虚亘远，礴嵺兮峙亭。泄一横之长虹，何殊南北与西东。极目塔穹，孰则华楼之嵯峨？岁在庚午，围山居于华阴，远尘氛之攘攘，既定尔宇，揽物兴旷；瞩云物之在即，何惜措身于俯仰。攀山椒而登口，依竹杖以彷徨。冈峻嶒其不齐，谷嵌陀而开张。危矣哉！万端鳞萃，幸强足之峡岬；突如其俊鹘凌空，卑神岳之蒋蒋。乍峡峡其若连，忽嵚嵚而相向。曳后趾于前踵，迷转来之崎岖，回左视而右盼，接初出之云霞。惊吼兮松风牵影，鸟唧唧而笑语；长啸兮山谷互答，兽蹭蹭而骇群。步步颠倒楼阁，层层踏沓烟赪。风乘蹁跹而舞衣，松出埼礒以傲帽。且强余足之蚕嗅，乘白云于樵嵩。旋攀冈峦之岌岉，恍探紫气于宏窀，云从虬龙而屈盘，风随虎豹而踞獒。朝露清冷而陨其侧兮，玉液浸淫而承其根，夕阳眠晅而倒其影兮，翠屏峥嵘而吐其岚。绝壁驾峻，曾嶫灨之可抵。悬崖抱奇，惟碻盘之堪晏。金阙崇峣兮，近天颜已是游帝乡；玉盆宛在兮，迷洲恨不到瑶池。瀚然而仰出，涎涎两腋之清溶；突然而怒立，屹屹独石之峻嵝。或疑滂沱于宿毕兮，宜来王明之汲；即非封狐笼岖兮，实亦群仙之陬。吁嗟华楼，陋葱嵡而独秀，孰与媲其丽？吁嗟华楼，驾嵝嵝而上之，孰与齐其势？安得白鹤乘而去，翱翔千仞，沐浴梳洗，飘飘乎羽化登仙，云岩子不足言矣。


# 劳山赋

## 张谦宜


粤奥区之秀灵，乃远宗夫青岳，盘地肺以为根。势嵯峨其森矗，魄磅礴以既东。敷支条于大陆，蜿蜒横开八百余里。带名城者数数，轮菌菌乎未舒，群山郁其相属，天地翕而复凝。忽阔然而神变，茫块圯乎无垠，包巁峦者千万，纷挺拔兮遥青，势高压乎寰县。镇全齐之坤轴，独巍然而峭蒨，广袤几盈四百，当溟渤之三面。云掩霭以合沓，蚴横拖而中断，通箭括兮若无门，削剑锷兮在天半。谷嘤嘤兮闻雷，麓熠熠兮掣电。若乃晴霞倒映，如锦如虹，散黛螺兮勾结，积翡翠兮连蓑。既冠岚而抗岭，忽破峡以攒峰。旁罗旗纛，侧掺芙蓉，氲氤倏忽莫可殚穷。及夫石骨崚嶒，经冬积雪，剡玉标以贯斗，练绡窟而贮月，光交射兮晶莹莹，影回薄兮寒冽冽。于是乃有书带苍纹，冬青丹缬，耀素天以扬葩，缀粉坻而覃节。媚阳崖兮落缤纷，艳阴峒兮香幽绝。逮乎土脉春融，泉液夏交，则有稻秫之利，果树之饶。文松、云梓、刚柏、芳椒，风梨、海枣、苦蜜、冰膏，栗乙枚而覆斗，榛百颗以含苞。来禽楂柰，薯蓣葡萄。又以百药之荝，万蔬之苗。蒸薪冶炭，刀贝分曹。至于金银秘矿、砂汞仙巢，盖造化所葆啬，岂愚氓所能遭。山间四序，有复必剥。浮烟净，繁花落。雨霢霂而涤岩，飒飓焱以吹壑，气澹神清，悄乎寥落。尔乃招隐沧，结逸客，斩霜筇，发鱼笭，相与游曲硐，越广陌，每入林而低迷，术莫分乎南北。盖一磴而九折，或十步而五息，涉雕化之口，入莲台之碛。乃有华楼直上，削方万尺，巅松十围，蟠生如栉。前有紫云，后对黄石，北泉藏其谏书，沧浪沚其词笔。此外，则白马遗宫，青牛旧宅，塔倒悬于厂间，墩拍浮于潮汐。畴运斤而刿山，孰凌波而布席，骨脱何以崩岩，丹成奚其毁室，虽方术之异流，何灵迹之不测。于是兴极思溢，反乎别路，缘索徐行，尤担争步，下卷惊涛，眩瞀却顾，掩逼仄之途穷。乃跻夫巨峰之高处。其为状也，嵈嵘嵔嵬，万峦争附，实太乙之中枢，绾分支之回互。仰摘星辰，俯瞰风雨，俨鬼神所戍卫，常似烟而非雾。回风旋为澒洞兮，见朝鲜之荠树；气霭霭而复合兮，莽鳞皴其如故。上下四十五里，与泰山相割据。顾或玉书绝迹，金检无闻，岂寂寞之乡难为显，抑荒怪之士所弗尊。是以秦皇罢其刻颂，汉武息其蒲轮。窃谓后代缘饰所不加，咨山乃以存其真。攀绝巘兮蹑飞烟，龙鱼瀺灂兮汇百川。羌踌躇而独立，怀太始兮心悄然。若幽栖兮注虫笺，曷杳杳兮终无传，倚扶桑而钓巨鳌兮，空托咏于名山。

# 独酌仙人桥

## 张允抡

　　山人羁客，念乱伤别。何以解忧，惟有曲糵。携壶觞兮下云烟，蹈冰雪兮临石泉，泉之来兮自云间。巨石冲突，支派万千。有搏而跃，有㳬而穿。折如穀转，垂若帘悬。喷波雪洒，流沫珠圆。其为声也，大者钟镛，细者珠鸣；暴如骤雨，震若霆惊。下有涧潭，凝冰皓皓。赤日不融，蛰虫深盲。其上巨石硙硙，千年苔藓，层鳞叠翠，杂蔓丛条，蒙络摇缀，不知名类。水东注兮迢遥，入大海兮撞汹潮。珠宫贝阙，杳不知其所至兮，极天际而漂摇。环山兮茏苁，覆翠兮层松。天风下兮拂林岫，调调刁刁兮万籁杂奏。我乃乘逸兴，开斗酒，沧波映杯，云烟入口，栩栩兮凌天地，□□兮齐万有。酒既倾兮兴未阑，仙之人兮来云端。恍惚兮安期，贻我枣兮授我以丸。顾我根器犹凡相，焉能乘风生羽翰。凛兮以栗，悄然以悲。仙人杳茫不可接，安得赚我餐霞饮瀣。于是搴裳寻渡，辞之而去。冻雪凌崖，新月引路。历松阶，归竹屋，怡我清斋，安我独宿。道德千言，不如寡欲。

# 狮峰独酌歌

## 张允抡

　　乱石兮硱磳，回云霄兮凭陵。环苍松兮偃蹇，拥翠盖兮千层。积雪初融，磴湿苔滑兮，足踾窄而猱升。滇波兮滉漾，我目骋兮心浩荡，临飞鸟兮足底，拍岛屿兮掌上。春潮万里，浸涵大荒，风日清晏，波涛不扬。青霄倒影，上下混茫。西北诸山，平对襟带。层峦叠嶂，迎眸奔会。杳冥冥兮立我烟霭，若山鬼兮萝衣，见睇笑兮明昧。下临重涧幽以清，冲崖触石，杂响互答，钟吼雷惊。草树蒙翳，杳不见底兮但谷应而山鸣。人行海角，僬侥其身，黄舆骤缩，鳞集诸村。爨烟百道，袅若缕分。凭虚无兮揽空阔，万物藐兮秋毫末。视井蛙兮醯鸡，徒局促兮生活。俯仰之间，胸次洋洋，何以输写？一壶一觞。欲揖赤松，拱王乔，偓佺不速，韩终可招，洪崖浮邱皆来下，相与酬劝乐心陶。日冉冉兮西侧，暝烟生兮山之北。望鹤驾兮龙旗，竟恍惚兮不得。始知羽化飞升皆托寄，惟有醉者得其室。可以解羁束，忘名利，无累无忧，放怀天地。壶既罄兮倚微醺，暝色合兮碧氤氲。远屿辉兮含素，绿波暗兮垂云。万景幻其明灭，眩应接之纷纶。扪险巇兮仄下，时已抵乎黄昏。于是余醒全豁，清兴更发，夕鸟无喧，钟声初歇。坐石上兮忘归，看松间兮明月。

# 书带草赋

## 周毓正

天开道域，地发奇英，人知爱古，草亦尊经。书缘情而指事，带因类以象形。肇嘉名于汉代，留遗迹于山扃。忆昔康成负笈，载道东归，栖心艺圃，抗志岩扉。从容马帐，磨厉董帷，凌朝披简，午夜燃藜。既掇芳而猎秀，亦赏奇而晰疑，辟诸儒之榛荆，揖千古于藩篱。蔚有灵根，钟兹大麓，《尔雅》遗编，《山经》失录，绕砌舒青，当窗延绿，翠带横空，芳心似束。丛拟薤而盈尺，叶匹兰而成幅，映帘幞而增妍，别蓬蒿而列族。若其秋风萧瑟，摇落堪怜，菱枯金谷，篈积平泉。于斯时也，芰制裂，荷裳残，兰佩解，蕙帷搴，莫不委若敝屣，荡为寒烟。尔乃晚而弥劲，柔而能坚。分一席于芸阁，随五车以周旋，结绸缪于竹素，独宛转于苇编。彼夫蕊邬之名，来从西域；养神之芝，表于东极。南国则薜荔兴歌，北堂则忘扰著什。以至苻氏之蒲五丈，淮上之茅三脊。献瑞争奇，艳今烁昔。然不过托迹空门，寓言道笈，伴羁客之牢愁，助思夫之叹息。纪兴侈受命之符，封禅鼓方士之臆。匪有益于名教，曾何关于坟籍？维兹卉其可贵，附青云而益彰。陋出山之远志，避当门之见戕，慰幽人于莅轴，晤先圣于羹墙。噫嘻！通德里，郑公乡，劳山侧，沧海旁，书虽毁兮草犹绿，带其褊矣风正长。忆王孙兮已去，望美人兮何方？惟生刍兮如玉，或庶几乎大国之香。

大崂南坡山村

水彩　20cm×15.4cm

1990 年

大崂路侧小水井

淡彩　17.2cm×14.8cm
1990 年

大崂南坡村远眺

淡彩　20cm×15.4cm

1990 年

崂山南北岭村

淡彩　14.5cm×19.3cm
1990 年

大崂农舍

淡彩　20.5cm×14.9cm

1990 年

1990
8, 19.

孙家村后之泉水河浴场,因属人由市里来找我玩
我与图一九九四年愉快享受大自然的恩赐

孙家村后泉水河浴场

淡彩　19.6cm×13.7cm
1990 年

由锻炼基地向孙家庄远眺

淡彩　19.3cm×15cm

1990 年

荒草丛生　气象万千

淡彩　19.3cm×14.5cm
1990 年

崂山之春

淡彩　17cm×14.9cm

1990 年

大崂观遗址

淡彩　20cm×13.2cm
1990 年

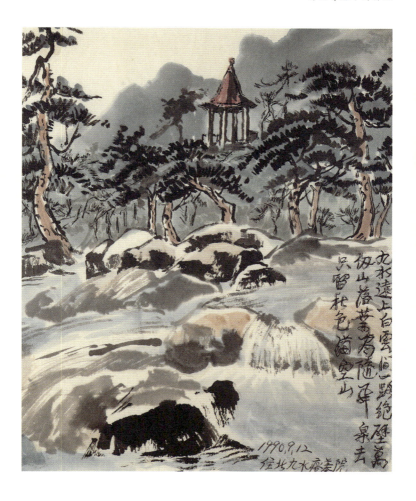

北九水遠上白雲一驅絕壁萬
仞山藩葉為隨年泉去
只留秋色滿空山

1990.9.12
住北九水療养院

雨后北九水

国画　16.7cm×21cm
1990 年

**外一水桥后的黑虎山**

淡彩　19.7cm×13.8cm
1990 年

外一水山口

淡彩　14.1cm×17.6cm

1990 年

劈石口

淡彩　19.5cm×13.8cm
1990 年

流水来自我乐村

淡彩　20cm×15cm

1990 年

卧龙村下寻水踪

淡彩　15.5cm×18cm
1990 年

逢四九有毕家村集

我往大崂时到此买粮买菜是我的生活基地

1991

毕家村集

淡彩　19.2cm×12.9cm

1991 年

崂山草堂双喜临门

淡彩　19cm×13.4cm

1991 年

# 崂山歌

## 劳山歌示诸同游

*白永修*

乱山如马争西鹜，沧波横勒忽中驻。
诸岛出没波面青，似欲浮浮渡海去。
吁嗟造物太离奇，万朵芙蓉插空露。
洞穴窈窕崖峤藏，山经水志不知处。
男儿盛气隘九州，大章竖亥安足步！
生来肌骨若烟轻，玉童指点云中路。
柏露洗眼乃快绝，腾身汗漫恣下顾。
千岩万壑阒无人，茅庵定即仙翁住。
高竹涧迷白昼阴，棠梨雪落青春没。
大荒有峰皆巉天，穷溟无日不生雾。
飓风猎猎吹客裾，蛟鲸立斗狂涛怒。
虞渊西畔跳孤丸，余晖恍动珊瑚树。
人生若为作茧蚕，吐丝自缚真何故！
好山邻近不纵观，满镜星星发垂素。
抛弃牵绊谢樊笼，芝草琅玕奇我遇。
倩君剜苔且题诗，要与山灵锵韶頀。

# 巨峰观海歌

### 宫　昱

劳山雄峙东齐东，绵亘百里如奔龙。
灵干蜿蜒到海止，晴昊乱插青芙蓉。
天为大东设屏障，狂澜到此回汹汹。
冈重岭复不可以，悉数如堂如隍如崇墉。
大者为宫小者霍，山根插地犹尨屸。
天梯石栈挂绝壁，登高四顾舒心胸。
不知是天是海是云气，但见苍茫一气开鸿濛。
碣石波涛浴日月，阴壑雷雨挊云松。
绝顶坐见穷发外，帆樯万国来朝宗。
泰山虽高此其亚，东帝西帝相豪雄。
玉笈金箱闷岩壑，传闻古有仙人踪。
乘云吸景非所望，但顾千年海上无戍兵。

# 太清宫耐冬花树歌

### 宫　昱

我昔游岭南，木棉方作花。
人家尽在珊瑚海，撑空十丈烧红霞。
以为天下奇卉尽于此，山桃园李安足夸？
偶来东海拾瑶草，大劳小劳仙人家。
千寻古木太清观，四株离离开丹葩。
花繁叶重耐霜雪，斯时百卉方萌芽。
以带围之尽一束，虬枝铁干相纷拿。

初疑近海含日气，珠宫鲛室生光华。
不然安期羡门子，何时炼药倾丹砂。
眼中突兀实仅见，摩挲百遍徒咨嗟。
岁寒空有好标格，呜呼奇材多少沉荒遐。


# 劳山歌

## 顾炎武

劳山拔地九千丈，崔巍势压齐之东。
下视大海出日月，上接元气包鸿濛。
幽岩秘洞难具状，烟雾合沓来千峰。
华楼独收众山景，一一环立生姿容。
上有巨峰最峛崺，数载榛莽无人踪。
重崖复岭行未极，涧壑窈窕来相通。
天高日入不闻语，悄然众籁如秋冬。
奇花名药绝凡景，世人不识疑天工。
云是老子曾过此，后有济北黄石公。
至今号作神人宅，凭高结构留仙宫。
吾闻东岳泰山最为大，虞帝柴望秦帝封。
其东直走千余里，山形不绝连虚空。
自此一山奠海右，截然世界称域中。
以外岛屿不可计，纷纭出没多鱼龙。
八神祠宇在其内，往往棋置生金铜。
古言齐国之富临淄次即墨，何以满目皆蒿蓬。
捕鱼海之涯，伐木山之中。
犹见山樵与村童，春日会鼓声逢逢，

此山之高过岱宗，或者其让云雨功。
宣气生物理则同，磅礴万古无终穷。
何时结屋倚长松，啸歌山椒一老翁。

## 试金滩观潮歌

### 韩凤翔

三山斗起天风扬，龙腾鼍吼鲸力强。
倒翻朗玉明珠光，试金滩上何汪洋。
我为拾石来其旁，海山大观奇相当。
初到淋淋白鹭翔，竞进扰扰军腾装。
倾岩谷兮惊怀襄，浴日丸兮激扶桑。
五色石兮蕴中央，匈磕轧盘化圆方。
大造成物势恢张，珍宝鼓铸机深藏。
似神而非激且昂，夕汐朝潮漱琳琅。
宛转个个体无伤，随涛上下无棱芒。
我得持石归故乡，元功艳称东海王。

## 望劳山歌

### 韩梦周

少海之水远浮天，青苍万里排巇岏。
大劳小劳峻而璨，兴云吐雾于其间，
两山尻并肩相连。

上有层松障白日，遥望不极疑苔斑。

或云海水汩没如雷喧，浪花直上大劳巅。

天晴日晶白虹出，银河倒落声潺潺。

羽客罗列斗星躔，枣大如瓜藕如船。

千年老狐烧其尾，呼朋尽向山中眠。

洪濛未辟万木攒，层冰峨峨高且坚。

雪花如席覆烟鬟，耐冬花发殷杜鹃。

峰转路迷不可到，有时欲上毛骨寒。

更有秦皇痴可怜，鞭石凿土架鼍鼋。

举足思踏蓬莱顶，老蛟嗔怒飒风烟。

至今山木作龙吼，盛夏往往绝鸣蝉。

我闻此语目久眩，平生爱奇狂欲颠。

金丹一粒生羽翰，凌风直应俯三韩。


# 再为劳山歌寄鉴持

## 韩梦周

兴言劳山游，试作劳山歌。

劳山之山上接长天无穷之碧落，下临沧溟万里回折之盘涡。

中有洪濛积阴不消之冰雪，万古幽闼未开之岩阿。

侧身东望不能到，若有人兮带女萝。

石触寸而生雨，水无风以扬波。

幽篁寂历，怪树嵯峨。

前啸猿狖，后叫鹳鹅。

自非飞仙驾游之鸾鹤，谁能凿空绝迹而经过？

崆峒仙人赤松子，独坐青崖弄海水。

安期食枣枕石眠，海风吹雨纷如烟。
至今李白餐霞处，万花笑日争春妍。
我欲褰衣径长往，兴极直到三山巅。
君家书来正初夏，山中芳草未应谢。
卧看峰头千丈冰，盘盘一道空中泻。
把君酒，为君吟。
山寂寂，海沉沉。
坐邀成连弹素琴，明月东出烂如银。
仰天大笑踏绝岑，一豁万古之尘心。

## 白鹤峪悬泉歌

### 黄　垍

华阴之麓白沙滨，森森万木高矗云。
蔓壑枝峰向西走，巨石当路形轮囷。
向南有峪名白鹤，连峰崒嵂高如削。
鱼凫蚕丛当面来，游人欲进行且却。
解鞍停骑步层峦，数里之外闻潺湲。
两山夹立涧水流，其源仍在万仞头。
谁向云中开石阙，上拂勾陈下瞰蛟龙穴。
银河倒泄禹门倾，铁瓮金城千丈裂。
秋为瀑布冬作冰，玻璃玛瑙琢为屏。
三月和风冰始解，霹雳雷电声硠硠。
光烛青冥射白日，雪浪星涛近石隙。
影落澄潭起素波，喷砂扬沫归长河。
此山距城未百里，骇目惊心乃如此。
归来竹榻不成眠，澎湃之声犹在耳。

# 书带草歌

## 黄　垍

不其城东山环聚，奇峰万叠海东注。
山隈旧院遗址存，康成先生读书处。
先生卜居近烟岛，读书万卷气浩浩。
至今相去千余年，父老犹传书带草。
草名书带不概见，灵根独产康成院。
君子考德兼考物，一草一花焉可没。
忆昔先生注葩经，鸟兽草木皆知名。
山川陵谷发其英，特生经草报先生。
草之叶，青如黛，堪与先生纫兰佩。
草之花，皎如雪，堪与先生比清节。
草之香，淡以永，堪与先生解酩酊。
草之露，清且寒，堪与先生滋砚田。
区区一草何足崇，从来物皆以人称。
睹物思人怀令德，如见先生旧典型。
远拟召公棠，近比莱公柏。
遥遥百世系人思，常留古道照颜色。
我今吊古劳山麓，寂寞寒烟锁空谷。
山高水长人已去，山中带草年年绿。
俯仰千秋一凭吊，不尽悲风吹太古。

# 华严庵大泽上人为言海上风雨状长歌赠之

### 黄立世

华严远在大劳山，崒嵂突兀入云烟。
东临大海为襟带，阆苑仿佛崔嵬间。
忽忽阴云起山脊，满目惨淡冈峦黑。
天上底事倾天河？万弩齐发势更急。
盆倾雨注东海隈，海波狂怒天上来。
天地黯黯日星死，一声霹雳千山摧。
秦帝鞭石空中走，潮飞雨点大如斗。
高阁缥缈如渔舡，鱼龙夜战腥佛首。
山根欲裂地欲崩，海天变怒心神惊。
须臾势过声亦息，翠屏玉鉴光亭亭。
柱山道人蓄山癖，闻此奇况叹未识。
寄语山僧更归来，为我杯贮东溟水。

# 鹤山望海歌

### 黄如玖

崂山之北，鹤山之巅，
不知蜿蜒磅礴几千里，乃为大海屏障东南天。
言偕观海客，扶杖排云烟。
又不知浑浑茫茫浸天海势何所极，
但见青苍一气空中悬。
历历数诸岛，星罗棋布何灿然。
迢迢望十洲，窈窕云树森樽前。

横空浊浪堆如山，鱼龙变化惊涛翻。

何人高啸白云篇，翠屏如鉴争清妍。

吁嗟噫嘻乎！

我不愿上张骞入月之槎，亦不愿问秦皇驱石之鞭。

但愿四海以外之人家，梯山航海来歌晏清年复年。


## 书带草歌

### 黄如玖


书带草乃在大崂之山，康成之院。

种之不知几千载，凌雪经霜愈葱茏。

忆昔郑公移家东海东，闭门不与时人通。

翼圣辅贤心独苦，千秋艺苑开蚕丛。

蚕丛日益开，带草日茸茸。

含葩吐秀空山中，羞与百卉争青红。

至今行人知爱古，樵夫到此谁忍锄。

吁嗟！

道脉于是荣不荣兮枯不枯，纷纷薄植何人扶。

深崖绝壑有是无，呜呼！深崖绝壑有是无。

## 鹦鹉岩

### 黄守平

灵禽发仙姿，不与凡鸟伍。
高天何寥阔，凌风任轩举。
忆昔少昊鸟名官，鹄峙鸾停奉轩羲。
丹心不随沧海变，化石坚贞沧海隅。
吁嗟乎！城上鸟尾何毕逋，深山谁吊形影孤？
丈石斋中结同心，慭遗日对大金吾。
君不见江河日下惊奔注，东南岭表飞瀑布。

## 九水歌

### 黄玉衡

行过大劳入一水，怪石叠叠大如咒。
水穿涧底涌石来，澎湃声震山谷里。
置身顿觉异境开，万窍谡谡松风起。
溯流曲向源头寻，二水逶迤深复深。
削壁巉岩立泉侧，石磴泠泠鸣素琴。
坐久不觉白云满，濛濛湿翠沾衣襟。
咫尺相隔不数武，三水溶溶汇前浦。
澄潭二亩浸空碧，岩花倒影可指数。
旁列巨石古嶙峋，雨点苍苔渗石乳。
山风怒送雷声喧，响应众峰万马奔。
身历崖壁行且却，惊见四水波浪翻。
双涧飞出玉龙白，珍珠万斛倾山根。

冈峦一拗复一折，五水攒石团白雪。
幽径斜通沿溪行，前与六水近相接。
飞泉一道出石窦，长鲸吞涛电光掣。
扶筇徐到七水隈，天光云影相徘徊。
人如山阴道上过，水如鼋画溪上来。
一嶂当面疑无路，迢遥南下谷口开。
谷口隐隐仙洞现，八水宏敞开生面。
几湾秋水云烟潏，浣洗山光净如练。
隔岸渔樵相招呼，游人到此顿忘倦。
九水风光迥不同，一峰一水环相通。
山复山兮水复水，万顷茫茫大劳东。

## 田横岛石砚歌

### 匡　源

泗上亭长为天子，齐王东走沧海里。
洛阳一召不复还，五百义士岛中死。
碧血沉埋二千年，水底盘盘结石髓。
割取云腴制砚田，温润不让端溪紫。
广文韩君家岛边，一苇可航去尺咫。
为言潮落鱼龙潜，始见岩根露平底。
此时畚锸好施功，剥尽皮肤得肌理。
隆冬亲往冒严寒，镵雪敲冰僵十指。
磨之砻之粗具形，函封遥寄长安市。
我与翰翁各得双，漆光照耀乌皮几。

故人高谊厚如何，绝胜琅玕与文绮。
我闻岛上有残碑，旧迹荒凉迷故垒。
惟余废井长莓苔，鬖碧沉沉波不起。
摩挲片石景遗徽，烈士风规深仰止。
案头相对发古香，正合研朱读汉史。

## 疯师塔歌

### 蓝人铎

即墨疯僧不知名，仙塔巍然镇山城。
苔啮石剥字磨灭，故老相传来前明。
明家世庙好神仙，尔胡为乎托疯颠？
文康荣静独不羡，狂歌笑呼任自然。
不采紫芝不辟谷，足履赤地首戴天。
青词虽好无由问，终日潦倒二劳边。
初居海岛默不语，后来漫戏无伦叙。
轻身坠山若翔禽，冬月浴水如溽暑。
有时预言休咎征，此僧无乃仙人侣？
一旦羽化翔云起，土木丹青勤闾里。
高风迥异邱长春，遗壳深埋云岩子。
春雨秋风石龛高，长啸憨笑今已矣。
嗟彼村农何其愚，三年蓄艾薰肌肤。
年年香火报古墓，片片墨云护浮图。
然顶焚身顽石耳，空说佛法不爱躯。
疯师超出风尘外，那管世人病有无。

# 崂山歌

## 蓝　水

北方海上山第一，惟有二崂镇齐东。

万朵芙蓉出水底，一气苍茫接长空。

就中秀出巨峰顶，登高望远豁心胸。

环顾一一可指数，九点齐烟各不同。

蓬瀛漂渺随波去，扶桑不远日出红。

我闻宇内福地七十二洞天三十六，

不如此中山光海色千岩万壑奇峰

飞瀑琪花瑶草游观欣赏无终穷。

古来来此多隐逸，亦有词客与王公。

深山大泽龙蛇蛰，更有末路之英雄。

仙胎鱼，书带草。

无谷不生黑石华，有雪即开耐冬旱。

摸钱涧在鹤山前，针钩向上有酸枣。

特产如此多，益觉山色好。

我家即居东海滨，自幼山水癖怀抱。

乘兴几回曳杖游。但蜡双屐不知老。

重来看山如故人，不见相识旧僧道。

速营菟裘将老愿难偿，空尔踟蹰惹烦恼。

# 劳山歌

## 柳培缙

我闻劳山山深数百里，亘绵到海犹未止。

玉笈金箱今尚存，其间往来多羽士。

夙昔往往入梦中，千朵万朵青芙蓉。

回思此地神物怪异讵可测，

安得九节筇杖扶我直上二劳峰。

迩来作客不其道，约踏层岩事幽讨。

宫子爱客清兴狂，揽环结珮属旧好。

联辔东指山中路，岖嵚叠嶂纷无数。

逼仄不复受马蹄，不辨山色与云雾。

有时云挂巾，有时树触袜。

前耸惊山低，后陷骇地缺。

重重列屏翕而张，遥遥接笋断不撅。

如此神工岂是人世间，始信灵境总超越。

就中巨峰高刺天，手扪参斗天风寒。

我欲吹箫惊鹤鸾，一历瑶台十二碧云端。

云蓬蓬兮欲雨，水淙淙兮下山。

须臾一气张岩谷，但觉苍茫茫寒阔无涯边。

空际鸡声旭日且依旧，嵯峨山色环蜿蜒。

道人岩栖留客住，烧笋泼茗散巾屦。

何当自抱残书来，风雨得与山灵聚。

闻说此中多灵修，还期穷探幽栖处。

# 崂山歌

溥　伟

崂山峨兮东海滨，接连茫兮浩无垠。
震始育兮毓灵秀，坤维钟兮胚胎珍。
小众山兮抗泰岳，履大海兮戴星辰。
灵之来兮气氤氲，仙之人兮御风轮。
餐紫霞兮升云车，吾与鸿濛而为邻。

# 田横岛砚石歌为山长黄伟山作

孙肇堂

田横岛中产异石，传有五百义士迹。
历史能得海精华，渔人每倩巨灵劈。
先生嗜书更好奇，爱矶亦有南宫癖。
琢成方圆置几前，较视端溪心更适。
君不见：
眉山先生栗玉与松皮，泥古录中最爱惜。
偶一落墨字字仙，得之如获连城璧。
此石得名沐英风，君常摩挲手不释。
温润时带海云姿，助君日日量玉尺。

# 田横门人挽田横歌

## 田横门人

### 薤露歌

薤上露，何易晞。
露晞明朝更复落，人死一去何时归？

### 蒿里歌

蒿里谁家地，聚敛魂魄无贤愚。
鬼伯一何相催促，人命不得少踟蹰。

# 劳山竹杖歌

## 王大来

道人咒龙龙降室，砰然破屋穿石壁。
半身倒曳矫其尾，鳞鬣苍翠烟霞色。
僵立化为青琅玕，清风飒飒生夏寒。
云根斫断落余手，扶持乐兴长盘桓。
一从我寄华阴住，不敢携人看山路。
松声如雨泉如雷，常恐扶我乘云去。

## 青岛歌用渔洋海门歌韵

### 王 埻

二崂山畔海天长，蛟龙窟穴鱼盐乡。
玳瑁珊瑚屬为市，高舸鼓棹来殊方。
竖子贩夫争辐辏，沙鸥水鹤闲飞翔。
孤客放怀恣游眺，登高极目碧茫茫。
断案坡陀浪吞吐，群山环拱色青苍。
近岸一山名青岛，葱茏孤立水中央。
拳石莫嫌如培塿，率土皆为禹所疆。
尺地寸天不能守，兵既衰孱寇复狂。
迫于强邻章邯走，我来况是叹沧桑。
维摩自入烦恼海，文山乃过零丁洋。
蜗角频看争蛮触，虱心应愧处裈裆。
意凄悲楚境苍凉，已沦夷狄决堤防。
浊雾横风匝还起，中天旭日暗晴光。


## 二劳归隐歌赠琅若同年

### 吴 峋

蓊蓊岭头云，娟娟海上月。
云散犹复聚，月圆不常缺。
嗟我齐年友，蓦地成隔绝。
欢会几何时，挥泪难为别！
簪缨岂萦情，平生重气节。
义行动里闬，抗直著朝列。

文辞富锦绣，怀抱皎冰雪。
清夜了无惭，意外遭媒孽。
兰煎膏逾香，玉琢光弥洁。
骅骝日千里，一旦脱羁绁。
归耕二劳下，土肥泉亦冽。
紫蒲发蒙茸，黄精供采撷。
闲访众羽士，谈笑破寂蔑。
吾闻劳山下，危崖伏溟渤。
蓬莱在眼前，神仙互出没。
宝络云母车，珠佩珊瑚玦。
白鸾与青凤，控驭来翕欻。
朝登琅玡台，暮宿金银阙。
为语玉晨君，授我长生诀。
云烟忽变化，指顾成起灭。
蜃楼作奇观，哀哉不可说。
宝篆安足恃，长揖谢岩穴。
君今遂初服，等身富著述。
余情其信姱，芳馨自怡悦。
完璞保天真，显晦任回汃。
离樽一再酌，怕听花间鴂。
寒暑有递迁，心交永无歇。

# 疯师塔歌

## 张绍价

奇境多钟墨水界，疯师之塔势尤怪。

远望巍然浮而高，孤立直插青天外。

庙貌虽未绘丹青，其中石像自威灵。

宛如如来降生日，胸前自着卐字形。

又如达摩返故里，面壁九年坐亭亭。

我闻时雨初应夏至候，都倩疯师共种豆。

明朝化作百疯师，每家陌头去相就。

又闻见一妇人行前途，啮其颈际大声呼。

或谓此僧太游戏，唐突少妇岂无辜。

谁知仙人施法力，原非身欲作金夫。

果然此妇归家后，投缳绳绝得复苏。

流风余韵已渺渺，两事焉能知有无。

于今灵应著乡里，疾病多向塔前祀。

置艾像上炙所患，病者遂能无药喜。

呜呼佛家神呵护，身任人患亦不顾。

安得法雨兼慈云，大庇天下无疾苦。

# 边道人歌

## 赵似祖

大劳小劳云蒙蒙，南来海水磨青铜。

中有神人携玉女，黄冠翠羽凌天风。

我闻边道人，明季之内使。

龙髯飞上天，侧身莽无地。

爰偕四宫娥，黄尘苦颠踬。

峨峨东海有仙山，紫霞宫阙开仙关。

羽人衲子自来去，一缕白云空际攀。

道人辟谷层岩里，宫人度作女道士。

铁马金戈总不闻，青山碧海常如此。

偶然对泣话前朝，荆棘铜驼恨未消。

春雨煤山人寂寂，落花水殿雨潇潇。

褚宫娥，葬池水。

费宫人，刺马死。

血溅红颜两宫主，钿蝉零落田妃子。

可怜同辈老琴张，埋骨寒池呼不起。

地老天荒竟若何，余生且复栖岩阿。

重开天女散花会，分唱宫人入道歌。

噫吁唏！

阛阓有此奇男子，绮罗亦能耽山水。

胡为须眉伟丈夫，蟒玉鸣驺近千里。


# 望二劳

## 赵似祖


泰岳东望云冥冥，春风吹海玻璃声。

海岱之门皆奇怪，二劳天半落空青。

我亦不知东西磅礴几百里，高下几千寻，

但觉一气缥缈空人心。

弥望何盎盎，万朵青芙蓉。

白云不落地，灵秀育其中。
精蓝梵宇亦何多，群仙醉倒金叵罗。
往往晴天白日闻笙歌，尘中遥望空嵯峨，
二劳二劳奈若何。

## 一壶道人歌

### 赵似祖

一壶道人身九尺，昂头独步髯如戟。
大劳山底海茫茫，洗眼看云云气白。
一壶道人喜饮酒，漫云一石与一斗。
一壶独醉乱峰头，缥缈羽衣露双肘。
醉后掀髯意气豪，逢人历历话前朝。
回首思陵殉社稷，哭声直上苍天高。
天高日暝孤鹤唳，长松萧飒惊寒吹。
山僧羽客铁石心，闻说兴亡泪纷纷。
道人胸臆多悲哀，甘心匿影掩蒿莱。
名字模糊谁复识，山中樵牧空相猜。
吾乡前辈姜给事，抗疏严谴风尘起。
鼎湖号泣坠龙髯，祝发逃名遍吴市。
一壶道人殆其俦，青山碧海云悠悠。
谪仙苗裔无乃是，犹悔人间识李仙。

# 劳山赤藤杖歌

## 周 璠

昔读昌黎赤杖诗，飞电着壁搜蛟螭。
案头仿佛露珍怪，惜无其物存其辞。
三齐东穷二千里，千树万树蟠厜㕒。
就中乃有赤藤杖，光彩估倔乖龙嬉。
巉岩倒挂奇鬼睍，踏天磨刀勇得之。
劳山道士献令尹，群惊七尺珊瑚枝。
炎官奕奕斫火树，太乙藜焰终日吹。
传观少年不释手，翻恨不能先期颐。
槐雨先生年五十，杖家私谓差我宜。
令尹爱客遽持赠，午夜不睡犹重携。
银钉射户红闪烁，秋蛇裂腹血淋漓。
劳山见说多狡狯，吾独胡为愁胼胝。
曳向狮峰迎晓日，拄开龙门俯岛夷。
七十二宫满仙迹，芒鞋布袜相扶持。
入邃出险了不惧，饱餐紫霞胥忘疲。
状物纵无大手笔，蓬莱方丈从此期。

# 梦游劳山歌

## 周荣钤

二劳不逐秦鞭走，峨峨雄踞沧海口。
昂头呼吸接通明，伸臂真堪摘星斗。
异岭奇峰摩碧霄，儿孙罗列万山朝。
黄人高捧三更日，紫海俯看一酒瓢。
坐对名山三十年，常思搔首问青天，
欲煮紫霞无宝鼎，前宵梦遇李青莲。
招我跨青虬，共向劳山游。
飘然已到仙人路，铁干耐冬千万树。
翠萼金英吐绣云，鸾歌凤舞飘香雾。
欲访康成问五经，丹梯缥缈入苍冥。
篆花耀日文楸绿，书带经霜汉草青。
玉宇琼楼清福地，守门蜿蜒双龙戏。
蛾眉文婢启双扉，含笑主人握我臂。
引我上金堂，坐我白玉床。
赠我骚人佩，衣我博士裳。
问我何时婚嫁了，不来早读紫薇章。
麟脯鹿胎果我腹，金简银编授我读。
目倦神疲宝帐眠，此身真在瑶天宿。
开眼晨光满白橱，似闻太白尚追呼。
恨无北宋南唐手，画作琅環展卷图。

# 崂山记忆

## 忆劳山

### 董锦章

岱岳不如东海劳，斯言寻绎兴为豪。
游探九水乃称奥，身到巨峰方是高。
香雪扶春涨桃雨，翠筠和月答松涛。
琳宫更有惟奇绝，合抱耐冬供染毫。

## 思劳山

### 董书官

仙人东海餐霞地，把卷高歌起远思。
谷口常封千亩竹，洞门深锁五灵芝。
鸟巢高树啼声远，人道名山得句奇。
我欲扬鞭寻路去，梨花萧寺遍题诗。

# 谈山

郭廷翕

十年不到山，谈之心为喜。
刺刺转深夜，忽如不得已。
劳山瀑布泉，九仙差与比。
若以大小论，彼犹其孙子。
巨峰泻其源，九水翻其委。
风口蔽山椒，双户互如倚。
黝黑一线天，恍如引地底。
阳乌不敢骄，揪发伺阴傀。
振袂踵狖狙，升降无停趾。
盘跚陡削间，殷雷忽奋起。
又如万石钟，嘈呟闻百里。
倏复随意变，笙竽声并递。
划睹九日落，闪烁界空启。
一叠石尺强，叠非仅三已。
下投玉女壶，四溢履巨庳。
大珠小珠迸，万斛倾筐楞。
珠珠施湿云，一线不知止。
何物揭孽拿，吾疑非是水。
蛟龙神鬼来，视听毛发指。
未见庐山瀑，倘亦无过此。
相对活终寂，澎湃犹在耳。

# 故山

## 黄肇煃

幽镇医无间，美石生珣玗。
极东望长白，隐现如蓬壶。
关东久为客，益念海上庐。
我家劳山下，山与他乡殊。
三标拱万笏，钟灵名胜区。
素日餐紫霞，不数青莲徒。
有时群山应，登高缘我呼。
中藏紫石英，丹心与之俱。

# 忆劳

## 匡　源

我忆华严庵，门外尽修竹。
萧森千万竿，一径入寒绿。
不知羲驭炎，但觉秋气肃。
凉露扑衣襟，隐隐肌生粟。

我忆狮子岩，高卧盘石瘦。
倒看众髻鬟，历历叠苍皱。
波光去渺沵，上与青冥凑。
似有海舶行，数点小如豆。

我忆白云洞，云上结茅屋。

时闻云下人，笑语出深谷。
炼师四五辈，逍遥无拘束。
朝与白云游，暮抱白云宿。

我忆太清宫，待月大海滨。
四山林箐黑，隐若窥星辰。
须臾晶轮出，波上光粼粼。
冰壶出濯魄，万里无纤尘。

我忆玄真洞，去天不盈尺。
浑沦大圆窍，结自洪荒始。
日月口中吞，峰峦足下峙。
坐观朝鲜云，飞渡蓬瀛水。

我忆八仙墩，绝险非人境。
下探蛟龙窟，海底辟幽冥。
阴森毛发立，悚惕心骨冷。
长风卷怒涛，高过游人顶。

我忆来鹤洞，石气生夏寒。
开门极空阔，正对沧溟宽。
昼长无个事，扫地展蒲团。
一念净不起，幽涧鸣松湍。

我忆钓龙嘴，避雨田家夕。
夜半云初开，起陟西岩碧。
长笛两三声，老蝠惊拍拍。
万籁寂无声，凉蟾挂山脊。

我忆神清宫，岩峣临巨壑。
银杏大数围，浓荫覆殿角。
凿扉通小径，峭壁千仞削。
仰见一线见，空翠濛濛落。

我忆碧落宫，登眺南天门。
巨峰何雄秀，众岫如波奔。
载酌金液泉，洒然清心魂。
欲访华楼仙，磴滑不可扪。

我忆九水庵，叩关方落日。
飒然风雨来，寒意生凄栗。
云气瀹虚白，倏忽群峰失。
大呼同游人，请看南宫笔。

我忆玉鳞口，瀑布天上来。
银河忽倒泻，玉峡为双开。
跳珠溅飞雪，吹面如轻埃。
何时驾草阁，日日听风雷。

## 怀劳山

### 马桐芳

远游曾到不其城，海上烟岚对面生。
几处楼台疑蜃气，满山松竹乱潮声。
餐霞李白今何在，伏虎童恢旧有名。
安得仙人借黄鹤，下清宫畔再吹笙。

## 忆大劳观

### 梅　老

洞天真福地，应有旧丹沙。
鸡犬飞升宅，金银望气家。
巨灵曾辟石，绝顶望明霞。
玄妙推斯境，重游愿尚赊。

## 忆观川台

### 梅　老

四围列山色，一水抱村庄。
犬吠隔松涧，人行度石梁。
居停具鸡黍，客舍感兴亡。
凭吊北江后，家风陨可伤。

# 忆九水

## 梅　老

跋涉随流水，崎岖不计程。
峰颠攀树上，涧底踏波行。
怪石迎人立，洪涛入耳倾。
溯洄幽险境，两载梦魂萦。

# 忆柳树台

## 梅　老

柳树台高耸，凭轩万象罗。
遥瞻连灏气，俯览接烟螺。
断砌苔莓暗，颓垣蜥蜴多。
兴衰成一瞥，蜡屐几经过。

# 白玉兰花引
## ——书永玉木兰卷

## 沈从文

夜半有虫频扰我，翻覆难作伏枕卧。
引思深感生命奇，还忆海月车轮大。
同观奇景五七人，闻才雄杰杨稳妥，
豪情举杯能三续，兴至攀登足忘跛。

余子鼾鼾酣梦足，酒足饭饱惟痴坐。
内中还有"假洋人"，手离扑克心难过。
时闻啄木声断续，屋角"道士"唯烤火。
悬岩千丈削精铁，白玉兰花十万朵。
花落藉地铺银毡，谷中青鸟鸣一个。
如此清寂绝尘凡，触事会心证道果。
动静得失各有由，是非两忘决不可！
白云簌簌海上来，双鹿云车瞬息过。
中有仙子拟天人，大石磐磐幸同坐。
白鹄宛转延素颈，绿发茸茸草梳裹。
秀眉明瞳巧盼睐，翠羽珠珰故消堕。
来不言兮去不辞，微笑低鬟心印可。
山精木魅次第逢，身披木叶心如裸。
每逢清流濯素足，时摘山樱邀同嚼。
蜀中文君足风流，三湘游女□□□。
山花村酒难醉人，罗刹波斯易接火。
遥闻凤音啭碧空，只余轻风梳松过。
乐闻青鸟自呼名，厌听山魈热"亲啵"。
幽谷百合独自芳，路旁萧艾易同伙。
日月不停走双丸，如烟成尘永相左。
海市蜃楼难重期，不如返回园中锄土翻泥自栽人参果。
因此感奋忘饥渴，用勤补拙不怕挫。
成名成家何足云？愿思愿想能爱能嫌真恼火！
九霄清寒冷澈骨，始终不偏木兰柁。
《绿玉》青春永不磨，无人能知来自那？
旧事倏忽四十年，记忆犹新唯有我。
春来玉兰花争发，白中微碧怯抚摩。
对之默默曾相识，盈盈美目注澄波。

白鸽双双出雾中，芳草芊绵门不锁。

碧莲花开散清馥，辛荑苞发紫纱堕。

春波溶溶青苔湿，兰芷芬芳沁棘矢贯虱如中垛。

屈原宋玉所经所遇感印有浅深，弱骨丰肌小腰白齿宜有人。

虹影星光或可证，生命青春流转永不停。

曹植仿佛若有遇，千载因之赋洛神。

梦里红楼情倍深，林薛犹近血缘亲。

艺术自有千秋在，得失荣枯不因人。

秦皇汉武帝业传千古，熟习花性重园丁。

芍药成把能应市，处方必用金银藤，

入土不必深一尺，到时红紫即缤纷。

园中玉兰花争发，琢玉镂银占早春。

日集观众逾十万，总觉益人增精神。

不因偏院雨露少，只缘入土植根深。

顽童劣女好戏弄，总欲攀折逞私心，

终因万目耿耿在，终还缩手去悻悻。

珍卉名花植匡庐，盛名天下久著闻。

遥知繁郁将万种，不因倏忽付樵薪。


# 怀劳山

## 王祖昌


昔上华严寺，当门海接天。

听潮秋雨下，观日晓楼前。

树少中原鸟，桥通外国船。

别来一千日，时复梦游仙。

# 梦故乡劳山

## 周铭旗

二劳海上山，岱岳并雄峙。
神仙窟其中，琳宫巍然起。
曩从故乡来，廿载阅星纪。
一夜返家山，梦绕依稀是。
群宿罗胸前，双丸跳眼底。
耐冬大一围，烂熳霜雪里。
犹闻金碧台，架浪随徐市。
遗岛尚人间，采药能不死。
洞天剡然开，诸真顾我喜。
安期枣如瓜，盘餐佐霞紫。
亦有扫花人，拈花立阶阤。
谓我别几何，头白好归矣。
天鸡唱扶桑，洪濛荡万里。
魂魄辄复惊，波涛震人耳。
回忆所从经，众灵纷栖止。
虚空鸾鹤吟，松风杂宫徵。
缥缈不可期，掩忽竟若此。
世事苦纷挐，扰扰何时已。
高歌盍归来，微官弃敝屣。
飞履上蓬莱，坐钓沧溟水。

# 崂山纪游

## 劳山九游诗

### 高弘图

止太平村道院宿，谢其院主人。主人中贵而道扮，能太平村者。

桃源路口杏时村，滑泼石头今入门。

护法有缘能指渡，客星无似善辜恩。

云根邂逅田家耦，松影铺张御府樽。

惭愧两司常水火，却来此处讲寒温。

发轫鹤山。鹤于崂得专峰，有洞，类鹤，曰鹤山。

碧尖千个送青天，道是劳山又不然。

裂破囡囵聊去去，抽来飞动更前前。

曾谁冒涉巢云巧，待我狂题着墨鲜。

正好荒唐方外诀，松头拾得悟真篇。

太平宫狮子峰宾日，遂与侍御鹤岭成一醉感慨系之。

行行深处漫蹉跎，揽起白云霄汉波。

良夜太平同醉好，高秋肥马奈忧何。

学僧不语鸣钟早，为客探奇设蹬多。
到手沧溟忘浴日，故摇晓艇刷渔蓑。

吊憨山上人禅址。

蓬莱别阙少慈津，正好庄严三世身。
散尽天花非是色，捞全海月不为真。
羚羊挂角禅中偈，鹿苑骑莲悟后因。
虚寂道场开印度，凌空飞锡见能仁。

嘲酒道士海松。

海松道士骂僧清，佛法慈悲僧不情。
便度众生皈净梵，也留余地接蓬瀛。
输他一着无埋所，惠我千醒有黍耕。
曾向骊龙颔下勇，能啼能酒一猩猩。

张仙塔、八仙墩。墩，奇丽之极，当是游中观第一。与侍御徘徊久之。

尽日山行山更赊，经翻《道德》药黄芽。
径须阁眼诸天外，似许飞身自在家。
把钓渔人前指渡，穿针仙子早铺花。
携来叔度波千顷，乞句题奇罩碧纱。

别侍御于青山（村名），遂登上清宫。宫峰分为二，女黄冠得其绝顶曰"明霞洞"者，居之。

李白横江酒未醒，青山不放屐芒停。
为程几许峰千送，别我刚才鸟独听。
只可虚空成软饱，何须饕餮理残腥。
餐松毛女能凌顶，银汉无从辨渭泾。

还宫白牡丹道士能志怪。宫后两柏树，实羽化者，则目之为凋。
余曰：是不知松柏者，松柏未尝凋也。并为向之负牡丹者解嘲。

> 玄云不闲惹花喧，邀下巫山香返魂。
> 缟素拟来大士佩，风流妒入贵家园。
> 寒凋自可存亡伴，羽客能为去住言。
> 酷爱南华张志怪，犹防诞幻坐人冤。

磟天门后登巨峰观，止客同游。纪二秀才止烟云涧迟余，未
同巨峰观。

> 不因昏黑放昆仑，疑被石头结碧魂。
> 细数云根胪伯仲，偷从斗窍俯儿孙。
> 空闻老衲传灯钵，亲见犹龙死汞盆。
> 有客烟波迟钓叟，欲将明月送天尊。

两宫道中过乱石滩，滩颇名。驴背假寐，有失领略，作五言古体。

> 神仙为指渡，乱设石头滩。
> 石滑愁榻倒，搭手无栏干。
> 学仙良所愿，傍险良所难。
> 人马求齐渡，人扳马上鞍。
> 求哀不我顾，渡人非渡安。
> 前路翻眼岭，凌巅百尺竿。
> 岂有容易路，犹之魔难官。
> 颇闻白璧在，说其进贤冠。
> 只将汝比汝，玄儒总一般。
> 草鞋破多少，便要佛子看。
> 这些甚么险，蓝关更雪寒。
> 还不跟我走，喝醒睡邯郸。

# 崂山纪游诗

## 郭士奇

### 怀绛雪

香玉憔悴死，绛雪香魂消。
花仙何处去，音容竟杳杳。
黄生花寄魂，花间情怨绕。
枯萎相思草，落英乱蓬蒿。

### 赏耐冬

至今太清宫，犹是花信早。
耐冬岁岁开，落花有人扫。
绛雪不复生，遗恨何时了。

### 潮音瀑

听泉寻水源，迂回入山深。
靛缸悬瀑布，潺潺奏潮音。

### 北九水

九水远上白云间，一路绝壁万仞山。
落叶尽随飞泉去，只留秋色满空山。

### 题太平宫

踏草寻石径，挥汗攀险峰。
午热蝉声噪，寂寞太平宫。

### 题狮子峰

危石闻狮吼，风过白云捲。
松啸千山响，碧海万里船。

### 夜宿明道观遇雨

入观逢暮雨，夜静衾被冷。
山风松啸啸，夜鸟掠空鸣。
群山黑如墨，闪电见秀峰。
雷火山间跳，风雨空谷鸣。
雨过雷声远，山山流泉声。

### 登棋盘石有感

巨石临天界，划空劈石涧。
星夜数北斗，日出金点点。
刚过风云餐，又逢幻雾散。
神仙一盘棋，人间千万年。

### 过旱河怀李白

东海崂上餐紫霞，蟠桃峰下醉诗仙。
酒醒思饮找流水，乘云驾雾临河边。
滔滔大河当酒泉，舍身狂浪觅诗篇。
崂山老母巧指点，百里涛涛顿时干。
从此大水变旱河，无边沙石山连山。

### 自题劈石口诗

月明窗纱薄香露，月下牡丹沾罗衣。
黑夜月出夹缝间，白云飞渡一线天。
若非天公弄石斧，定是雷神抱石穿。

# 送李君莲塘同历下陈两人游劳山

## 黄立世

向叙不可作，千载谁仿佛。

龙门兼太邱，乃有神仙骨。

陈公最高旷，李君谢簪笏。

二公二仲流，遄飞兴何勃。

我来自劳山，一一问所阅。

奇胜何可穷，大端为抄撮。

双劳不其东，沕穆溯天阙。

溟渤入混沌，尾闾司蓄泄。

仙宫曰太平，狮峰独巀嵲。

稍南有绀宇，灵奇尽融结。

峭壁凿天池，蒲生为九节。

鸡足护眼前，云封那罗窟。

虬松千万株，浓阴争郁阔。

清籁杂飞潮，钟磬骇镗鞳。

上宫复下宫，惝恍弄奇谲。

渭川绿千亩，憨山泽不歇。

仙墩施鬼斧，地维忽然裂。

一线路悬空，猿猱缘木末。

逶迤出平原，天风起寥泬。

昆冈玉俱焚，云母屏先列。

赤箭与青芝，繁星竟点缀。

怒涛万里来，霹雳走林樾。

凛乎不可留，尘心为之洁。

南下将百里，华楼扼空阔。

其下为九水，一山一奇绝。

或如禹鼎铸，或如昆刀切。
或如人拜跪，或如马嚼啮。
或如龙凤翔，或如金玉屑。
山则窅然深，水则清而冽。
入耳绝鸡犬，到眼积冰雪。
日影刚欲移，坐对澄潭澈。
流连未及终，迎踞只一瞥。
瀑布自天来，银河一时决。
珠帘一千丈，寒声日活活。
巨峰去天尺，横空势千叠。
岱岳何足云，行云不能越。
大东富流峙，幽奇为一发。
其他难具陈，十已略七八。
齐谐所不备，山经亦未设。
诸公烟霞人，笑我等蚁垤。
相牵作壮游，细纤拟搜抉。
为蜡谢公屐，为鼓渔父枻。
杖底曳流云，袖中贮明月。
扪石拜汉碑，攀萝读秦碣。
入海狎鱼龙，天东挂虹蜺。
游历无倦时，转益恣饕餮。
假道过东武，岩壑尽曲折。
九仙达五莲，笋屃入突兀。
凿险而缒幽，豪气真雄烈。
倒樽浮大白，诗坛促击钵。
大醉一长吟，鸾鹤声不辍。
洗眼待归来，海云湿毛发。
巨细皆无忘，烦缕为人说。

人生须快意，底事绊羁绁。
作诗送公行，相看各超忽。


## 劳山记游

### 黄炎培

偶合萍蓬信有缘，羊儿纪月豕儿年。
翁龄七二童龄八，听水看云各任天。
同游二十三人，渐盦年七十二，梁女八龄。


一径斜通柳树台，绿云深处酒旗开。
早闻村落新弦诵，石屋金丝付劫灰。
崂山旧有石屋书院。


惊看破壁玉龙飞，静听潮音入妙微。
天为游人足幽趣，隔宵一雨瀑添肥。


行行一水至九水，处处茅庐是石庐。
归去夕阳王子涧，一囊诗思压轻舆。


潭月桥边纳午凉，石开峡口挹岚光。
劳人合住劳山未，却笑奔泉一例忙。


再上劳山一惘然，聊斋文字忆因缘。
上清庭院今无恙，不见耐冬三十年。

万里归帆千梵筴，百年临海一渔村。
无终无始山头石，历尽沧桑噤不言。

法道法天法自然，末流丹灶误师传。
是谁真解长生诀，慈俭不为天下先。

华严寺外斐然亭，更上明霞洞不屚。
绝爱憨山诗一首，海云深护阁藏经。

三上劳山息大劳，萧森一院响松涛。
白云仙卷空持诵，身在谁能世外逃。

万峰深处花花浪，满地荒榛挂玉泉。
恰似村姑饶妩媚，乱头粗服得天全。

归路仍趋柳树台，隔溪碧嶂画图开。
劳山画石兼诸胜，劈斧披麻任剪裁。


## 崂山杂咏

### 李绍文

有缘莫恨我来迟，记取清和四月时。
海上人家多酿酒，山中木石尽如诗。
低昂天地凭升降，管领沧桑要主持。
却笑禅宗多妄语，几曾芥子纳须弥。

栾大城荒不可求，空诸倚傍即仙洲。
松根结石全离土，竹节穿云半上楼。
僧住名山忘朦腊，人从浮世阅春秋。
即看塔影栖鸾鹤，何处临摩顾虎头。

石磴盘旋响笋鞋，磨崖次第送诗牌。
二分垂足危无地，一尺扬眉别有阶。
浊浪喧阗沧海立，回廊曲折白云埋。
仙台更在层岚外，指点参天绿玉排。

十二楼边见五城，学仙学佛未分明。
补天石带云霞气，话雨檐搀滴沥声。
尽有高风盘远鹤，谁能豪饮吸长鲸。
黑甜一枕非关懒，领略山中午梦清。

四望棻烟自暮朝，几多翡翠戏兰苕。
敢言下笔分山色，且喜高吟答海潮。
泉壑常青灵鹊浴，斧斤不到箨龙骄。
利人利己皆经济，闲约同侪采药苗。

情深地主敞山扉，一径弯环认是非。
小草化茎争络绎，杂花生树逗芳菲。
空潭仙到虬龙伏，古洞人来蝙蝠飞。
奇石临崖鞭不动，东封销尽祖龙威。

踏残明月尚迟回，入耳涛声小忽雷。
海上有鳌思吕望，山东无虎说童恢。

爱泉尽许携瓶汲，得句何须击钵催。
仿佛萝浮鸣翠羽，春风谁植万株梅。

熏风阵阵向人吹，著脚高低势不危。
三日聊为桑下宿，四围犹是管中窥。
牛毛隐隐分乡树，鸟篆茫茫认古碑。
差胜东坡生蜀郡，家山未得上娥眉。

直将双眼小沧瀛，吊古教人感慨生。
水祭浮墩看俯仰，山中残局想输赢。
三千男女求仙日，五百英雄殉主情。
怅触沧桑无限事，扶云卷入浪花轻。

独仰层霄对玉蟾，游人两度宿华严。
低眉佛让胡麻饭，行脚僧贻竹沥盐。
林密只闻莺睍睆，山深惟见草廉纤。
观音似有吟诗意，手折天花带笑拈。

归途啸虎气何雄，才信泱泱有大风。
缓步肩舆随处住，豪游眼界此番空。
不妨樵径呼山贼，未敢仙源作寓公。
回首烟云千万树，群峰都在有无中。

# 劳山纪游

## 林　溥

牢盛双峰俨削成，苍崖终古白云横。
神山路回秦封改，太室祠荒汉畤平。
槎客犹谈仙尉岛，瀛洲谁见化人城。
洞天深窅知何处，咫尺丹霞是上清。

玉晨宫观郁崔嵬，绕殿风涛日夜来。
元气混茫吞渤海，仙云沆瀣近蓬莱。
鳌矶月冷潮逾壮，蜃市秋高瘴不开。
仙鹤未归丹灶晚，松花如雪洒香台。

烟云弹指去来今，丈室空花落紫岑。
松竹龙门新道院，旃檀海印旧禅林。
青山有意留仙迹，古水无波见佛心。
华藏玄宗无二义，可怜缁羽枉相侵。

扶桑遥指海门东，俯视熊熊旭日红。
射眼金华成色相，逼人爽气散空濛。
从知妙谛应微会，翻讶游踪到此穷。
快我凌虚超象外，振衣天仞响天风。

华岩香界绝清幽，信有诸天在上头。
磴道盘云松翠冷，寺门得月梵声秋。
烟霞供养那罗窟，风日澄鲜望海楼。
会觅远公参妙理，永嘉心印渺难求。

明霞洞敞晓霞鲜，贮月潭空璧月圆。

九水苍茫秋色外，十洲缥缈彩云边。

虬眠阴岛生风雨，鹤唳华楼忆管弦。

记取那罗萧散意，清微合是雨余天。

## 苦游崂山

### 木 东

永裕同人约游崂山，因山路崎岖，不良于行，辞谢未去。

生平非不喜游山，只为崎岖道路难。

若雇肩舆权代步，何如高卧效袁安？

闻同人至崂山遇雨大吃苦头。

结伴同游兴倍豪，天公底事怒儿曹。

不教览遍崂山胜，风雨无端竟几朝。

同人游山带面包十五磅、面条数斤，以作路粮而为雨所阻，几有绝粮之患。

诸君此举似周详，为览名山也裹粮。

可惜面包条面少，人多雨阻闹饥荒。

闻同人齐惜金钱，不肯在山居住以待天晴，徒步至沙子口，致衣履尽湿，个个如落汤鸡。

为惜金钱冒雨行，艰难不畏实堪惊。

衣裳虽湿原无碍，差幸诸君尚太平。

# 病愈游劳山诗纪

## 汪兆铭

卧病青岛，少瘳，试游劳山，为诗纪之，得若干首。

人亦劳劳似此山，却惭偷得病余闲。
两崖斧凿痕如画，珍重劳人汗点斑。

老槐深竹影交加，行到劳山道士家。
旧事娇儿能记得，雪中曾折耐冬花。

满山奇石郁轮囷，水色清寒不受尘。
自是老松先得地，也曾留坐久行人。

小丛薄艳自娟娟，日炙凝脂暖欲然。
问得嘉名成一笑，铃兰斜插笠檐边。

太清宫接上清宫，荦确才令一径通。
谁使游人开倦眼，明霞洞口野花红。

两峰缺处海天明，灼灼银波媚晚晴。
一片清音听不断，松风直下接涛声。

累累香粟尽垂金，簇簇高粱过一寻。
农事渐闲蔬饭了，耦耕人坐绿榆阴。

碧琉璃水接天长，翡翠屏风绚夕阳。
左是山光右海色，中间花木荫周行。

华严寺口暮云封，石径幽幽万竹中。
忽地方庭如泼水，一轮明月御天风。

树老清高万壑秋，片云峰顶自悠悠。
劳人亦解霜侵鬓，莫怪劳山易白头。

紫薇花发太平宫，语笑还登狮子峰。
若说石头似狮子，诸松一一似游龙。

一亭遥出翠微颠，尽纳烟波置槛前。
日动光华霞散采，此时山水亦斐然。

仰攀乔木俛幽宫，路转千岩万壑中。
海阔天空归一览，始知人在最高峰。

葱茏石带青松色，磊落松含白石姿。
两是劳山奇绝处，海滩回首欲归迟。

出林涧水逝滔滔，我亦从兹泛去舠。
才得迎来又送往，劳山终古太劳劳。

# 夏日游青即山区

## 王统照

铁骑山前白日昏，野云敛影草翻痕。
儿童佯指烟尘远，十里孤城战雾屯。

蒸薯渍瓜配碧黄，枵腹有味快新尝。
岂知胼胝田夫苦，犹典春衣购赋粮。

梯田瓦垄力耕耘，柞柳阴阴榴花明。
谷回山高天地窄，更无余地避兵争。

颓垣败垒尚兀存，碧血深凝旧日痕。
山色四围天一角，人间几许剩情温。

十年重睹二崂青，积劫犹留草木腥。
独有靛缸湾下水，一泓犹映在山清。

轰隆未息炮声催，山外斜阳散晚晖。
争演人间相斫剧，长空却让鸟飞归。

# 春游杂诗
## 由济南至崂山法海寺

### 尹莘农

梦鹿生涯作茧身，匆匆花汛怨劳人。
野桃无主从争发，留得山前十日春。

自喜春郊听叱牛，归田终老是良谋。
吾生毕亦同鼫鼠，肯悮功名到白头。

燕乳鸠鸣谷雨天，上林花事已如烟。
那知东去河阳路，犹在春风烂熳边。

流落潘仁鬓欲丝，归来犹趁看花时。
莺巢燕垒无寻处，倦听东风叫子规。

驱车旧认路三叉，杨柳东风日半斜。
红李朱樱应尽厌，背人我自看桃花。

隔年游屐不重来，眼底昆明有劫灰。
莫对园花呼负负，行将清浅见蓬莱。

旧时花径得重过，开阁杨枝感最多。
人面红于前度日，漫将崔护误谁何。

灯前儿女聒人聋，明日看花要强同。
却向饧箫声近处，买将竹马舞归风。

梨花如雪桃如火，鸡犬桑麻处处村。

看得青山消得酒，尊前我欲诵招魂。

# 青岛纪游

## 俞平伯

平生无所嗜，薄有烟霞契。

虽乏济胜具，然知林壑美。

好处一相牵，心迹两莫制。

初逢倾盖欢，再来未吾弃。

三游忝莫逆，抚寻弥自哑。

以此童愚怀，遂与世情戾。

敢言远荣华，荣华岂吾畀。

远为吴下蒙，犹耽竹马戏。

读父蜀游草，壬寅初奉使。

绿阴隔纱窗，于中每移晷。

合眼来云山，掩卷有深味。

太行犹龙蟠，潼关若虎噬。

河渭双萦流，三峰又鼎峙。

终南与蟠冢，蜀道连云起。

剑阁何崔巍，南栈复迤逦。

秋月下瞿唐，瞿唐怒如驶。

艳滪三十丈，矗立夔门底。

推挽万斛舟，触之即糜碎。

巫山十二峰，神女最姿媚。

秀色起朝云，猿猱绝攀诣。

一日到宜都，回首目有眯。
烟云合沓中，不晓神灵意。
仗节锦官城，浮舸省江泛。
谁云蜀道难，忠信良堪恃。
及儿远行日，父以一编赐。
谓在他年中，旧游当可企。
绝壁诗更题，荒江酒其酾。
嗟余风埃中，犹有人事畏。
迢迢二十载，斯愿未一遂。
今兹父七十，康强无疾累。
萱堂复清健，佳兴怡杖履。
偕妇校园归，鸡鸣摄衣侍。
宵征遍齐疆，遂薄大劳趾。
牢盛一片石，覆盖数百里。
昔闻没榛芜，今见环海涘。
安车胜蒲轮，康衢平若砥。
朝发西岭下，而抵北九水。
四山樱桃花，映以万松翠。
烛下计来踪，清光惊宿睡。
早起望层峦，峥嵘而怪诡。
摩崖骆驼头，云肖单峰骑。
大石千百姿，物怪咸可拟。
玄质浅绛华，襞积多侧理。
巨虎倩谁驯，老僧口大哆。
缓步依山行，危巅方下睨。
临发几仰头，惝恍不自已。
山高天在上，而一身甚细。
若于静夜来，胡为忆尘世。

出山就夷旷，沧波见清泚。
白叟与黄童，沙滩同拾贝。
自此更南行，南过雕龙嘴。
青黄二山村，千户屋鳞比。
太清三宫殿，耐冬一株蔽。
绿叶出檐牙，丹葩在天际。
其西祀三清，横枝久憔悴。
近报稊杨生，柔条忽萌肄。
此花颇有年，曰见留仙志。
舅氏述异闻，侧耳歆鬐鬐。
绛雪良已矣，香玉更何似。
悠悠齐东语，聊为挂唇齿。
竭来日初斜，斐然亭又止。
沿途村落间，花果如园艺。
雪梨寂含鼙，霞杏繁吐蕊。
却笑长安游，人夸大觉寺。
归来南海沿，一庐曰静寄。
碧浪接明窗，银涛邻短几。
潮声日夕喧，清梦熟无寐。
蝉鸟在山林，动静不易旨。
偶过栈桥看，回澜阁尚闭。
初一天后宫，渔航旧虔祀。
水族馆无鱼，亦未观炮垒。
旅居总平善，高堂颜色喜。
老去试清游，腰脚未茶怠。
山水忆萍踪，海天亲窅寐。
爰复并衣装，商量减糗糒。
五日一来游，又逢李村市。

下宫昨留题，靛湾今再莅。

鱼鳞峡口隘，凭崖书姓字。

拾级上层坳，奥若帷屏内。

一瀑下为潭，绿净不可浼。

疾起三春霆，徐鸣五铢佩。

仙舫共留连，石亭称平视。

拣茗借松柴，从容抵薄醉。

在山泉水清，大石何磊磊。

或寘诸高峰，摇摇而欲坠。

或则当面立，青天争尺咫。

或类积书城，或如燔枯枲。

或绚以明黄，或间以翠腻。

里许山环中，如一名家绘。

始信造化工，人力非所冀。

邂逅为欣然，彷徨增愕眙。

选胜敢辞频，故人应不啻。

奇峦知纡曲，灵壑失潜翳。

西望大嶂回，道左聊一憩。

饭罢遵归路，又见马肿背。

飞云来自东，冉冉挟雨气。

衲子送我也，去之莫留滞。

及行平野中，云低山映紫。

亭亭七层塔，村女厝遗蜕。

西北眺华楼，桃鬟伴梳洗。

红飘白云外，远如月姊桂。

仙人好楼居，传闻多旖旎。

看山遂初心，花事从此始。

春深海弥寒，东樱花犹迟。

屈指数从头，暇日已无几。
顾念道里赊，重来谁能俟。
而况顷刻间，奈何失交臂。
千里不及花，此行甚无谓。
三度探芳讯，一朝阻归计。
自后文登路，彳亍时一至。
昨日风何寒，来朝日其霁。
雨收雾露去，今日花开未。
再到汇泉看，胭脂果蓓蕾。
休沐趁晴佳，车马骤拥挤。
似移东西庙，置之万花里。
何待结华灯，方为观樱会。
迎门五百株，于中无杂莳。
瀛海不为多，禹域合称伟。
绯伞四行擎，花花自相对。
裙屐似蚁旋，花巷深逶迤。
北向路微迂，弥望不可既。
东去好参天，玉树临风倚。
何言锦能张，亦非瑶可砌。
浅于睡棠红，清荫多嘉致。
却忆故园中，垂丝花姊妹。
以次梅杏间，良堪为娣姒。
烨如深绛跗，缀以浅碧穗。
脂粉最伶俜，名娇真不愧。
灯下宜含笑，月下宜含睇。
何地不逢君，徒嗟清夜逝。
会将舍汝去，留待他年思。
去住亦有缘，更端庶言备。

有延陵叟者，时年八十四。
岛上暂为客，于今迈二纪。
溯翁卜居年，合在壬与癸。
丁丑登上第，星移又丙子。
杏苑不梦花，琼林无醉醴。
玉堂嘉话人，蜃海空花地。
家国事如何，都付伤心喟。
一昨父东来，倏焉几信次。
茗坐庞眉深，乡谈何娓娓。
高阳葭莩谊，词馆前后辈。
从容与父言，小住为佳耳。
不过浃辰淹，看遍春花矣。
樱粉虽烂缦，梨云尤盛蔚。
既来则安之，宁有匆匆事。
届期来送别，袖出一卷示。
泼墨大书寿，亭额赐秋荔。
素闻丈工书，得名于早岁。
一见果然真，人言良不譬。
迹参欧与颜，大笔无颓靡。
三字压轻装，装轻不为菲。
归期在今夕，行囊已夙治。
感丈畴昨言，更展湛山峛。
自过李村北，又见红云委。
直抵源头村，村村艳桃李。
寺额曰法海，肇建于元氏。
泰定重修碣，其文独完致。
海滨夙多砂，风雨相磨砺。
华楼大庙碑，与斯仅有二。

缓步丹山亭，鸠杖未同曳。

四顾莽苍中，单椒独秀异。

绿尽海痕青，其间缟绛积。

弥弥光气远，不辨何花卉。

到眼颇厮熟，寻思不可记。

会稽南镇巅，水国望清绮。

人影夕阳边，前境岂其是。

来时清明才，今归逾元巳。

新月已眉妆，驿樱犹斗丽。

蕾腾摇兀车，一朝又齐济。

重被软红羁，京尘缁客袂。

南云一何深，海山两迢递。

漫言舟车工，清游或非易。

遂写趁韵诗，聊为来者譬。

敝帚岂足珍，俚言尤足鄙。

其殆寡虚诬，窃用以自慰。

屏居西郊外，丹铅焉杂置。

风干日绕窗，黄沙辄满纸。

人来即款户，而无嚣可避。

醴酒虽已薄，而无业可徙。

首夏绿云芜，且把单衣试。

闻道社园盛，春明花富贵。

（校识）此篇成于丁丑，佚于丙午，坠履遗簪，不复挂怀。又十余年，己未冬日，徐甥家昌在天津图书馆旧报中觅得之，抄寄京寓，开函恍然。稍加整理，删去二十字，得一百八十二韵。

予旧有长篇凡五，此其一也。虽无离题谰语之失，不免凡庸拖沓之病，似有韵之文，实非诗也。而记叙详尽，当时颇费心力，亦觉弃之可惜。且昔年先父赐评，有"横厉无前，仍复细腻熨贴"之誉。其秋即有卢沟桥之变，侍亲佳游遂成末次。存此佚篇，志吾永慕。

一九八〇，二，一八，北京。

## 九水纪游并序

### 张　铃

九水发源劳山玉龙口，出山为白沙河。入大劳，水忽变黛色，百尺见底。涧道一发，随山九折，每折则两岸岩岫，必蓄奇气，瑰玮恢诡，震荡心目，路穷壑转，豁然改观。游人至此，心栖太古，不复念世事。盖二劳灵奥之气萃焉矣。甲午五月四日，余适紫霞仙庄，访杨西溟兄弟。五日游至七水，小憩何氏园，时日未西，徜徉而返。约秋杪再穷八九之胜，即探源玉龙口。不惟游事恶率，抑以名山蕴奥，不欲一朝尽之也。爰赋诗纪所已游者。

大壑东南来，随山为九折。
涧道匹练通，砰訇泉声咽。
遥睇惮幽邃，深造慷研悦。
一水始窠落，遂逾神仙窟。
回看西南峰，密笋横天茁。
初谓美在前，妙相仍侧出。
我生有良晤，先期每相失。
二水横石床，三面为齿啮。
其南覆悬崖，巨灵斧之裂。
此窍凿何年，混沌气应泄。

凉风生奥窔，五月寒生骨。

是有龙蛇气，鬼神或出没。

自非抱雄襟，对兹翻股栗。

更探垂裳岩，五色章衮黻。

龙火耀澄潭，三水荣光发。

穆穆古皇位，镜中俨对越。

又东指天梯，两峰束如阁。

左闳旋螺纹，其右峰房豁。

入闳日正中，天光动石壁。

四水岂凡境，山史何无述？

前人记九水于四水独略。

显晦各有时，幽光久始达。

南东寻五水，探奇厉三接。

五水不自奇，众峰遥拱列。

如彼古畴人，局外用俊杰。

第能策群才，何必树功伐。

山色若留人，欲去还复歇。

从此造平淡，精华意或竭。

猿引又数武，仆夫忽吐舌。

奇鬼瞰云中，猛兽仰天末。

怪峰若飞来，荡我双瞳阔。

六水气峥嵘，地灵竦处结。

落脉连七水，余勇犹岉崛。

提前五水论，神采倍雄烈。

山川蕴奇赏，或为我辈设。

奥区神物守，一朝勿尽抉。

遥拱仙古洞，迟我于九月。

# 崂山观海

## 海上怀古

高凤翰

极目寒烟接大荒，海山秋色共苍茫。
风高响落钟儿石，潮怒声摧鼓子洋。
设险至今留楚塞，求仙何处问秦皇。
马蹄踏处情何极，下尽千峰落日黄。

## 途次大桥见海

郭恩孚

白发临沧海，真成向若嗟。
鲎帆冲浪去，鳍鬣刺天斜。
大地蛇龙窟，中流星汉槎。
回辕西北望，此水接京华。

## 海滨即目

### 郭绥之

徐福东行竟不还，金银宫阙渺溟间。
远天低压朝鲜国，大地平沉碣石山。
每慨江河同日下，愧无才略济时艰。
乘槎使者纷纷出，只有海鸥似我闲。

## 卜居海上

### 憨　山

百年谁识此身浮，半世孤踪不系舟。
畏路昔曾逢梦鹿，忘机今始伴沙鸥。
空云影落青山色，明月光吞碧海流。
自尔却怜生计足，满林艺术正堪收。

卜筑山岩不厌深，一庵高结向云林。
自知肘后逃形术，谁识天涯避世心。
泽国烟云寒漠漠，石门风雨气森森。
到来何处仙人笛，吹落梅花满翠岑。

# 乘槎浮海

## 憨　山

吾道穷何适，乘槎旧所论。
众流归大海，一叶渡迷津。
心月悬空镜，人烟隔市尘。
坐忘机自息，鸥鹭越相亲。

一叶浮虚碧，孤槎落镜中。
此身真是寄，万物竟如空。
日月随漂絮，乾坤信转蓬。
笑看车马客，于此绝行踪。

# 海滨观潮

## 韩凤翔

浪花层叠岸上遥，千百神鲸气氛骄。
我欲乘风吹铁笛，一声惊退海门潮。

# 望海

## 黄　埏

一望都无尽，浮沉万里天。
龙宫飞雪浪，蜃市结寒烟。

浩荡鸿濛接，微茫星汉连。
蓬壶何处是？吾欲泛楼船。


## 海上行

黄念瀛

阳冰泼处极沧溟，澎湃洪涛带月听。
棹尾鲸波余杳霭，滩头蟹火剩零星。
烟云卷尽千寻碧，岛屿平开一抹青。
携得袖中东海景，归来犹带晚风腥。


## 海畔

黄念昀

但在潮痕上，潮来任激撞。
时从衣袂洒，我亦狎涛泷。
潮回螺蚌在，繁细不知名。
自笑拾盈掬，居然渔大瀛。
海畔锦石矶，翩翩双翠鸟。
相对无机心，不入烟波渺。

# 观海

### 黄守平

大海茫何际，浮空环九区。
朝宗千派别，浴日一轮孤。
阴火惊明灭，阳冰淡有无。
溟濛烟雾里，仿佛见天吴。

瀚海锁郊坰，淡烟入窅冥。
鲸喷朝雾冷，潮涌远风腥。
浪卷天如雨，云归路亦暝。
成连渺何处，坐对晚山青。

# 东海

### 黄象埙

漠漠碧连空，乾坤巨浸中。
雪飞秋树紫，霞落海潮红。
渔火孤舟夕，烟波极目瀜。
乘槎今日愿，游入斗牛宫。

# 观海

## 黄玉瑚

万壑奔赴趋沧溟，巨鳌负地东南倾。
波光浮日相吞吐，测之以蠡神魂惊。
恍惚灵怪天吴游，浪起如山摇双睛。
蜃楼海市气幻化，濛濛吐雾翻长鲸。
海水之广难计程，望之令我生远情。
中有十洲三岛，阆苑赤城，
琪花瑶草，鹤舞鸾鸣。
仙人七虬云中行，天乐缥缈吹箫笙。
琼浆玉露迭宾主，霞裳羽衣何轻轻。
神仙可望不可即，秦皇汉武徒纷营。
我亦尘俗士，忘机狎鸥盟。
观海惟见涛訇訇，何尝扬尘又浅清。
安得天风引之到蓬瀛，群仙抗手相逢迎。

# 望海

## 黄宗臣

云山行欲尽，半岭望秋涛。
荡涤无千古，铿辒动六鳌。
光涵天影静，波撼地维高。
正切乘风志，勿辞破浪劳。

## 劳山观潮

### 黄宗辅

平水潮生高十丈，喷如两管触相向。
紫贝渊含碧落摇，苍精射激青冥漾。
杖底轰豗动远雷，叠雪浪花接天开。
天东蓬岛无多路，手指云霞向深处。
觅取洪崖共拍肩，笑携二子凌风去。

## 寄问泛海诸子

### 黄宗庠

秋日满沧溟，槎飞动客星。
潮随天共白，烟与岛俱青。
万象余空阔，三山隔渺冥。
传闻过龙窟，风雨带微腥。

## 望海

### 黄宗庠

碧海舒长望，披襟步石滩。
潮痕冲岸去，岛影卧波寒。
天地来春色，鱼龙卷暮澜。
荒哉秦帝意，驱石一桥难。

# 观海行

## 蓝　田

少劳山人乘桴来，天地岛屿洪涛回。
三山若无又若有，蜃气海市成楼台。
下有天吴之窟宅，朝餐朱英夕碧水。
安期赤松相经过，缥缈千年忆方格。
秦人乘车求神仙，方士楼船去不还。
茂陵何事寻遗辙，琅琊台上芝罘巅。
东望扶桑大如拱，弱流万里风呼汹。
君不见：
千载殷鉴宇宙间，桥山峨峨轩辕冢！

# 海滨即目

## 劳乃宣

波光如镜暮山孤，两道长堤入画图。
更复谁知是东海，宛然身已到西湖。

# 海上

## 李商隐

石桥东望海连天，徐福空来不得仙。
直遣麻姑与搔背，可能留命待桑田。

# 观潮

## 林钟柱

岛屿横空击目遥，忽惊澎湃涌新涛。
气吞海角沙飞舞，势撼山根树动摇。
地轴凌风怒蛟立，天吴喷雪孽龙骄。
眼前已见蓬壶接，翻笑秦皇鞭石桥。

# 海滨夜行

## 林钟柱

茅屋两家村，溪光绕华门。
雾喷山寺黑，日落海烟昏。
蟹火明荒岛，犬声摇短垣。
野氓无可语，独自下高原。

夜黑星光大，昏昏入海乡。
狂潮吞暮港，乱竹飒渔庄。
露湿空天静，风吹巨壑凉。
归来明月淡，呼友一倾觞。

## 乘舰游劳山遇浪折回

### 潘仰尧

一浪惊魂舟不前，劳山空想渺如烟。
游踪亦有因缘在，裹足非关晴雨天。

## 劳山下海滨石上醉卧诗

### 谭　灵

醉卧海岩上，潮来身半淹。
小蟹入袖里，明月落膝前。

## 崂山望海

### 徙南道人

塞径奇云拨短筇，不闻人语入鸿濛。
一山钟磬摇天满，十面峰峦到海雄。
便欲临风呼鹤驭，偶然飞唾落鲛宫。
蓬莱方丈知何似，大啸鸾音靥气中。

## 崂麓观潮

### 夏继泉

风动蛟宫玉练开，怒龙蹴雪绕崔嵬。
轰然千尺云涛起，晴雨一天过峡来。


## 海上

### 杨连吉

西风淅淅日将暮，微云一片下寒雨。
海波不动绿含烟，岸阔沙平飞白鹭。
何处欸乃秋日清，渔人遥自芦花渡。
潮生迷路归欲急，薄雾霏霏迷村树。


## 南海上

### 钟惺吾

安期得道处，花树不知春。
斗绝峰三面，空然水一巾。
烟霞如逸士，鱼鸟亦同仁。
贪看天然画，忘身画里人。

## 观潮

### 周荣钤

一水流天外，苍茫万里涛。
掀天飞海马，裂地吼山鳌。
汩没乾坤小，奔腾日月劳。
何当凌蜃市，摇岳一挥毫。

## 九日前偕范正甫东游海上

### 周如锦

蒲琚东下见盘涡，有客同行发啸歌。
荒后人烟成聚少，雨余车马改途多。
青山无数虬龙送，大海依稀鸾鹤过。
若遇安期为地主，重阳十日醉颜酡。

## 浮海

### 周思璇

万里苍茫色，孤帆直向东。
长波隐鲸背，大海起天风。
岛绝沉云黑，溟开浴日红。
桑田回首望，一气接鸿濛。

## 观海

### 周思璇

胸吞渤澥阔，极目望东溟。
瀬洞流今古，乾坤入窅冥。
鲸喷海日暗，龙起岛风腥。
回顾人寰窄，吾生一叶萍。

## 海上闲行

### 周思璇

老渔担网下东皋，无数鹭鸥泛雪涛。
一片潮声滩下落，女姑东望海云高。

## 登大仙山观海

### 庄建文

海上名山初次临，天然仙境消尘心。
风催白浪千堆雪，日照苍溟万道金。

# 崂山海市

## 鹤山观海市记

### 高 出

海海水悠悠，潮风飕飕。

三山岛内，忽烟村而树木；

蓬莱阁外，乍城市而楼台。

千丈蜃气，凌霄蔽日；

百端幻景，变成马牛。

波溢浪涌，恁虚而建墙屋者，谁舍谁宿；

岛远屿近，悬空而架桥梁者，焉往焉求。

若有而若无，杳同姑射；

可生不可即，神似瀛洲。

卢生归来，将速归径，

几几乎渔父出游，应失钓舟。

比幻化而更幻，视浮云而犹浮。

鲸鲵遥生，疑是水晶宫，反覆而不定；

蛟龙惊走，将谓城阁人，出没以无休。

岂知天水一色之中，可以参消长之变化，

而波光千里之内，即以悟进退之忧游。

大抵物无可执，景无可留，瞬息变态，

而或人或物，逐波涛以上下。

俄顷改观，而为山为谷，随鱼虾以沉浮，

来不知兮何故，去不知兮何由。

东风飘兮云垂而烟起，北水流兮阵卷而兵收。

海阔兮天空杳冥冥，鸢飞兮鱼跃乐休休。

悄悄兮一梦觉，滚滚兮水乱流。

徘徊兮满目滔滔，独上扁舟兮钓钩。


## 题树峰夫子《劳山观日出及道中观海市图》，用东坡先生海市韵

### 胡德琳

海水如镜宿雾空，耀云乍开澄波中。

燃犀欲照百怪出，芒角倒射冯夷宫。

公昔阅兵驻海上，洪憧人皆钦天工。

劳山坐观日五色，羲和晓日迎六龙。

回车半途报海市，奇绝实过眉山翁。

林庐郭邑递隐现，族旗摇飏浮图雄。

城临不其天不夜，俄顷变幻真无穷。

归命绘图记胜迹，日光海气相为融。

我公度人袖灵宝，祥征有兆福所钟。

移节中州作柱石，旸雨应候歌年丰。

好是直得神仙佑，依然黑发明青铜。

小子读画如有悟，吟成一粲迎春风。

惟以实象摹虚空，五色捧出金盘中。

况占有冠抱两珥，异境忽现蓬莱宫。

狮子岩环海三面，咫尺近看形愈工。

覆瓮八角更创护，欻忽曼衍呈鱼龙。

十洲三岛在人世，忘机鸥鸟逐山翁。

安期羡门不可见，神仙忠孝多英雄。

屏翳无碍尽其实，著述岂必虞卿穷。

封禅典礼近缥缈，天宫补罅明昭融。

大儒葵霍自有志，敬事后食忘万钟。

尺幅万里太虚碧，乃知静镇功弥丰。

赓歌再拜记岁月，夜布缇室声垂铜。

甲午孟夏既望五日，无云兼无风，桂林受业胡德琳题稿。

## 蜃楼海市歌

### 江用淏

茫茫海色接扶桑，万里乘风涵远光。

三山从不到苇杭，贝阙银宫声琅琅。

自昔传闻蜃楼起，诸峰连云向空指。

楼外楼，市中市，无端幻化何年始。

疑是洛妃初渲纸，画图一展霄汉里。

汉武秦皇想像间，忽惊沧海又桑田。

人物浮动若飞仙，往来云外何翩跹。

造化奇思如翻澜，阴晴朝暮变大千。

影里城廓世外境，回视大地尽弹丸。

# 树峰中丞劳山看海市图歌

## 李中简

大瀛茫茫千万里，光怪纷纶难具纪。
真仙笑语隐洪涛，缥缈或现烟中市。
常情拘墟狃闻见，绝境通灵益俶诡。
纵然轩豁露端倪，大海鱼龙为谁起。
山东节使行海县，归写新图十二纸。
鳌峰宾日已惊奇，粉本天开费摹拟。
仙桥无根落天半，化城有影横波底。
金庭灿灿珠露高，羽人翛翛飚驾驶。
阳开阴闭不知处，三岛十洲随意指。
移时贝阙卷轻绡，但见金雅映波紫。
自言览物欣所遇，真幻谁能辨根柢。
神工游戏讵有常，不祷而见偶然耳。
先生纲纪三齐远，渤澥一掬功德水。
所来闾井无怨嗟，即事灵示大欢喜。
蓬莱旧观想飞动，较量兹图才具体。
探奇正要福慧人，翻晒区区矜见似。
皇舆风物共清晏，硕德勋名无涯涘。
眼前苍生霖雨中，马头碧海丹青里。

## 劳山观海市作歌

### 蒲松龄

山外水光连天碧，烟涛万顷玻璃色。
直将长袖扪三台，马策欲挝天门开。
方爱澄波净秋练，乍睹孤城悬天半。
埠垭横亘最分明，缥瓦鱼鳞参差见。
万家树色隐精庐，丛枝黑点巢老乌。
高门洞辟斜阳照，晴光历历非模糊。
缀属一道往来者，出或乘车入或马。
扉阖忽留一线天，千人骚动谯楼下。
转眼城郭化山邱，猎马百骑皆兜牟。
小坠腾骧逐两鹿，如闻鸣镝声飕飕。
飚然风动尘埃起，境界全空幻亦止。
人生眼底尽空花，见少怪多勿须尔。
君不见：
当年七贵赫如云，炙手热焰何腾熏！


## 劳山看海市

### 唐梦赉

望日天涯碧玉隁，番辕岭下化城开。
五云缥缈芙蓉岛，百雉崔嵬烟火台。
人物安期应共住，市廛徐福旧同来。
丽谯乍卷青峦出，指点诸峰首重回。

# 寄题树峰中丞海市四截

## 朱孝纯

十二河山拥节旄，日轮齐捧岱云高。
谁施吐雾生烟手，更卷天风上海涛。

东风早验不扬波，雁翅龙鳞照绮罗。
仗取平生忠信在，坐看白日靖鼋鼍。

闻说楼台蜃气升，须臾变灭渺难仍。
好从一色空中相，悟出三车最上乘。

沧江贯月有仙槎，好古都传米老家。
头白画工尽怅望，嵩云洛月又天涯。

# 崂山铭

## 聚仙宫碑铭

### 张起岩

自王重阳之东也，而全真氏之教盛行。其徒林立山峙，云蒸波涌，以播敷恢宏其说。于是并海之名山胜境，半为所有。至若下插巨海，高出天半，连峰复岭，绵结环抱，蟠据数百里，长松交荫，飞泉喷薄，珍草奇木，骈生间出。檐楹轩户，隐见于烟云杳霭之间；凭高引领，历览无际，使人有遗世之念，则为劳山上清宫。盖即墨为齐东饶邑，而山在邑东南五十里，陡绝入海，鲸波潆洄，挟倭本，引吴会，顾揖莱牟，襟带齐鲁，风帆浪舶，瞬息千里。上清宫据山之巅，又全得其盛，是宜为仙真之窟宅，人天之洞府也。然其地峻极，众颇以登降为劳。南下转而西二十里，近山之趾，始得平衍。为宫殿，为门垣，请于掌教大宗师，赐额"聚仙宫"，而簪裳之士云集，于是即山垦田以供其饩，取材以供其用。通玄隐真子李志明实主张是，提点王志真实纲维是，助其成者则县尉栾克刚也。工既告成，为塑像。又辇石欲志其迹，俾道士沈志和持书来请文。栾在胶西为名族，尝从事山东宣阃，与余有一日之雅，计志和跋履往返千余里，乌乎可拒？遂即其图，记以叙列之。当五代时，有华盖真人刘姓者，自蜀而来，遁迹兹山。宋祖闻其有道，召至阙庭，留未几，坚求还山。敕建太平兴国院以处之，上清、太清二宫，其别馆也。志明大德初元，受华楼刘尊师之请，爱其胜绝，莫居。又阅一纪，其徒林志远、志全，即昆嵛云霞洞延之至，筑为环堵明霞洞。洞在上清之岭又三里许，块处二十五年，远近信向稽首问道者，络绎相属。今年八十，步履轻健，计平昔迁居四十处，度徒计五百，其志行可知已。夫老氏之为道，以虚无为宗，以重玄为门。秦汉以来号方士者，始有神仙不死之说。若全真为教，大概务以安恬冲澹，合其自然，含垢忍辱，苦心励行，持之久而行之力，斯为得之。隐真子心契道真，处于环堵，恬然自如，不言而人自化，不动而众皆劝。是其真积之至，故能易硗确而轮奂于斯，以为祈天永命之所，是则可尚也已。铭曰：

兹山峻秀横天东，下插沧海高凌空。
丹崖翠壁何穹窿，琼林琪树分蒙茸。
明霞霁映扶桑红，灵扃太宇相昭融。
仙驭隐见空明中，鸾鹤缥缈翔天风。
有客寓迹白云峰，翠华为盖冰雪容。
道价辉赫闻九重，凤书远召来崆峒。
卜基芟落荆榛丛，翚飞鸟革如神工。
长春宴毕留仙踪，乘云一去追无从。
空余夜鹤号长松，隐真学道知其宗。
环堵块居神内充，志行超卓惊凡庸。
谈说恳款开愚聋，向风景仰众所同。
善誉殷殷声隆隆，作室要嗣先人功。
徒役竭蹶惟虔共，平地突起真仙宫。
隐然背负层冈雄，高门朱碧环崇墉。
秘境清廓犹方蓬，簪裳云集必敬恭。
上祝国祚绵无穷，为民祈祐除灾凶。

占云望海玄关通，姑射仙人或可逢。

愿斥物厉成年丰，庙堂无事安夔龙。


## 劳盛山铭并序

### 张士珩

劳盛山长楢，突兀与海低昂相拒，海为之潆洄湾环焉。为东瀛之巨镇，形如隄防，隄而高峻，故名劳盛，释山所谓如防者。盛劳古多作牢，厥状土戴石荦确坚砠，转为劳者，或以登陟多劳，义非古也。高厓大峡，阳开阴阖，划然中分，屈折成峡涧，即屈折随峭壁崩厓而转，土墼岭以西自一水之九水皆西南入海，岭东之水则东入海。外海内川，奇辟独胜。去年曾两游，癸丑四月之望，弢斋相国邀蔚若尚书暨于晦叟、李柳叟、李澄园与予同游，循九水，过土墼岭，至王庄口。东南遵海纡折，历黄山、青山，登西岭，越八水河，蹑梯子石，度烟云涧，取道海潮院、登窑、沙子口而归。初宿华严庵，次宿太清宫。以辛丑往，癸卯返。凡三日，遍历山中诸胜。若巨峰、华楼、白云、明霞、上清，亦皆了了心目间。山势如累，两甋拍浮水上，多磴多礜多松竹，与崖汀垠塄参错。峰既巉岩，嶕崒各状；石则崒兀，诡怪殊象。泉亦淙淙涓涓，巨细异流。隈隩逶迤，陉岘迢递，洲岛回合，圻岸崩奔。上投青冥，下临无极。浩瀚荡其胸，峥嵘决其眦。洎宵静月明，烟峦如画。竹树交荫，若藻荇纵横布列水中，松声间以梵唱步虚之音自远而至。悄怆幽闃，萧寥高清，偶影寂听。眼底耳根悠然若与浩气俱不觉，人籁天籁地籁之虚徐凄瑟清清泠泠，足移我情也。信贤达之栖迟，高真之窟宅矣。弢相有诗五章，晦叟作游记，述游已备，乃说山而为之铭曰：

隤山如防，大海自漩。巨峰隆岋，二劳连绵。
峻崖划开，九水蜿蜒。石怪松虬，水竹清鲜。
飞楼涌殿，或阿或巅。洞府高寒，云涛粘天。
倚岩湍激，引手星搴。夜嶂月明，深林响鼍。
远澜渐歇，众籁微咽。澄澈沉寥，萧瑟聿宣。
嚣滓夐绝，肥遯受廛。在昔逢公，养志自全。
康成说经，书带芊芊。紫色不干，黄巾言旋。
地因人胜，倬彼二贤。暨乎明季，凌历游盘。
栖云餐霞，硕人自宽。长春憨山，奉佛求仙。
维缁与黄，亦代兴焉。人事递嬗，岩壑变迁。
神山可望，徐福不还。寻幽慕谢，却帝思连。
天风浪浪，吹波沧涟。乘真御气，挥斥八埏。
左把邱袖，右拍崖肩。千仞万里，振濯翩翾。
凌沧一笑，俯仰忘年。登高望远，式勒斯篇。

崂山云雾

水彩　19.4cm×13.4cm

1991 年

春风得意，绿郊试马，鹰犬驰骋，海阔天空。我在崂山试马，荒郊之栗色驹与鹰犬竞相逐。适上有苍鹰低空掠过，风云际会真难得之佳遇也。

1991.4.29

## 崂山试马

淡彩　13.4cm×19.9cm

1991 年

138

崂山瑞雪

水彩　19.9cm×13.3cm

1991 年

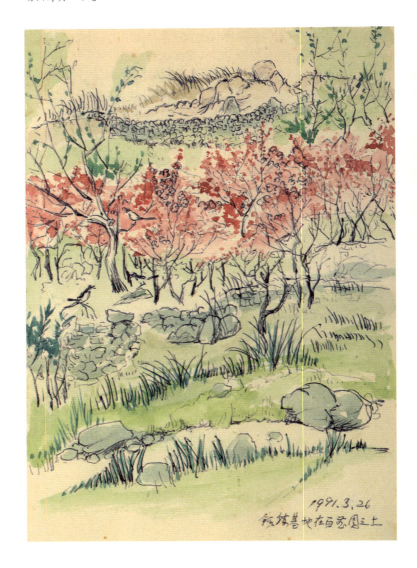

百花园上的锻炼基地

淡彩　13.5cm×19.4cm
1991 年

崂山新绿

水彩　18.9cm×13.8cm

1991 年

离别可爱的大崂

淡彩　13.7cm×15.3cm
1991 年

崂山草堂

淡彩　14.9cm×17.3cm

1991 年

疗养院招待所

淡彩　14.2cm×20.3cm

1991 年

靛缸湾潮音瀑

淡彩　14.6cm×19.4cm

1991 年

145

北九水疗养院窗外即景

淡彩　13.4cm×17.2cm
1991 年

北九水学校

淡彩　15cm×19.3cm
1991 年

在毕家村远眺华楼山

淡彩　16.8cm×13.7cm
1991 年

乌衣巷石桥

淡彩　20cm×13.6cm

1991 年

乌衣巷侧有怪石一堆

水彩　19.5cm × 14cm
1991 年

游浮山触景追忆故友吕品

淡彩　19.7cm×14.5cm

1992 年

与牟老师游浮山

淡彩　19cm×13.4cm
1992 年

乘旅游船到太清宫

水彩　15.9cm×14.7cm

1993 年

大崂住所

淡彩　19.3cm×13cm
1993 年

# 崂山诗刻

## 明霞洞题诗

陈　沂

明霞一峰千仞青，众山为堵前为屏。
云雾挥开上绝顶，乾坤坐看浮沧溟。
古来好事亦无迹，此地栖仙应有灵。
岩扉夜闭洞中卧，石流静滴声泠泠。

嘉靖癸巳（1533）秋九月二十六日，与蓝侍御同来，参政陈沂书并题。

编者注：此诗刻于明霞洞石壁。

## 狮峰诗

陈　沂

潮涌仙山下，楼台俯视深。
赤阑横海色，碧瓦下峰阴。

片石千年迹，孤云万里心。

举杯清啸发，振叶欲空林。

编者注：此诗刻于狮子峰寅宾洞内石壁。


## 玉鳞口

### 崔应阶

何处砅崖万壑雷，高峰云净石门开。

盘空瀑雪飞涛落，拂面吹花细雨来。

碧天澄潭堪洗涤，青松白石任徘徊。

支筇未尽游观兴，樵唱遥从天际回。

编者注：此诗刻于太和观大殿东壁。


## 鹰窠涧诗刻

### 高凤翰

削壁千寻立，鹰窠旧识名。

石华披锦烂，雪窦射云明。

古鹤盘松下，仙葩匝地生。

何当荷长铲，岩下劚黄精。

编者注：此诗刻于北九水之三水鹰窠涧，亦称小金华谷。

## 鱼鳞口观瀑

### 高凤翰

涧水从天下，奔流万派喧。

跳珠凌木末，飞雪溅云根。

寒欲生毛发，清真洗梦魂。

时逢采药者，或恐是桃园。

编者注：此诗刻于北九水靛缸湾西壁。

## 鱼鳞瀑

### 黄苗子

游踪不到鱼鳞峡，不识崂山风景奇。

三面苍崖萦碧树，千重涧水汇清溪。

我初目眩疑迷幻，泉作琴音引梦思。

觅句艰难终未惬，故应写出无声诗。

编者注：此诗刻于北九水潮音瀑左侧石壁上。

## 癸亥五月游崂山题诗刻

### 康有为

天上碧芙蓉，谁掷东海滨。

青绿山水图，样本李将军。

神仙排云出，高台照金银。
芝旗与松盖，光景蔼五云。
群贤能冒险，渡海咸欢欣。
楼船两飞轮，破浪入山根。
山下太清宫，万竹夹道分。
道人多道气，长须迎缤纷。
殿前两白果，老树霄汉干。
阶前一耐冬，千年尚郁蟠。
蔽山弥万绿，涧流屈潺湲。
直上崂山巅，夹道万卉繁。
奇石起攫搏，或作虎豹蹲。
老黾当道卧，异柏挂岩丹。
苍松亿万千，漫山洪涛翻。
应接目不暇，清赏心所安。
欹岖过岭后，荦确石巉岏。
盘蹬登上清，惊看飞瀑喧。
渐度屼嵲巇，峰头草成茵。
至正余摩崖，抚起感心颜。
虽赏丘壑美，稍惜草木删。
俯望碧海浸，超然十洲仙。
吾生诸天游，世界等微尘。
方士采药来，自此求神山。
云昔秦始皇，登道随山刊。
方壶与圆峤，水中浮碧寰。
白银为宫阙，仙人缟衣冠。
楼阁倚缥缈，度劫亿万春。
今岂有真人，玉宇琼楼寒。
深恐六鳌动，铁围漂荡艰。

龙伯国大人，提掷出九关。

且游播藉迦，复欠晃昱还。

何处非天际，暂复留人间。


跋：癸亥（1563）五月，康有为来青岛，偕张志易吾、崔世善修如自济迳来。与邹文蔚敬安、王大桢芃生、方作霖雨农、丁延龄晓帆、秦曾源云稼、王天伟幼云、戚运机愚勤、门人陈干明侯、江希、张慕渠游崂山。警察厅长成维靖逸广率警卒三十余人护行，调金星轮船及一小轮，自沙子口渡海，电局牟钧德幼南，通电预办，乘月乃归。康有为赋诗写记。

编者注：此诗刻于太清宫后山崖壁。


## 寄王屋山人孟大融

### 李　白


我昔东海上，劳山餐紫霞。

亲见安期公，食枣大如瓜。

中年谒汉主，不惬还归家。

朱颜谢春晖，白发见生涯。

所期就金液，飞步登云车。

愿随夫子天坛上，闲与仙人扫落花。

编者注：此诗刻于梯子石。

## 靛缸湾诗刻

### 李香亭

瞻彼东劳压海滨，老松怪石几千春。

靛缸何年悬崖露，惹得游人说到今。

编者注：此诗刻于北九水观瀑亭下石壁上。

## 骆驼头诗刻

### 李香亭

蜃楼不让骆驼头，高节知居水上流。

一介生平木石伴，胜名洋溢遍全洲。

编者注：此诗刻于北九水五水东骆驼头。

## 太平宫即事二首

### 牛鸣世

一

绿树依稀侣雁行，玉泉错落水淙淙。

乾坤此洞留其境，风雨危镌连巨松。

狮子口中浸石乳，仙人桥上竖霞幢。

合当不尽登临兴，露满松筠月满窗。

## 二

门藤呼客入云门，风雨岩棱势如吞。

仙犬伏云行白日，山猿收果渡黄昏。

樵人漫言餐霞术，道士常浇种玉园。

到此可偿廛市愿，便从何处问天孙。

编者注：此诗刻于太平宫南院眠龙石上。


# 长春师父作

## 邱处机


随机接物外同尘，应边无方内养神。

心帝出难三界苦，洞天又想四时春。

金丹大药更年玖，火觉交难逐日新。

一服定朝生死海，不知谁是有缘人。

编者注：此诗刻于华楼宫后。

# 白龙洞摩崖诗刻

## 邱处机

　　东莱即墨之牢山，三围大海，背负平川，巨石巍峨，群峰峭拔，真洞天福地一方之胜境也。然僻于海曲，举世鲜闻，其名亦不佳。予自昌阳醮罢，抵于王城永真观，南望烟霭之间，隐隐而见，道众相邀，迁延数日而方届，遂闲吟二十首，易为鳌山，因畅道风云耳。栖霞长春子书。

卓荦鳌山出海隅，霏微灵秀满天衢。
群峰削蜡几千仞，乱石穿空一万株。
道祖二宫南镇海，王明三崮北当途。
知是物外仙游境，不向人间作画图。

初观山色有无时，十日迁延尚未之。
咫尺洞天行不到，空余吟咏满囊诗。

浮烟积翠满山青，叠峰层峦簇画屏。
造物建标东枕海，云舒霞卷日冥冥。

三围大海一平田，下镇金鳌上接天。
日夜潮头风辊雪，彩霞深处有飞仙。

松岩郁崛瑞烟轻，洞府深沉气象清。
怪石乱峰谁变化，亘初开辟自天成。

重岗复岭势崔嵬，照眼云山翠作堆。
路转山腰三百曲，行人一步一徘徊。

佳山福地隐仙灵，万壑千岩锁洞庭。
造化不教当大路，为嫌人世苦膻腥。

牢山本即是鳌山，大海中心不可攀。
上帝欲令修道果，故移仙迹近人间。

因持翰墨写形容，陟彼高岗二十重。
南出巨平千万叠，一层崖上一层峰。

修真恰似上山劳，脚脚难移步步高。
若不志心生退怠，直趋天上摘蟠桃。

白发苍颜未了仙，游山玩水且留连。
不嫌天上多官府，只恐人间有俗缘。

修真野客非才子，行到仙山亦有诗。
只欲洞天观晓日，不劳云雨待清词。

四更山吐月犹斜，直上东峰看晓霞。
日色丽天明照海，金光射目眼生花。

鳌山三面海浮空，日出扶桑照海红。
浩渺碧波千万里，尽成金色满山东。

天柱巍峨独见标，上穿云雾入青霄。
不知日月星辰谢，但觉阴阳气候调。

洞有佳名号白龙，不知何代隐仙踪。
至今万古人更变，犹自嵌岩对老松。

洞府仙名唤老君，神清气爽独超群。
凭高俯视临沧海，守静安闲对白云。

华盖真人上碧霄，道人从此蔚清标。
至今绝壁幽岩下，尚有群仙听海潮。

山川皆属道生涯，万象森罗共一家。
不是圣贤潜制御，安能天地久光华。

可叹巍巍造物功，山海大地立虚空。
八荒四海知多少，尽在含元一气中。

编者注：此诗刻于白龙洞洞额。


# 黄石洞清天歌诗刻

## 邱处机

清天莫起浮云障，云起清天遮万象。
万象森罗镇魔邪，光明不显邪魔王。

我初开廓天地清，万门千门歌太平。
有时一片黑云起，九垓百骸俱不宁。

是以长教慧风烈，三界十方飘荡彻。
云散虚空体自真，自然现出家家月。

月下方起把笛吹，一声响亮震华夷。
惊起东方玉童子，倒骑白鹿如星驰。

逡巡别传一般乐，也非笙兮也非角。
三尺云璈十二徵，历劫年中混元斫。

玉音琅琅绝郑音，轻清遍贯达人心。
我欲一得鬼神辅，入地上天起古今。

纵横自在无拘束，心不贪荣身不辱。
闲唱壶中白云歌，静调世外阳春曲。

吾家所曲皆自然，管无孔兮琴无弦。
得来惊觉浮生梦，昼夜清音满洞天。

编者注：此诗刻于黄石洞洞上石壁。

# 太清宫三皇殿后山诗刻

## 邱处机

烟岚初别上清宫，晓色依稀途径通。
才到下方人未食，坐观山海一濛鸿。

云烟惨淡雨霏微，石洞留人不放归。
应是洞天相顾念，一生嗟我到来稀。

云海茫茫不见涯，潮头只见浪翻花。
高峰万叠连云秀，一簇围屏是道家。

松风涧水两清幽，尽日清音夜未收。
野鹤时来应不倦，闲人欲去更相留。

溪深石大更松多，郁郁苍苍道气和。
不是历年樵采众，浮云蔽日满岩阿。

贯世高名共切云，游山上士独离群。
仙乡贵重三茅客，仕族尊荣万石君。

西天仰视刺天高，山上仙家种碧桃。
桃熟几番人换世，洞中秦女体生毛。

清歌窈裊步虚齐，月下高吟凤舞低。
谈笑不干浮世事，相将直过九天西。

烟霞紫翠白云高，洞府群仙醉碧桃。
鼓透碧岩雷震骇，满山禽兽尽呼号。

道力神功不可言，生成万化独超然。
大山海岳知轻重，没底空浮万万年。

编者注：此诗刻于太清宫后山石壁。

# 上清宫混元石诗刻

## 邱处机

醮罢归来访道山，山深路僻海湾环。
棹舡即向洪涛看，化出蓬莱杳霭间。

群峰峭拔下临渊，绝顶孤高上倚天。
沧海古今吞日月，碧山朝夕起云烟。

青山本是道人家，况此仙山近海涯。
海阔天高无浊秽，云深地僻转清嘉。

怪石嵌空自化成，千奇万状不能名。
断崖绝壁无人到，日夜时闻仙乐声。

晓明朦胧渐起云，山光惨淡不全真。
直须更上山头看，似驾天风出世尘。

海上观山势转雄，清高突兀倚虚空。
朝昏磊落生云气，变化皆由造物功。

重重叠叠互相遮，簇簇攒攒竞斗嘉。
眼界清凉心底爽，神仙自古好生涯。

巨石森森岭上排，岭峰岌岌到天阶。
三秋水冻层冰结，九夏云寒叠嶂霾。

五岳曾经四岳游，群山未必可相俦。
只因海角天涯背，不得高名贯九州。

陕右名山华岳稀，江南尤物九华奇。
鳌山下枕东洋海，秀出山东人不知。

编者注：此诗刻于上清宫玉皇殿西墙外混元石上。

## 钓鱼台一字歌

### 宋绩臣

一蓑一笠一髯叟，一丈长竿一寸钩。
一山一水一明月，一人独钓一海秋。

编者注：此诗刻于八仙墩钓鱼台石面上。

## 明霞洞诗刻

### 孙紫阳

隐迹云林不记年，冲虚清淡妙中玄。
留经世远开迷海，阐教功多度有缘。
派接七真辉玉性，丹成九转涌金莲。
俄惊解化乘风去，常使同心思惨然。

编者注：此诗刻于明霞洞左侧。

# 王祖师道诗刻

## 王重阳

一别终南水竹村，家无二（儿）女一（亦）无孙。

三千里外寻知友，引入长生不死门。

*编者注：此诗刻于华楼山碧落岩，与"重阳师父作"诗刻同石相连。*

# 重阳师父作

## 王重阳

背上葫芦蒲酒沽，无中却是有中无。

清光墨腊般般显，月里丛林永不枯。

*编者注：此诗刻于华楼山碧落岩。*

# 马师父答

## 王重阳

玉液琼浆不消沽，舌上甘津不暂无。

学得风仙既寂法，灵苗序草永难枯。

*编者注：此诗刻于华楼山碧落岩。*

# 离山老母诗刻

## 佚　名

修行不要意忙忙，常想心猿意马降。

世事不贪常守分，外劳不动内隐阳。

忘言少语精神爽，养气全神第一强。

若是昼夜还不睡，六贼三尸尽消亡。

编者注：此诗刻于华楼山碧落岩下。

# 崂山题图

## 题赫保真《崂山新貌卷》

陈寿荣

东崂风光好，山海风景奇。

画家夸山美，文人写颂诗。

济南有名士，驰誉关黑弸。

连袂来琴岛，写生探幽异。

我与柘翁老，相伴同游历。

大崂甫车停，顿见莲花峰。

晴岚衬丽日，翠岫烟云中。

群山环抱里，一水沿溪行。

六水转水湾，拔海有奇峰。

驼首踞碧落，鹰嘴昂高声。

九水赏飞泉，披襟迎爽风。

昂首见楼阁，工人疗养宫。

红瓦连第起，绿树映九重。

檐上彩云落，阶下百花丛。

病员健康复，人人含笑容。
欣然见此景，丹青难绘工。
乘兴游竹庵，道院饮茶煎。
庵内皆修竹，庵外水潺潺。
九曲鱼鳞峡，三叠潮音喧。
停足爱瀑布，凤蝶舞蹁跹。
扶藤攀援上，绕峰几回旋。
崂顶极目望，万峰浴海天。
明霞现宫殿，有洞在山巅。
天半照朱霞，洞名斯起缘。
巍巍上清宫，山茶傍牡丹。
聊斋撰小说，香玉与绛雪。
益扬名山胜，文人涉奇多。
下清建海旁，宫在竹林藏。
三院皆幽美，清泉沁齿香。
古柏高千仞，凌霄碧空馨。
紫竹山鸟戏，奇石八仙墩。
周围产宝石，墨玉能试金。
日寇曾劫掠，舟运越海滨。
盛世我军镇，不再受敌侵。
龙潭人字瀑，斜挂碧山隈。
赏瀑涤尘垢，吸引探奇人。
青山黄山去，兴起再幽寻。
云黑惊飞雨，仓皇鸟乱群。
密树更苍郁，遍山笼烟云。
千岩泉腾奔，万壑瀑布音。
米氏水墨秘，至此悟玄机。
华岩于七墓，昭然英雄魂。

似竹千秋碧，如松万年春。
崂东白云洞，四季山花新。
青龙卧云窟，山阁起白云。
崂山旬日游，画箧名迹陈。
江山多锦绣，游毕兴未尽。
关师写山景，笔墨越前人。
伯龙写群岭，泼墨更有神。
菊田写万壑，风貌益逼真。
崂山建水库，劈岭苦战勤。
伟绩现竣工，群英看今晨。
柘翁绘此卷，全豹别须眉。
今我赘跋语，依依感情深。
予将挥拙笔，孤陋甘效颦。
丽景入画卷，永远为人民。

癸丑（1973）深秋，漫成俚句敬跋。惜关师谢世，无从请教矣，掷笔一叹。潍阳陈寿荣。

# 题汪家华《崂山图》

### 端木蕻良

付与画家任意收，驱鲸鞭石坐春秋。
崂山近在蓬莱远，渔火星星洲外洲。

## 《二劳寄迹图》赠琅若太史

### 傅 潜

身不荷石城锄，手不钓沧海鱼。

破空思作劳山图，扑笔自笑胡为乎。

二劳嶔崟高不极，插天芙蓉相对揖。

问谁蜡屐能探奇，矫首东南空太息。

玉霄散吏回青瞳，蛾眉谣诼原难工。

谪居下界亦不恶，晞发仍傍蓬莱宫。

忆君弱冠初登朝，玉山朗朗推人豪。

纫兰佩芷二十载，无端弹射将焉逃。

且携三斗苦松醪，御风泠泠纵轻舠。

置身鸟飞猨挂所不到，坐对落日万里之波涛。

我梦耐冬高十丈，吐丹耸翠层云上。

云厌珊瑚射日明，银沙填海平于掌。

逢君花下驭麒麟，招我乘槎一问津。

鸡犬桑麻自阡陌，乱泉垂影隔红尘。

吁嗟乎！

几人脱冠挂神武，濡头抵掌忘其苦。

崎岖百折险于山，蜀道蚕丛何足数！

翩然一鹤竟先飞，携子营巢守翠微。

柴鹿栏猨徒健羡，餐霞漱石澹忘归。

披图寥寥君莫笑，灵境天开难意造。

芒鞋他日游上清，深岩可闷鸾凤鸣。

噫嘻！

谁与君同调？

# 题旧制《崂山新貌卷》

## 赫保真

《崂山新貌卷》系六一年（1961）作，写记五七年（1957）与关友声、黑白龙、弭菊田、陈春甫偕游情景。今关已谢世，陈病我老，披图兴感因题。

> 一卷之中画五人，披图犹是昨日欣。
>
> 人生总如蜉蝣寄，笔端长留山海春。

# 乞金甸丞画《劳山归去来图》

## 劳乃宣

癸丑（1912）冬，应德儒尉礼贤尊孔文社之招，移家青岛，在劳山麓。《通志·氏族略》云："劳氏其先，居东海劳山。"是劳山者吾家最古之祖居也。此行为归故乡矣。因乞金君作此图诗以将意。

> 东海劳山本故邱，遥遥先泽数千秋。
>
> 此来便作家山看，莫认乘桴汗漫游。

> 海滨邹鲁泽诗书，血气尊亲信不虚。
>
> 慢把居夷陋君子，宛从吾党赋归欤。

> 也学渊明归去来，但无三径剪蒿莱。
>
> 烦君写入琅玕纸，松菊都从画里栽。

## 摸鱼儿·自题劳山归去来图

### 劳乃宣

峙沧溟、万峰环翠，先畴遥溯千古。
雷声电影飑轮疾，载得萧然家具。
聊赁庑，更莫道、山川信美非吾土。
高风远数。
问迷路逢萌，餐霞李白，遗躅可容步。

南云邈，闾井方丛豺虎，周京又感禾黍。
江湖魏阙都成梦，蹙蹙我瞻何所？
谁与语，浑不料、有人重译谈邹鲁。
归来且赋。
愿蠹简埋头，鲸波洗耳，长向画中住。

## 摸鱼儿·重返青岛，再题劳山归去来图

### 劳乃宣

癸丑(1912)移家青岛，以在劳山之麓，绘归去来图，曾题一词，历荷同人题咏。甲寅战事作，迁居阙里。丁巳时局又变，后返岛上，抚今追昔，感慨系之，再题此阕，以写我怀。

认家山、群山山外，依然黛染如画。
浮空海色涵山色，山海莫分高亚。
聊慰藉，凭报与山灵，我又归来也。

孤吟和寡。
只波上闲鸥，林间倦鸟，相对旧游话。

沉冥意，犹剩溪藤曾写，茫茫谁是知者。
空余一掬铜仙泪，还向沧溟重洒。
残照下，问可有、鲁戈挥日回三舍。
东皋啸罢。
伥矫首璇霄，帝乡安在，委命且乘化。

## 题子孝祚劳山油画

寥　士

西北上峭阪，东南穷雁荡。
雁荡极怪诞，峭阪足雄壮。
山石是何物，各具庄严相。
劳山吾未至，揽图空蕲向。
但看石嶙峋，已兼雄怪状。
倚饮胶莱河，岱宗隔屏障。
尖探团鸟岬，灵旻日回荡。
三千七百尺，谁拔海平上。
齐鲁未了青，擎天作仙杖。
吾儿好绘事，胜游略能偿。
阅世山诚劳，入画脱尘块。
携归且娱我，萧斋静供养。

## 题黄仁《在劳山观海行乐图》

### 林冠玉

万壑群山春色深，云标绝顶独登临。
一声长啸海天阔，举世无人知我心。

## 题画

### 蓝囵

何处是桃源，种桃不记年。
明月一溪水，春风四面山。
花发宁辞醉，游人故爱闲。
武陵捕鱼者，应悔问津还。

## 劳山画卷为赵君立民题

### 潘仰尧

一湾深处抱螺鬟，万岭千峰绿水环。
绝壁虬松青不断，山中小住最清闲。

# 题赫保真《崂山志游》

## 孙沾群

一峰转过一峰高，大崂丹梯插碧霄。

会当一人凌绝顶，躯微不禁天风飘。

回顾大地已茫然，惟有东海似青天。

顿觉寄身渺如粟，长空万里一飞蝉。

其中尚有二三子，秋老云深采药还。

古木萧萧摇清影，茅舍葺葺低如船。

然苦竹，汲清泉，睡起日三竿，寐静太古不知年。

先生写此知有意，漫作游戏笔墨传。


# 题崂山图组诗

## 张伏山

### 题《太清水月图》

五十年前东崂游，放歌踏遍雪山头。

记得下宫门前醉，一轮明月照海流。

### 题《潮音瀑图》

石径崎岖烟雾中，流泉九转石玲珑。

崇峰叠嶂险绝处，遥看玉龙挂碧空。

### 题《棋盘石峰图》

不游二崂四十秋，名胜古迹忆悠悠。

衰老忘拙画兴在，棋盘险峰笔端求。

题《那罗延山华岩小景图》
步入华岩寺，爽然俗虑空。
路缘青壁上，人在白云中。
松老清风起，塔院野花红。
灵山钟秀色，触目郁葱葱。

题指画《崂山聚仙台图》
老翁头已白，痴犹喜翩翩。
名山环东海，绝踪三十年。
奇峰多古松，云壑野花妍。
遥望不可即，人事几变迁。
忆绘笔难着，寄情无管弦。
献丑愧雕虫，有负高人言。

# 题劳玉初《劳山归去来图》

## 郑孝胥

入山迹易穷，意不若入海。
连峰上触天，此去通真宰。
我过劳山湾，惊浪没其趾。
朝霞弄黛色，万变作奇采。

刺船久在望，竟莫窥首尾。
来游欠登顶，悯悯如有待。
山灵留公孙，危行俗所骇。
曰归真殉道，异国友善士。

依山更讲学，欲使众知礼。
相逢讶焉往，图卷表微旨。
大义犹未明，世难何时已。
愿从劳劳山，蹈海觅不死。

# 栖隐

## 答尹琅若以《唱骊集》见示

### 陈士杰

我闻劳山名，未识劳山面。
有客谈劳山，恍惚如目见。
芙蓉插极霄，渤海绕青甸。
蓬莱只咫尺，俯仰共顾盼。
就中有高士，结茅构幽院。
殚精探微奥，积轴盈千卷。
芒鞋数攀跻，诗骨猿鹤健。
有时访道人，趺坐讲修炼。
偶尔田父来，桑麻话不倦。
身世寄浮云，倏忽随迁变。
瓮头春酒香，抱此常恋恋。
不佛亦不仙，仙佛应同羡。
我非浊俗流，买山夙有愿。
眷言追芳躅，结社共清宴。

# 赠山中何老

## 高凤翰

野人有何老，世外旧山家。
九折当门水，千重覆屋花。
问年失甲子，话客但桑麻。
何日成邻叟？峰头共紫霞。

# 东归复咏

## 劳乃宣

　　蛰居阙里，荏苒三秋。时局纷拏，变生莫测。流离琐尾，又返岛隅。尉君见假屋舍，居家重理讲经旧业。抚今追昔，感事成吟，题曰《东归复咏》。

故人把臂笑语温，指点残灰劫后痕。
割与幽居山一角，万松深处别开门。

研朱滴露小窗深，讲易朝朝写素襟。
说到忘言忘象处，风清月白见天心。

劳山归去记曾图，不比萍漂泛五湖。
此度再来缘不浅，便当高卧故山隅。

# 海上呈郭冷亭先生

## 李宪曷

公子翩翩迥绝尘，三年作邑故能贫。
此日初逢望标格，敝裘羸马旧诗人。

谬从花萼得诗名，海上何人移我情。
万里天风千尺浪，大劳山下拜先生。

# 留别王远汀

## 李诒经

胜游几日共，怀抱已萧然。
仁月峰临海，寻僧路近天。
疏钟鸣远寺，烟树拥前川。
记取分襟处，满山开杜鹃。

# 北上就道后寄别郑于阳先生

## 李毓昌

一片华楼月，今宵何处看。
遥知沧海客，高卧碧云端。
酒薄难成醉，衾孤乍觉寒。
不如早归去，从乞钓鳌竿。

# 琅若太史去官归隐卜筑二劳即赠

## 林钟柱

休官逐真隐，易入碧山深。
时论交相惜，闲云即此心。
林香春笋拆，海气晓天阴。
酒罢预愁访，烟岚何处寻。

买山金自辨，啸傲去沧洲。
何意君归隐，都为我旧游。
奇花残雪夜，片月乱帆秋。
未免行吟处，怀人起暮愁。

# 万历丁亥春日

## 毛　在

闻于异人明于三教之理，藏修劳山华楼相距尚远，不及一见，怅然有怀。

闻说山中有异人，白云袅袅总无因。
一从羽士登仙后，衣钵传来定属真。
何处禅宗别有关，驱车前却薜萝间。
自知尘网犹难脱，未得浮生半日闲。

# 送琅若太史归隐劳山

### 孙　昭

金门十载梦初回，新制萝衣映硐苔。
预话荷铲沧海上，半岩斜日劚芝来。

子规声里雾冥冥，暂隐遥天旧使星。
自笑葛巾殊得计，好山长为酒人青。

空山偃蹇卧词臣，太泽归耕事有因。
莫怪生平多傲气，君原海上钓鳌人。

昔年仙客此餐霞，亲见安期枣如瓜。
明日东南天半望，云涛堆里是君家。

# 吊逄萌

### 孙　镇

吾爱逄子庆，挂冠都城门。
国危不可居，避世甘沉沦。
泛海岂安流，差比尘鞅尊。
高躅迈一时，清风今尚存。
山深海涛急，谷静岩泉喧。
遗迹杳难辨，代远道弥敦。
嗟彼草玄者，龃龉安足论。

# 吊逄萌

## 唐汝迪

黄虞世遐邈，箕颍风息灭。

中古待士贱，豢骥杂群秣。

缘兹荣利场，沉醉浸人骨。

云霄未致身，青紫志先夺。

蜗牛竞升高，翻嗤钝者拙。

丧己鲜色惭，胡暇顾臣节。

国势丁离披，团沙纷荡析。

往事寻覆轨，掩卷欲流血。

北海有隐君，清贞莹冰雪。

食贫非所厌，独耻效趋谒。

掷盾不掉头，气已偃滇渤。

游学咀麟经，大义皎日月。

维时炎精晦，龙战重阴结。

奸雄巧簧鼓，献颂塞城阙。

嗟嗟草玄子，美新丐容悦。

天地失其宰，三纲颓然绝。

朗监触危机，介石不终日。

挂冠东都门，片帆辽海阔。

戴盎哭于市，踪迹讵为诘。

中兴晰元运，预占妖气豁。

真主御宸极，纲罗尽英杰。

岂乏天孙章，堪补衮职缺。

素心甘隐沦，入山转秘密。

大劳连小劳，茹芝还采蕨。

葆光真性适，薰德善良彻。

声价震寰宇，征书星火发。
托耄罔识途，坚卧老岩穴。
鸿鹄摩秋旻，虎豹安可绁。
意绪薄云台，标榜侈勋烈。
谶纬附霸图，伊谁稷与契。
卷舒妙成算，应不愧明哲。
高风涤浮埃，廉顽起懦劣。
东汉尚节义，清论惧奸蔑。
大厦虽垂颠，支撑力犹竭。
阿瞒恣睥睨，至死且哽咽。
鼎沸国祚绵，忠愤见耿切。
世教溯扶培，厥功畴云蔑。
千载臭味同，遗像梓里揭。
习俗方靡靡，此意渐消歇。
空谷喜足音，勿漫疑孤洁。

## 访双石屋毕福临

### 王大来

岩壑清幽处，疑非人世间。
几家临水住，终日与云闲。
茅屋山争护，柴门夜不关。
遍邀邻舍酒，驻久欲忘还。

人似羲皇上，生涯百不谙。
山深农事少，粟贵野蔬甘。

有地皆收药，无桑亦养蚕。
自然风俗朴，我欲结茅庵。

山巅明夕照，村落亦黄昏。
春暖儿先睡，宵深灶尚温。
泉声清到枕，月影近当门。
独坐庭柯下，萧森净客魂。

夜静不闻犬，春残始见花。
历年无甲子，空谷足烟霞。
冻酿三冬雪，香留十月瓜。
从来兵火劫，不到此山家。

## 双石屋访毕山人

### 王大来

一流合众派，千里响春雷。
水逐千峰转，人穿九曲来。
天光随笠小，树色到门开。
劚药山翁去，夕阳犹未回。

### 忆毕福临山居

#### 王大来

去岁曾游双石屋，数家村落自清寥。

天荒未破无文字，人迹初通有渔樵。

满院松花黄雾重，当门溪水白珠跳。

生理却在耕桑外，终日穿云劚药苗。

### 赠劳山隐者

#### 王士禛

何许藏名地，秦山海上深。

半夜白日出，风雨苍龙吟。

静侣行道处，不闻樵采音。

清冷鱼山梵，寂寞成连琴。

晓就诸天食，暝栖薝葡林。

因知安居法，一契无生心。

我亦山中客，悠悠悔陆沉。

### 赠赵冲朴逸客

#### 杨　舟

冲朴山人抱朴居，闲中滋味意何如。

溪头鸥鹭从来往，洞口烟云任卷舒。

酒熟杏村沽瓦缶，客来花径坐籧篨。
蜗名蝇利浑谁识，碧水青山乐有余。

云林深处结茅庐，中有幽人冲朴居。
三径松菊舒啸傲，四时风月对樵渔。
闲通泉水园浇药，静听儿孙夜读书。
聚散浮云从世态，不闻宠辱自嬉如。

数椽负郭面清流，冲朴山翁自戏游。
曳杖看花通曲径，呼童寻犊过芳洲。
倚窗短榻憎三窟，搔首长吟笑五侯。
醉向斜阳林树下，野塘深处数轻鸥。

墨水城南冲朴家，逍遥林壑足生涯。
风梳门外五株柳，露湛山前十亩瓜。
秋老疏林催扫叶，春深小圃看栽花。
盟甘泉石烟霞主，肯向红尘逐物华。


## 宿巨峰西岭张宏陶隐居次聚公叔韵

### 张　洽

振衣一径叩岩关，为爱林泉坐不还。
残月参差松影外，闲云出入竹窗间。
鸥狎海客翎如雪，树老风霜叶未斑。
千古隐真冲举后，清风邈邈竟谁攀。

## 陪张湛存先生入劳访逄公栖止感赋

### 张士珩

岩峣高不极，选胜共登临。

涧壑随峰迥，烟峦障日阴。

摩天悬壁峭，访古入岩深。

欲问幽栖处，云封不可寻。


## 和匡谏议再入劳山访赵隐君

### 周念东

城市君真隐，深山更访人。

角巾原自惯，黄石转相亲。

马熟林间路，花知洞口春。

同心有巢许，耐可往来频。


## 逄萌

### 周如锦

逄萌悯三纲，举世无枉足。

辽东不可留，劳山栖黄鹄。

# 山产

## 介山赠竹杖

### 郭恩孚

何人倒拔苍龙须？植向深山历冰雪。
土杂沙石地脉坚，三载长成质如铁。
吴君制杖工选材，轻圆瘦劲密根节。
赠我不啻青琅玕，一座观之叹精绝。
子美桃枝未足豪，吏部赤藤自别派。
偶然戳地作雷鸣，狐兔惊窜阴崖裂。
我昔十五离乡关，风尘奔走雕朱颜。
上山下山一马策，健如黄犊轻飞鹯。
宇内五岳经其四，空同太行青可怜。
西倾朱圉暨鸟鼠，惜哉未到昆仑颠。
而今齿摇发尽落，垂老来看东方山。
见山便觉高兴发，举步只愁腰脚孱。
一朝得此顿神王，绝壑幽岩空所向。
今宵且复醉山村，明日迟君巨峰上。

# 劳山仙杖

## 马 其

一枝仙杖出劳林，相伴归来惬素心。
大雪桥头先试浅，嫩泥泽畔早知深。
月明秋爽宜闲步，梅发前村好远寻。
更有重阳能助兴，委蛇扶我上高岑。

# 劳山采药

## 王处一

放荡真如性，逍遥养内丹。
寸灵无彼我，百草变芝兰。

# 黄虎溪遗石耳

## 王士禄

二劳岩壑日氤氲，石耳盈筐远见分。
剧处远拟衡涧雨，到来犹似带山云。
漫夸乌头甑中蕨，不数青泥坊底芹。
何胤旧曾耽肉食，缘君陡欲断膻荤。

# 题黄孟坚鹦鹉岩

### 周　燝

鹦鹉西来随海客，盘空敛翼深岩隙。
风吹日射不知年，距爪羽毛宛如昔。
瑶岛仙葩多异名，一朝食之化作石。
海若鼓浪千山涌，独立岩中貌闲适。
风流金吾太好奇，移来深院伴黄鹂。
醉后披衣花间舞，似闻巧语风前吐。
不鸣不跃望瀛洲，海鸟环之空啾啾。
世上弋人方垂慕，慧质藏身何其固。
时隆还同彩凤出，文章昭耀翔天步。

# 山村

## 东坡仁里

### 韩凤翔

东坡仕归，曾留一支于墨。

东坡袖石趣闲闲，名士风流指顾间。
苗裔几家仁里在，劳山苏民即眉山。

## 劳山村居

### 韩凤翔

满耳松涛满眼花，满山苍翠隐人家。
云根遮径缘峰转，崖底开扉趁石斜。
岂有佛仙共晋接，空余樵牧作生涯。
清幽多处安闲少，争为荒村废叹嗟。

几家结屋自为邻，真个深山俗易淳。
炊带岚烟无限翠，储余野果未全贫。
老翁道左饮官吏，稚子门中窥客人。
欲学忘机良不远，落花流水问前津。

## 山村

### 黄 垍

夜来风间雨，启户见朝霞。
雨濯孤峰色，风开晚杏花。
牛羊卧巷陌，鸡犬认人家。
为问田间叟，何时可种瓜？

## 山村

### 黄念昀

山村长日静，刈麦人皆出。
粉蝶绕篱飞，菜花香欲溢。
衡茅清樾里，午渴一茶消。
童稚联三五，随人过石桥。

# 宿青山

## 黄念昀

青山山路转山隈，问讯青帘互劝杯。
暮色空濛岚气合，夜潮冥杳雨声催。
游人欹枕眠难稳，道侣携瓶去复回。
未待云归村妇出，家家种豆上崔嵬。

# 青山道中

## 江汝瑛

不减山阴道，纡回一径通。
海连松涧碧，叶落草桥红。
鸥队闲云外，人家乱石中。
居民浑太古，十室半渔翁。

# 土寨村

## 孙凤云

又领田家趣，园林花鸟喧。
潮连平野阔，树入乱山昏。
石凸嵌高寺，沙凹隐小村。
仰瞻霄汉近，应接聚仙门。

# 黄山村

## 王大来

八九人家一小村，遥闻仙犬吠云根。
苔花满地无人迹，数里松阴绿到门。


# 游九水村

## 王大来

春多红踯躅，秋多枫叶，春秋胜景甲于东崂。

转入鹰窠涧，人家薜萝丛。
环村千嶂碧，种树满山红。
坐看云常幻，行疑路不通。
纤随溪曲曲，小憩玉清宫。


# 过青山口村落阒幽风景绝佳成此诗

## 徐世昌

屋绕青山海映门，开门日日看潮痕。
野花闲草生机畅，乱石幽泉古意存。
万叠水云围绝岛，一湾松竹隐孤村。
往来自有神仙侣，知与不知莫漫论。

# 村居

## 杨嘉祜

茅屋溪山处士家，些须生计依桑麻。
迩来三月无尘事，啼鸟声中看落花。

# 黄山观海

## 杨士钥

水国云山外，登临得胜游。
月沉波漾壁，日上水抛球。
潮势翻晴雪，蜃烟结海楼。
沧浪缥缈里，仿佛到蓬丘。

# 游夹脚石村

## 张公制

结屋依山半，居入在画中。
山青与海碧，梨白间桃红。
室有清新感，民存淳朴风。
追踪茌平路，整洁已相同。

# 青山道中

## 周思璇

人烟不一处，结庐倚岩峦。
石乱涧声急，松多岚气寒。
负薪来谷口，采药上云端。
长啸四山响，一任地天宽。

远隔人间世，机心尽觉平。
数家连翠竹，终岁听潮声。
高下田如席，葵藜日作羹。
山农粒食苦，无地用锄耕。

# 山居

## 华严庵山居

昌　仁

窗外数峰秀，门前碧水流。
山深人意淡，林静鸟声幽。
云影归樵客，烟波下钓舟。
明晨天气好，吾亦趁闲游。

## 山居杂咏

昌　仁

归来不道故人疏，四面青山好读书。
最是渔樵有深意，携来鱼酒过茅庐。

夕阳西下月东升，茅屋数椽藏老僧。
遥想故人不可见，独翻贝叶伴青灯。

早识此身是幻形，归来正好掩柴扃。
从前伎俩全抛却，但念弥陀养性灵。

一溪流水白石新，策杖闲随麋鹿群。
直上西山采灵药，归来惹得满身云。

## 山居杂咏

### 丁宇宾

崒嵂南山气象豪，一峰俯压万峰高。
此中未许闲人到，静掩柴关听海涛。

闲抱孤云伴鹤眠，梦中石上听流泉。
醒来顿悟养生法，长啸一声月满天。

## 劳山访王松墅山庄

### 范炼金

细路穿溪曲，层轩面野塘。
云岩天自别，石榻梦偏长。
径暗青松影，洞环白水香。
梅花清瘦外，远胜碧桃乡。

# 山家

## 范养蒙

青山围座满，曲径一斜通。
矮屋高堆石，疏篱不碍风。
贪酣惟鲁酒，坐对都邻翁。
好是今宵月，海天望欲空。

# 夜宿山家闻泉

## 郭廷翁

山月照流泉，琮琤响佩环。
来从林屋角，绕出竹篁间。
远近随风听，高低并意闲。
今宵寒枕上，尘梦已全删。

# 结庐

## 郭廷翁

结庐西山阿，门外四山绕。
一隙划空明，海色入窗小。
淼淼碧波来，孤帆下树杪。

## 晚宿山庄

### 黄　桓

山行度几里，曲折马蹄轻。
野水寒犹咽，幽禽栖不惊。
村虚夜树隐，径僻晚星明。
会得庞公意，可知懒入城。

## 过友人山居

### 黄　垍

数椽茅屋竹溪东，两岸桃花径自通。
日月未分秦汉世，烟霞欲满薜萝丛。
庭开漠漠三春色，门对泱泱大海风。
为爱幽栖多爽气，伊人高卧白云中。

远山十里见平沙，亭榭参差近水涯。
玉树风高拟谢宅，黄花香满似陶家。
烟霞入户诸峰近，杖履穿云一径斜。
我爱故人潇洒甚，竹阴深处诵南华。

# 山居即事

## 黄 垍

华阴有别墅，一径入深溪。
石控中流怒，沙平两岸低。
危桥飞溜下，茅舍乱峰西。
渔父休相问，桃源路已迷。

柴门临绝壑，松径几纡盘。
近水疏篱接，依山小筑宽。
葡萄供岁酒，沆瀣当朝餐。
早晚从邻叟，从容理钓竿。

独坐松寮下，孤峰照眼明。
轻烟度山翠，新雨涨溪萍。
园果欣将熟，石田稍可耕。
晨兴闻布谷，指日乐西成。

东风吹庶草，四望远青青。
竹下开三径，松间著一亭。
何当春载酒，听我老传经！
剩有长镵在，呼童斸茯苓。

# 山居

## 黄理中

清溪多曲折，斜抱一村幽。
僧舍白云外，渔舟古渡头。
满山花烂漫，终岁鸟轴轳。
渐觉沧洲近，仙源信可求。


村居能淡泊，有户不曾扃。
地僻足音少，秋高山气青。
林泉无长物，作息有常经。
指点云生处，相应结草亭。


# 一水山房即事

## 黄玉书

九曲溪流处处闻，锦屏岩下远生寰。
茅檐织就桥通径，篱槿编成户对山。
鱼煮仙胎堪果腹，菜烹瓠叶亦和颜。
邻村寥阔宾朋少，谁与白云约往还。

# 宿蓝氏山庄

## 黄念昀

循阡东去宿山村，未歇书声客识门。
移坐庭间敲石火，暮烟新月耿黄昏。


# 山居

## 黄　培

卜居万山中，桃花夹涧红。
云深时隐岫，树老益多风。
弹铗羞华发，瞻星叹远空。
夜来溪上饮，相对是渔翁。

岂是山居好，宜人良在兹。
结茅依绿竹，垂钓向清池。
最爱松长在，尤怜月上迟。
老来消此福，兀坐不胜思。

## 登城楼晴望

黄守平

高楼坐对碧巉岏，下界平临睥睨看。
地接苍溟新雨霁，天开林麓曙光寒。
雄雌饮涧虹如带，崒嵂凌虚云作冠。
好是西山新荐爽，苔矶返照一渔竿。


## 登楼望南山

黄守平

野旷环城翠，危楼俯远山。
三标齐北向，九水折东还，
带露人勤耨，经秋树半殷。
凭栏瞻望处，一为豁心颜。


## 山居

黄体中

莫恨少朋侪，空山正复佳。
林疏风入榻，云破月当阶。
未老扶藤杖，先春结笋鞋。
无才堪应世，养静有茅斋。

闭户经年惯，闲云日日来。
虚庭临碧水，曲境老苍苔。
药向春前种，筠从雨后栽。
息机依海上，鸥鹭亦忘猜。


## 过故人山亭

黄　壎


十载重相过，衡门久草莱。
杖分侵户竹，屐印没阶苔。
大海窗中尽，青山树梢来。
黄花秋正好，烂漫为谁开。


## 游小蓬莱晚宿张茂卿山房

黄　壎


问胜遥登物外楼，故人鸡黍夜深留。
寒潮声入三更榻，明月光涵万里秋。
名下李膺殊蕴藉，樽前张绪自风流。
到来偶共渔樵梦，落落星辉聚海陬。

# 山家

### 黄玉瑚

迥与尘嚣别，柴门不闭关。
鸠鸣村外树，牛下夕阳山。
野老无宾主，闲云自往还。
瓦盆盛浊酒，随意醉酡颜。

曲折沿溪路，溪流绕舍清。
御冬磨蕨粉，饷客饱藜羹。
老衲云中出，石田屋上耕。
真堪双蜡屐，可以濯尘缨。

# 万松庄

### 黄宗臣

小筑依山曲，微茫一径通。
莓苔连野绿，霜叶向人红。
肆志浮名外，忘机落雁中。
百年疏放过，渐与野翁同。

## 万松庄独步

### 黄宗臣

盘回幽涧曲，偶并野人间。
石影淡秋水，松涛静晚山。

## 东山

### 黄宗辅

东山茅屋几人家，一径林烟近早霞。
声在翠微闻涧水，香来幽旷问梅花。
门前鸡犬随生理，室内琴书亦静嘉。
便觉此中宜寿算，无须白雪与黄芽。

## 忆山中别墅

### 黄宗扬

二劳山色近如何，衰病十年恨未过。
曲径荒台芳草遍，小桥流水落花多。
乾坤白首空藏剑，湖海青樽敢放歌。
惭愧辋川别墅在，可能搔首问烟萝。

## 题东山书屋

### 蓝昌伦

风急长天净，霜高大野闲。
绿萝含晚翠，红叶遍秋山。
人在烟云内，鸿冥寥廓间。
衔杯邀新月，清迥掩柴关。

## 山居

### 蓝启蕊

有客爱幽寂，结庐入深谷。
行吟采紫芝，躬耕驾黄犊。
床上书万卷，儿孙足诵读。
春肥南涧芹，霜寒秋篱菊。
岁晚识同心，萧萧一林竹。

## 东冈草堂次唐子畏韵

### 蓝　田

行歌南陌上东冈（司马光），独嗅黄花对夕阳（杜　牧）。
醉翁生意今如此（欧阳修），天上应无绿野堂（刘野言）。
落日孤云带远冈（韩　琦），静吟闲步沂华阳（刘　秩）。
年来自许机心尽（陆　游），时约渔樵会草堂（张养浩）。

晓来轻冷上平冈（韩　琦），独自吟诗送夕阳（方　启）。

百年从此皆闲日（张宛近），万竹日闲一草堂（王元章）。

别野浑胜华子冈（鲁　讷），门前好山更斜阳（杨云翼）。

倘可卜邻吾欲往（陈去非），邺侯书帙满高堂（邵尧夫）。

还家新卜卧龙冈（高　启），清晓开轩见太阳（刘　秩）。

从来任拙惟疏懒（倪元镇），宾客逢迎少下堂（白居易）。

急流方了又重冈（巩仲至），便寻句漏与华阳（高　启）。

野夫别后还相忆（□　□），今日题诗寄草堂（高达夫）。

试觅人间千仞冈（陈去非），忽看风雨破骄阳（王半山）。

巢许药笼竟谁是（陆　游），直邀斐迪赋山堂（张光弼）。

一声吹裂翠崖冈（苏东坡），且与持杯送夕阳（谢应芳）。

还忆题诗旧游处（萨天锡），老来诗阵尚堂堂（高　启）。

瘦筇扶我陟层冈（周北山），远树平洲半夕阳（高　启）。

自此光阴为己有（白居易），满山残雪对虚堂（朱文公）。

十宵九梦在龙冈（丁鹤年），数片残云映夕阳（曹　邺）。

南山野客闲相过（白居易），载酒终朝问革堂（史颐皓）。


## 山居

### 蓝　田

试评渤海大劳山，泰岳才开伯仲间。

丹灶飞霞映海屋，洞箫吹月度天关。

一醉有诗题道院，十年无梦立朝班。

野人自抱琴书癖，曳杖从容去复还。

欲起青莲李谪仙，禅房斗酒背花眠。
楼台隐隐东西寺，图画层层南北巅。
满院涛声鸣老树，当空月色浸新泉。
山僧终夕蒲团坐，一悟无生息万缘。

## 闻六翁四兄谈大劳山居之胜漫赋十截句呈正

### 李澄中

劳山相忆几经秋，绝壁常悬大海流。
自是仙源人不识，木兰花在巨峰头。

树根东控海门回，一杖看山自往来。
忽入深林忘岁月，耐冬十丈雪中开。

华楼遥挂海东霞，洞口仙人枣如瓜。
听说杨家兄弟好，乌衣巷满石楠花。

四围丹嶂列云屏，万顷松涛映杳冥。
雨歇青山自舒卷，垂虹倒映竹山青。

大河春水自迢遥，千尺飞流下碧霄。
回首人间变沧海，只缘曾到烂柯桥。

高松夹路影扶疏，石甃长堤二里余。
手把灵芝骑白鹿，一时纵步紫鸾车。

澄潭之下歌沧浪，澄潭之上薰风香。
我自裁荷邀胜友，君家何处藕花塘。

读书采药不知春，万顷烟霞共此身。
别却青山京洛去，草庐应忆旧游人。

牙床偃卧爱春风，遥对危峰竹一丛。
更把酒杯攀树杪，涛声澎湃月明中。

客中何处可扶筇，聊慰乡愁数乱峰。
君自大劳余卧象，归心飘落碧芙蓉。


## 我住劳山久

### 林钟柱

我住劳山久，东南胜迹存。
狂涛九水庙，奇石八仙墩。
狐拜巨峰顶，龙蟠天井根。
偶当风雨夕，闷卧太平村。

我住劳山久，画图终日逢。
霞飞金洞竹，潮压汉祠松。
漠漠蔚儿泊，茫茫梯子峰。
归途云气满，犹自荡心胸。

我住劳山久，残更日出佳。

红光喷鹤洞，紫气晃狮崖。
顷刻金芒射，连天宝相排。
何时蜃楼现，放眼豁幽怀。

我住劳山久，殷勤说海防。
岸连青岛阔，浪涌女姑狂。
形势壮胶镇，风帆通夹仓。
江南烟水好，瞬息达淮阳。

我住劳山久，人文考究详。
疏陈昌邑切，经注古文忙。
风雨司农宅，莺花太保坊。
山阳遗恨在，痛哭吊循良。

我住劳山久，隐沧推胜朝。
王孙锻金铁，相国结渔樵。
介节饶州励，爨琴淮浦调。
一壶真怪绝，恨向野狼消。

我住劳山久，高文寿世长。
阁明紫霞近，洞湿白云凉。
漱月吟无党，澄天记戴良。
度人经已杳，何处问吴王。

我住劳山久，连村事事佳。
野樵斫枯竹，海客醉浮槎。
潮落儿争蛤，春深女摘茶。
黄精谁采取？少妇艳如花。

我住劳山久，仙乡俗最醇。
垂纶花绕港，醒酒竹宜人。
嫁娶欣从俭，盘飧不厌贫。
遇邀村叟话，强半葛天民。

我住劳山久，人人宝墨晶。
光涵峰以外，气结石之精。
琢砚寻荒岛，试金埋一泓。
偶然供玩好，海碌更怡情。

我住劳山久，经年果实繁。
秋霜媚椒骨，春雨泣桃魂。
丹柿明深谷，红楂艳一村。
倘无人迹到，绝胜晋桃源。

我住劳山久，开筵异味罗。
鳆喷胸臆秀，鸡唱翠微多。
松老菌缘木，岩深蕨满阿。
仙胎何处觅，举网白沙河。

## 再宿劳山奉寄天放诗人

### 吕美荪

层岑抗疏馆，窈窕多璇房。
三月两来宿，莞蒻拂旧床。
众宾未相熟，餐聚默举觞。

离席独登台，夜色倏微茫。
罗袂未为薄，海气已惊凉。
高台何徘徊，露更霑衣裳。
徘徊望千里，织月落金阊。


圆舆此东极，滨海叠雄巇。
海气侵昏晓，烦暑于兹遣。
月黑山容深，月出山容显。
本为穷遁子，焉怯山深浅。
独夜步崇台，接髩星辰满。
手引瀛海波，襟裾亦洁澣。
余情其信芳，跽帝鉴诚款。
阊阖开未开，幽馨事高远。



## 山居

### 宋继澄


山中分小径，深入不辞劳。
门立云根隐，堂临木末高。
地偏人简易，物朴理坚牢。
持此须全力，终身亦自豪。

# 山夜

### 王大来

贪看海上山，日暮看不足。
偶遇披蓑翁，导我宿岩腹。
一磬定黄昏，万念自清肃。
伏枕不成寐，悄然出石屋。
溶溶多白云，低傍山根宿。
举头见海月，淡淡光可掬。
行人修竹丛，一窗灯光绿。
道人犹未眠，独抱黄庭读。
琅琅发清音，远籁答空谷。
徘徊却归来，衣露肌起粟。

# 九水山庄

### 王墭

苍翠郁千重，烟云谷口封。
长林遮百日，曲涧绕青峰。
石垒斜溪屋，僧敲远寺钟。
新从此地过，顿觉涤尘胸。

# 壬寅七月望前一日同仙洲槐村游山夜宿黑牛石李氏山庄

## 王卓如

仙洲先生有仙骨，携手来探水云窟。

一蓑一笠一奚童，结伴登临兴勃勃。

谷口深锁郁青葱，俯瞰长河流汩汩。

解衣权作枕流人，洗净尘容消热喝。

村居酌酒劝客尝，挂杖赠行防颠蹶。

沿流曲折渡石砼，四面回环争插笏。

山重水复路全迷，树巅时有烟出没。

红崖西侧大桥横，湍波溅湿行人袜。

绕溪忽见翠屏张，面面玲珑排突兀。

万松深处涌孤峰，鬼斧神工真咄咄。

极天鸟道认微茫，凌云偶试新秋鹘。

神清宫殿耸翠微，仿佛云中露金阙。

攀萝扪葛拭藓苔，标年半属明朝碣。

夕阳西下暮霭生，晚风吹草香秘酵。

村藏涧底不知门，夹岸桑榆叠翠樾。

流水声中怪石撑，欲渡不渡神恍惚。

主人闻语隔溪迎，笑问客来何仓猝。

导入茅舍清且幽，谈未竟时供薇蕨。

深恐野蕨慢远人，炰羔佐馔洵肥腯。

良宵坐语不思眠，东山泉响西山月。

## 初春陪胶西谈禹臣买山卜居

### 杨嘉祜

二劳春色耐人看，杖策犹增暮雪寒。
西海无兵初罢战，百年如梦敢求安。
生还但作沉冥计，老去方知行路难。
山北山南谁是主，与君携手共盘桓。

## 次日溪上即景

### 杨　盐

谁家茅屋枕溪头，近水柴门击小舟。
野叟柳荫深处坐，闲看新涨泛轻鸥。

## 烟雨图景

### 杨　盐

山居八九日，景色渐凄微。
水落沙痕出，霜催木叶稀。
阵鸿临远塞，骚客计征衣。
松菊犹堪赏，何人歌扣扉。

## 劳山夜宿听瀑布

### 杨云史

山中群动息，终夜但泉声。
灯影见藤行，禅房云物清。
月轮峰复出，幽鸟殿中鸣。
不寐听虚籁，窗寒报雨生。

## 双石屋雨后听泉遂宿山中

### 杨云史

青冥行不尽，数里入苍茫。
石势争云起，藤花发涧芳。
风泉灯下落，枕簟雨中凉。
仰想劳峰顶，天鸡鸣上方。

## 夜宿劳山客馆晨起登绝顶观日出

### 杨云史

山中夜自明，松月有余清。
曙色云霞气，春天河海声。
荡胸小齐鲁，指掌异阴晴。
碧落如堪问，还防帝座惊。

## 山居漫兴

### 周逢源

海近易暑气，晒书无定时。
片云过即雨，不及唤奚儿。

## 崂山山居杂诗

### 周叔弢

高矗崂山东海东，我来栖息太清宫。
身闲心逸缘多病，晨夕餐霞并引风。

绿窗红日独幽居，怡我心情一卷书。
不卷珠帘贪午睡，紫薇花发满庭除。

盘屈千年石上松，枝柯夭矫势如龙。
千岩万壑人孤立，竹杖闲支听暮钟。

一壑清泉作雪飞，苍松翠竹映澄澄。
人生到此尘怀净，时有飞花溅素衣。

茂竹绿生新雨后，千峰红透夕阳边。
徘徊泉石情多少，兴尽归来月满天。

独立苍茫月上时，披襟沧海引凉飔。
涛声浪景惊心目，高枕石头归去迟。

山涧潺潺石上流，深林独啸亦清幽。
西风雨后怜新绿，更有鸣蝉说晚秋。

沧海月明吹玉笛，深山人去抚瑶琴。
成连仙子今何在，半夜涛声到枕衾。

寂寞虚堂自闭关，西风嬲嬲老朱颜。
空庭向晚潇潇雨，卧看朦胧烟里山。

十卷楞严闲咀嚼，一篇禊帖自摩挲。
暂留人世同游戏，待得书成换白鹅。


## 山馆雪望

### 周思璇

岩下空斋寒气重，愁云不飞傍岩洞。
朔风吹雪光射扉，涧壑无声四山冻。
樵径阒寂无人行，此时此景知谁共。


## 山家

### 周思璇

行到碧岩里，茅茨三两家。
通身湿岚气，满地散松花。

墙缺闲云补，萝阴曲径遮。

茶烟竹外起，化作半山霞。

## 访山居

周　缃

隔岸一声犬吠，深林老屋欹斜。

小桥门外流水，掩映数株桃花。

## 山居

周毓正

翠合小亭尖，烟开一径斜。

入门偏看竹，不悟是谁家。

## 山居闲意

宗方侯

垂钓归来意自如，晚烟依树遍幽墟。

谁家春酒新开瓮，换我金鳞尺半鱼。

# 山行

由太清宫返华严庵途中望明霞洞赠焦鹤峰

白永修

迢递明霞洞，枕海复距陆。
牵迫误良游，含情空极目。
赖有素心人，云此曾信宿。
万壑赴道场，如波自起伏。
断壁势若削，乱泉声绕屋。
药女笑荒榛，渔筏度疏竹。
我闻恍亲历，不复伤刺促。
华严归去来，茗香晚正熟。

## 自龙王涧至劈石口

### 白永修

诘旦辞村坞，迤西投谷口。

背海折而南，狂涛落吾后。

一涧龙潜蟠，群峭各惊走。

阴洞不敢窥，鬼物所居守。

双崖森万松，青天失户牖。

冥漠大幽底，中藏风雷吼。

暗泉飞乱镞，疾过水犀手。

细径缘毫发，极下但苍黝。

我性素耽奇，兹境曾历否。

反疑出天壤，微生亦何有。

怔营久不安，深入当谁咎。

忽悟在世人，险夷皆自取。

作气鼓同侣，毅然穷林薮。

前憩劈石门，愕眙犹回首。


## 由华严庵至太清宫途中作

### 董锦章

巨石兀嶙峋，纵横大海滨。

峦张惊欲啄，涛沸怒成嗔。

寂寞阴崖雪，苍茫鬼斧春。

安期倘可遇，我亦餐霞人。

## 游九水回经黄石宫晚宿华楼

### 范九皋

策蹇南山道，往还得胜游。

碧流争九折，黄石矗千秋。

鸟宿松林静，樵归涧壑幽。

萧萧风雨暮，钟磬出华楼。

## 游劳山道中作

### 高 出

平生游癖剧，不远屡为期。

忽忆读书日，宛如前世时。

形容近难识，筋力后虞衰。

莫负青春事，山花笑许随。

出门病旋已，马首戴春花。

天柱双峰卓，风帆一点斜。

君平非避世，向子即辞家。

千载青莲后，谁人卧紫霞。

# 自太平宫至下宫道上作

## 高　出

大海插山足，路转神悸怯。
侧并磨蚁旋，俯当镜文叠。
石碍循迹迷，蹊交枉渚涉。
密林挂巾堕，急滩摄衣躐。
野花布如席，幽芬袭蜨蝶。
红紫成亩畦，觞坐欣所惬。
海鸣空石应，沙岸治紫蛣。
网罟集维时，飘然归一叶。
远引游目骋，险临健步接。
脑减头忽摇，须添白已镊。
问道思还丹，汪洋愿维楫。
安得乘浮景，浩荡天路蹑。

# 劳山道中

## 韩凤翔

缘海奇峰清且幽，崎岖策蹇任夷犹。
径回潮水穿山底，路上悬崖覆石头。
樵子采薪连果折，僧家蓄药带云收。
登攀欲访餐霞客，近与何人作唱酬。

## 劳山道中所见

### 韩凤翔

居民秀灵因山海，路转忽逢三两家。
天女欲来青女去，寒村自有耐冬花。

## 劳山道中书所见

### 鹤　亭

坏桥平压水，密树远黏天。
绝壁因松裂，流泉到石圆。
藤萝延瓦屋，荞麦占梯田。
野老行歌罢，槐阴碌碡眠。

## 山行即事

### 黄　垍

盘回樵径晚，迢递入烟萝。
明月垂垂没，白云灼灼多。
空余丛桂在，其奈小山何。
谁信沧洲上，年年有钓蓑。

# 雨后山行

## 黄美中

细雨轻阴笼晚霞，长堤高柳荫平沙。
烟萝处处惟啼鸟，涧道霏霏半落花。
云拥寒流下夕渡，人来谷口问山家。
不辞闲淡探幽兴，谢客风流忆永嘉。


# 劳山道中

## 黄念矗

苔著芒鞋数點斑，自行自止自闲闲。
蹇驴已过屠龙嘴，身在岚光波影间。

相逢有幸说三生，喜得高僧话短檠。
一枕海风来入梦，满山松竹答潮声。

酒煮松钗醉数杯，商将去候又徘徊。
山头正要洗妆雨，云似奔豚负海来。

山更崎岖路更赊，舌干无处觅山茶。
山腰瞥见炊烟直，石罅编茅八九家。

石作墙垣竹作籓，果然世外有仙源。
桃花想被渔人误，驱遣闲云锁洞门。

歧临路口问殷勤，小吏前驱步出群。
走过冈头忙转报，丹枫烧彻海东云。

拾将断碣与残碑，山阁无人谁再窥。
小坐夕阳盘落叶，苔花细拨读邱诗。

路绕羊肠去复回，眼前重叠嶂重开。
松风送过东山角，又见沧溟脚底来。

# 由枣园再游劳山

## 黄念昀

我友访山游，纵谈除襦褹。
欣喜蹶然兴，相与联侪辈。
适趾屦各撰，畏炎笠皆戴。
步涉小水溪，濯足当厉淬。
夹右循山行，南望饶胜概。
石门多秀拔，迎面与人对。
西连古佛刹，圮倾像露背。
暂憩月子口，米饭润枯肺。
小市过华阴，招客清帘在。
主人供盘餐，浊酒罗鲑菜。
尚许网嘉鱼，入山将远赉。
山家邀款茶，揖让惊犬吠。
古祠拜康公，理亩说遗爱。
蹊径渐崎岖，草木倍茂荄。

233

近睇石如赭，遥望峰泼黛。
投宿大劳观，夕阳色晻暧。
斯路吾初经，斯游吾乃再。


## 山行所见

### 黄宗辅

才转冈头路，云移又一家。
石衔孤屋仄，门对断桥斜。
灌木缘幽壑，孤烟上晚霞。
翻嫌深寺里，钟磬属喧哗。

探幽忘远近，过涧任纷歧。
但有云根处，须教屐齿知。
偶逢秦父老，不识汉旌旗。
石臼春山药，年年此乐饥。


## 山行

### 蓝 湄

策蹇劳山道，俯看万壑低。
眼前黄叶满，杖底白云齐。
鸥鸟迎相狎，海天望弗迷。
何来钟磬远，矫首日沉西。

# 劳山道中

### 蓝　田

携杖出南郭，篮舆度晚山。
霜横木叶脱，风定海云闲。
访古情何极，题诗意自悭。
安期生不见，太息鬓毛斑。

# 山行

### 蓝　田

## 一

夕宿少劳谷，朝登大劳山。
五鼎我何预，一瓢天与闲。
野竹从来瘦，山茶欲放悭。
逢萌高卧处，指顾白云间。

## 二

南山北山岚气，东涧西涧水声。
拄杖闲寻精舍，携酒试听鸲鹆。

马蹄特特石涧，羊肠曲曲山坡。
寺古春过人少，碑残雨打苔多。

235

微雨草衣竹笠，晚风柔橹轻桴。
海上碧波如镜，先生乘兴来游。

石壁泉生滴滴，竹根水过潺潺。
流出寺门三尺，便分幽境尘寰。

## 和巨峰家兄游东山遇雨韵

### 蓝　因

春深才办山郊行，应被东风笑薄情。
田家有喜新过雨，关塞无虞已罢征。
更抛世故成牵虑，只解农夫足养生。
野水寒烟芳草遍，石桥斜日杏花明。

## 冬山夜行

### 蓝中珪

霜天寒夜里，仄径绕山根。
气冷岩间寺，灯明树外村。
小桥横水静，轻雾卷星昏。
安得山风吹，清光拥海门。

# 劳山道中杂咏

## 李佐贤

皓首依然事壮游，游踪直抵东海头。
愿乘万里长风去，一气浑茫度十洲。

危崖绝壁与云浮，山下平临万里流。
几阵晴雷喧彻耳，潮头飞起过人头。

几簇人家聚一村，渔樵生计自朝昏。
西山爽气晨开牖，东海潮声夜打门。

涧溪回合路弯环，入画奇峰镇日攀。
况是重阳风雨后，青黄红叶满秋山。

# 山行

## 林钟柱

一望青无际，环山不识名。
好花如有待，芳草亦多情。
樵子荷锄立，牧人驱犊行。
偶然逢野老，相对说躬耕。

黄陵深百尺，峭石激泠泠。
四顾一何远，春风几度停。

鸟翻双翼白，草长乱山青。

去去谁相识，支筇坐野亭。


## 崂山道中

### 吕美荪


峛崺群峰起，回环东复西。

众青奔不断，双目送将迷。

山暖蜩犹唱，秋深木未凄。

岩峦重翠里，吾欲隐招提。


## 龙山居士招游崂山喜赋长句

### 吕美荪


四月清和天气新，良朋招我崂山行，

村林浓绿麦田秀，青蛙群和鸲鹆鸣。


层峦隐约迷云雾，怪石嶙峋天险固，

虎豹当关莫敢前，磨牙挺胸阻去路。

怪石矗立有如虎豹。


参天翠柏吐烟霞，苍枝劲节盘龙蛇，

樵夫不管山灵怒，丁丁声向夕阳斜。

蔚竹庵有柏二株，数百年古木也，道士雇樵夫伐木，已毁其一，其一株亦不保矣。

俗道无知何足齿，千年古木一朝毁，
何殊摧折栋梁材，忍见庙堂日倾圮。

樵唱声传空谷闻，摘来仙果衔清芬，
叔衡狂歌，声应山谷，并采杏子，游兴甚豪也。
淫雾蒸腾青玉案，悬崖倒挂碧天云。

坐中落落王摩诘，葛巾潇洒襟尘绝，
不谈诗画学参禅，蒲团静坐增禅悦。
王淦雅好道，是日同游。

何异天台采药来，迷离云树共徘徊，
刘郎欲问迷津处，渔夫相逢笑口开。

美景良辰朝露送，百年一瞥羁春梦，
青山逦迤接黄山，白云断处明霞洞。

一年一度忆前游，华发萧疏两鬓秋，
秉烛夜游君记取，狂歌莫负醉金瓯。

# 胶东道中

## 孟昭鸿

十年又走海东湾，电掣飙轮指顾间。
四野烟销初日上，万峰披絮看劳山。

## 劳山杂诗

### 沈信卿

迤逦入山都坦道，两行树杪露诸峰。
蝉声如唱娱宾曲，潭月桥边绿已浓。

满耳清泉汩汩声，疏松怪石路旁迎。
行行已上劳山顶，放眼遥看海水明。

兰花褥草半开谢，黑蜨穿林时往来。
斜卧肩舆飞似鸟，万松俯瞰入苍苔。

## 劳山道中

### 沈　煦

连步出云巅，奇峰豁眼前。
千山千幅画，一步一重天。
寻径问樵客，望霞思谪仙。
竹林逢僧话，幽响答林泉。

# 夜雪

## 孙凤云

西风吹夜雪，飒飒暗晨钟。
历乱凝枝竹，欹斜压顶松。
全封千仞磴，半露四围峰。
料得前山路，应迷樵客踪。

# 往下清宫

## 王绍桂

饭后往下清宫，迫暮未至而返。

篮舆入云际，雨后倍生凉。
回转蜂房曲，天空雁路长。
同凭滨海石，许爇降真香。
景晏催归速，花宫隔杳茫。

# 岁暮赴崂山道中阻雪

## 王学易

急雪舞荒阡，栖栖行旅缠。
空郊迷晓色，五字满征船。

客思生云际，孤情寄石泉。
羁迷应多感，那堪岁寒天！


## 游劳山道中作

### 徐世昌

峭壁临沧海，篮舆取径过。
结茅成屋少，叠石种田多。
山果贫儿卖，松柴瘦马驮。
耐冬花合抱，古寺在岩阿。


## 崂山行

### 张宝桐

大哉崐崙峰，蜿蜒万里脉。
突起东海滨，巍巍四千尺。
云胡名曰劳，其义不可释。
小子本劳人，终岁为形役。
偷得四日闲，共买春游屐。
同袍二三子，并我而为七。
才入群山中，似嫌天地窄。
匹练挂长空，一泻成深泽。
潭影卧松纹，疑是蛟龙宅。
藐兹刲后身，骇然动魂魄。

路转复峰回，同登太和室。
迤逦东北行，崦嵫日将夕。
怪彼长耳公，不受孙郎策。
扶入道人家，纵横共枕席。
海上月华生，万顷摇金碧。
公瑾何其雄，独接扶桑日。
昨夜梦双成，授我安期舃。
今朝健步飞，直上凌霄级。
引吭一高歌，余音绕岩石。
乍听松风鸣，顿与红尘隔。
渺渺白云间，古洞何年辟。
孤屿吊田横，精魂结五百。
不见使君还，但见惊涛拍。
西来选佛场，弹指华严出。
恍如舍卫城，敷坐而共食。
食毕复南行，渐至青山侧。
中有野花馨，幻作芙蓉液。
善哉摩登伽，岂是寻常色。
我非须菩提，能不为所惑。
迟迟泥吾行，忽忽若有失。
吁嗟归太清，室仅能容膝。
何来风雨声，终宵闻淅沥。
次日复如斯，坐卧皆不适。
咫尺背云山，相对长太息。
嗟尔指挥人，居处胡不择。
三朝晴未放，冒雨攀萝薜。
赫赫南海公，题句摩岩壁。
先生今何之，留此人间迹。

耐冬诚有灵，凄凄雨中泣。
回首访明霞，清兴勃然发。
带水复拖泥，不管春衫湿。
细草绿如茵，山花红欲滴。
千岩螺黛新，几道寒泉白。
俯视松筠巅，时见飞鸟脊。
道士更多情，来迎希有客。
野蕨荐辛盘，兔葵兼燕麦。
偶现大士装，争把双趺赤。
黄杨三百春，历尽罔年厄。
红药犹含英，开者唯木笔。
如此神仙居，未许一栖歇。
降至上清宫，屋宇太湫溢。
惟有元代碑，当门依古柏。
转折入山隈，其径乃愈僻。
怪石何狰狞，惊疑山鬼立。
五度最高峰，短筇扶不得。
几回涉深溪，竟借篮舆力。
村妇手芸篮，挑起闲薇蕨。
忽焉见杜鹃，谁向山中植。
岁岁自花开，也受春风拂。
举首望天门，沧海无舟楫。
安得如鹍鹏，大展摩云翮。
飞上崑嵛巅，还我黄金阙。

# 山行

## 宗维翰

谷中地僻不知春，定有隐沦郑子真。
芳草绿时桃涨满，杂花开遍药苗新。

# 劳山道中

## 左懋第

匹马西风直路赊，几家茅屋趁山斜。
白云争捧如花女，尽日溪头独浣纱。

## 同人议游上宫不果

### 白永修

游兴如渴骥，方奔岂可控。
周行天地间，只须一飞鞚。
胡乃仙缘轻，告归首二仲。
以此情遽阑，造物真巧弄。
不得朝上清，积而结为梦。
万竹飒风泉，乱瀑截潭洞。
入室冷云孤，升堂晴峦众。
涧禽交声唤，药苗异香送。
觉来犹历历，晓星敲茅栋。

## 访李一壶新庵留宿次海客韵

### 董樵

贫病稀佳况，寻君一解颜。
浓花侵客座，双鸟语空山。
戎马何年息，乾坤此地安。
相期重载酒，乘月醉潺湲。

## 送李象先游二劳

### 法若真

百余里外接长松，一片青山万万重。
铁骨泥塞仙子冢，火雷劈石巨人峰。
碑悬邋遢千年句，客睡华阴小市钟。
俱说童恢驱虎后，二劳不借黑云封。

## 送方我素入大劳

### 冯文炌

拂袖归来云外香，僧家行脚道家装。
蒲团坐破千山月，铁笛吹飞万树霜。
龙攫明珠沧海隐，鹤梳晓翮碧天长。
他年蓬岛如相见，好授人间不老方。

## 张饶州允抡山中弹琴

### 顾炎武

赵公化去时，一琴遗使君。
五年作太守，却反东皋耘。
有时意不惬，来蹑劳山云。
临风发宫商，二气相纲缊。
可怜成连意，空山无人闻。
我欲从君栖，山涯与海濆。

## 与林孝廉夜话

### 郭恩孚

异地相逢各怆神，自来著述寄闲身。
旧游日下青云少，此夕灯前白发新。
赖有深山堪避世，况逢大海正扬尘。
烦君为办茅千束，松竹丛中好结邻。

## 赠林砥生孝廉

### 郭恩孚

吾爱林和靖，全家住翠微。
到门鸡正斗，见客鹤高飞。

生计竹千亩，行吟花四围。
风尘方濒洞，谁道著书非。


## 鉴持约游劳山赋寄

### 韩梦周

芒鞋拟到二劳边，此事沉吟已十年。
不笑山人有顽骨，许分海上一峰烟。


轩皇遗事觅无踪，宝篆云封一万重。
但有灵光照人世，插天双秀玉芙蓉。


极目峻嶒尘外寒，灵旗仿佛见仙坛。
流泉百道云中落，散入天风作紫澜。


巨峰十万八千丈，大海东来接混茫。
半夜鸡鸣红日涌，不知何处是扶桑。


耐冬花发雪初晴，一片晶光入太清。
便是蓬瀛银世界，祖龙枉自射长鲸。


齐州九点戴灵鳌，帝遣神功压海涛。
直上云霄一长啸，果然泰岱不能高。


闻说仙方蛇化龙，昔人曾此得相逢。
丹砂也是痴人梦，好听华严半夜钟。

三面峰岚一面开，上清处处绝尘埃。
胡麻好向山头种，九月霜寒我欲来。


## 邹文宗游二劳记赞

### 胡峰阳

江鳞耀锦，岩花笑红。
水流岳峙，皆我性情。
达人知解，千里寻盟。
笔底欧苏，箇中周程。
天开文运，不愧司衡。


## 与杨文漪访西溪山中

### 黄立世

桃源在何许，聚族便为村。
乱石喧孤枕，千山塞一门。
桑麻蔽原野，晴雨课朝昏。
蜡屐凭吟眺，颓然坐树根。

## 赠朱松游崂山

### 黄念曧

来游踏遍海东山，日日寻幽兴未悭。
中有神仙君遇否，二崂风雨即离间。

## 山游同沈仲知黄介眉

### 纪　润

山光水色莽无垠，诗酒年年此乐群。
千顷汪洋黄叔度，一峰瘦削沈休文。
仰天时见高秋雁，近岛长生跨海云。
安得随风吹我去，碧城顶礼小茅君。

## 答人问崂山

### 匡　源

"泰山虽云高，不及东海崂。"
我疑斯言久未决，每欲两两较分毫。
辛亥之春游即墨，芒鞋踏遍云松巢。
烟霞窟中住匝月，出没苍翠凌波涛。
秋来省伯泰安郡，衙斋正对峰岹峣。
天门直上数千尺，俯视九点烟痕消。
轩彼轻此两不可，有若嵩华与金焦。

试请为君言其概，卧游且当图嶕峣。
泰山以陆胜，千岩万壑儿孙朝。
劳山以水胜，蓬莱方丈随灵潮。
泰山大且峻，呼吸帝座通丹霄。
劳山奇复诡，神斤鬼斧穷镂雕。
泰山岩岩如宰辅，垂绅正笏冠百僚。
劳山落落如高士，乱头粗服游逍遥。
一如大将建旗鼓，壁垒森立拥旌旄。
一如散仙栖洞壑，羽衣鹤氅飞翔翺。
于文则韩苏，或正或肆雄且豪。
于诗则李杜，或极沉厚或萧骚。
于书颜柳与颠素，整齐变化随所遭。
于画摩诘与思训，南宗北派神同超。
两山卓立并千古，东西一气联沴瀂。
倘思舍鱼取熊掌，随我海上登神鳌。


# 同至元游崂口占

## 蓝　水

刘阮同行方不孤，古人清兴亦犹吾。
不知海上名山里，可有天台仙女无。

## 东归夜步用修韵兼呈子静

### 蓝　田

离筵几曲短箫吹，醉倚东栏芜子窥。
送客清风度远渚，撩人红雨过疏篱。
草堂月落怜迂病，诗社梅横忆妙姿。
海浦劳峰堪洗眼，杖藜时复一游之。

漫倚东风歌采薇，焦桐谁复叹无徽。
谢家燕子犹衣黑，乐部王孙亦赐绯。
山鹿野姿新结社，沙鸥心事旧盟矶。
海滨游兴春深起，千里安能一日归。

## 和石亭见访韵

### 蓝　田

石亭学士来青州，我有斗酒与妇谋。
云起巨峰堪采药，潮平竹岛好乘舟。
共追太白餐金液，曾识安期赋远游。
弱水谁云三万里，东瞻咫尺是瀛丘。

## 叔白游劳山九水寄示图记报以诗兼寄同游杨子西溟杨九水人

### 李怀民

嗜好由来合，平生几首诗。
青山偶独往，胜迹必同知。
寺远却回暮，水多因转奇。
他时剡溪棹，此路不须疑。

## 送王子文游劳山

### 刘铨城

山势临沧海，乘风到上清。
帆从天外落，日向夜中生。
远步鹤踪引，高吟龙睡惊。
成连何处访，一望足移情。

## 书示开先、漱芳、冰清、冰海

### 柳亚子

扶醉重归旅邸来，入门已听语喧豗。
劳山游侣都无恙，履舄纵横意气恢。

## 游劳山次韵答牛金都

### 毛　纪

谁立峰头看海门，气横苍茫坐来吞。

异香绕涧花容湿，宿雾依林月色昏。

千古壮游怀太史，一时能赋属文园。

分明蓬岛留仙迹，松有官封鹤有孙。


## 赠劳乃宣

### 孙德谦

劳山遁隐已经年，一室萧条似磬悬。

翻羡岩陵垂钓客，披裘犹有故人怜。


## 太清宫雨中听翟式文吹笛

### 王大来

翩翩飞鸟入东劳，白日观澜夜听潮。

为我踞床三弄笛，海风吹下雨萧骚。

## 游塘子赠主人吴介山兼呈林子砥生

### 王崶翰

矗矗千万青芙蓉，自西而南势向东。
东有海门双扇通，扶桑射影塘子红。
塘子北涧飞白龙，雪浪欲溅玄武宫。
自有天地已如此，昼夜不舍无终穷。
翛然延州来季子，笑揖安期招壶公。
清河长山辞封爵，种桃满山弹竹弓。
吁嗟世外两君子，今日再兴逢郑风。
恨我年年无定踪，东西南北如转蓬。
偶来山中十日住，红尘万斛涮心胸。
二劳起海连泰岱，昂首雄压衡华嵩。
万古惟有吾辈在，斯也何敢铭秦功。

## 万历庚申季春同陈大参陶宪副登劳山

### 王在晋

青齐度地已周遭，胶即奇观大小劳。
嶙崒独昂东海上，峥嵘不让泰山高。
眼空禹甸三千界，天涌扶桑万里涛。
自是先秦留气焰，阵云布战势争鏖。
白气悠扬瑞霭霏，平波浩潆口斜晖。
翠浮粉黛频添鬓，墨染浓云欲点衣。
碧海沧波分树绿，暮春风雨见花稀。
避秦宜向山中隐，丰草长林同息机。

叠巘乱凌石可攀，海天空阔水潺湲。
神仙似隔蓬莱岛，帝子空余函谷关。
再世独怜秦历祚，二劳遂属汉河山。
风尘今古何时息，吾亦劳劳鬓已斑。
崇岩复岭障东皋，灏气飞云压海涛。
一自嬴秦更姓吕，遂将牢盛改名劳。
石公洞里甘肥遁，神母山中忽夜号。
只有二劳依旧在，东巡回首鬓重搔。


## 听少楚话东崂

徐守鉴

院落晚萧萧，挑灯话寂寥。
家临城市近，心与水云遥。
未识三山路，如闻万里潮。
明年腰脚健，蜡屐定相邀。


## 题陈玉圃崂山纪游

徐宗襄

海与山相接，山深海亦深。
混茫通一气，涧底起龙吟。
山中开酒肆，海泊此停桡。
寺远钟声递，喧传趁晚潮。

## 答四弟《望南山》用原韵

### 杨连吉

虽在村居未为闲，白云恒引过前山。
来朝又被渔郎约，谁道柴门总闭关。

## 冬日简玉衡弟

### 杨连吉

四围山色当门翠，几片闲云绕户生。
野老有时馈浊酒，山童惯学种黄精。
静居方悟卢生梦，野性惟耽许子行。
向晚一天雪色霁，寥寥明月满空庭。

## 四弟每忆山中孤寂赋此慰答

### 杨连吉

漫道山中是索居，山中岁月满床书。
春来又泛桃花水，云影岚光映草庐。

## 美荪简招看山园双樱

### 杨云史

琴书翠微里，斗室海山心。
红树有光气，青峰相浅深。
犬眠无俗客，莺语似乡音。
返照入花屋，吟成香满襟。


## 入劳山遇雨夜宿山馆示美荪、君坦

### 杨云史

众壑没云海，千峰深闭门。
乱山楼外雨，孤烛水中猿。
石碎尝泉胆，天深见佛尊。
明朝沽酒处，红湿杏花村。


尽室齐烟里，驱车绣岭边。
人情如落日，春色过中年。
高枕千峰雨，开门万壑泉。
羡君岩谷里，不让幼舆贤。

# 赠王悟禅

## 张·墨林

唏！噫吁唏！

有才不逐名与利，有身不营房与地。

五岳名山随处家，书塾道院复僧寺。

镇日功课忙如许，口吟诗词手作字。

诗字换来酒满觞，郑庄千里不赍粮。

右军右丞衣钵远，渊源千古琅琊王。

学道愿学邱长春，交友愿交素心人。

笑看世事何扰攘，紫气东来为避秦。

憨山化去尹翰归，崂山萧条风景微。

一自道岸侍者至，白云苍松生光辉。

儒心禅号道装束，云中养鸡山抱犊。

我读斯文敬斯人，斯人在兹山之福。

# 访李一壶留题

## 赵 瀚

寻胜时孤往，兹来更破颜。

眼中无俗子，榻畔即真仙。

树满莺声合，庭虚蝶梦闲。

最宜永夜坐，依月醉潺湲。

# 岁暮寄山中友人

### 周 绌

人事我支离，天机君清妙。
何处最关情，岩畔屡相招。
风纫绮兰佩，月泛沧波钓。
俯仰迹已陈，入夜梦登眺。
共君三五人，历历渡海峤。
清冷列子御，澹荡苏门啸。
晓来往远山，积雪浮寒照。
重游未有期，寂寞滞欢笑。

# 水产

## 西施舌

### 黄承護

蜃楼蛤市幻中生，高人闻说入蓬瀛。
近海渔翁相持赠，和将美酒与香羹。
光润细腻肉晶莹，玉屑到口费品评。
美人长项解媚妩，无肠公子笑横行。
多少鲜鳞难比拟，聊将西子锡嘉名。
姑苏台上人虽故，开颜一笑莲花吐。
花底莺歌起越兵，吴王楼阁空烟树。
哲妇自古号倾城，惜哉英雄终不悟。
至今海错供盘珍，弄玉含珠也效颦。
庖丁持刀断其舌，绝世滋味尚迷人。
说向世间休挹取，舌剑一寸锋嶙峋。
君不见：
夫差宫殿化尘土，头颅血染佳人误。
试将海蛤投江滨，吴江应激胥涛怒。

# 西施舌

## 黄凤文

倾城何必不虫沙，唐突西施我倍嗟。
众妒难遮渔妇网，寸珍争买酒人家。
香饶溟海无情水，春媚吴宫解语花。
安得广长求解脱，此生长浣越溪纱。


# 鲅鱼

## 刘　迎

君不见二牢山下狮子峰，海波万里家鱼龙。
金鸡一唱火轮出，晓色下瞰扶桑宫。
槲林叶老霜风急，雪浪如山半空立。
贝阙轩腾水伯居，琼瑰喷薄鲛人泣。
长鑱白柄光芒寒，一苇去横烟雾间。
峰峦百叠破螺甲，宫室四面开蠔山。
碎身粉骨成何事，口腹之珍乃吾祟。
郡曹受赏虽一言，国史收痂岂无罪。
筠篮一一千里来，百金一笑收羹材。
色新欲透玛瑙碗，味胜可浥葡萄醅。
饮客醉颊浮春红，金碗旋觉放箸空。
齿牙寒光漱明月，胸臆秀气吐长虹。
平生浪说江瑶柱，大嚼从今不论数。
我老安能汗漫游，买舟欲访渔郎去。

# 仙胎鱼

## 王卓如

昔闻劳山餐紫霞，安期种枣大如瓜。
金液炼就步云车，青莲去扫天台花。
花落巨峰走白沙，纤鳞噏喹纷如麻。
天花为结灵根芽，玉鱖金鲤味莫加。
愧我弹铗久辞家，有约来停海上槎。
石门高耸郁嵯岈，烟云深处寂无哗。
一方秋水老蒹葭，白屋朱门付柳衙。
何期凡骨换无差，洞口网出真丹砂。
庖人相顾先争夸，饮啄有定信真耶。
登盘大嚼维其嘉，灵液津津沁齿牙。
侯鲭空自矜繁华，恋饵痼癖等嗜痂。
从今梦醒绿窗纱，钓矶终日伴水涯。

# 西施舌

## 杨友晋

昨夜雪花大如手，故人遗我双斗酒。
酒美盈卮殽盈榼，西施之舌尤适口。
西施昔为吴王姬，今我为君说吴越。
勾践铁甲保会稽，卧薪尝胆为日久。
若耶溪女献吴宫，吴灭遂为西施咎。

可怜舞榭歌台倾，荒台夜雨长春韭。

岂知君安臣日戏，西施之力又何有。

我今食之美且腴，堪作诗人祈年斗。

传语古今亡国者，慎勿但罪长舌妇。


## 西施舌

张绍侃

渔父献蛤味芳烈，问名名唤西施舌。

枉把美味比美人，此其取义何以说。

岂是南国有佳人，来作东海之波臣。

胡为杯盘陈设际，竟尔名重于八珍。

我闻吴亡西施复入越，夫人沉之大江滨。

或者遗体善变化，化为蛤蜊媲游鳞。

又闻西施西湖去采莲，飘飘翠袖耀画船。

一点鲜唾口中吐，隐隐落在九丈渊。

宇宙秋雀入大水，为蛤美味色更妍。

总然其说皆荒唐，不过后人慕余芳。

古来命名多难解，岂独此物涉渺茫。

君不见吴王食脍弃其余，化鱼犹号王余鱼。

大崂孙家庄

淡彩　22cm×18cm

1993 年

大崂泉水河

淡彩　21.9cm×15.9cm
1993 年

大崂晨曦如仙境

淡彩　18.9cm×12.7cm

1993 年

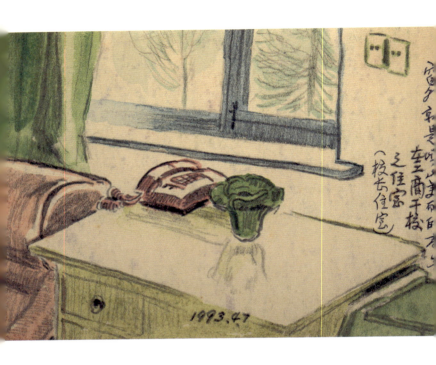

窗户就是崂山美丽的百花之住宅
李工商干校
之住宅
（校长住宅）

1993.47

**窗外就是崂山美丽的群峰**

淡彩　17cm×12.1cm
1993 年

1997.10.10

一九九七年
事九重阳
节游崂
山路遇远
洋房瓴村
（郭原工属
干枝）

重阳节游崂山

淡彩　19.7cm×13.1cm

1997 年

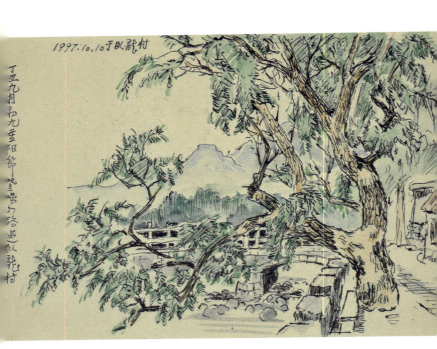

路过卧龙村

淡彩　19.4cm×13.6cm

1997 年

北九水石阶路

淡彩　19.5cm×13.9cm

1998 年

去靛缸湾途中

淡彩　13.7cm×19.7cm
1998 年

北九水马牙桥

淡彩　17.7cm×13.3cm

1998 年

由113 5号找桥车
二辆全家三代
老小同志北九水一游
1998.6.1
于北九水

全家同游北九水

淡彩　18.7cm×12.7cm

1998 年

戊寅九月十九日立冬之在
北九水与李凤久等人

1998.11.7.

冬日北九水

淡彩　13cm×17.7cm
1998 年

北九水鱼鳞峡

淡彩　18.5cm×12.7cm
1998 年

八十六岁重游大崂

淡彩　20cm×14.4cm

1999 年

过刁龙嘴登华严寺

国画　19.6cm×13.9cm
1999 年

石老人潮退后全部露出水面

*淡彩* 19.4cm×13.3cm

2000 年

石老人海滩

淡彩　19.5cm×13.6cm
2000 年

今日来到丫口的三五锤麦岛山东头

到了石老人逗遛淄水退大潮绕过

崎岖蜿蜒艰辛难走的碎乱壁

滩来到雄伟的石老人大礁石

跟前外出时困戈垒陡峭不能

超越只有仿沿原路很吃累的

走出当潮水漫漫涨上时又由

浅水滩走回沙滩已筋疲力尽

（当时我八十七岁）

二〇〇〇年四月十七日于石老人

八十七岁重游石老人

淡彩　20cm×14.4cm

2000 年

八十八岁再游华严寺

淡彩　13.5cm×18.7cm
2001 年

# 后　记

　　崂山，古称劳山，又称不其山、劳盛山、牢山、辅唐山、牢盛山、鳌山。主峰海拔 1132.7 米，是中国大陆海岸线上的第一高峰，被誉为"海上名山第一"，同时也是中国最早的道教名山之一、国家 AAAAA 级风景名胜区。

　　崂山自然景观众多，有巨峰、流清、太清、棋盘石、仰口、北九水、华楼等 9 个风景游览区和沙子口、王哥庄、北宅、夏庄、惜福镇等 5 个风景恢复区及浮山、女姑等若干外缘陆海景点。崂山历史文化丰富，历代帝王将相、骚人墨客多有崂山游历记载。相传轩辕黄帝曾登临劳盛山，秦始皇巡临崂山并派徐福东渡求仙，汉武帝御临不其建明堂、祀神人，唐玄宗敕名辅唐山，宋太祖敕建太平宫；汉代大儒逄萌、郑玄先后在崂山著书授徒；唐代诗人李白、宋代词人苏轼、明末学者顾炎武、清代小说家蒲松龄等皆有崂山诗文名篇传世；东晋高僧法显、南宋真人邱处机曾登临崂山论禅讲道；戊戌变法倡导者康有为、民主革命先行者孙中山、教育家蔡元培、小说家沈从文、作家梁实秋、诗人闻一多和郁达夫等都在崂山留有足印或墨迹。崂山凭借知名人物的惠临、历史事件的影响、黎民百姓的耕耘，孕育了独具特色的地域文化，产生了厚重隽永的人文思想，留下了若干脍炙人口的优秀诗文。编者历经数年，在搜集大量文献基础上，从中选取有代表性的作品，分别辑为《崂山诗典》和《崂山游记》。

　　这些诗文的作者大致有四类：一类是长期在崂山修行的道士僧人，一类是前来游历的达官贵要，一类是本土文化名士，一类是当今作家诗人。道士僧人的诗文多见于崂山刻石、刻本，达官贵要的诗文多在方志里记载，文化名士的诗文多在个人文集中刊行，现代作家诗人的诗文多见于报刊书籍。由于年代久远，许多石刻、古籍字迹已漫漶模糊，加之后人多次转抄，笔误在所难免，甚至同一部书籍所收录的同一篇诗文，因版本不同，作者与语句也不尽相同。本书在收录时对此进行了一定的订证，并对作者的生平进行简单的介绍，但因资料的缺乏或记述的矛盾，有些简介仍有不确定性，某些字词只能暂用"□"表示，以待后人考证、补遗、指正。

由于所辑崂山诗作丰富，题材众多，体裁多样，体量较大，需要对诗稿进行分卷。因诗歌抒情特性所致，对其分类比较困难，本书只能以题材为主，并参照某些体裁，进行大致分类，并以题材和诗人的姓氏拼音为序，偏重自然景观抒写的，分为上卷；偏重人文景观叙写的，分为中卷；二者兼具，描述整个崂山的，分为下卷。特别要说明的是，这种分类是相对的，主要为阅读和分卷的方便。同时为保持史料的真实性，书中"崂山""劳山""刁龙嘴""雕龙嘴"等地名或用词的不同写法，都根据所选版本实录，未做统一规范。一地多名的景观，只选择主要地名列为栏目名称。另外，因通讯地址不详，有些所选诗文的当今作者一时联系不上，敬请作者或知情者转告，一经联系，即奉赠样书，寄付薄酬。

因本书系崂山第一次如此规模地收集、挖掘、整理、编辑、出版诗歌、游记典籍，属公益性受托编选，多谢各方大力支持。感谢文脉基金创始人马春涛先生及周融、陈迎吉诸同仁在编写过程中给予的鼎力襄助；感谢中国书法家协会理事贺中祥先生为本书题写书名；感谢画家郭明华先生无偿提供其父郭士奇先生1932年至2001年间的崂山写生画作，分别作为《崂山诗典》和《崂山游记》的插图，以形象性地连续展示崂山70年间的历史画面和时光变迁。

编　者
2023年6月

## 文脉基金

青岛教育发展基金会文脉出版基金，是由马春涛创立的全国首个个人发起的非盈利性公益出版基金。以发掘本土思想资源，研究城市文明形态，梳理文化脉络系统，推动青岛人文历史出版和录制为己任。

## 青岛文库

青岛文库是文脉出版基金支持出版的青岛首套大型人文历史书系。以追溯青岛历史真相和探究青岛人文发展为主旨，集合档案、文献、文本、口述、叙述、研究等诸多形态。涵盖百余年城市社会不同发展阶段的各个方面，拟设人文系、地理系、影像系、人物系、百科系、学术系、科学系、创作系八大子书系。

青岛文脉出版基金支持出版

赵夫青　编

# 崂山诗典

上

中国海洋大学出版社

·青岛·

图书在版编目（ＣＩＰ）数据

崂山诗典：上中下 / 赵夫青编. — 青岛：中国海洋大学出版社，2023.12

ISBN 978-7-5670-2807-4

Ⅰ. ①崂… Ⅱ. ①赵… Ⅲ. ①诗词—作品集—中国 Ⅳ. ①I22

中国版本图书馆CIP数据核字（2021）第132701号

崂山诗典：上中下

LAOSHAN SHIDIAN： SHANG ZHONG XIA

| | |
|---|---|
| **出版发行** 中国海洋大学出版社 | |
| **社　　址** 青岛市香港东路 23 号 | **邮政编码**　266071 |
| **策　　划** 文脉·崂山书房　马春涛 | |
| **出 版 人** 刘文菁 | |
| **网　　址** http://pub.ouc.edu.cn | |
| **电子信箱** 1774782741@qq.com | |
| **订购电话** 0532-82032573（传真） | **电　　话**　0532-85902533 |
| **责任编辑** 邹伟真　赵孟欣　孙宇菲 | |
| **装帧设计** 李开洋 | |
| **平面制作** 青岛齐合传媒有限公司 | |
| **印　　制** 青岛东方华彩包装印刷有限公司 | |
| **版　　次** 2023 年 12 月第 1 版 | |
| **印　　次** 2023 年 12 月第 1 次印刷 | |
| **成品尺寸** 130 mm × 210 mm | |
| **总 印 张** 31 | |
| **总 字 数** 930 千 | |
| **印　　数** 1~1000 | |
| **总 定 价** 298.00 元 | |

发现印装质量问题,请致电 0532-83777611,由印刷厂负责调换。

# 目录

## 白鹤峪

## 北九水

## 不其山

## 慈光洞

## 钓龙嘴　雕龙嘴

## 定僧峰　老僧峰

## 飞虹涧

## 丰山

## 虎啸峰

## 华楼　华楼山

## 华楼峰　华表峰

## 华楼崮　梳洗楼

## 灵山

## 凌烟崮

## 流清河

## 柳树台

## 棋盘石

## 青峪

## 清风岭

## 天井山

## 天门峰

## 天蒲池　天蒲峰

## 天柱山

## 田横岛

## 万年船

## 王乔崮

## 文笔峰

## 无影山

# 鳌山

游陷牛山潮果寺有鳌山卫旧墩

黄凤文

寺以潮为额，潮痕在佛颜。
吹箫众渔至，补网一僧闲。
急雨长河外，斜阳废堠间。
挺城多古意，犹自说鳌山。

## 鳌山晚发

蓝启肃

驱车薄暮望，萧瑟动林垌。
日落晚峰翠，云浓归路暝。
人声依远浦，渔火聚寒灯。
更有河洲雁，哀鸣不可听。

# 鳌山烽台行

## 杨方枢

南海北海如长城，天津闽粤隔盈盈。
就中鳌山一黑子，高台突兀摩霄清。
鄙人齐右无名客，一出穷庐吊古昔。
壮武成村董阙夷，劳山何处逢萌宅。
陂陀径小出榛芜，倦身鼓勇杖为扶。
山脊缘何土坟起，鳌山皆有形联珠。
絮絮老翁向余说，断枪拾得锈模糊。
想见烈焰破空走，掌印指挥严侦候。
飓风击烟烟不颓，倒触海波令波吼。
血腥腥到桃花阑，羊山寨头水亦丹。
战鬼出游磷火吐，月昏荻港长天寒。
赛儿刘七匆匆过，谁遣莱国安于磐。
五千壮士听金鼓，卫里达官来按部。
成山之外长沙五，更舍牛犁试刀斧。
将军高坐一旗挥，惊起蛟宫瘦龙舞。
君看台下碱茫茫，海镜磨出琉璃光。
菜媪犹知倭狗村，优伶袍笏演南塘。
二百年来无盗劫，徐福非兮久臣妾。
草鸡伏死红毛城，往来估帆在眉睫。
台东晒网西放牛，知是戍兵孙几叶。
却忆筹海分屯时，使者魏国中山儿。
天教海山相曲折，十里五里量参差。
闻道秦塞多睥睨，杀人善战成何计。

库车归化同金川，嘉峪关门昼不闭。

即如此台巍然牢，魏国营度殊劳劳。

为客述之客勿忘，客逢上九来登高。

勒马凭临猎秋兔，劲箭脱手饥鹰号。

桃花阑寨、羊山寨皆经倭掠。

# 八水河　玉龙瀑

## 八水河玉龙瀑

### 蓝桢之

百尺峭崖高无已，左右青山近相比。
一练高挂悬崖巅，玉龙倒喷西江水。
余波流沫随风飘，如抛珍珠坠还起。
只应泉源直上通银河，不然何以仰视去天不违咫。


## 玉龙口瀑布

### 李诒经

蹑险寄奇赏，攀登兴不穷。
瀑流千仞上，路尽万山中。
势急雷鸣涧，光寒雪下空。
欲寻源发处，应是与天通。

# 八水河

潘味篁

沧海混茫间，雄观出世寰。
天边云作岸，谷口浪攻山。
树暗千盘路，津开九折湾。
数年未了愿，今日始跻攀。

# 劳山龙潭瀑二首

什　公

一

峭壁张牙一舌喧，潜龙勿用德弥尊。
清流莫道浑无力，界破青山万古痕。

二

遇客何劳说阐幽，流行坎止本无求。
置君倘在匡山顶，何止高名噪九州。

## 同瞿式文刘子承云岩道人游八水河

### 王大来

仙境西南续旧游，茅庵迢递住溪头。
千重峭嶂扶筇过，万派惊湍赴海流。
渴倩山童烹苦荈，饭随渔父上扁舟。
诗朋觞咏还吹笛，移棹归来更倚楼。


## 玉龙瀑

### 周至元

绝壁千寻立，飞泉一派流。
濛濛烟雾湿，恰似大龙湫。

# 八仙墩

## 八仙墩

### 陈荀禅

不是谢公墩，东劳古处敦。
峰回千仞立，踪溯八仙存。
鲁典雄风振，唐贤笑语温。
赖君收入画，胜迹诩中原。

## 八仙墩

### 范九皋

疑是娲皇欲补天，尚留遗石坐群仙。
云霞作绣常千色，华岳分胎只一拳。
潮脚翻风飞白雪，塔棱摩日荡晴烟。
共言海外长生地，笙鹤归来有几年。

## 八仙墩

### 高 出

横海孤峰片石分，浪花吹万卷鹅群。
朝暾倒射千重影，返照晴披五色文。
翠削凌虚穿溟涬，青涵视下觉氤氲。
仙人六箸还相戏，乱摘星辰掷落曛。

## 八仙墩

### 郭廷翁

何年施鬼斧，灵阜劈空分。
气象自横绝，仙墩反浪闻。
四围余赤地，万里老黄云。
不着一毛处，乃堪脱世纷。

## 八仙墩

### 憨 山

混沌何年凿，神功此地开。
势吞沧海尽，潮压万山回。
洞宇今仍在，仙人去不来。
蓬莱应浪迹，身世重堪哀。

# 八仙墩

## 黄念昀

鲸波啮山山欲颠，悬空山路仅容跟。
崎岖高下不知远，路穷瀛壖见仙墩。
千寻石壁仰愕眙，鬼斧神工劈无痕。
其半平铺沧波上，自北而南微轻轩。
宛如仙人斜剖椽，上虽拆裂尚连根。
根下旁穿岩洞覆，参差排列锦茵繁。
烂如锦绣坦如砥，神仙广坐列瑶琨。
静深全与尘凡隔，拍崖惟闻潮汐喧。
震荡汩波轰雷霆，珠矶千斛万斛喷。
怡情见说刺船去，天风海涛互吐吞。
惜未携琴墩上鼓，渱洞换我弦游鲲。
且喜探奇得奇胜，相将敷坐列匏樽。
遥看岛屿如螺点，千里孤帆一叶翻。
南望琉球东日本，天涯比邻小乾坤。
人生天地螟蠓耳，一粟渺然安足论。
长啸一声崖窈应，鱼龙惊起睡中魂。
此行不作霄游侣，夜对月生晚看墩。
日晡人馁空归去，惟余潮声终古阅朝昏。

## 八仙墩

### 纪　润

陡壁东溟上，登临意豁然。
鲸鱼吹海浪，鸥鸟破暝烟。
足外真无地，眼中别有天。
餐霞谁到此，千古说青莲。

## 八仙墩

### 匡　源

惊涛拍山山欲崩，悬空细路如盘绳。
危崖俯视不见底，惟闻足下奔雷霆。
崎岖蜒蜿十余里，一步一息心怦怦。
奇峰忽涌数千丈，攀援直上同猱升。
白云南来茫无际，万重积雪浮晶莹。
倚石藉草且少憩，坐见云外螺尖青。
道人东指山尽处，突若圆盂覆沧溟。
其下仙窟藏幽窈，奔湍汨没蛟龙腥。
此来幸值潮已落，定可历历穷真形。
我闻斯言气复壮，携筇宛转穿崚嶒。
罡风射人吹欲倒，低头力与风相争。
逡巡欲下不敢下，譬如赤脚行春冰。
盘旋数折得平砥，划然洞府开重扃。

何年巨灵劈山腹，半壁直立犹支撑。
嵚崎中开深且广，仙墩罗列分纵横。
大者如台小者几，绣纹层叠森瑶琼。
娲皇补天留余块，至今五色云霞蒸。
诡怪神奇不可测，或者风雨来群灵。
扪苔踏藓陟其上，悬崖压顶如将倾。
乳泉滴滴寒彻骨，但觉毛发森难胜。
四顾苍茫更无地，鲸波渺弥环蓬瀛。
风狂浪急水壁立，上接白日连青冥。
翻花跳珠溅衣袂，一泻万斛珠玑明。
恍惚山摇石亦走，若将破浪骑长鲸。
成连老仙去不返，此境真足移人情。
安得伯牙操绿绮，浩浩为写风涛声。
墩外石茵堪列坐，呼童拂拭氍毹平。
拾柴吹火瀹香茗，小歇略定神魂惊。
海外奇观此第一，缒幽凿险何人能。
古来游客知多少，山川无恙朱颜更。
回思尘世太局促，名场利薮徒萦萦。
游仙片刻已空阔，何况骖鸾朝玉京。
仰观绝壁极峭茜，仙人危坐安期生。
举手欲语不得语，翩然飞去凌虚清。

# 八仙墩

## 蓝中高

探奇临海滨，扶杖历空谷。

欲结山水缘，浮生但碌碌。

今我来仙墩，豁然寄远目。

磊砢相推排，削壁直上矗。

其下为崩崖，洞开巨连屋。

俯视渺云烟，混茫接若木。

何年灵阜分，平台雪浪覆。

风回荡银光，渲烂衬罗谷。

春涛当面来，一一共追逐。

上下凌珠玑，顷刻万千斛。

绝岛不盈拳，扁舟飞若鹜。

以兹竟奇胜，讵能写方幅。

日暮浑忘归，神气何肃穆。

勿须问乘槎，还向蓬壶宿。


# 八仙墩

## 李佐贤

初疑太华劈巨灵，又疑力士开五丁。

一山中裂半壁倾，一半独立直削成。

倾者平铺纹似冰，立者上矗锦为屏。

其下空洞敞明廷，会仙或此驻云轺。

零星坠石如陨星，个个罗列团圞形。

呼墩恐被世人争，锡名遂以八仙名。
我来恰值午潮生，喷花雪浪轰雷霆。
为谁激作不平鸣，坐定顿觉道心清，
不信风波有未平。


## 八仙墩

### 孙凤云

四顾疑无地，游人到已难。
路从天上出，峰向海中攒。
水立千寻矗，岩垂半壁寒。
石纹嵌锦绣，造化足奇观。


## 同一了道人游八仙墩

### 王大来

东山极东路，一线不容趾。
曲与海相争，行如壁上蚁。
路尽得仙寰，未曾有如此。
惊涛三面来，峭壁千仞峙。
同我游者谁，道翁一了子。
翁善琴与诗，吟罢琴复理。
曲终抱琴眠，此心净无滓。
日暮淡忘归，明月浸海水。

# 游八仙墩望张仙塔

## 张应桂

我过青山东，盘蛇如惊鹜。
道人携我手，逡巡不敢顾。
忽睹乱石岩，苍茫堆云雾。
森布似星辰，传说仙人驻。
仿佛磨崖碑，又绕珊瑚树。
依稀剑门关，蚕丛无去路。
潮声觌面来，时时天昼暮。
我欲叩张仙，幽怀无可诉。

# 八仙墩

## 周思璇

五色错仙墩，女娲遗石存。
云浮蒸海气，涛怒啮山根。
应有鱼龙啸，但闻风水吞。
渔樵闲话久，来往自朝昏。

# 八仙墩

## 周至元

天于沧海外，枉设八仙墩。
怒浪如翻雪，纷纷扑山根。

# 白鹤峪

## 白鹤洞

### 黄 垍

东南林壑美，杖屦日相求。
樵径通梅坞，松涛卷石楼。
沧洲千顷月，鸿雁一声秋。
为说蓬山路，逍遥任我游。

## 白鹤峪述旧

### 黄宗彝

料峭春寒动白蘋，衰年日日坐垂纶。
科名到处推前辈，劳海由来足散人。
风雨自怜诗渐老，石泉独与病相亲。
镜岩楼似仙源路，未许渔郎更问津。

## 白鹤峪悬泉咏

### 黄宗庠

百金买山陬，所惬在一泉。
泉音拂寒玉，戛戛苍崖巅。
苍崖戴巨石，横卧平如镌。
石上构方宇，源泉从中悬。
奔腾洒峻壁，下萃为惊潭。
爽然动神骨，能使沉疴痊。
我来久徘徊，结思羲皇前。
匪曰怡我前，亦可永寿年。

## 游白鹤峪

### 黄宗庠

山深泉愈响，石险路难穷。
屋隐千林表，烟生一径中。
湿云归洞白，霜叶等花红。
何物清尘虑？萧萧满涧风。

## 同敬轩少农弟白鹤峪采菊

### 王大来

华楼西涧共徘徊，一笠烟霞两屐苔。
路到泉声初吼处，山将秋色忽飞来。
高人遗迹销磨尽，空谷寒花寂寞开。
日暮凉风吹落木，悄然掇得晚芳回。


## 白鹤峪悬泉

### 周　璠

南循华阴麓，西逾白沙滨。
青山新雨后，谷口明鲜云。

云中有泉响，未睹心已赏。
乍鸣乱叶底，俄飞松果上。

一转一奇绝，危崖忽中裂。
放出百玉龙，下探千寻穴。

潨潨复隆隆，喷薄呼雷风。
渐变林壑幽，惊坐冯夷宫。

寻源究终始，仿佛青天里。
天公持斗柄，斡倾天河水。

来如大鹏浴，翼溅珠千斛。
去作骎衰弛，追风不返瞩。

薜萝寒动摇，人面射虚绿。
此乡有此胜，奈何自蜷跼。

忆昔雁宕游，白发未上头。
分明十二载，重与对龙湫。

# 白龙洞

白龙洞

高　出

入僻不辨方，遂疑非人境。
仙桥凭虚构，龙潭转深靓。
泓碧淡无尘，岸花映空影。
悬石绝倚著，直上云萝顶。
道士久冥栖，默坐观溟涬。
服气著金色，不言微有省。
嗟尔餐霞侣，翩翩御风冷。
俯睨大梦世，飘转一泛梗。
偶然思古初，长谣击木瘿。

## 咏白龙洞

### 李　岩

洞中翱翔忆白龙，白龙飞去白云封。
沧田自识千年字，丘壑应深一世慵。
大海滩头谁问水，仙人桥上但余松。
扶桑日月鞭驹过，数度晨钟又午钟。

## 柳道人偕南宫两先生宿白龙洞

### 周　鲁

古壁辟幽罅，苍茫对海开。
春风无客至，仙迹剩摩崖。
到此携樽酒，幽花点石苔。
似闻仙鹤语，今日始归来。

# 白马岛

## 游雄崖白马岛

杨兆鲲

寒冬冲雪临山岛，霜菱□□带荒草。
奔腾浪拍岸生花，鸣鸟飞飞惊浩灝。

溯洄绕□冰□玉，拉手相联行踟蹰。
穿石寻幽到上头，扳萝宛转山腰曲。

石磬清澈海天空，遥闻犬吠白云中。
袖拂奇石酣坐息，长涛瑟瑟来松风。

□出雄崖势崔嵬，悬空瀑布响晴雷。
激石进飞珠颗碎，波纹风卷冰壶开。

一色浮岚入望遥，孤舟轻荡晚生潮。
鱼龙不出候春水，天风寒色横潇潇。

冻云漠漠沉山色，忽散冰花千万里。
苍茫阵阵乱悠扬，玉树琼枝望无已。

忆昔徐生驾巨舟，为秦采药海东游。
飘空一去不复返，祖龙灰冷今千秋。

咫尺蓬莱迷去路，长年三老不复渡。
彼仙者兮且杳冥，人生何必悲朝露。

# 白沙河　华阴河

## 华阴河

### 王卓如

流水来何处，滔滔竟作河。
一条铺白练，两岸偃青莎。
洄溯伊人宅，沧浪孺子歌。
剧怜清若此，其奈出山何。

华阴河又称白沙河。

## 白沙河观鱼

### 周　璠

水面廉纤雨，游鳞喷细沙。
日斜萦柳影，春暖开蘋花。
乐意观灵跃，闲情付钓家。
调羹非我事，换酒小生涯。

# 白沙涧

周　绸

寻胜屡有期，苦被尘氛误。
风日值重阳，始经九水渡。
幽奇倒空青，波激雷霆怒。
石骨露巉岩，林壑郁回互。
舄奕金光草，璀璨武陵树。
行行望远近，霜天迫日暮。
涧户绝客踪，欲去频回顾。
暝宿访幽人，遥月峰际吐。
苍茫烟雾昏，失我来时路。

# 豹山

## 买山

### 孙肇堂

城东三十里，买山曰豹山。
取其得名雅，春秋常往还。
豹隐南山雾，泽身文斑斑。
我欲效其意，起屋三四间。
东西不通路，南北密松环。
偶然勤一往，身闲心亦闲。
朝看晨出日，夕看月一弯。
犹被樵夫见，终未隔尘寰。
一旦逢大雾，独自乐闲闲。
君子慎幽独，不必柴门关。

# 郭士奇笔下的崂山

海阔天空任鸟飞

淡彩　17.5cm×12cm

1982 年

在太平宫山颠远望仰口湾

水彩　18.9cm×12.1cm

1982 年

从白云洞远眺松海

淡彩　11.9cm×17cm
1982 年

登白云洞梯子石路过此地

淡彩　17cm×10.9cm

1982 年

崂山华严寺内院之荒凉景象

淡彩　14.2cm×16.5cm

1982 年

崂山华严寺慈沾大师骨塔园

淡彩　12.1cm×17.2cm

1982 年

华严寺荒没在乱草丛中

淡彩　13.8cm×16.2cm
1982 年

华楼宫之翠屏岩玉皇洞

水彩　13.6cm×19.6cm

1982 年

蔚竹庵残竹

淡彩　13.1cm×18.3cm
1982 年

北九水疗养院远眺

国画　23.4cm×16.8cm

1982 年

潮音瀑之石亭

国画　18.8cm×16cm

1982 年

华严寺之竹林山道

淡彩　19.7cm×13.8cm

1982 年

华严寺千又苇中全
遭破坏残碑额荒草
丛生现隐旧经修复
绝非昔比塔铃
语月寺钟晚
霜之趣早不
存左奥

1982
4.28

华严寺山门下之石梯路

**华严寺门下之石梯路**

淡彩　10.9cm×16.8cm

1982 年

於即墨蓝田迳白云洞记中云鸣呼安得断

弃家事而餐霞洞中

弹琴鼓击以咏屈子

远游之篇也哉

看东到远

皇即茂

出世之

忽印所

谓看

砒红

尘灵

难吴哉

1982.4.28.

由刁龙嘴林场招待所看白云洞下梯子石

由刁龙嘴林场招待所看白云洞下梯子
石

淡彩　10.9cm×16.8cm

1982 年

041

白云洞

淡彩　12.8cm×17.9cm
1982 年

凭吊白云洞

淡彩　10.7cm×16.8cm

1982 年

刁龙嘴雄踞于海上

淡彩　17.5cm×11.8cm

1982 年

# 北九水

## 三水

范九皋

鱼鳞飞瀑布，涧势自潆洄。
峭壁千寻立，澄潭一鉴开。
云光添石籁，雨气散沙台。
何事尘容客，濯缨独未来。

## 游二劳至二水小憩

高凤翰

二水真奇绝，飞岩得石梁。
乍疑前路断，又入水云乡。
晴日自雷雨，阴崖生雪霜。
扫苔成瞑坐，耳目渐能忘。

# 雨中忆九水旧游

## 郭绥之

草堂独坐深，秋声满庭院。
潇潇梧竹枝，寒雨挥洒遍。
霙时檐溜悬，不异鸣泉溅。
抚事忆旧游，魂梦九水恋。
峰峦缭以深，跬步景即变。
怒泉飞谷底，飞腾若雷电。
奔瀑下岩腰，倒挂如垂练。
喷沫到面凉，转石随目眩。
过桥神方凝，入村肉犹颤。
登险虽极劳，去后翻余羡。
怅然道路隔，胜绝无由见。
抱膝吟此诗，聊以致缱绻。

# 甲寅春筑观川台于九水长溪村南偶成一首

## 洪述祖

青山转处起高台，台下水流更不回。
洞势落成瓴建屋，溪喧声似蛰惊雷。
凭栏我有濠梁趣，作障谁为砥柱才。
多少黄金延部隗，几人比德水边来。

## 溪上

### 黄嘉善

杖策寻幽境，石头看水流。
何来成浩淼，望去即沧洲。
依岸群飞鹭，狎波乱没鸥。
坐深凉月满，应似五湖秋。

## 九水

### 黄念昀

凌晨游九水，笠屐大劳东。
怪石含岈矗，清溪聚散通。
寻途沿涧曲，激袖入天风。
顿觉尘烦涤，泉声听不穷。

几折东复南，欣然异境探。
松联高下翠，嶂涌浅深蓝。
插鬓岩花好，逢源勺水甘。
树阴盘石坐，物外此清谈。

## 一水山房

### 黄体中

九曲溪流处处间，锦屏岩下远尘寰。
茅檐织就桥通径，篱槿编成户对山。
鱼煮仙胎堪果腹，菜烹瓠叶亦和颜。
邻村寥廓宾朋少，惟与白云约往还。


## 九水道中

### 黄 堣

怪石嶙岣路可封，一川九曲出盘龙。
溪边疑有胡麻饭，身在桃源第几重。


## 九月同游九水二首

### 黄宗庠

削壁悬岩路忽穷，莓苔曲曲石流通。
夕阳峰转浮云外，红叶霜深一径中。
千载泉声清听远，三秋山色故人同。
到来二水迷归处，不尽寒蛩万壑东。

三水嶙岣落照回，拂衣石磴满苍苔。
山连鸟道云间出，行踏泉声树杪来。

青霭无心随杖屦，黄花有径认蒿莱。
遥看新月东峰上，莫负重阳浊酒杯。

# 九水

### 江如瑛

我来一水入仙源，溪流泱泱衣袂寒。
乱石千堆欺白雪，秋色四围锁青山。
山重水复路欲穷，二水潺潺曲径通。
峻嶒峭壁峻摩空，石潭隐隐护蛰龙。
咫尺三水开生面，沙明水浅光潋滟。
浮鸥敛翼若狎惯，排空四水折东来。
砰訇澎湃惊闻雷，凉生石罅风淅淅。
豹斑点破老苍苔，五水直与四水连。
悬崖倒影落澄泉，其势直欲压青天。
陡涧巉岩未易过，一声长啸对云坐。
到来六水尽奇峰，怪石当空人胆破。
七水风光迥不同，霜林一抹夕阳红。
隔岸人家仙犬吠，数间草屋白云封。
峰回路转入八水，大石小石仍累累。
千岩万壑送秋声，寒泉流出青山髓。
九水之溪深且曲，几湾秋水凝寒绿。
茅庵僧去久无人，但有残钟挂古木。

# 北九水

## 蓝恒矩

中分一涧限南北，相下不甘水道奇。
寓目尽教如意出，惊人只觉匪夷思。
山如柳帖但存骨，水似天潢无别枝。
营就菟裘吾将老，只应空尔负心期。

# 九水

## 劳乃宣

九水流长上下分，台登柳树趁斜曛。
上清知在群松顶，矫首苍崖万叠云。

# 五水

## 林钟柱

惆怅途何在，岩穷路转逢。
回旋通一涧，突兀插群峰。
奇鬼瞰山趾，狂熊攫客踪。
相看真股栗，惊绝倚修筇。

# 北九水

## 龙阳易

清溪蜿转听流泉，隔绝尘寰别有天。
诸涧好花如静女，数峰奇石似飞仙。
三春海上寻三岛，一月山中抵一年。
独倚桥栏更惆怅，斜阳红到古松边。

# 北九水道中

## 芮　麟

几处山头锁野烟，靛缸湾在碧云边。
奇峰十里浑如画，羁客三人便欲仙。
乍咽乍喧穿岭水，不晴不雨养花天。
此行未许愁岑寂，长有滩声出树颠。

# 游内九水

## 宋绍先

路出千林杪，探奇时一过。
地偏人迹少，山静鸟音多。
倚杖听岩溜，看云入涧阿。
尘容净如涤，不必俟清波。

## 品茶诗十九日游九水

### 孙凤云

素有耽幽癖，山茶入夜煎。
连根烧野竹，带月汲山泉。
香散品时味，清余沸后烟。
两人兴不浅，何必问神仙。

## 清溪濯足

### 谭　灵

群树翘首送晚霞，菜花忧郁倚篱笆。
绿柳风来新雨霁，清溪濯足听鸣蛙。

## 游九水

### 王大来

九水水九曲，九曲穿幽谷。
四围山色青，两岸松树绿。
涧底一线通，怪石横攒簇。
流水从东来，数步一回复。
或汇为深渊，或宕为悬瀑。
或激为清湍，或散为平渌。

雪浪吼千条，明珠进万斛。
路随流水转，一转山一束。
一束疑无路，阃奥深蕴蓄。
中有避世人，临流结茅屋。
朝随白云去，采樵南山麓。
夕钓仙胎鱼，蓑笠倚修竹。
不蹈尘寰中，终身饶清福。
我亦物外游，相见情益笃。
劝我归东山，比邻伴高蹯。
心许不能言，脉脉惬幽独。

## 崂山九水

### 王希坚

九水奇峰绕曲廊，乱石绝壁转山冈。
豁然开朗潮音响，万朵银花撒靛缸。

## 九水山家午憩

### 杨云史

鸡犬竹林密，日长门户闲。
此心如太古，所向是空山。
邪许飞泉杪，钩辀大木间。
爱兹峰壑美，独坐对潺湲。

## 三水

张鸿猷

绝壁犹东向，红轮日半含。
花开不作意，水汇自成潭。
宿鹭眠沙岸，归樵趁夕岚。
知音何可遇，幽趣好同探。

## 游九水

周葆光

三山沧海东，中有不死药。
秦皇驱石去，此地余溪壑。
峭壁翼两岸，惨淡秋日削。
一水当中来，屈曲争喷薄。
石色何皎洁，石势何磊落。
跼步探幽危，棱棱逼剑锷。
红叶绚赤城，锦崖灿霞阁。
澄潭深见底，投石郁磅礴。
顷刻物象分，咫尺烟光错。
道远不可穷，侧身望寥阔。

# 内九水

## 周至元

太和东去路尤艰，削壁巉岩未易攀。

人与奔湍争一径，天为飞瀑设重关。

潭光随处皆成幻，耳目到斯不让闲。

欲觅仙源何地是，前途更有万重山。

# 不其山

## 不其山怀古

董锦章

大师千古仰经神，通德门开著作新。
自有微言传绛帐，尚存正气慑黄巾。
当年笺注释文证，异代缵承浍长伦。
我向名山思问字，荒芜带草没荆榛。

## 城阳道中

冯文炌

朝发城阳道，马驰心自闲。
白云绕晓树，红叶老秋山。
雾薄林烟近，霜清岸草斑。
雁声啼不尽，秋色满归鞍。

# 不其山

## 顾炎武

荒山书院有人耕，不记山名与县名。
为问黄巾满天下，可能容得郑康成。

# 不其山馆

## 黄际遇

宛彼不其，东海之湄。
存齐孤城，拒汉边陲。

一战余威，荒岛涛肆。
虽七十城，愧五百士。

灏莽之风，郁为儒宗。
漫山百万，厥角如崩。

虽以巨君，不得而臣。
将安归兮，劳山之巅。

山川寂寥，千载而遥。
乃有一士，屈居郑侨。

恩迹涧阿，孤馆幽谷。
三鳣爱止，伊谁之屋。

自弃于世，自封其庐。
王绩无功，颜回弗如。

耻彼黔驴，乃颂狐父。
舍本逐末，于林之下。

鬼瞰其室，山寿亿年。
斯馆斯记，何容心焉。

# 不其山

## 孙　镇

郑公好上古，著书沧海滨。
云林绝浮俗，长与麋鹿邻。
虽为汉大儒，不作天子臣。
高风扬东齐，寂寞甘苦辛。
绝壑纳浅溜，芳草结重茵。
宛然若书带，阶下常相亲。
风定烟光凝，雨余翠色新。
先生今安在，兹草秋复春。
哀哉采樵子，腰镰同刈薪。

# 不其山

## 王锡极

劳山之东北，言有不其山。
山势如培塿，高名在人寰。
昔年郑康成，躬耕隐此间。
负心兼雅操，食贫自萧闲。
人生高志节，境遇不妨悭。
张禹孔光辈，封此应汗颜。
即兮不其山，山瘦石不顽。

# 不其山观海

## 张　铃

一粟著空绿，飘然浮我心。
西风吹万里，秋气此何深。
寂寞瞻龙睡，窅冥闻鸟音。
不知天下士，何处可追寻。

# 慈光洞

## 巨峰慈光洞

### 憨　山

鸟道悬崖入翠微，一龛高敞白云隈。
坐观沧海空尘世，回首人间万事非。

## 慈光洞

### 周紫登

茫茫沧海巨峰东，城郭遥连西北通。
借问路旁仙子宅，慈光洞在半天中。

# 翠屏岩

## 翠屏岩

### 江如瑛

宫观凌云起，仙岩列翠屏。
题诗人已去，苔色尚留青。

## 翠屏岩

### 王思诚

翠屏百尺郁嵯峨，苍藓斑斑挂紫萝。
谁凿烟霞开石府，龛中仙子亦何多。

## 翠屏岩

### 朱　铎

岩崖屏簇郁峨峨，陡觉仙凡隔翠萝。
紫府闲游消世虑，炉薰一炷篆烟多。

## 翠屏岩

### 朱仲明

叠巘撑空列翠屏，四围花木抱幽馨。
雄盘地轴三山外，界破齐烟九点青。

## 翠屏岩

### 邹　善

白云罩翠屏，望望净如削。
坐久淡忘归，崖头松子落。

# 丹山

## 丹山看花

### 杨云史

樱花落尽逐香尘，此际丹山浩荡春。
万顷胭脂千岭雪，艳阳烘醉白头人。

桃杏李樱争艳香，游人熏得醉如狂。
绿茵斜卧春草地，愿伴群芳度夕阳。

# 登瀛

## 劳山阴登瀛村看梨花

### 劳乃宣

杨柳风轻拂面吹，家山深处访幽姿。

霜凌绝壁三千仞，雪蘍平原十万枝。

新麦几畦围翠浪，小桃一树衬丹脂。

归途更觉花光盛，正是斜阳欲下时。

# 砥柱石

## 砥柱石

### 仁 济

嶙峋巨石起岩根，荡漾清波到海门。
山色云开含画意，潮音风送警诗魂。
丰碑峙立添新迹，大笔留题认旧痕。
信是奇观属第一，松阴茗瀹且细论。

# 钓龙嘴　雕龙嘴

## 过钓龙嘴村

### 程敏政

依山傍海两三家，不种榆桑不种麻。
日落潮生孤艇入，儿童折柳贯鱼虾。

## 钓龙嘴

### 林钟柱

独立神蛟背，乘风屡往来。
鱼肥秋结网，店老壁生苔。
勤俭风犹在，林泉志不回。
殷勤谢仙叟，此地胜蓬莱。

潮落又黄昏，腥风荡客魂。
暮灯鱼上市，明月鸦归村。

万壑争流海，孤帆屡到门。
竹枝如我醉，摇曳拂清樽。


## 钓龙嘴望海

### 林钟柱

一碧茫无际，横空波浪悬。
身前仅有地，眼外竟无天。
风急帆樯没，沙平岛屿连。
不知徐福去，是否返楼船。


## 自白云洞至雕龙嘴

### 王大来

独出白云洞，山曲且闲步。
萧萧修竹林，泉声在何处。
却下东山巅，飘然入烟雾。
俯瞰大海波，咫尺迷云絮。
但闻风涛声，势作蛟龙怒。
行人下山村，始见村边树。
不辨雕龙嘴，道人导我去。

# 钓龙矶

## 吴重熹

大石逆波波骤惊，惊波扑石石能鸣。
锐石剑锋平石砥，矗石壁立圆石罂。
陂陀石作斜下坂，脊露石如高建瓴。
波来那论容与否，一气激宕无休停。
前波方逆后波退，后波又拥前波行。
高波直越矮波过，立波乃压横波生。
夺罅疾如箭脱筈，散溜纷若檐悬绳。
冲突迅具奔马势，洄涡圆转旋螺形。
银涛密溅飞雨射，赭岸怒走晴雷轰。
初疑九天落咳唾，齐进十万珠玑莹。
又疑千年不化雪，飓风回舞来沧溟。
铁弩不退组练白，冰花倒喷鱼龙腥。
自我入山即傍海，斜阳万里波涛晴。
去时曾立矶头望，岛屿近接帆樯轻。
回时才入湖海底，喧豗即异前番听。
此夕正当月之望，圆灵如镜东南明。
再向矶头立缥缈，耳目眩乱身疑倾。
我想子丑开辟会，山脚尚有山尖横。
自从洪水尽归海，颎洞乃与峰峦平。
名山岂甘没波底，头角各欲分峥嵘。
天吴海若不相下，故以搏击成纷争。
金波潋滟那得渡，几回惆怅移鼍更。
仙人空说钓龙去，水底时有龙吟声。

# 刁龙嘴

## 佚　名

苔著芒鞋数点斑，自行自止自闲闲。
蹇驴过却刁龙嘴，身在岚光波影间。

# 定僧峰　老僧峰

## 三水题定僧峰

### 高凤翰

三水峰尤怪，天然古定僧。
禅机云冥冥，骨相石棱棱。
破衲合荒藓，庞眉引瘦藤。
何年占此胜，趺坐悟三乘。

## 劳山老僧峰

### 依　隐

何年飞锡到东海，卓立一笑苍颜开。
撑天宴坐凛仙骨，奇峰化作青雀巍。
含精隐曜神灵聚，孤光变灭生风雷。
风号万窍蛟龙怒，散空迸落飞花雨。
泉鸣石动争盘拏，奔雷吼裂横溪虎。

森然天地入幽阴，低昂势欲吞今古。
平生礧硊心绝奇，深凭荡涤开肝脾。
岩花涧草意不尽，坠驴况复逢希夷。
解遗物累得所遣，即此妙语皆天机。

# 飞虹涧

## 游飞虹涧

### 范养蒙

寻幽久矣爱林丘，买得青山傍绿流。
古洞云深松径晚，暮烟风逐野村收。
翠微北出通三界，华表东连接十洲。
何必飞仙终可到，乘闲聊作谢公游。

## 飞虹涧石洞

### 王泽洽

洞里幽光好，嵯峨石路新。
风松千古味，烟柳四时春。
抚榻山花舞，开帘野鸟驯。
岭云独来往，浑是不知贫。

## 丰山观海同砥生赋即以留别

### 郭恩孚

目极东溟外，登临亦壮哉。
鲸波翻日月，蜃气结楼台。
潮退渔舟出，烟横估舶来。
桑田如可变，应更起氛埃。

一水无中外，茫茫信巨观。
楼船通万国，屏障失三韩。
山迥疑天近，忧来抵海宽。
中流谁击楫，早为挽狂澜。

吾辈何足数，束之高阁宜。
因为天不吊，各有鬓如丝。
涧水生黄独，岩云护紫芝。
他年了婚嫁，与尔共楼迟。

# 丰山观海

## 黄宗庠

巨石盘空曲，沧波掩大荒。
古今疑浩渺，天地觉微茫。
日射龙潭静，风标雪岭长。
三山休浪问，所愿在时康。

# 浮山

## 恭和先高平公浮山诗次韵

### 黄体中

海山留胜概，遗迹想登临。
直道垂青史，文章老碧岑。
蓴鲈思自远，弓冶泽何深。
风雨闲碑下，时闻发啸吟。

## 登浮山即目

### 王英教

倚杖立岩峣，风清远虑消。
网罗争浦溆，禾黍种山椒。
垒息中原火，城吞外国潮。
老兵闲据石，含笑话渔樵。

# 浮山

## 蓝　水

排挞九峰海岸横，随波上下若蓬瀛。
直疑泽国蜃楼起，如筑长城雉堞成。
分歧参差仍附丽，去天咫尺势峥嵘。
挂帆南去回头望，应识浮山所以名。

## 观星台

白永修

峰巅片石出，星挂高台端。
嘘噏丹霄接，扶摇碧海寒。

# 含风岭

## 春日偕江健吾孙肖溪游含风岭

### 周如砥

忆昔卜筑山之阿，山青云白相嵯峨。
无端橐笔随鸾坡，晓猿夜鹤奈人何。
东风吹绿春堤柳，远指春山停四牡。
高阳社畔邀故人，杏花村前载尊酒。
村烟尽处山色明，千岩万嶂色逢迎。
路石时作神羊起，风枝并学仙鸾鸣。
众峰俄从四面集，一踪才可单车入。
犬吠鸡鸣异人世，荆扉茅屋悬天际。
天际烟雾纷横斜，仰蹑虎豹穿龙蛇。
蒙茸芳草盈平沙，欲步每惜青青芽。
一派寒泉落高岸，奔向桥头忽不见。
沉波伏流二百步，门边突吐清如练。
造化妙理谁能穷，幽人胜地嗟难逢。
三杯笑傲白云中，即此便是蓬莱宫。
蓬莱宫里仙宅舍，含风岭外红尘隔。

始信洞天别有天，不知身世谁为客。
渔人好泛武陵舟，落花不惜随东流。
当年弈迹垂千秋，斧柯已烂山东头。
屋前屋后闲云绕，道士相看懒不扫。
高径微茫杳若蜗，狂客攀援疾于鸟。
返照未收皓月来，辉光晃耀金银台。
江淹赋罢呼金罍，酣歌数阕眠苍苔。
一任笔花梦里开，五斗相将寻野梅。
孙登长啸动山河，盈杯旨酒丹颜酡。
蝧蛉蝘蠃足呵呵，宁辞骂坐婴祸罗。
君不见：
朝来白发映明镜，水萍风絮那能定。
碧山银鱼我欲焚，青樽绿蚁君堪共。
云满岩峦风满林，劝君且莫动归心。
试卜重游知何日，回首涧树生层阴。

## 再过含风岭

### 周如砥

万山重叠翠微连，秀色时时带远烟。
嶽外天低无鸟度，潭中水黑有龙眠。
涧泉曲抱云根涌，风磴高从树杪悬。
久坐不知归路断，依稀犹似烂柯年。

# 鹤山

## 鹤山

陈　沂

峻嶒幽鹤洞，欲塞忽潜通。
阁枕苍崖上，山横碧落中。
峰随烟色变，天与水光同。
自问蓬瀛路，长乘两袖风。

## 鹤山

高　出

到山犹问讯，石路细如发。
树蒙草根滑，登顿屡结袜。
早窥豁落势，海潮送残月。
声撼长松标，天吴见出没。
颎浮兹山灵，迥立疑𪩘𪩏。

岩洞存想像，仙迹亦销歇。
始轫已惬当，啸歌时间发。
终念屏尘营，了愿炼金骨。

## 鹤山秋色

### 黄宗崇

干嶂静秋晖，深深古刹扉。
掩关青霭合，拂殿白云飞。
梵落空花雨，香凝开士衣。
无缘尘累断，日夕怅忘归。

## 鹤山

### 蓝　水

鹤山常在望，面目到来真。
古洞龙曾卧，游仙路尚存。
松声风嗾喊，天色海未垠。
竹里茶烟袅，茅庐话友人。

# 鹤山

## 林钟柱

策杖来幽境，危岩曲曲通。
石门一纵眺，无数乱峰青。
古壁迎云湿，寒潮挟雨腥。
海山浑莫辨，何处问仙舲。

玉笛一声起，神仙天际回。
自从开辟后，黄鹤即飞来。
松老鳞重结，石奇笋倒栽。
环山览已遍，无语下云台。

# 游鹤山

## 刘凤翔

聚仙门下叩禅关，虔诚向道证前缘。
梧桐金井洗心水，玉洞朝阳容膝安。
千秋遗迹仙人路，终古不涸饮马湾。
石头楼上白云起，众缘丛生摸钱涧。
舍身台下埋吕祖，蓝田碑碣矗峰巅。
滚龙洞里鸣鹤立，琪花异草亦神仙。
游罢归来茶饮后，坐聆长老弄琴弦。

# 鹤山联句用杜少陵九日诗韵

## 王九成等

徙倚鹤岭眼界宽，好怀全藉酒为欢（胡松）。

砚分桂露清吟笔（沈儒），琴谱松风侧醉冠。

谷口云横樵径失（王九成），岩头月出客衣寒。

临归订证仙坛约（胡松），直待灵砂炼后看（王九成）。

# 鹤山联句和韵

## 王九思

醉倚鹤峰放眼宽，壮怀佳景共成欢。

风回海面才磨镜，云过石头偶卸冠。

红叶斜阳还趁暖，翠翎乔木不知寒。

人生聚首真难事，此日此行莫浪看。

# 鹤山仙人路

## 王悟禅

岩腰仄路挂偏峰，苔发千年藓不封。

尘世那知玄量大，至今游客觅仙踪。

# 题鹤山

## 吴　旦

放情随所适，幽兴自婆娑。
踏月听僧梵，穿云入薜萝。
潭空鹤影瘦，松老茯苓多。
灵境堪长往，浮生能几何。

酿雨晓云去，山峰远出头。
钱生苔径满，琴抚野溪流。
把酒舒长啸，逢君快一游。
山人遥指处，晓霞是丹邱。

结构傍清溪，拥书午梦迟。
窗间人作字，花外鸟啼诗。
听水思垂钓，看山羡茹芝。
年来无一事，林下学弹棋。

# 鹤山吟

## 杨　盐

仙宇参差隔草莱，白云如幕护苍苔。
洞门镇日无人到，孤鹤巢松任去来。

更转石楼深处去，淘丹井畔觅仙踪。
穿云直上最高峰，虬郁峰头见古松。

穿云直上最高峰，虬郁峰头见古松。
更向石楼高处坐，俯看山海豁心胸。


## 鹤山

### 杨良臣

丹成不记年，松老尽秃头。
潮撼千山月，云封七磴楼。
龙吟蟠黑涧，鹤翥下仙洲。
莫说蓬瀛路，栖真借此丘。


## 游鹤山

### 周思璇

乱石疑无路，阴崖欲上难。
天晴云气重，地僻海风寒。
羽客闲归洞，渔舟急下滩。
坐观心目远，空外响松湍。

## 鹤山

### 周至元

径至山巅奇，峭门立若劈。
海天在襟袖，松篁转深邃。
宫殿缀危岩，古洞悬峭壁。
南望二崂峰，千朵莲花色。

## 鹤山

### 周祚显

鹤去今何在，洞开一径蹊。
曾无箫史驻，惟有白云栖。
华表余晖照，海天曙色齐。
登临兴正切，忽已月轮西。

## 鹤山避乱

### 左　灿

避地远人烟，山深太古天。
潮回沙路出，树老石根穿。
落日收渔网，寒风护稻田。
故园隔烽火，客里欲经年。

## 鹤山夕照

### 左　灿

桑柘围茅舍，荆扉逐地偏。

豆熟林路静，芋紫岸蟹鲜。

山水春春臼，邻鸡梦午天。

荒陂苍耳路，残照一樵还。


## 鹤山早行

### 左　灿

暗数垂杨志去堤，微茫烟树望中齐。

晨风未荡千山雾，斜日先开一道迷。

钟尾韵残鸦语续，马头梦入塞鸡啼。

萧条已有渔竿叟，蓑笠寒云渡口西。


## 题鹤山

### 左　灿

拨莽寻幽路转艰，乱藤苍翠斗潺湲。

阴崖雪挂园边树，晴日霞飞海上山。

云覆松巢双鹤返，竹深沙路一僧还。

石龙有意藏云雨，洞口无人明月闲。

# 虎啸峰

## 虎啸峰

### 王思诚

蹲蹲石虎树阴阴，坐啸生风几古今。
若使当年逢李广，也应射没镞头金。

## 虎啸峰

### 赵鹤龄

石虎山峰啸林阴，风从混沌到谷深。
浪传仙子能降伏，九转丹成瓦亦金。

# 虎啸峰

## 周　璠

怪石孤蹲似虎牢，风传万木写呼号。
童恢驯后少苛政，松叶不鸣山月高。

# 华楼　华楼山

## 华楼

### 崔应阶

第一名山海上留，华峰谁到最高头。
琼浆已涸玉盆水，仙髻罢妆梳洗楼。
烟峦遥连翠屏合，天门中豁白云流。
道人何事攀援上，玉盏徒增墨吏羞。

## 华楼步韵

### 范九皋

奇峰分太华，迢递起层楼。
石拆金泉出，云沉玉洞浮。
飞仙期不至，丹灶迹空留。
见说笙竽响，时闻最上头。

## 登华楼

### 范汝琦

海上名山在，华峰第一楼。
泉流金液冷，阁入紫云浮。
玉像何时得，丹房此处留。
至今松壑满，犹有树千头。

## 华楼

### 高　出

翠巘层霄绛节瞻，清虚海色映疏檐。
何人对博丹梯仗，似有吹笙碧落岩。
玉女洗头天液酒，金茎擢掌夜云霑。
欲凭佳兴凌风去，尘世空嗟白须添。

楼台剡滟紫庭扃，融结仙宫万象冥。
千树斜曛沉忽白，百花春雾睡难醒。
何年遗蜕留丹灶，有客翻经倚翠屏。
潇洒青云看咫尺，长松根卧古碑铭。

# 华楼

## 韩凤翔

望见华楼上，动欲生羽翼。
仙人多玉梳，阿谁可重得。

# 华楼

## 黄　彬

第一名楼古今传，此日登临别有天。
金液泉流珠颗颗，翠屏岩映月娟娟。
南瞻沧海环银带，西眺群峰绕紫烟。
到此已知尘世隔，依稀笙鹤驻飞仙。

# 登华楼

## 黄宏世

海上名山此壮哉，金银宫阙望中开。
松门云结四时雨，涧户风生万壑雷。
远水鱼龙深寂寞，空林麋鹿重徘徊。
青云久矣供招隐，披服而今好自裁。

# 华楼

### 黄守平

危磴许相从，华楼第一峰。
纡回群嶂合，杳霭野云封。
露冷今宵月，林深古寺钟。
名山岩窟满，尽是羽人踪。

# 游华楼

### 黄宗昌

林深竹欲尽，一径入微茫。
众壑通云气，孤峰近雁行。

# 华楼晓起

### 纪　润

林深人静夜森森，侵早犹寒起拥衾。
何处晓钟催老衲，满前古木叫幽禽。

千重嶂曙天初动，百道泉飞月未沉。
长啸一声空谷应，浮生多少隔云岑。

# 登华楼

## 蓝 田

前山后山红叶多，东涧西涧白云过。
红叶白云迷远近，云叶缺处山嵯峨。

闲抛书卷踏秋芳，扶藜偶入仙人房。
柴门月上客初到，瓦瓮酒熟间松香。

玉皇洞口晚花暗，金液泉头秋草遍。
药炉丹井尚依稀，白云黄芽今不见。

长春高举烟霞外，使君远出风尘界。
当时人亦号飞仙，只今惟有残碑在。

人生适意且樽酒，莫放朱颜空老丑。
神仙千古真浪传，丹砂一粒原非有。

乃知造物本无物，薄命不逢随意足。
云满青山风满松，何必洞天三十六。

山木丛深石径回，洞门长对野花开。
摩崖上有前朝句，一片白云锁翠苔。

岚翠千重袅篆烟，松风一派奏钧天。
开樽共坐松根饮，烂醉狂歌不羡仙。

## 华楼次韵

蓝　田

黄衣道士说周遮，境界无如此地嘉。
云外儿童能种玉，岩前麋鹿尽衔花。
松声入壑愁清瑟，丹气穿林散紫霞。
我爱使君风骨异，愿酬霜桧作星槎。

## 秋日同翟中丞青石登华楼次韵

蓝　田

有客乘黄鹤，长吟海上台。
三山飞梦至，万里附潮回。
红叶洞门落，黄花幽涧开。
安期生笑语，谁识谪仙来。

喜逢中执法，秋晚共登台。
仙经月下校，鸾信岛中回。
窈窕丹梯迥，崚嶒石径开。
餐霞李太白，千载看重来。

# 望华楼

### 蓝　田

逐客登临处，山灵不厌重。

云收见瀑布，叶落露山容。

一径嶙峋月，三更断续钟。

莓苔石榻上，应记我孤踪。

# 万历丙戌秋九月薄暮登华楼

### 李　戴

公余遗兴上层峦，行到山头夜已阑。

簇拥游人如蚁聚，崎岖蹊径似龙蟠。

谷传天籁吟风细，松荫平林带月寒。

直至华楼高处望，一声长啸海天宽。

# 早登山头眺望

### 李　戴

遥瞻山色郁苍苍，杖履直登万仞冈。

金液流珠存道脉，玉盆承露散天香。

风吟绿树笙簧韵，酒映红霞琥珀光。

此地凭高宜尽兴，须知明日是重阳。

翠屏壁立出人间，信是东溟第一山。
望对天门迎旭日，起看石洞觅玄关。
真仙有诀传千载，尘世无人解九还。
民隐关心常郁郁，山灵若为破愁颜。


## 华楼曲

### 李中简

星河掩映云旗舒，华楼夜迎玉女车。
鸡鸣海色敛朝雾，玉女还朝玉京去。

玉女西来太华巅，笑指东海三为田。
麻姑相劝一杯酒，楼上凤箫声殷然。

欲知玉女楼头歇，碧海殷勤送明月。
手挥瑶池桃树枝，年年共映高楼发。


## 登华楼

### 刘　孝

抱真刘子临浮邱，道人丹成几万秋。
苔合峰门金液冷，松蟠龙洞玉盆收。
隋唐瓦落玄元殿，山海云藏独石楼。
七十二宫明月在，不知何处觅仙洲。

## 华楼

### 刘源渌

山下烟霞山上楼，丹梯蹑足小勾留。
置身已在烟霞上，还有烟霞最上头。

## 华楼

### 马存仁

惟爱山家坐小亭，檐隈野竹送秋声。
苔封诗句无人识，止听黄冠说姓名。

## 乙未十一月携百川弟游劳山冒雪宿华楼

### 马　其

性僻耽山水，身闲作胜游。
周正十八日，风雪到华楼。

# 万历丁亥春日

## 毛　在

　　余凤慕崂山之胜，中丞李公为言兹山最胜在华楼，自登州还，远途一至，喜而赋此。

海上蓬莱策马回，篮舆百折到天台。
风生石窍春寒厉，日射松阴晚照回。
金液涓涓余润泽，玉屏叠叠点苍苔。
忽闻一派笙簧响，疑自云端缥缈来。

独立天门气自雄，二仙有意抱琴同。
开樽放饮酬山觋，秉烛高谈说世风。
君辈威凤方振翮，余才驽钝愧乘骢。
嘉宾良晤难分袂，再上高峰望海东。

# 华楼山

## 孙凤云

大劳近海门，华楼势尤壮。
雄杰镇乾方，万峰东南向。
横空路千盘，弯曲螺旋状。
层层出怪峰，峰峰连叠嶂。

幽姹开绝顶，危高凭方旷。
寺后翠屏石，仙题嵌空嶂。

天门对此开，横涧环澹漾。
西顶玉女盆，清泳如盆盎。

楼石立东端，四面无依傍。
拔地直撑天，飞鸟不可上。
绕寺列奇观，一一争颉颃。
始知造物工，至此穷心匠。

## 游华楼

### 孙肇堂

绝顶一登五百年，道人历历说仙缘。
我今欲问长生药，片片桃花落眼前。

## 华楼山

### 王大来

远过天门上碧岑，贪寻胜迹入山深。
寒云暮宿黄花涧，落日凉生紫竹林。
清兴流连诗画酒，游踪感慨去来今。
明春更订东来约，三度骑驴过华阴。

## 游华楼次凤俭韵

### 王大来

百年只消几昏晓，披发入山悔不早。
垂老始住华阴村，仿佛当日山阴道。
踏云南去寻华楼，天半绀宇烟霞绕。
仙寰不与尘世通，游人放眼惊欲倒。
洞中趺坐碧瞳翁，火莲堆案燕龙脑。
余将从此烧紫烟，烂柯山下人易老。

## 秋日登华楼山

### 王祖昌

鸾啸清风岭，人登碧落岩。
楼空惟有月，海阔更无帆。
秋色生晴巘，寒声满古杉。
未携仙侣至，何处寄瑶函。

## 华楼

### 杨良臣

篮舆晓度乱山前，碧荫千章夏木鲜。
花照屏香秀壁壁，泉飞玉液湿晴巅。

松簧风奏钧天乐，石洞云藏灵宝篇。

霞外鸟回极目处，夕阳绕涧水沦涟。

## 游华楼

### 杨 泽

南山常作梦中游，此日登临是梦否。

金液翠屏隔尘世，清风碧落真蓬邱。

谷口长松起远籁，云际寒泉鸣素秋。

东望仙人杳何许，耸身欲作餐霞俦。

登山兴剧尘心爽，坐对山光乐转陶。

泉水流香丹灶冷，峰峦插汉石楼高。

云霞渺漫穷三岛，黄白有无尽二劳。

试觅丹阳灵药饵，人间名利等鸿毛。

## 登华楼

### 杨 舟

萧疏古院闲来步，匝地苔钱雨后绿。

道人修帚欲何为，扫却松阴待鹤宿。

## 华楼次韵

### 杨　舟

山堂岩半坐，松壑起秋声。
泉响流金液，窗寒近翠屏。
烹茶供野栗，春稻煮山菁。
莫道无兼味，笙箫可送迎。

## 华楼步崔抚军韵

### 尤淑孝

海上名山喜暂留，白云依约碧峰头。
风清迥出三千界，壁立真拟十二楼。
玉碗不妨归俗吏，仙台如旧待名流。
何须勾漏寻丹诀，采得春云当晚馑。

## 华楼山

### 张鸿猷

策杖仰高峰，峥嵘俨岱宗。
初登山一角，已入嶂千重。
石卧林中虎，松蟠涧底龙。
扪天应有路，莫遣白云封。

# 独登华楼作

## 周　璠

我闻二劳之奇在华楼，五旬未到心愀愀。

与客相约日复日，好山只许游人游。

手推案牍百不见，翻飞独往气如电。

前山后山雪未消，春风春日开生面。

初寻微路蜿蜒入，十里屈盘千万级。

划然眉宇变轩昂，突兀尊严众峰揖。

森森怪石剑戟攒，淙淙虚谷流寒泉。

紫澜东涵沧海日，翠葳暮卷天门烟。

玉女盆中水常盈，玉皇洞口红云生。

不雨苔亦湿，不风松亦鸣。

松间坐石苔作茵，碧天清旷心泠泠。

宫中道士诵黄庭，云岩真人眠未醒。

安期不见长春去，世无至人口授空丹经。

丹房月来松影破，谁敢天边作高卧。

山犬不吠人无声，昂头惟觉星芒火。

此游疑梦幻亦真，黄鹄一举不可驯。

归来身已换仙骨，诸君还是尘中人。

# 望华楼

## 周乃一

仙子飘飘不可招，碧桃深处弄笙箫。

道人笑指云中路，虹断南天十二桥。

# 华楼

### 周思璇

缥渺碧楼起，仙云分外清。
每当烟月夜，吹落玉箫声。
乔木荫数亩，乳泉寒一泓。
酒颠与樵戆，羽化忽身轻。

# 华楼

### 周　绷

石路渺秋毫，萦回攀薜荔。
绝壁荫长松，纷披烟光丽。
直讶龙虬搏，还疑鬼怪砌。
天风下缥缈，豁然遗尘世。
飞仙属何代，秃蜕悬崖闭。
感叹百年身，极目川流逝。
奇峰走海隅，翠屏矗云际。
且复援良朋，徘徊听鹤唳。

# 华楼步崔抚军韵

## 周知佺

纤纤赤雀去还留，踏遍山头望海头。
玉盏千巡醉金液，仙人万古住云楼。
香凝涧草烟徐度，浪暖春花水不流。
笑煞武夷风雨夜，空悬幔帐列琼镵。

# 华楼

## 邹　善

千岩万壑境萧疏，几日寻幽得自如。
叠石遥连沧海色，华楼高接太清居。
仙人洞悟阳生候，玉女盆迎日照初。
试问同游蓬岛侣，可能此地即吾庐。

# 华楼峰　华表峰

## 华楼峰

白永修

摩霄卓立碧芙蓉，天辟名山第一峰。
岚气蒸成金液水，海霞飞满石门松。

## 华表峰

陈建熙

叠石峻嶒化作楼，太华而外更谁俦。
年年只见桃花落，不见仙人在上头。

## 华楼峰

### 郭绥之

我来游劳山，诸峰各殊致。
或如藉放诞，或如征妩媚。
或如扪虱猛，自具英雄气。
或如吟诗白，颇有神仙意。
或俭如晏婴，或捷如庆忌。
或谨如石奋，或超如徐稚。
变化千万状，莫不从其类。
惟有华楼峰，沉吟难位置。
高迈却雍容，博大非奇异，
如戴进贤冠，如垂葱珩佩。
李勉在朝廷，方知天子贵。
曹参守画一，终成太平治。
所谓大巨者，堪作心腹奇。
仰止此高山，何限景行意。

## 华表峰

### 林钟柱

名山第一现重楼，瘦削俨同太华浮。
石阙云深浓似黛，天门风急冷如秋。
松杉历历盘雕鹗，殿阁茫茫近斗牛。
呼吸真堪通帝座，登临岂止压齐州。

# 华楼峰

### 孟昭鸿

半山逢道院，一杖叩云扃。
泉水烹金液，巉岩矗翠屏。
岚光笼树碧，海色入天青。
极目边关外，烽烟涕泗零。

# 华表峰

### 王锡极

云山为壁月为邻，楼角桃花泄露春。
搔首问天天不语，上头梳洗是何人。

# 华表峰

## 周至元

二崂亿万峰，华楼最峭削。
叠石凌空起，望去俨楼阁。
上干青冥天，下插无底壑。
攀援愁猿猱，飞渡怯鸟雀。
只因险难登，仙踪传凿凿。
或云三春时，时见桃花落。
或云月明天，每闻仙乐作。
我愿生羽翰，化作云间鹤。
高举上岩头，长啸震寥廓。

# 华楼崮　梳洗楼

## 游华楼梳洗楼

杜荫南

何处神仙府，山名梳洗楼。
峰高千丈秀，径曲一宫幽。
桃子千年熟，金泉万古流。
谁能登此上，朝夕与云游。

## 登华楼崮

刘澄甫

一径岩峣石转弯，万松高下叩柴关。
石门竞岫开青眼，金液流香洗病颜。
碧树倚空云冉冉，翠屏含雨水潺潺。
诸仙合聚危台上，只隔灵烟指顾间。

华表峰高沧海遥，奇游真欲俯丹霄。
行来玉洞寻云脚，睡起扶桑看日标。
东岭松风箫万壑，夕阳瀑布玉千条。
何年为着王乔履，歌罢青天入沈寥。

## 梳洗楼

### 刘镇永

星挂岩头汉摩脊，云屏月镜光相射。
仙妃何处临瑶席，却来此地施芳泽。
盆中沆瀣冰雪清，香丝撒地钗无声。
嫣然一笑流华灵，随风咳唾霏霜霰。
神人纵复好楼居，肯为枣脯来桂观。

## 华楼崮

### 秦景容

壁立群峰上，盘空似石楼。
彩云凝望处，应有异人游。

# 华楼崮

## 王思诚

华楼山顶石崔嵬，石上松生长绿苔。
犹有琉璃仙子在，坐看人世几尘埃。

# 石楼

## 周　璠

仙人都说爱楼居，杰石层檐耸太虚。
欲叩岩扉浑不见，万灵呵护大还书。

# 梳洗楼

## 周至元

叠石峰头立，争称梳洗楼。
远山秀色好，眉黛自风流。

叠石几千仞，排空直若削。
危可比岑楼，高欲逼天阙。

妆阁仙子居，世间争传说。
欲攀径无由，空见桃花落。

# 华楼崮

## 朱仲明

群峰崒嵂簇华楼，天老人间境界幽。
辟谷仙翁发长啸，一声铁笛洞外秋。

# 华阴

## 别业

### 黄　埍

别业华阴路，群峰势郁蟠。
看云晓倚杖，待月暮凭阑。
鹤立苍松老，泉飞碧落寒。
客来无可供，白石代朝餐。

野老兴婆娑，南溪载月过。
开樽青眼在，握手白云多。
星河秋将没，烟霞老不磨。
请归陇水上，听我饭牛歌。

梦断中原路，迢迢力不胜。
一轩招旧隐，灌竹引新塍。
夜静林光白，山高海月升。
一枝能自稳，未敢笑飞鹏。

# 华山小住

## 王葆崇

乍入劳山路未深，停车恰好住华阴。
层崖遍植花椒木，隙地都成杏树林。
就近观时皆可乐，想奇险处总难寻。
黄鹂引我探名胜，先在枝头报好音。


# 华阴阻雨

## 王葆崇

连日阴云郁不开，华楼雨后且徘徊。
蓦然又讶山头火，无数浮烟出岫来。


# 移居华阴

## 王大来

移居小住聚仙乡，黄石宫前楼底庄。
一院花留容足地，万山重绕及肩墙。
闲来药圃锄春雨，静坐溪烟钓夕阳。
日在辋川图画里，平生夙愿快相偿。

# 华阴道中晨起玩雪

## 王卓如

梨花似雪雪满树，雪似梨花花覆路。
天将白雪斫梨花，装就云山作缟素。
更遣羯鼓入夜催，玉屑银泥枝上布。
枝枝缀破水晶球，剪彩镂冰纷无数。
晓起冲寒一东来，道上琼葩难久驻。
披衣约伴度前村，身向琉璃屏中住。
眼前妙景不能言，一草一木皆奇趣。
趣以天然画难真，触处不觉神倾注。
归来吮墨写新诗，拈断吟髭无好句。
但觉胸次净无尘，昂首天外空四顾。
茫茫白地锦光明，瑶岛应动群仙慕。
始知驴背探梅人，个中不独烟霞误。

# 寂光洞

## 寂光洞

### 黄念昀

金仙供小洞，茅屋足趺跏。
地闷松篁影，庭栽杞菊芽。
看山惟徙倚，默坐是生涯。
静境何年住？清闲阅岁华。


## 寂光洞

### 黄　岩

峭然石壁矗云危，一隙凿来境倍奇。
岂是三千如许大，翻将芥子纳须弥。

热中陡觉十分凉，色相般若任世忙。
三昧可能传妙谛，从容指点木樨香。

# 寂光洞

### 王卓如

华严本仙境，斯境尤奇绝。
竹径弯以深，石磴拗而折。
于世既鲜遇，与庵亦隔别。
茅屋两三间，山花数十撷。
槿篱任意编，草榻随心设。
可号谈经寮，可作藏书穴。
可炼济世丹，可学长生诀。
可卧白云凉，可洗红尘热。
可称葛天氏，可屏长者辙。
此际得纵观，前游悔浅劣。
同人快盘桓，余怀弥蕴结。
何时得抽身，幽楼寄吾拙。

# 寂光洞观日出

### 钟惺吾

寂寂寂光洞，空庭长莓苔。
秋深花径淡，僧去石门开。
寒吹闻松响，闲云带鹤来。
峰头观海气，旭日拥蓬莱。

# 金壁洞

## 金壁洞

蔡叔遠

金壁光辉石门开，接引隐居采药来。
金壁洞外五老树，尽是隐居亲手栽。

# 金蟾洞

## 金蟾洞题诗

### 周　鲁

数数频来似有情，青山与我久要盟。
战袍脱却浑无事，一曲瑶琴乐太平。

# 金液泉

## 金液泉

白永修

人言金液泉，一饮生玄发。
便应餐玉浆，石上酌明月。

## 金液泉

王思诚

金液泉生碧落岩，津津下注石方龛。
瓦瓶日汲仙家用，酿酒煮茶味转甘。

## 金液泉

### 周　璠

炼液从来只自然，错疑炉火得金仙。
而今指出源头在，日午千山水底天。

## 金液泉

### 朱仲明

玄津一脉引山根，月下方诸滴露痕。
凭力辟开元石窟，静涵云影吐真源。

# 锦屏岩

## 游锦屏岩

### 黄玉衡

蹑屐盘空觅胜游，巨灵何处辟岩幽。
人攀鸟道空中转，海溅龙腥脚底流。
紫府霞光明贝阙，莲台瑞气入仙洲。
洞天危坐开屏锦，万里洪涛彩日浮。

# 聚仙台

## 聚仙台

白永修

鹤影不知处，吹笙天半来。
五龙捧玉爵，拂座桃花开。


## 聚仙台

董守中

华表西游第一家，聚仙台上日影斜。
道人不管人间事，院内闲栽月桂花。

## 聚仙台晚酌

### 范汝琦

徙倚仙台望，斜阳下翠屏。
烟凝峰欲紫，霜至草犹青。
古局残棋在，深林倦鸟停。
一樽欣赏处，渔火自荧荧。

## 聚仙台

### 秦景容

仙人有胜境，呼作聚仙台。
愧我红尘客，登临屐绿苔。

## 聚仙台

### 王思诚

聚仙台上有仙家，日射松关树影斜。
一枕未成尘外梦，觉来满碗啜松华。

# 聚仙台

## 杨铭鼎

桃花未开杨花开，数里沿溪一溯洄。
二劳拔地几千仞，就中高处聚仙台。
台上天门诀荡荡，台下沧溟欻万象。
东望咫尺即三山，遥见蓬莱与方丈。
徐福乘风去不回，卢敖洞里安在哉。
古来牢岛多不死，况有芝草生云隈。
有时夜静飞鸾鹤，云里笙歌何处落。
苍茫独立海潮声，天上人间差足乐。
手招安期与羡门，汉武秦皇那可论。
自是丹砂难变化，何须八骏访昆仑。
君不见：
台上孤松何偃蹇，虫书鸟篆蚀苍藓。
李白曾经餐紫霞，上蔡何事谈黄犬。
我欲赤脚踏其巅，仙乎仙乎拍我肩。
手援北斗酌天浆，世人遥望空垂涎。


# 聚仙台

## 朱铎

层台百尺是谁家，老树苍苍逼径斜。
鹤驭不归踪迹在，春风再见碧桃花。

# 邋遢石

## 春日同杜克明游邋遢石

张允抡

涉目皆成趣，登临趁夕阳。
烟收千嶂紫，花染一溪香。
鸟道松篁里，人家水石旁。
群芳随坐卧，到处惬徜徉。


## 登邋遢石南岭

张允抡

晨夕坐峡中，习见疑天小。
筋力幸未衰，亭午展登眺。
兹岭绝众山，凭身万象表。
西望海气昏，青天侵浩渺。
黑子点烟波，岛屿皆可了。

三标在东顾，襟带与之绕。
谷底缩丛林，履下蹴飞鸟。
涧势走白沙，北去游龙矫。
诸村一撮尽，青烟动袅袅。
何处不其城，映带秋毫杪。
吁嗟尘中人，醯鸡真烦扰。
名山大泽间，吐吞知多少。
旷览增奇气，斯意文人晓。

## 邋遢石山林因居旬余即事咏怀

### 张允抡

杪春晦日临，良友亦来宴。
桃李经膏雨，绣纹开山县。
匹夫逐春风，郊野骋游衍。
所历多芳村，门向花中见。
红素总模糊，应接斯须炫。
杨柳翠依依，差池度莺燕。
气色杳难名，溪山一葱蒨。
时哉行乐极，韶光驶如箭。
经年习静心，向此役欣羡。
西南瞰大野，一气转鸿濛。
万亩平如掌，禾苗何芃芃。
村坞攒几处？青烟各一丛。
桃花独见远，云霞扑地红。
斜日映西海，遥瞻光熊熊。

浩淼但一白，倒景入太空。
岛屿矗千仞，黛影微茫中。
我行何为者，眼界井蛙同。
丘壑方冥讨，局促哂微躬。
山行瞻眺纡，应接非一状。
薄霭苍翠间，层峦移松上。
迤逦过岭口，谽谺东南旷。
曲折缘一水，绵邈夹千嶂。
浓翠间殷红，松桃行相向。
卷阿竹树稠，楼台凌空创。
洞门覆众阴，崇垣倚叠嶂。
地僻人物安，鸟雀群倚傍。
驻马梨花下，香风何飘扬。
入门耳目新，幽期果惬当。
东峰返照衔，西路暝烟放。
诸影明灭中，村墟归樵唱。
卜夜赖主人，樽酒开晚饷。
坐客共明灯，清谈谐所尚。
寻山静闻见，杖策爱独行。
取之不问路，好峰自送迎。
松际奔众响，侧听一风声。
风行无定树，细大各殊鸣。
往往危石上，跤临流泉清。
以我素散心，深投樵牧情。
移时登绝顶，西日与衽平。
窈然稠林黑，四顾心屏营。
山深多伏兽，忘机亦何惊。
叠影群峰侧，历乱夕阳明。

晴景晚更佳，坐待云烟生。
一水东南来，游龙势喷薄。
折行十里间，两岸堕山削。
闲步纵所如，溯洄玩清壑。
长林蔽复开，浴鸟飞还落。
是时春雨干，纵横白石凿。
洲渚杂花树，红翠亦沃若。
泆流几处疑，氿泉清可沦。
取汲十百村，膏泽曾不涸。
山人渴欲茗，甘洌时盈勺。
悠然濯缨思，行歌还独乐。
欲抵源来处，攀跻转无着。
落日烟云暝，山林郁参错。
半途怅将归，穷深惭力弱。
竹深交加处，书堂坐其阴。
东峰障朝日，烟雾此长深。
往往苍翠下，展卷复行吟。
薰风不时过，松韵动鸣琴。
飞虫常多类，好鸟非一音。
众妙随朝暮，悦怡静者心。
厨烟开柳下，卧榻对云岑。
岿然玉蕊楼，岚光户牖侵。
兴来堪揽胜，远近人登临。

# 崂山 劳山

## 游劳

### 蔡绍洛

忽动游思嗟莫挠，壮情肯让昔人豪。
已携蜡屐寻三岛，又踏芒鞋到二劳。
地险谁愁投足隘，天低才觉置身高。
平生不少登临处，饱看名山第一遭。

花明柳暗有余春，陡觉烟霞气味亲。
怪石嵯峨如猛将，奇峰突出似高人。
风翻碧海惊涛壮，雨湿苍苔古黛皴。
叠巘层峦三百里，闲云一路伴闲身。

# 劳山

## 陈　沂

蓬莱之山乱插天，大劳小劳青可怜。
清秋播荡入沧海，落日缥缈生晴烟。
眼前此景出人世，便可羽化凌飞仙。
挹取南溟酌北斗，枕石大醉云峰巅。

# 望大劳山

## 戴　良

稍入东胶界，即见大劳山。
峰攒侔剑戟，嶂叠类云烟。
棱棱插巨海，渺渺漾中川。
波涛共突兀，天日相澄鲜。
只若栖岛屿，观宇连树阡。
既馆茹茅士，亦巢遁世贤。
客行积昏旦，水宿倦舟船。
兹焉思独住，结茅征愿言。
柁师不我从，太息归中原。

# 答人问劳山风景

## 董锦章

二劳风景竟如何，一语相酬当浩歌。
海色全随山曲折，花香半逐石陂陀。
五更红日浴偏早，万古紫霞餐最多。
若欲景芳成小筑，经神祠外即盘阿。

# 游劳山

## 高　珩

红霞不尽恋山椒，坐听波声识晚潮。
沙屿高低分断鹭，烟村寂寥数归樵。
临溪人劝风前酒，隔岸谁吹月下箫。
机息萧然皆自得，漆园何处说逍遥。

风吹雨过淡晴晖，荦确漫漫石径微。
山路渐高人藉杖，海风忽到客添衣。
通潮溪水来无爽，守洞山云静不飞。
惆怅鹤山高士去，万松影里闭岩扉。

何年兰若此修真，仿佛空山姑射身。
湘瑟鼓来疑帝子，秦箫吹后忆仙人。
石惟垒在犹如黛，杏已花残不复春。
过客漫劳频吊古，纵余珠翠已成尘。

# 劳山

## 郭绥之

江南有金山，飞涌起楼殿。
钩心如斗角，上下金碧绚。
寺里藏峰峦，寺外望不见。
人工夺天然，殊非山真面。
东海大小劳，名遗洞天传。
古为缺陷多，补苴赖后彦。
正如古禽经，网罗闲莺燕。
却遗北海鹏，登载岂云遍。
留与好奇士，世外独寻玩。
山中纷刹宇，何者为冕弁。
大者太平宫，万象还自荐。
妙哉华严庵，楼阁弹指现。
山海佳胜处，结构共游衍。
金山只春华，侈靡谁能惯。
云山尚白描，著色殊可贱。
君看李公麟，画院乃独擅。

# 初入劳山

## 韩凤翔

初入劳山道，东行逼海涯。
路低桥卧涧，水近马盘沙。
阔节藤犹蔓，空心树自花。
此间还少诀，早已契仙家。

# 劳山杂咏

## 韩梦周

芒鞋拟到二劳边，此事沉吟已十年。
不笑山人有顽骨，许分海上一峰烟。

极目峻嶒尘外寒，灵旗仿佛见仙坛。
流泉百道云中落，散入天风作紫澜。

巨峰十万八千丈，大海东来接混茫。
半夜鸡鸣红日涌，不知何处是扶桑。

耐冬花发雪初晴，一片晶光入太清。
便是蓬瀛真世界，祖龙枉自射长鲸。

青州九点载灵鳌，帝遣神功压海涛。
直上云霄一长啸，果然泰岳不如高。

闻说仙方蛇代龙，昔人曾此得相逢。
丹砂也是痴人梦，好听华严半夜钟。


## 游崂山

### 贺敬之

黄山尽美恐非真，山川各异似才人。
崂山逊君云如海，君无崂山海上云。


## 过崂山口占

### 胡厥文

世上有崂山，清静无纤尘。
疑若仙人居，桃源许问津。
昔年童男女，自此赴东邻。
山川有灵气，往来无俗人。


## 望劳山

### 黄大中

东南林壑美，天外削奇峰。
爽接沧州月，翠挂岱岳松。

人烟环岛屿，村舍傍鱼龙。

那得长康笔，云山画几重。

## 和蓝季方九日东山独游

### 黄 垍

万叠劳峰大海临，千林落木正萧森。

云光触地人烟接，雪浪浮空岛影沉。

青嶂悬泉开石窦，白沙古渡拥华阴。

凭高不尽苍茫意，为托冥鸿寄远心。

薄暮潮声天上来，东风吹落碧山隈。

云封汉峙星涛起，烟锁秦桥鸥鹭回。

涧底寒泉流石髓，林梢新月剖珠胎。

凭阑拟作悲秋赋，白发萧萧愧楚才。

## 见山

### 黄 垍

每见劳山色，飘然思欲仙。

白悬天柱雪，寒锁石门烟。

孤鹤来还去，群峰断复连。

云霞空在目，蜡屐是何年。

# 雨后望劳山

## 黄敬中

山外浮云云外山，山空云静物闲闲。
雨过扶杖山头望，又见闲云自在还。

# 山游

## 黄立世

二劳山水窟，何人识其最。
晓起理轻策，一一瞻胜概。
石骨何巉巉，寒流独清快。
矫首西南峰，缥缈青如黛。
恐有东风起，吹落碧天外。
看山如临文，无妙不在转。
绵亘五百里，一转一奇险。
怪石破蔚蓝，神鬼慑肝胆。
谁为缩天影，白日忽瘦减。
石隙乱清流，其音泠然善。
兹游称奇绝，幽怀此焉满。

## 雨后看山限林深心琴字

### 黄　埈

夏云晴望后，苍翠郁疏林。
返照群峰净，新流万壑深。
凉风侵竹簟，爽气静人心。
远近余清籁，宵来已入琴。

## 劳山

### 黄体中

名胜甲东海，千岩插碧霄。
望洋趋九水，拱岱屹三标。
篆叶明书院，神鞭逐石桥。
灵踪多恍惚，终古未遥遥。

## 东山即事

### 黄　壎

秋原劳杖屦，迢递入云堆。
松露侵衣重，山风拂马来。
羡鱼时近浦，采药更登台。
村酒聊成醉，归心落照催。

武陵疑未远，恍惚在东山。
谷静松泉响，川空渔棹闲。
晴风云淡淡，春树鸟关关。
身世真如寄，萧然天地间。


## 乙亥七月青岛有赠

### 黄炎培

神州东尽碧一湾，有山巉巉不可攀。
向阳绣错通瀛寰，殊方异种辐辏乎其间。
国魂何地雄堪叫，云开喜见田横岛。
四十年来海水飞，憎主何分甲乙盗。
掲来江海愁转蓬，一隅犹乐熙皞风。
双山葡萄秋酿浓，丹山亭坞春花红。
一廛许我衣褐从，与君日夕谈神农。


## 劳山杂咏四首

### 黄右昌

一

车过胶东路，乡村一一观。
儿童新气象，妇女古衣冠。
麦叠风中浪，鸟欢雨后峦。
难哉唯博济，民食地瓜干。

地瓜干，青岛土语，即晒干之山薯也。

### 二

观乡王道易，草草待成编。

九水分南北，丛岩象万千。

蔚蓝揩石镜，飞白跃深渊。

夙有山林癖，何关佛与仙。

### 三

独有明霞洞，一泓在目前。

盈虚潮起落，规矩石方圆。

洋面望如镜，崖缝半是泉。

青黄山下路，东海与周旋。

青黄山：青山、黄山。

### 四

题册留鸿爪，披榛到太清。

千盘难度鸟，四月始闻莺。

盛夏浑忘暑，耐冬早得名。

林林乌桕树，排闼送人行。

明霞洞道人出册索题，余将与茂溪子英三人联句为题于册。

## 雪后望二劳诸山

### 黄玉瑚

积雪没寒峰，苍茫连岛屿。

遥知补衲僧，即在云深处。

深巷无车辙，登楼看远山。
萧萧林薄外，寒鸟破云还。


# 山中春兴

### 黄宗昌

烂漫华胥境，经营小有天。
清流漱白石，层嶂叠青莲。
自谓羲皇上，人忘耕凿年。
中间惟有睡，学得五龙眠。

幽兴触时发，春来正未央。
浊醪齐物论，流水楚明光。
雪尽云根暖，风恬月魄香。
此中真有意，陶令言已忘。


# 劳山

### 黄宗辅

寂寞黄花路，秋光处处幽。
山头衔日晓，树杪见泉流。
辇路秦碑断，离宫汉址留。
长生如可学，从此访丹邱。

# 雪中望劳山

## 黄宗和

巨峰千仞望依依，玉屑空明眩眼飞。
被氅高人吹笛去，舞霓仙子步虚归。
青松冻老龙须坼，碧落寒深鹤影稀。
遥想成仙桥畔路，朔风吹扑白云扉。

绝迹凌虚百万峰，孤高削尽玉芙蓉。
寒依塔顶栖归鹤，冷到松根卧蛰龙。
石刹繁花含冻结，琼宫老树倩云封。
揭来遥望殷红处，点缀苍松发耐冬。

劳山咫尺接蓬莱，万朵瑶花倒影来。
大海苍茫迷去雁，浓云缈漫失层台。
峰峦碍日凝飞白，草木无声杂落梅。
曾否岩根潮拍处，渔翁蓑笠任徘徊。

万壑千峰落照余，仙人鹤氅往来徐。
严冬草秀山灵药，渤澥波沉海大鱼。
玉洞谁开鸿宝秘，云关好护紫函书。
东南试望风烟里，灏气盈盈接太虚。

## 雨中望劳山

### 黄宗庠

云山乍明晦，倏忽千万态。
风回岩岫边，雨洒原野内。
良苗怀新茎，远村迷苍霭。
村幽烟火疏，地僻衣冠废。
我来坐暇旷，高坐成玄对。
新诗答海鸥，白眼酬时辈。
流光若易掷，即景还生慨。
富贵未可求，聊从吾所爱。


## 游劳山

### 姜铭九

天风浩荡豁襟胸，海外孤悬缥渺峰。
密雾挟云拔翠嶂，淡烟和月出疏钟。
犹争晚节山头菊，不改寒操涧底松。
欲访仙踪何处是，芒鞋踏遍岭千里。

一气鸿濛化万千，层峦起伏幻云烟。
潮回自有山为障，地尽谁知水是天。
日瘦应怜栖海岛，鹤归不忍问桑田。
何年世外逃禅去，来补人间未了缘。

峭壁嶙峋剑削成，悬崖下视只心惊。
松喧半岭风无影，潮落平沙月有声。
出岫闲云难作雨，入山草木尽知兵。
人间得失寻常事，尚有棋盘一石横。

华严古寺慈霑修，明末遗踪今尚留。
翠竹犹能争气节，青桐应不记春秋。
欲求解脱僧嫌俗，再问升平佛亦愁。
惆恨禅房痴立处，夕阳无语下山头。

梵宫贝阙倚斜曛，一脉遥从海岳分。
远处帆归高处见，半山人语下山闻。
难凭精卫填沧海，谁为苍生祈雨云。
采得仙葩归去也，短筇敲遍石苔纹。

红树青山野菊黄，无风无雨了重阳。
残碑不语怜斜照，衰草伤心化刲霜。
逃世绍僧终落拓，求仙秦帝总荒唐。
登临满目苍凉感，时有征鸿说断肠。

太清宫是宋氏祠，面海负山建于兹。
银杏应为兴废感，耐冬犹具岁寒姿。
云岩得道终难老，绛雪多情今又滋。
最是芝房留恋地，苍苔拂拭认碑辞。

不受红尘半点侵，人家结屋傍青岑。
沧溟潮汐互消长，邱壑烟云自古今。
战绩依然标石上，经文竟尔刻碑阴。
高歌归去千峰应，风雨萧萧剑气森。

# 春初山游

### 蓝昌后

晓山明霁色，幽兴满林间。
流水心无极，归云态自闲。
生来时见性，随处一开颜。
何必深居者，忘机独闭关。

# 劳山

### 蓝恒矩

童公去后已无虎，太白来时许乘龙。
地近居庐多种竹，山除花果只留松。
客寻黑石华边路，僧扣白云深处钟。
俱足生涯任所好，求珠握玉每相逢。

浮山入海拟比踪，登高望远豁心胸。
风生怪石皆疑虎，云起老松欲化龙。
托钵僧归红叶寺，负薪樵下翠微峰。
相看咫尺至佳境，越来前头又一重。

# 九日

### 蓝　田

病夫久矣怯登高，徒倚危楼对二劳。
九日独餐骚客菊，十年却忆大官糕。
谋生落落无三窟，览镜欣欣有二毛。
钓伴多情还过我，一壶社酒侑霜螯。

沉沉渤海蓬丘高，欲往登之魂梦劳。
一瓢且醉桑落酒，百事耻夸孺子糕。
孤吟此日同登语，五鼎当年付尘毛。
紫萸黄菊盈三径，饱矣何贪持蟹螯。

# 劳山

### 蓝　田

云山面面围丹室，海日朦朦映蜃楼。
上院仙家风景好，病夫携酒数来游。

厌尘洗耳枕清流，觅句掀髯耸玉楼。
醉舞短箫歌一曲，山川不负此回游。

## 劳山次石亭韵

### 蓝　田

苍烟滚滚渺无涯，云岫层层路转赊。
脚底雷鸣潮激石，眼中解语蕙兰花。
长竿拟钓珊瑚树，活火亲烹紫笋茶。
近读黄庭三万遍，结庐此地炼丹砂。

## 劳山次韵

### 蓝　田

山寺停车日已颓，山僧披衲送茶杯。
自言禅榻龛中老，惊见使槎天上来。
麋鹿缘崖呼侣下，岩花和露向人开。
十年苦为风尘扰，绝顶登临决此哉。

## 山中漫兴

### 蓝　田

花开一树万树，看山一重两重。
客到篱头犬吠，寺近竹林鸣钟。

僧老白发掩耳，树古青皮及肩。
茅屋蒲团小坐，瓦炉挥尘谈禅。

# 劳山

## 蓝　章

遥看山色层层碧，渐觉溪流汩汩深。
匹马迳寻萧寺树，老僧应识野人心。
行云何意遮奇石，啼鸟多情和苦吟。
不是将身许明代，便从逄子老幽岑。

# 劳山小游

## 雷嗣尚

东岳西湖二美并，此山妩媚出峥嵘。
奇花经眼良无赖，危石揖人若有情。
断岫忽开盘路尽，飞洪时带海潮生。
小游未竟穷幽兴，暮色苍茫笼太清。

# 劳山即景

## 李　岩

倚杖行来踏翠微，白云流径湿沾衣。
涛声日与松声和，山气时连海气飞。
山岸珠玑经手润，滩头蛤蜊待潮肥。
逢萌遁迹知何处，到此徘徊未忍归。

# 望劳山

## 李中简

连峰挟海气，叠嶂耸秋骨。
大云横其间，傲诡互出没。
乾坤造幽境，仙隐闷灵窟。
长啸俯巨瀛，阳阿试唏发。

# 重九日望劳山作

## 李佐贤

去岁跻攀日观峰，壮游今复东海东。
劳山可望兼可即，来时霜叶杂青红。
朝暾未上烟雾湿，平铺山脚白濛濛。
黄山云海称奇绝，以彼方此将毋同。
云开雾敛奇峰出，十万乱落青芙蓉。
近瞰乱石纵横卧，如狮如象如虬龙。
遥瞻锋锷宝匣出，干将莫邪插晴空。
又如王会呈圭璧，侯执桓兮公执躬。
造物有意弄狡狯，万千变化难形容。
重九例作登高会，龙山盘山曾扶筇。
千佛山巅再三至，兹游合继前游踪。
入山更许开生面，恢扩眼界拓心胸。

# 崂山杂咏

### 梁天柱

## 游崂山

游山兴未尽，欲探岩壑溪。
数访不知倦，寻幽姿放笔。

## 晨观崂峰

青峰千万姿，各有独立势。
屹立支宇宙，终以待明时。

## 法海寺黄昏

黄昏秋山道，童子掩柴门。
只有山涧水，伴我到山村。

## 潮音瀑

滚滚西山水，自古到如今。
身临有旷怀，不做逐波人。

## 咏龙潭瀑

山泉流日夜，溪间赴清流。
自有奔驰志，岂为濯缨谋。

# 游二劳

## 林树寅

上缘古壁隘，下瞰洪涛恶。
右顾森以阻，左步骇而却。
山海通一缕，人马盘碧落。
不断风雷声，时触熊罴角。
路转万松青，空中横楼阁。
遥望知华严，虹桥跨云壑。
松顶耀沤波，竹溪露巉削。
夜登日观峰，云气半吞剥。
梵呗响空山，钟鼓迎潮作。
沉沉万虑空，澄怀无往著。
层巘蕰西南，沿海窄岞崿。
黄山更青山，两村仙境托。
鸡犬箐林间，樵渔风气朴。
西望郁苍苍，下清气磅礴。
耐冬标朱华，修筠进青箨。
田横昔寄迹，怒潮犹腾逴。
五百人未归，一岛空栖泊。
耳目囿乡区，文字羞龌龊。
今侍严君游，俯仰信宏阔。
会心流峙间，胸次从兹拓。

# 携妻女游崂山

## 林钟柱

忽作登临想，全家向二崂。
海吞乱流驶，天压万山高。
古道横奇石，长松激怒涛。
偶寻村店住，花下醉芳醪。

# 崂山吟
## ——《青岛百吟》之五

## 刘少文

胶东名胜数崂山，万叠岚光翠扫天。
自是红尘飞不到，更从何处访神仙。

    崂山踞青埠东北，奇峭突怒，万叠烟岚，直东趋海，云光变幻，为内地名山所不及，故《齐记》有"泰山高不如东海崂"之说。往游分三路：北路为华楼宫、大崂观、神清宫等处；中路为九水、柳树台、鱼鳞口瀑布、蔚竹庵、巨峰等处；南路为梯子石、太清宫、上清宫、明霞洞、八仙墩等处。

# 望别劳山

### 刘少文

一桁青山万树花，花间石径自横斜。
年年记得经行处，九转溪流到酒家。

把酒临风一黯然，溪山欲别更流连。
游踪细数知多少，秋月春花二十年。

# 游劳山

### 刘少文

屈指当年几度游，翩翩裙屐最风流。
应知山下桃花水，羞与刘郎照白头。

清明寒食早经过，冷落东风可奈何。
九水桥南一惆怅，空余老泪洒春波。

诗酒佯狂自有真，莺声燕语一时新。
谁知当日豪华客，已作无家沦落人。

手摘山蔬佐举觞，低徊往事只心伤。
游踪细认径行处，断壁颓垣剩战场。

归路驱车日暮时，回看山色总迷离。
大劳尽束群峰住，放眼穹庐天四垂。

# 二十一日游劳山

## 柳亚子

海上神仙事渺茫，劳山金碧尽辉煌。
燕齐遇怪君休诮，谡谡松风夹道凉。

# 自劳山返青岛

## 柳亚子

肩舆行尽又车行，缘海翻山历旧程。
一路烟岚如送我，匆匆挥手别山灵。

# 游劳二首

## 路朝銮

### 一

丹梯凌苍壁，驾言越重岭。
风篁清道心，惬此岩栖境。
老松扶危石，虬柯盘洞顶。
鸾鹤招不来，云洞闷仙影。

### 二

午憩大劳观，茗话修真地。
晚宿神清宫，钟声出幽邃。

壁垂古蜗涎，石偃乘龙睡。

旷世无欧阳，谁辨神清字。

## 崂山吟

### 罗章龙

一九三六年偕魏文、孟平同登崂山作。

崂山峻千仞，东向沧溟开。

天风吹万里，仿佛见蓬莱。

怪石耸霄汉，飞瀑喷云雷。

长松列海隅，山海频相偎。

清溪百十道，危峰何崔嵬。

客来自吴楚，茫然心低徊。

游泳飞泉下，濯足乱流堆。

夜谈华严寺，访胜白云隈。

凌晨观日出，薄暮听潮回。

忆昔登华岳，春愁几万重。

孤游惜奇险，慷慨与谁同。

折柬寄君诗，憔悴月明中。

万方多今难，俯仰瞩苍穹。

艰难曾百战，万里逐征鸿。

颇思汗漫游，西向揽崆峒。

相斯在远道，奋发方为雄。

## 游崂山

### 孟昭鸿

短衣跌宕入松关，竹杖芒鞋翠霭间。

晓雾乍收初日上，梨花香里到崂山。

## 冒雨游劳山得四绝句

### 潘　敬

一

一峰便赏一峰奇，剔尽苍厓处士诗。

雨色沉沉山欲睡，我来惟有野猿知。

二

雨后飞湍响急滩，乱松深处石生寒。

白云一抹三千尺，不放青山与客看。

三

面面云峦景不同，翻疑身入画图中。

断厓陡绝无人到，倒挂松枝欲化龙。

四

不断泉声答海声，御风行去也泠泠。

天鸡鼓翼峰头唱，多少鱼龙侧耳听。

## 游崂山

### 溥　杰

齐东首擘崂山指，到处风光别有天。
曲磴盘空通胜地，连峰沿海叠梯田。
云森道士犹龙洞，波渺秦皇觅药船。
尽日攀跻看不厌，真疑羽化欲登仙。

## 日　出

### 溥　杰

为到沙滨瞻日出，披衣行露再而三。
霞明晓夜浑然赤，澜涤晴空分外蓝。
点点白帆流镜箔，层层翠嶂叠烟岚。
曾经沧海难为水，他处名山懒再探。

## 劳山

### 仁　济

嵯峨劳盛说胶东，生面别开造化功。
危石奇松仙骨傲，行云流水佛心空。
压墙竹影和烟重，绕寺岚光与海融。
风卷潮头秋月白，日烘岭背晚霞红。

宁知浊世嚣尘外，仍在惊涛骇浪中。

辟得通衢车马乱，终南捷径几豪雄。

## 登劳山

### 邵　贤

坤轴危分镇巨鳌，山如排戟战方酣。

鼓钟镗鞳东西院，丹碧参差大小劳。

石柱华楼阑海出，龙岩狮石倚天高。

我来无限登临兴，点染风烟信彩毫。

## 劳山的雄姿

### ——泰山自言高，不如东海劳（古诗）

### 沈　默

我依立在船舷之边，远眺那东海滨岸，

峥嵘的劳山，高耸地排列在我的眼前。

晨光虽曾把山头的障气逐尽，

但山腰的宿雾，还绕成劳动者围身的腰布。

啊！伟壮的高山，你还记得：

在那亿万年以前，地球表面冷却的时候，

你的诞生是多么奇伟的呀！

那时发出了剧烈的震动，

为的是地壳的收缩，
为的是建筑你庄严的基础！

但是啊！你这有劳动者表率的高山，
你曾助石松和羊齿类以最大的繁植，
你也曾给雷龙恐龙以绝大的窝藏，
无论那至小的昆虫，
无论那至灵的原人，
都受着你的庇护，依赖你而生存——
不是为着有你，它们将永远的沉沦！

虽然你为一切的生物而劳作，
他们给你的代价只有蔑视和冷酷，
风沙曾把你的容颜刮瘦，
狂雨不住地把你的衣裳扯破。

镇日里的炎阳把你熬煎，
强热榨出了你浑身的汗泉涌进，
寒冷的夜霜僵冻了你的四体，
你暗地里长啸，漫把泪珠儿将山岗洒遍！

有时自然的主，发了威权之怒：
将地震来恐吓你，使你颤抖，
将雷火来袭击你，使你苦楚，
你的背脊为了一切的重负而弯曲，
但是你仍毅然坚忍地静穆的站着。

啊！我知道，一切的威权都不能压倒你，

暴风、狂雨、炎阳、冷霜都不能侵害你，
你存在的价值，是长远而永久，
因为你有岩层构成强硬的干骨！

奋斗呀，高山！
时代的巨轮在转着，
警钟在推敲你底心门，
努力，前进，和大自然的环境奋斗吧！

努力呀，高山！
春神已将细草织好了绒袍，在祝你胜利，
除夕也将给你一袭洁白绵羊的雪衣，
啊！那时你真美丽，你已成了大自然的主体！

## 游劳山

### 施闰章

同雨若、方邺、玉及、耦长。

十里见嶙嶒，蛟宫寄一僧。
飞楼安石镬，悬壁攫云层。
越险苍藤接，盘空细路登。
棹回杯重把，鲈脍出鱼罾。

# 劳山纪游杂诗

## 思　雁

照海修眉远自颦，入山惟有石嶙峋。
村名九水曾无水，瀑号鱼鳞劣泻鳞。
潮音瀑又名鱼鳞瀑。

秦皇往迹付波涛，劫火残山意尚劳。
最爱书生能杀敌，危崖勒石一亭高。
前青岛市长李先良抗战时苦守劳山，建有胜利亭，劖石纪迹。

林亭攒翠众峰环，礼数朋游略可删。
敷食柳阴当午日，风吹酒浪照青山。

群流揽胜此徘徊，老树遗台感劫灰。
留取今朝鸿爪在，他时印证待重来。
山经战残破，柳树台一带尤为荒凉。

一山惊石变，人自罅中行。
静爱篮舆上，冷冷涧水声。

照影寒潭百怪藏，苍藤峭壁划开张。
临流好就危亭坐，飞瀑声中自在凉。

岩中盘折不知高，山外还应大海包。
闻说有途通壁上，欲凌绝顶览波涛。

## 劳山观日出

### 孙凤云

阳乌浴水出海中，两翼煽云云复空。
洪涛万里伏阳火，火焰金沤荡海风。
金光百道浮水面，霞彩千条碧空散。
巨浸中流涌金轮，欲上不上如掣电。
瀛洲东畔鲛人居，绕宅千万树珊瑚。
鲛人泣血洒红树，千年化作珊瑚珠。
下界那知天已晓，邯郸痴梦犹未了。
须臾鸡鸣日高升，微茫始辨田横岛。

## 劳山

### 孙　镇

吾爱逄子康，挂冠都城门。
国危不可居，避世甘沉沦。
泛海岂安流，羞比尘鞅尊。
高躅迈一时，清风今尚存。
山深海涛隐，谷静岩泉喧。
遗迹杳难辨，代远道弥敦。
嗟彼草元者，龃龉定足论。

# 重至青岛

## 谭延闿

适看桃李斗清妍，又睹霜华冻野田。
惟有劳山知我意，一回相见一嫣然。

电掣雷奔又一时，苍茫歧路更何之。
可怜无限平生感，犹有好怀能赋诗。

# 游劳山

## 王　埔

梦想二劳知几秋，今朝却喜得重游。
登高拟借天为笠，狂饮欲将海作瓯。

# 五言古诗三十韵

## 王云渠

泰山虽云高，不如东海崂。
我骤闻此语，叹忽神摇摇。
何当荡层云，攀缘接飞猱。
蹴踏崂山巅，俯听奔崩涛。
睥睨万培塿，碌碌空尔曹。
怀此颇有年，累拟一游遨。
千里隔迢迢，此意竟萧条。
虎诒龙战野，噬搏怒斗鏖。
猛鸷蔽九霄，雷电下击捎。
战格划崩豁，积尸川原膏。
神州失净土，圣战曰嘈嘈。
道途拱豺虎，行路心忉忉。
坐兹来青岛，二载忽已耗。
宿昔到大崂，只薪苇一刀。
此夕想小崂，咫尺万里遥。
潍邑赫聘卿，珠玉在挥毫。
落纸为云烟，歌管日嗷嗷。
画此崂山册，滋滋风萧骚。
使我展册看，恍与万峰遭。
高梯摩天立，飞瀑万壑号。
列松盘高冈，张益长劳劳。
白云没山腰，诸峰如藏逃。
苍苍远树低，游人幽兴豪。
览此浑忘饥，倍胜恣饕餮。
时俗今造次，晦冥志士韬。

　　每貌行路人，谁能无骜骜。

　　我此执教鞭，学殖荒蓬蒿。

　　华发竟何成，中夜万感熬。

　　窃此东施效，追逐东园翱。

　　题君崂山图，拟钓东海鳌。

　右五言古诗一首，三十韵。"恍如万峰遭"，"如"字为"与"字之误；"游人游兴豪"，上"游"字系"幽"字之误。书呈聘卿同事仁兄法家指政。东武王云渠题。

## 崂山三章

### 吴寿彭

一

　　叠嶂松筼压海青，薜萝漫步涧边陉。

　　丰神正欲邀姑射，放任飔吹到野亭。

二

　　静院闲庭栏绕药，山茶树老犹生花。

　　屃回华岳峻奇甚，望极蓬瀛绮兴赊。

三

　　幽栖谁在白云端，岛屿惝惝合翠峦。

　　真赏鸣禽陪夏木，吟兰霁月照洄湍。

# 劳山

## 夏联钰

山海相围抱，天然启壮观。
书留高士篆，花绕老君坛。
峰影随波碎，钟声度岭残。
寻幽欣屐到，仙迹访棋盘。

# 劳山之阿遇美人

## 熊梦飞

　　于劳山之阿，遇青市所谓青岛美人，因刘君介绍，得访其别墅，同游仇公亦山，尝为诗咏之，词工而不亵，臻于艺境。余以为咏美人诗之上乘也，并录于此。

习习香风落酒杯，紫薇花下美人来。
娇莺啭向深山里，万态云烟合复开。

月色花容自有真，铅华稳称绮罗身。
江山憔悴诗怀俭，胜有风情赋丽人。

仙露明殊绝世姿，芙蓉初日记年时。
于今眷属青崖里，玉臂云鬟有月窥。

# 赞劳山

## 许　铤

津滨高峰秀更奇，海内名山数第一。
蕴藏丰富无价宝，金属药物共晶石。

崂山灵秀见真迹，十九洞天注仙笈。
历代好多高隐士，处处仙踪古今奇。

古来相传是仙山，云崖高卧隐明贤。
杰出忠臣英烈士，享得祠典列仙班。

# 次柱山游山韵

## 杨　盐

人望沧溟势杳茫，参差岛树色荒苍。
雨晴虹气飞红练，月上珠房吐白光。
不见蓬莱眠羽客，空传仙药采庚桑。
松关静坐看潮汐，闲读参同契几章。

晓来黑气掩雷门，不觉阴云覆野原。
溪水生瘢知落雨，茅檐鸣溜欲倾盆。
远山漫展芙蓉帐，怪石争成虎豹蹲。
隔海琼舟呼不至，令人何处觅山村。

# 劳山游归偶赋二首

易顺鼎

一

燕齐迂怪士，缥缈谈神仙。

海外大九州，海上三神山。

秦皇汉武辈，天风回其船。

瀛洲不可到，方丈谁能攀。

自从海通来，知彼非谰言。

安期遗枣核，麻姑感桑田。

谁令金银台，涌现青齐间。

人来九万里，说验四千年。

二

青春行青齐，碧空说碧海。

驾言访大劳，春气方宕骀。

初阳照神山，云霞绚光彩。

羽人若为招，山灵已相待。

上下三清宫，南北九水汇。

万壑鸣瀑泉，千峰扫烟霭。

怅望古圣仙，去我亿万载。

金丹不可求，玉芝孰能采。

方追夷齐饿，难效巢由买。

回车如回船，天风闻欸乃。

## 戏题劳山

### 易顺鼎

劳苦从来是玉成，劳劳亭下古今情。
吾侪合向劳山住，老子犹从苦县生。

大小劳山号二崂，难将古谊考猥獒。
往还一笑匆匆甚，山不曾劳客已劳。
尝疑《齐风》之猲即劳山也。

## 游崂山遇雨偶成

### 永 乔

我本楚狂人，南北走胡粤。
二崂好山色，清兴于兹讬。
结伴寻幽胜，密云忽如泼。
冒雨劈拍行，此景良不恶。
华严寺庄严，蔚竹庵幽谿。
洞里涌白云，飞瀑尤奇绝。
遥望八仙岭，仙意犹如昨。
信宿太清宫，胜地爱难割。
耐冬高数丈，花时艳如雪。
物老精爽凭，异事争传说。
惜未游上清，蜡屐会重着。

## 劳山二首

### 尤淑孝

#### 一

一入金鳌信口占，何须觅句断须拈。
客惊峻岭悬岩上，农爱游人越石尖。
境比田盘偏傍海，松多黄麓尽如蚺。
琳宫梵宇徜徉遍，随处因缘仙佛兼。

#### 二

山海连绵面面开，一朝游览亦奇哉。
路从石隙盘旋上，潮自天边浩荡来。
脉脉絮云笼水际，纷纷雪浪扑山隈。
华岩楼畔凭栏后，澜碧峦青绕梦回。

## 雨里望劳山

### 月　如

雨洒如织，
檐溜如丝，
遥望云雾缭绕，
恍惚——依稀——
笼罩了劳山群峰，
远的，

近的，

深的，

淡的，

隐的，

显的，

诙诡，

迷离，

似可识，

似不可识！


云一串，

山中断，

山下有云，

云上又有山，

云里的仿仿佛佛，

云外的星星点点，

一回如此，

一回那般，

一回不动，

一回又变！

"咕咙东！"

雷鼓连声响，

东北天响到西北天。

雨点儿随声转急，

山影儿随雨退远，

渐远——渐隐——

渐隐——渐远——

刚模糊，

被绣幕遮断！

　　雨里望山，是说不出繁复，而又似极单调的。看他一步从容，一步紧张，把好难写的景，用写实的一支笔，形画得极其神化，不禁为之喝彩。

LS 阅附

## 劳山

### 翟　冕

路入华阳正晓晴，凌空佛阁看峥嵘。

琼楼隐约依松起，危岫巉岩碍月行。

气接蛟宫青未了，云排玉笏削难成。

老僧勤荐山蔬味，茅屋留宾梦亦清。

## 劳山消夏

### ——五言排律限一东三十韵

### 枕涑子

夏令迁庚伏，高天展蕴隆。

何方消郁郁，有地解忡忡。

胶澳开仙界，劳峰敞梵宫。

悬崖平鬼斧，峭壁剔神工。

石叠径楼古，云连佛阁崇。

荣张舒翼鸟，梁驾带霞虹。

偃蹇松千尺，交加竹万丛。

墙腰缠薜荔，檐角荫梧桐。

草蔚添岩翠，林森障日红。

浮光清可挹，邃境妙难穷。

来伴参禅客，权为避世翁。

欣当居近海，窦似隐归嵩。

净宇饶佳趣，闲斋寄藐躬。

水晶帘荡漾，琥珀枕玲珑。

断简床头余，奇缘梦里通。

围棋陪谢傅，设法见生公。

弃尉怀梅福，烧丹慕葛洪。

乾坤供俯仰，名利脱牢笼。

睡起身增爽，呼深气换空。

扶筇阶上下，游目院西东。

已罢微微雨，仍吹飒飒风。

穆如无迹象，浑不辨雌雄。

鉴沼期心定，听泉洗耳聋。

逍遥无俗念，咏啸惬幽衷。

席设窗间坐，肠饥午后充。

嘉肴餐蛎肉，美酒饮莲筒。

篆袅香三炉，琴弹曲一终。

孤飞冲雾鹤，错认报秋鸿。

昼夜分长短，炎凉混异同。

移家思久住，老此碧山中。

## 海中峭立孤峰舟过其下

### 郑孝胥

破岩如颓墙，突兀立穷海。
群鸥舞惊涛，坠日射寒彩。
有情必见赏，终古谁能待。
桑田定何时，滔天尔犹在。

## 游青岛劳山

### 钟朗华

几树红桃，微笑地
在岩畔开花，
涧水似一条银链，
在山腰里挂。

青青的松林里，
透出野寺几家，
白鸽带着黄昏的日影
缓缓的向松林里投下。

一声两声的钟，
惊醒群山的清梦，
海水像神秘的女郎，
在雾里隐着媚容。

山里的人，

天生来就做神仙，

世上的事

全不知也不管。


再添种些桑麻，

便活画出桃源，

最妙是这几百人家，

还杂着一些鸡犬。


山中的好景，

冲淡了我底襟怀，

清风送下岩来，

肩上挑一担轻快。


## 山雨

### 周日垛


晓雨来峰外，浓烟湿近林。

松声遥细细，洞口尽阴阴。

垂露岩花落，连云海气深。

莫言愁客况，清寂静尘心。

# 望崂山

## 周而复

壬戌八月二十四日，与戈宝权教授、董延盛局长等畅游崂山，主人属题刻石，归来书此，以志纪念云耳。

崂山千仞，雪雾缭绕。
雄风万里，碧海浩淼。
高山临海，分外妖娆。


# 郊望

## 周思彩

新凉疏雨过，流水响潺湲。
秋色横前渡，夕阳下远山。
天随平野尽，心共白云闲。
徙倚孤村外，长吟带月还。

# 登高山

### 周思璇

独上文石山，脚底俱瑛琭。
纹理晕层层，其质蕴青绿。
叩之有清音，琼琭响塞玉。
踞巅望海天，冥冥空极目。
鸣涛杂松风，到耳已绝俗。
日暮下苍烟，秋风满岩谷。

# 崂顶　巨峰

### 巨峰

#### 蔡朱澄

传闻西岳有高峰，铁绠悬空路未通。
白云今看入苍霭，青齐洵足表雄风。
茫茫沧海浮天际，历历郊圻在目中。
最是晓霞堪玩处，一轮旭日映偏红。

### 巨峰

#### 陈　沂

鳌峰驾海入青云，远见浑合近复分。
重峦高下极杳霭，翠岫出入排氤氲。
千奇万状倏变态，陟历惊魂望仍爱。
遥指天际悬孤峰，峰头更有僧庵在。
奔涛怒石声潺潺，绝顶止可猿猱攀。

双屋劈处一微径，一窍直上烟霄间。
壁断梯折路亦绝，五石飞梁临不测。
西北峰重返照阴，东南海映长空色。
仙人见说多楼居，无奈缥缈乘清虚。
此地安期且未至，与子跨鹤今何如？

## 游崂顶

### 崔景三

海阔望云低，苍茫接太虚。
青山间绿水，紫霞伴红霓。
幸有同怀客，优游与共栖。
崂峰高且隐，可作上天梯。

## 巨峰

### 崔应阶

叠嶂层崖拥巨峰，帝居呼吸可相通。
乘云欲假庄生翼，破浪无须宗悫风。
且揽全劳归杖底，任教海水泻杯中。
凭虚纵目何空阔，指点扶桑别样红。

# 巨峰

## 范九皋

万岭拱群侯，巨峰最上头。
洞风鸣铁瓦，海月吞银钩。
齐履垂应尽，秦桥不断流。
谁能携妙句，斗酒此淹留。

# 同崔广文曙山登巨峰

## 范养蒙

石床共憩后，斗酒兴初浓。
欲揽全劳势，来登万仞峰。
危桥横古木，绝壁倚长松。
为问青霄上，烟云定几重。

# 登巨峰顶是劳山绝巅

## 高　出

万仞凭虚洞壑重，孤高秀擢绿芙蓉。
建标石上栖归鹤，倚绝松根抱蛰龙。
应接转看红蕊乱，开穿初破紫苔封。
罡风吹我如飘羽，拟向蓬莱问赤松。

冥冥沧海气雄哉，万里扶桑倒影来。
天地荡摩通昼夜，云烟吞吐见楼台。
千林碍日侵相射，三秀无人隐自开。
为访仙桥驱石远，恶风疑送祖龙回。

晓雾离披野望宽，天风故借海涛寒。
春樵穿石丁丁应，大鸟垂云剡剡看。
咫尺似通青帝座，飘飘一笑白云端。
自怜凡骨艰仙遇，寥落浮生竟寡欢。

峻极东华凌太虚，仙人闻道好楼居。
金光自秀山灵草，岳影遥浮海大鱼。
石室未开鸿宝秘，天门常护玉函书。
青天短发行搔遍，叫啸狂扪西日车。

## 巨峰

### 郭绥之

劳山有九峰，凭凌各争霸。
既见巨峰高，众峰难相驾。
譬如逐鹿时，群峰不相下。
真人出御世，智勇一齐罢。
英雄崛起多，岂必有凭藉。
日月荡山腰，风雷穿石罅。
一柱倚青冥，天维赖撑架。
置身向绝顶，不啻随羽化。

呼吸通上方，阊阖开残夜。

恍有天乐鸣，如睹仙旌迓。

挥手谢尘间，好将白龙跨。


## 登崂山顶口占

### 贺次斉

直上中峰力不支，登临放眼赋新诗。

青山极目春无尽，古木苍苍夕照时。


## 巨峰

### 黄锡善

石径迢迢转百盘，乘春高蹑巨峰寒。

烟云飞去衣犹湿，杯斝传来兴未阑。

碧海浮波迷远岫，青峦耸秀俯惊湍。

乾坤纵览舒长啸，直欲乘风跨紫鸾。

# 巨峰

## 黄象昺

绝顶烟霞隔几重，耸身直上最高峰。
怪云时响出头虎，暮色每吟涧底龙。
万里乾坤低眼底，九天星宿稳罗胸。
登临只恐上方险，敛足退还第二重。


# 独登巨峰望海遥忆旧游和朗生舅韵

## 蓝启华

昔我登巨峰，如到青天上。
下瞰隔尘寰，独坐发孤响。
维皇启圣贤，择辟兹灵壤。
万象无余陈，九区聊盈掌。
大冶方寸中，幽抱信弥广。
转入转奇寂，洞然豁圆朗。
冥漠达虚室，忽忽卧云悦。
妙历在穷游，真观非杳茫。
静度失当前，徒曰怀古往。
鸢鱼山水机，斯道充俯仰。
会彼空阔心，了我浮沉想。
浩浩顾何极，全潮看潓沆。

## 劳山绝顶望海

### 刘源渌

小住人间七十秋，沧桑几度不关愁。
到来咫尺蓬瀛路，万里波涛一叶舟。

## 登劳山绝顶

### 吕润生

素有乐山癖，开门即见山。
登巅劳凡骨，绝顶入仙关。
一览群峰小，飘然出世间。
星辰容手摘，日月照心闲。
饱会餐霞客，吟随大罗班。
烧丹师黄石，方瞳转朱颜。
福地留神疑，洞天驻足惘。
炼成金刚体，云游不知还。

## 登巨峰

### 马 其

我涉巨峰顶，海山佳气浓。
一盘蓝玛瑙，万朵翠芙蓉。

石耸心常悚，云深路半封。
仙客归憩处，松竹影重重。


## 登崂顶

芮　麟


浪鼓金轮岭锁烟，高歌人在白云边。
崂山胜概吾能说，半在峰岚半海天。


## 巨峰

汪　圻


高越全崂是巨峰，支分胜境险夷通。
攀跻杖湿松间露，舒啸裾回壑底风。
新月已如游象外，幕云犹自插天中。
纵观海际融残照，一片波光万顷红。


## 同文梓道人游巨峰

王大来


久困尘网思暂逃，移家深入东海崂。
迩来世味如嚼蜡，惟于山水颇贪饕。

东劳胜境游欲遍，巨峰未到长郁陶。
文梓道人有胜具，登高履险更若猱。
乘兴携我凌绝顶，下临万里沧溟涛。
此身自分百无用，况经乱后轻如毛。
逝将浪迹大荒外，望洋欲济无轻艘。
日暮长风起天半，松惊万壑声怒号。
翻然携手下烟雾，矫如双鹤同翱翔。

## 巨峰

### 王　升

卓立应推第一峰，神鳌驾出巨灵通。
扶筇徒倚思探斗，振袂凌空欲破风。
半壁天光遮瀣外，九州烟色落杯中。
揭来浩荡乾坤小，西望崦嵫落照红。

## 巨峰

### 尤淑孝

振衣直上最高峰，如发扶桑一线通。
只有仙灵营窟宅，更无人迹惹天风。
群山岳岳凭临外，大海茫茫隐现中。
持较岱宗应特绝，碧空咫尺彩云红。

# 登巨峰

## 张鸿猷

磴道盘空起，迂回百万层。
泉从云洞落，峰自藓碑升。
岚接天光静，烟合露气凝。
遥迢东海上，万壑共澄清。

# 巨峰即事咏怀

## 张允抡

名山序主辅，五岳各有宗。
二劳盘根大，峍峣几百重。
当中一峰尊，奔会众山从。
下界长不见，高空四时封。
冻积经春雪，雷雨下岭逢。
苍松参偃蹇，瑶草被蒙茸。
闷宫俨上帝，群神位肃雍。
有时云旗会，清夜震天宫。
星辰临栋宇，烟雾拥鼓钟。
绝顶登杳霭，阊阖如可椿。
诸县促足下，微茫辨海容。
信有乾坤大，培塿缩群峰。
我生尘土老，晚岁一遐踪。
庶将沆瀣饮，荡此烦热胸。

# 巨峰顶

## 张允抡

峰畔云际多，岩洞非一状。
游人鱼贯行，侧身烟霄上。
葛蔓屡挂巾，石棱多碍杖。
滑履叶落稠，刺眼高枝妨。
幽罅学鼠穿，悬磴习猿傍。
屡憩待后侣，频呼迷前向。

足蹑喷薄泉，肩摩峻嶒嶂。
铁锁云际攀，丹梯日边仗。
朝跻乘雾湿，西邻瞻星旷。
奥区穷探讨，孤境乘眺望。
终愧历险怯，推挽须少壮。
好道失早年，扪心默惘怅。


# 咏劳顶

## 赵孟頫

山海相依水连天，万里银波云如烟。
挥毫绘成天然画，笔到穷处难寻源。

# 巨峰

### 郑大进

白云深处最高峰，扪壁梯萝一线通。
灵鹫西来还戢翼，瘦龙东渡合乘风。
蓬瀛杳霭惊涛外，城社苍茫落照中。
最爱宵分渔火尽，咸池浴竟烛天红。

# 登巨峰最高处

### 周　璠

仙梯百转与天通，碧海茫茫浸太空。
脚底云烟蟠绝壑，潮头雷电趁东风。
众星拱极还诸岛，五岳争高逊上公。
今夜山中同鹤梦，定分羽翼遍鸿濛。

# 巨峰

### 周至元

二崂之峰亿万计，谁其主者为巨峰。
众山罗列儿孙小，此独巍然主人翁。
我亦不知入尽青山几十里，上尽白云几千重。
但觉峭岩绝壁不易登，古洞幻壑杳难穷。
造巅顿觉眼界阔，六合之内隐罗胸。

举手扪星星离离，俯首瞰日日疃疃。

沧海如杯水，群山似朝宗。

蓬莱在苴北，阆苑当其东。

西望岱岳何处是，但见齐烟九点青蒙蒙。

呼吸帝座若可通，欲叩阊阖问天公。

山灵含怒似不容，罡风吹下白云中。


## 望巨峰

### 周紫登

高低绵亘接苍穹，淡抹轻烟次第同。

南下涧云三十里，遥连浮岛有无中。


东顾沧溟万里余，没人渔子杂鸥居。

乘风破浪寻常事，最是凌晨日出初。

# 思海上山

## 左懋第

　　余二十有二岁游烟霞洞，二十三游二劳山。俯仰间将二十年矣，思为之诗。

巨峰绝顶上，恍似玉京行。

海急常飞雪，云移时有声。

闲居依白鹤，远出掘黄精。

羽客逢休问，蓬邱久识名。

# 灵山

## 灵山

### 黄守缃

六鳌冠灵山，翠水喷飞瀑。
遗此一片石，乾坤开幽奥。
磅礴势将飞，天风怒万窍。
举手拨白云，策杖豁临眺。
群山矗天立，海外呈奇峭。
夭矫万六龙，巉绝不相肖。
齐鲁杳空阔，海岱郁挑戛。
莽荡望齐州，过眼一飘渺。
薄暮客将归，红日挂海峤。

# 灵山道中

## 黄守绸

逢秋别有天，缓步几流连。
羁马沟边路，青萦一笠烟。

# 凌烟峃

## 凌烟峃

### 秦景容

高出浮云表，亭亭紫雾飘。
昔年闻使客，埋骨上青霄。


## 灵烟峃

### 孙紫阳

饥来吃饭倦时眠，饱后忘饥恁自然。
心到虚闲生道气，息因心妙舞胎仙。
葫中造化抱三境，身外逍遥绝万缘。
阳胜阴消天地泰，不须九转得长年。

## 华楼仙人蜕

### 王大来

华楼多胜迹，扶杖共探幽。
古洞仙人蜕，空山白骨头。
物皆随大造，我亦等浮沤。
却吊云岩子，徘徊为少留。

## 凌烟崮

### 王思诚

巨壁千仞上凌烟，石樽深藏羽化仙。
自是开山第一祖，悠悠此去几千年。

## 云岩子蜕

### 王偁

人求尔以生，尔示人以死。
片石与孤烟，孰是云岩子？

## 凌烟崮

### 周　璠

人间褒鄂峙凌烟，争似山中古洞天。
却怪云岩有遗蜕，不教天上葬神仙。

## 灵烟崮

### 朱　铎

峻嶒怪石锁山烟，飞渡山间不老仙。
传得祖师衣钵在，不知寒尽不知年。

## 灵烟崮

### 朱仲明

万叠灵烟插碧霄，昔年青鸟故相招。
瑶台一去无消息，草木山深总寂寥。

院内几棵百日红盛开

水彩　17cm×10.9cm

1982 年

华严寺第一代主禅慈沾大师的骨塔

淡彩　16.9cm×11.9cm
1982 年

崂山北九水小木楼

水彩　10.8cm×16.8cm

1983 年

崂山历史最早的钢架铁桥

水彩　10.8cm×16.8cm

1983 年

浮山第三峰

淡彩　19.7cm×13.7cm

1983 年

崂山绿石窟侧回头远眺仰口湾

淡彩　18.1cm×13.6cm

1985 年

崂山仰口停车点

淡彩　16.6cm × 11.8cm

1985 年

大好晨光，喜鹊成双

淡彩　16.7cm×11.7cm

1985 年

由晓望到仰口途中

淡彩　13.7cm×19.6cm

1985 年

晓望桥

水彩　18.5cm×13.5cm
1985 年

由山尖望仰口湾

淡彩　15.6cm×13.5cm

1985 年

白云洞梯子石巨松

淡彩　19.8cm×14.2cm
1985 年

北九水与丫环捶背石

淡彩　13.5cm×19.8cm

1985 年

华严寺藏经楼

淡彩　15.7cm×19.9cm

1986 年

华严寺西侧山坡

淡彩　19.9cm×13.7cm

1986 年

华严寺下之砥柱石

淡彩　19.5cm×13.8cm
1986 年

曲家庄西望高山

淡彩　13.9cm×19.5cm

1986 年

华严寺西山坡巨松

淡彩　13.5cm×19.7cm
1986 年

# 流清河

## 流清河过山家小憩

潘味篁

重叠羊肠道，崎岖一线通。
人来青嶂下，犬吠白云中。
野老须如戟，村姑足似弓。
武陵人已远，此境或差同。

# 柳树台

## 自柳树台至靛缸湾遇险有作

柳亚子

山行险阻有攀跻，却曲迷汤一叹唏。
治道几曾遇康乐？号天幸未学昌黎。

## 柳树台

沈信卿

柳树台边无一柳，偶于石上剖甘瓜。
蓬中意外惊奇艳，两点新红着小花。

## 经北九水返柳树台作

易顺鼎

溪桥将去重徘徊，柳外斜阳恋石台。
花气能将山色染，水声如缩海涛来。
岛边田试呼龙种，松下人疑待鹤回。
莫道清游无限乐，诸天欲别已生哀。

## 入劳山至柳树台作

易顺鼎

千岩万壑迓飞车，怪石奇松意已赊。
春雪销余生涧水，空山艳绝有桃花。
行来青嶂疑无路，隔断红尘即是家。
坐对神州成袖手，英雄惟合老烟霞。

## 入劳山至柳树台作叠前韵

易顺鼎

上清未到便回车，初入神山路尚赊。
蕃妇眼波皆海水，春人影事在溪花。
岩红涧碧莺时节，云白天青鹤室家。
莫笑诗成空手返，满身带得是绯霞。

## 登劳山柳树台

### 颖　人

未践劳山顶，相携柳树台。
竹舆人出没，石涧水潆洄。
峰向云间隐，春从树杪来。
酒家何处问，一炬剩寒灰。

台上有德人所设酒店，战争时与兵房均自毁于火。

## 游崂柳树台

### 枕　刍

峰峦层叠路逶迤，俯仰如登云树枝。
石壁玲珑飞嶂动，笋舆蜒蜿蛰龙移。
山川胜处雄风起，裙屐游来韵事垂。
满目沧桑台柳尽，渔阳憔悴不胜诗。

## 登劳山柳树台

### 织　云

登临携手此高台，云气弥漫拨不开。
认取青齐烟几点，群山睡觉送春来。

# 骆驼头　骆驼峰

## 骆驼峰

### 林钟柱

明驼劈空下，昂首吞长川。
鋆转疑无地，山开别有天。
茫茫青壁断，浩浩碧流悬。
到此尘缘净，栖心太古前。

## 九水间骆驼头

### 宗方侯

秦桥万里逐东流，疑是当年鞭石游。
力殚五丁驱未尽，山灵环结骆驼头。

# 美人峰

美人峰

崔应阶

山色真如清净身，凭虚独立迥难亲。
洞中未可逢仙子，天外空教侍美人。
薜荔作裳云袯润，芙蓉为面黛眉新。
莫将雾鬓云鬟意，错拟山头姑射神。

# 眠龙石

## 眠龙石

邹　善

奇石寄海滨，时有潜龙卧。
鲸波几许深，马鬃一滴大。

# 明明崖

## 明明崖

邹 善

闲玩明明崖，日月递来往。
沧波渺无涯，空明绝尘想。

# 南九水

## 南九水

陈述斋

九水山家竹万竿，绿荫深处宿云寒。
惜无当世迂倪笔，收入画图挂壁看。

## 南九派水

王寒川

石屋洞天野草生，潺湲犹似旧时鸣。
人间多少不平事，尽付溪边作水声。

# 南天门

## 南天门

### 陈　沂

望入天门十二重，复然飞雾半虚空。
千寻不假钩梯上，一窍惟容箭括通。
风气荡摩鹏翮外，日光摇漾海波中。
欲求阊阖无人问，但拟彤云是帝宫。

## 同周子长赵如长饮南天门

### 范炼金

海上青山几百秋，欣瞻双凤接云头。
岩花缀绣飞红雨，金液浮香泛碧流。
尘拂山门惊白雪，樽开北海傲沧洲。
磨苔洗笔星虚窟，书罢天风满石楼。

## 南天门

### 周 璠

千重紫气拥天关，不驾长虹不可攀。
识得丹头无著相，天门只合在人间。

## 南天门

### 王大来

天门开朗最高岑，于此登临兴更深。
僧喜豪狂常送酒，鹤惊歌啸未归林。
快谈天下奇山水，莫论沧桑小古今。
游续乌衣多胜具，家风不改旧山阴。

# 女姑山

## 女姑港观渔

### 王六谦

徘徊海之畔，冷然微风善。
海若静不扬，青铜磨水面。
空水以石投，云开日影散。
波纹时动摇，万叠光华灿。
远远见渔艇，无风驶若箭。
顺流网数收，得鱼长尺半。
惊风何处来，海势忽一变。
激宕鼓洪流，舒惨顷刻现。
潮头高如舟，蓄极始拍岸。
渔舟渺然去，我犹汪洋叹。
三山如可接，恍如安期见。

# 女姑山

## 杨士钫

女姑山北海重围，一带清寒压板扉。
人坐空堂燃柏子，打窗风雨夜来归。

# 劈石口

## 劈石口寄砥生

### 郭恩孚

太平村不见，回首意凄迷。
大海潮仍壮，群山势忽低。
幽居二劳北，行客夕阳西。
知尔相思处，黄昏独杖藜。

## 劈石口

### 林钟柱

险绝劈石口，天低云气重。
春深客思苦，日落海烟浓。
雨洗马蹄涧，花开鹰嘴峰。
回看山九折，犹觉荡心胸。

两石支平地，横空断复连。
四山悬翠霭，一线透青天。
中路忽开辟，人家富陌阡。
桃源真在此，何必慕神仙。


## 劈石口

### 周　璠

莲花片片削空青，华岳分峰仗巨灵。
更向劳山挥玉斧，洞天有路不常扃。

# 棋盘石

## 棋盘石壁间诗

### 黄象晅

局里乾坤日月频，风车石马灿星辰。
仙家一着真成错，竟把洞天输与人。

## 游棋盘石

### 林钟柱

月樵舅约游棋盘石，余以力怯而止，作诗送之。效李太白梦游天姥吟体。

身骑白龙餐丹霞，风为马兮云为车。
楼门一闪劈空立，去天尺五不可级。
上有星斗，下有烟云。
青冥浩荡，翠霭缤纷。

怪石盘危路，两袖饱烟雾。

撒手掣碧天，列仙纷无数。

到此神魂忽动摇，捧心不敢左右顾。

恍惚迷离，险怪幽奇。

举足俨如丝乱缚，誓心酷似山不移。

吁嗟乎！

龙蛇逡巡猿鸟窜，牧竖惊恐樵夫惮。

送君飞上棋盘石，铁笛横吹行路难。

## 登棋盘石最高峰

### 马　其

惟有兹峰峻，崔嵬压碧霄。

云飞千树底，人语半天腰。

风过闻松韵，烟清见海潮。

安期今尚在，伫望紫霞遥。

## 棋盘石

### 潘味篁

绝壁连云起，苍茫曲径幽。

群峰千仞立，万劫一秤留。

禅境空三界，仙源记十洲。

登临一凭眺，众壑尽低头。

## 棋盘石

### 王大来

棋盘石上一盘棋，谁记当年赌弈时。
我较仙人赢一着，不从局外费闲思。

## 登棋盘石看云

### 王悟禅

一片白云海上生，宛如棉絮半天横。
仙人棋罢渺然去，足踏浮云比叶轻。

## 棋盘石

### 周至元

孤峰斜矗白云端，山海全收凭眺闲。
弈罢仙人去不返，石枰冷落碧苔斑。

# 青峪

## 青峪书院六月二日晚醉夜坐

### 黄念昀

兴来倚醉暮烟中，散步寻幽出竹丛。
似课瓜壶新圃北，闲看星斗小桥东。
林昏井径微生白，地迥窗灯易露红。
莫道山斋归去晚，翛然野坐爱松风。

## 听江莲峰话青峪诸胜

### 黄守缃

红尘郁郁迫人忙，听话青山梦亦凉。
竹外池亭工结构，阶前峦壑费评章。
心知客接春风坐，手植花滋小雨香。
我亦买山思共隐，数椽邋遢草莱荒。

## 仲夏同周仰山广文登青峪北顶仰山惠赐瑶章以此奉和

### 江恭先

君起何太早，言将赴幽窈。
伴君踏花径，径僻人行少。
芒鞋青藜杖，行行踏芳草。
取次达石乳，崎岖云路杳。
丛树三二家，数椽茅屋老。
水淳多瀑布，莲根惊缥缈。
攀到小华峰，越过雨溪淼。
回顾烟嶂外，环浪一脉抱。
奋力凌绝顶，万壑青未了。
大海细如带，群峰拱华表。
昂头天尺五，俯览千家小。
独君诗兴发，笺摊立脱稿。
把盏为君贺，歌语音袅袅。
宵深抵足眠，一觉清梦晓。


## 青峪访江莲峰

### 王大来

烟霞最深处，一访老文通。
山馆半天上，松声万壑中。
喜留游客住，肯教酒杯空。
几日重相见，梨花醉晚风。

# 青峪访谭义臣

## 王大来

贪看山色好，数里独寻君。
树绕临溪屋，帘当入户云。
初来花正发，别后酒还醺。
送我出门去，书声隔水闻。

# 清风岭

## 清风岭

董守中

肩舆仿佛驾仙禽，紫绶飘飘涧色深。
行到千峰最高处，凉飙如雨洒衣襟。

## 清风岭

秦景容

曳杖登危巅，秋声五月寒。
何当明月夜，吹竹□青鸾。

# 清风岭

## 王思诚

松风淅淅杂鸣禽，岚气霏霏树影深。
四面好山开画幅，清风一览豁凡襟。

# 清风岭

## 朱　铎

仙境周围戏五禽，仙家居室瞰幽深。
邯郸梦断清风岭，坐倚云根整客襟。

# 清风岭

## 朱仲明

满岩虚籁贮清幽，我欲乘风控玉虬。
绝爱凉飙夺炎热，茂林修竹不胜秋。

# 任公洞

## 题任公洞

### 王大来

松篁深处绿云堆，面壁潜修绝点埃。
一闭洞门终不出，衲衣叶叶绣莓苔。

# 日起石 一气石

## 日起石

### 黄公渚

双峰高出绛霄中，突兀三茶落照红。
怪石嵬硪浑一气，喝叫低首米南宫。


## 一气石怀大方禅师

### 王大来

险峭孤高第一峰，住师曾此卧云松。
休粮犹养听经鹤，持偈常贻护法龙。
坐爱棕团朱藓合，闭藏石塔碧云封。
洞天冷落无人境，但听山魈话旧踪。

# 三标山

## 来山阁望三标

### 黄体中

三标矗矗起东南，星斗环天倒影含。
锁钥二劳通曲径，萦回九水落寒潭。
间凭竹槛团青霭，高卧绳床梦碧岚。
风雨阁中相对处，不须山顶结茅庵。

## 小阁望三标石门诸山

### 黄玉瑚

支颐望远山，晨光洒空翠。
石门连三标，秀色一阁萃。
目豁而神怡，深情于此寄。
一行白鹭鸶，飞入云际寺。

# 三标山

## 蓝恒矩

竟尔山形象山字，颇疑造化苦加工。
势同覆鼎三分国，栉昼行云雨夜风。
亦有尊卑标上下，如此品级列西东。
只应咄咄书空者，视似案头笔架同。

# 同陈石亭游三标

## 蓝　田

三峰海上接云平，洞里丹经不识名。
东望仙洲悲汉武，西临书舍忆康成。
崎岖百转流泉绕，苍翠千重云气生。
多病年来除百虑，独于林壑未忘情。

# 早春出郭望三标山漫占

## 杨还吉

海上三山定有无，望来空翠扑城隅。
崖悬日月周回隐，天际东南位置孤。
一掬浮云消万古，十分春色落平芜。
何当一啸凌风去，咫尺烟霞是玉都。

# 沙子口

## 重召

### 周逢源

沙口专事渔，重召兼农扈。
痴潮荷犁锄，生汛具网罟。
高浪隐东门，扁舟荡驰浦。
周回上下崦，浊醪对风雨。
滩际仍浅流，褰裳竞拾取。
望之似群鹭，攫食戢其羽。
日暮如归家，烟窗笑煦煦。
随地足生事，海滨宁斥卤。
鲁连未蹈此，高风自千古。
贤哉齐田横，东都讵尔府。
纵广五十里，宛然遗荒坞。
君肯逃爵来，吾为辟榛莽。

## 晒钱石

黄象昺

撒落黄金万斛新，洞天货泉几经春。
神仙也有爱钱癖，莫将贪痴笑世人。

# 山泉

## 碧落泉

周至元

涧冷岩幽绝点尘，一泓清冽出云根。
相看似恐尘埃染，特设危岩覆洞门。

## 一鉴潭

周至元

半亩澄波一鉴开，苍松白石远尘埃。
赏心好是亭中坐，云影岚光潭底来。

## 贮月潭

周至元

回亘群山曲涧通，一潭倒映月空明。
先天古寺荒凉甚，惟有寒潭依旧清。

## 自然泉

周至元

涓涓石窦吐流泉，凿破云根几百年。
仙子不来丹灶冷，只留一水锁寒烟。

# 狮子峰

## 狮子峰

白永修

鹤山之南山西麓，怪峰突出欲奔蠼。
断岸蹲踞雄风生，毵毵细毛草犹绿。
山外银涛动地回，榑桑日落红霞堆。
前村竹翠行相引，且学华阴策蹇来。

## 狮子峰

陈建熙

仙人桥过豁心胸，曳杖更登狮子峰。
峭壁高悬沧海色，洪涛欲撼万山松。
轻舟摇荡闲鸥逐，落日苍茫淡月溶。
回首太平宫在处，翠微深壑白云封。

# 登狮子峰观日出

## 陈文德

秉烛跨危峦，腥飙吹欲坠。
寒潮拍空响，茫茫何所视。
繁星争摇炫，灏气不可闷。
虚中渐生白，天海浩无二。
人已稍辨色，日犹卧深邃。
俄焉海欲烧，俄焉天欲醉。
俄焉赤霞起，周遭相妩媚。
初吐类蚀余，踌蹰始满志。
沐浴风涛中，光焰了未备。
净质如火轮，赴天颇勚勩。
倘无拥之者，离即恐未易。
良久芒角全，平平就厥位。
吐谢林岛间，驰驱势殊利。
愿以千尺绳，系之缓羲辔。


# 狮子峰

## 崔应阶

枕上初闻晓寺钟，起来月色尚溶溶。
拿舟未探鲛人室，拄杖即登狮子峰。
碧浪已浮沧海日，白云犹锁万山松。
耽游千里谁言老，选胜搜奇兴颇浓。

## 登狮子峰

### 郭恩孚

伟哉狮子峰，以海为盆盎。
掉尾蛟龙宫，一脚插瀁瀁。
日斗百雷霆，余怒犹崛强。
登顿石径微，峻极无纤壤。
倏然居其巅，岩壑忽开朗。
去天一握远，敢俯不敢仰。

## 登狮子峰绝顶口号

### 韩凤翔

大观题字走蛇龙，磅礴振衣狮子峰。
俯看华严通海路，半山绿竹半山松。

## 狮子峰望挂月峰女子采药

### 韩凤翔

女因采药跐岩苔，直入氤氲无处猜。
山顶云开人半露，浑疑仙子散花来。

## 狮子峰观海

### 黄　垍

九月风高大海平，云连岛屿入空明。
樽开木末孤鸿远，人到天涯百感生。
不尽苍茫惟树色，无分今古此潮声。
蓬莱宫阙知何处，可惜秦桥鞭未成。

## 狮子峰

### 黄念昀

岹岹缘樵径，来登狮子峰。
崖高悬怪石，地迥俯乔松。
剧药思长镵，攀林代短筇。
凭临观涧壑，荒杳说仙踪。

## 宿狮子峰

### 黄宗臣

石上开樽有浊醪，海天东望月轮高。
夜声时到秋山寺，半是松声半是涛。

## 登狮子峰

### 蓝　田

高峰危坐临沧海，暮雨萧骚冷似秋。
潮落潮生天地老，月圆月缺古今愁。
金丹负我何时就，碧海娱人可暂留。
谁识远游轻举意？请从渔子买扁舟。


## 狮子峰

### 蓝　田

树老秋光秃，山烟晚更深。
风吹仙洞冷，云度石门阴。
照水怜华发，乘槎惬素心。
题诗聊遣兴，知否彻鸡林。


## 登崂山狮子峰

### 李　锐

海上崂山狮子峰，摩天石岭太平宫。
老君喜看沧桑变，华盖迎宾听晓钟。
拔海鳌山尽怪峰，洪荒巨石乱穿空。
登临磊落荡胸气，水共常天一石中。

# 同友人登狮子峰

### 李　岩

入山携手谒玄宫，更上狮峰眺海东。
十二琼楼侵水月，三千雪浪舞天风。
身空似共乘槎逸，计拙方知衔木穷。
试问赤城仙几许，烟波缥缈有无中。

# 登狮子峰望海

### 李中简

灵鹫乍飞来震旦，眼前狮峰落沧滨。
大壑下瞰渺空阔，崇岩独秀何得神。
风帆磅礴有万里，云日光辉无点尘。
平生到此一放眼，安得健羽凌秋旻。

# 登狮子峰绝顶

### 林钟柱

独登狮岩顶，危峰拔地高。
四围低乱嶂，万里矗惊涛。
澎湃声犹壮，风云气易豪。
眼前村落小，点点俯平皋。

# 登劳山狮子峰有感

### 柳 倩

绝顶临流听海潮，岚光云气透青霄。
眼前浩瀚浓雾重，身后家山万里遥。
愁见敌兵登仰口，恨无野炮对屠刀。
硝烟宁静澄边患，望崂巍峨足自豪。

# 狮峰观日出

### 孙凤云

东方曙色渐相浸，栖鸟惊飞声满林。
霞彩千条天簇锦，洪涛万里涌熔金。
鱼龙变化神工力，山水奇观客子心。
料得尘世应未觉，众生大梦尚沉沉。

# 次日开雾登狮子峰

### 王绍桂

攀跻脚力尽，俯仰快披襟。
崖底鱼龙伏，松巅鹳鹤吟。
浪飞晴日雪，水响太初琴。
更有烟霞侣，清诗洗我心。

# 狮子岩观海

## 王卓如

二劳盘固数百里，郁勃嶙峋排天起。
天遣保障仗峰峦，东南半壁坚如砥。
窟藏蛟蜃穴鼋鼍，鼗鼓洪涛时角抵。
石笋倒插砺齿牙，怒啮沧溟终不圮。
太平宫殿锁烟霞，洞门高出白云里。
中有奇峰踞山巅，爪牙横蹲一狮子。
羽流掖我绝顶登，轩然大波奔足底。
神惊目眩骇见闻，骇定不觉辗然喜。
寥天一幕云倒垂，云低翻疑天在水。
东望扶桑指顾间，三山仿佛成鼎峙。
南天尽处即江乡，故园风景依稀似。
西北高涌翠千重，锦屏对映回澜紫。
昂头回顾极混茫，上去苍苍真尺咫。
淮阳河湖控上游，滔滔常畏波奇诡。
长江天堑夙称雄，数千里来空溯委。
平昔荡桨纵清游，每觉风波难逼视。
试将大度比汪洋，诸水不过区区耳。
我闻琴高踏浪行，不骑白龙骑赤鲤。
又闻刺舟有成连，一曲移情神乎技。
吾侪凡骨换何时，须发种种已若此。
名缰利锁束缚牢，碌碌半生谁实使。
何如散发访赤松，野鹤闲云随杖履。
银涛万顷拍面来，洗净尘容无渣滓。
笑看十丈软红飞，车马扰扰胡为尔。

## 狮子峰

### 杨还吉

苍茫独立晚潮生，几载重寻鸥鹭盟。
千里烟光萦岛屿，一时怀抱尽平生。
鼋鼍有无秦人迹，蝌蚪微茫汉代铭。
共许登高能赋客，可无酾酒吊田横。


## 狮子峰

### 郑大进

倦依云岩听梦钟，海天夜色水溶溶。
潮随子午候僧榻，日涌波涛出海峰。
长啸应登名胜志，太平未老故山松。
南来遥见岸花发，知渡飞仙淑气浓。


## 狮子峰观日

### 周　璠

道人四更钟声起，催我寅宾际缥缈。
星光载路似撒沙，灯影穿林惊宿鸟。
攀援忽到最高处，一粟凌虚对沧灏。
紫烟层叠巨轮上，欲上不上镜吐杪。
扶桑火炙海波沸，鳌头金射天门杳。

斯须阳乌浴水出，蜃气鲸氛净如扫。
彩霞远捧东皇宫，浮螺四布群仙岛。
凡躯犹恐挟罡风，危处掉头须及早。
鸡鸣村舍黑茫茫，下界何知峰头晓。


## 狮子峰

### 周至元

山势郁峤峣，东迎万里涛。
一杯凭眺处，天外月轮高。


## 狮子峰

### 邹 善

群石如鳌镇巨瀛，坐看霞彩向东生。
扶桑谁拥巨轮出，八万山河一饷明。

# 石老人

## 望石老人礁岩

### 贺敬之

观海喜见潮，听松乐闻涛。
风雨寻常事，石老解逍遥。


## 石老人

### 王 埒

有石像老人，伛偻东海滨。
骨如山影瘦，色映水痕新。
临渊若羡鱼，附藻似悬鹑。
月黑疑夜叉，涛起见波臣。
云是钓鳌客，空手不垂纶。
或者来濯足，未到扶桑津。
老人石氏宗，应见金谷春。

村名石老人，云礽是否亲。

老人默不语，俯首似含矉。

溯自盘古来，桑田亦频频。

今惟咬蜃恶，能使老人嚬。

而我心如石，海上谢埃尘。

## 石老人诗

### 张公制

旧闻石老人有张韬楼题诗刻石，余未见。佺南从《今传是楼诗话》摘出郑海藏和作尤佳，因赋二章，盖所以自况也。

遁迹西山外，窜身东海边。

乾坤狎鱼鸟，今古阅风烟。

傲岸将谁拜，孤高空自怜。

沧桑千劫后，此石尚巍然。

疑是鲁连子，临崖化作翁。

帝秦非所愿，蹈海以明衷。

卓尔安可仰，孑然谁与同。

会当看落日，长啸划天风。

# 题劳山老人

## 张士珩

老人胡自至，矗水耸嵾嵯。
孤悍滔天浪，灵钟镇地维。
烟涛资喷礴，冰雪助嵚崎。
似是逃秦皓，只身东海涯。

避世来劳盛，闻奇试往观。
烟波渺万里，岛屿郁千盘。
朗月高怀映，惊泷峭骨寒。
补天乞施手，江海挽狂澜。

# 张楚宝求作石老人君子居诗

## 郑孝胥

辟世欲何往，飘然海上逃。
离群从鸟兽，孤啸答风涛。
此叟堪师事，高踪谢尔曹。
题名非石隐，试为问文豪。

楚宝摩厓题名并作《石老人记》。

# 石老人

## 周至元

懒逐赤松坁上过，逃将东海隐岩阿。
饱经霜雪须眉古，久阅沧桑垒块多。
老去雄心犹倔强，瘦来侠骨尚嵯峨。
羡君占定洁身地，浴罢早潮又晚波。

# 石门

## 石门

### 董　樵

数年梦想石门地，今日寻幽步水源。
岩上苔纹连老桧，山中云气到孤村。
坐来声色春鸡树，行过空虚屐齿痕。
老衲相留茅舍饭，东邻钟鼓度黄昏。


## 避乱石门山

### 范炼金

锁眉因傍碧峰开，万壑烟岚拂袖来。
仙窦龙蟠红树外，石门僧卧白云台。
悬崖松老栖秦鹤，古塔纹深篆汉苔。
多少浮尘从此洗，戎音那得惹蓬莱。

## 石门寺晓起礼佛遂步至南涧

### 李怀民

鸟鸣春山曙，升阳暖松间。
禅扃晨未开，随僧犹晏眠。
从容始披衣，盥濯草堂前。
仰见数峰峻，杳霭当晴天。
步阁礼金像，默诵无生篇。
耳目稍已净，钟磬但悠然。
缓步蹑石磴，倚杖听涧泉。
时见山中人，动作亦萧闲。
岂无人事劳，幽兴此中偏。
安得遗世累，遂此山居便。


## 雨后对月有怀石门精舍

### 李宪乔

苦爱澄秋月，初晴望浩然。
乱云归大壑，凉露湿空天。
山静无留影，潭虚得静缘。
因思道门友，永夜独安禅。

# 望石门

## 林钟柱

石门高不极，一径藓苔森。
险路抽如笋，怪峰顽似黔。
凭空辟双阙，拔地矗千寻。
相望不相即，断云穿客襟。

# 同一了炼师宣光兄游石门山

## 王大来

石门十余里，渐觉入云烟。
仅有路通寺，更无人到巅。
樵歌空谷静，山色夕阳偏。
欲度黄花涧，同寻白鹤泉。
巉岩惊险绝，羽客怯登攀。
兴尽却归去，联吟效惠连。

# 石门山下别谈禹臣兼寄琅琊刘于羽夹河张临皋

## 杨还吉

如此春山亦可怜，苍然松桂夕阳前。
浮云不向红尘老，青眼终妨白昼眠。

万树梅花藏竹屋，两河鸥鸟下晴烟。
知君不废寻游兴，无奈疸生病未痊。


## 微雨望石门山

### 杨还吉

微雨丝丝杨柳风，石门烟雾有无中。
呼童急扫藤萝径，雨里山光更不同。


## 石门

### 周　璠

双扉长遗白云封，个是蓬莱第几重。
昨夜放云行雨去，藤萝晓展碧阴浓。


## 石门庵

### 周至元

寂寂石门庵，荒凉少客过。
山奔沧海尽，峰插白云多。
野鹤巢松顶，幽禽栖竹窠。
老僧无一事，终日念弥陀。

# 石渠

### 石渠杂咏

黄体中

#### 东麓春晓

独爱东林好，山光带晚霞。

春风一夜至，开遍满林花。

#### 双岫含烟

髻挽螺如雾，眉横黛若烟。

双峰望不极，野鸟自飞还。

#### 松海叠涛

海阔龙眠稳，松间鹤背高。

微风试一过，亭际落双涛。

#### 阴岛孤帆

错崿珠山石，海波驾远空。

几多名利客，瞬息一帆风。

# 石渠杂咏

### 黄玉瑚

## 东山

东山朝看云，晨熹岚光紫。
礧硠瀺前峰，柴门望在迩。

## 西崦

落日余残照，散霞在西崦。
远远海波明，飞鸿没几点。

## 黄华顶

双峰高如削，东北立艮位。
灵脉天半落，时时洒空翠。

## 贮云亭

草亭贮白云，客来穿云径。
山中无别物，持此以相赠。

## 竹坨

空山有古直，绝少尘俗态。
谁能眼垂青，此君似我辈。

## 柳溪

前溪多河柳，儿种已三载。
居然能留青，斗酒春莺待。

## 海港

海畔蛤蜊滩，渔人多荡桨。

夕阳橹呕哑，晚逐夕汐响。

## 小瀑布

南桥束石峡，激流泉奔注。

匋訇小忽雷，数尺溅龙雨。

## 北岭

北岭看梨花，春风年年在。

百亩王氏园，凝素成雪海。

## 观海崖

环山缺西面，海波望如镜。

估舶映双珠，斜阳孤帆正。

## 游石渠

### 黄玉书

涧口曲曲抱村流，数点晴烟趣更幽。

绿漾苔痕侵石齿，青分草色入沙洲。

风回乍起花间蝶，雨歇犹传竹外鸠。

极目行云无住著，寻源直到远峰头。

# 石竹涧

## 石竹涧寺

### 高　出

渐老林青杏子肥，杖边石齿挂人衣。
萧然古寺依双树，竹外朝晴白鸟飞。
春阴石径一僧还，香像旃檀败屋间。
海上那能无彼岸，莲台应且破慈颜。

## 石竹涧

### 刘镸永

两岸愁松几百株，蝉声咽咽挂蛟须。
蛮娘何处舞翠襦，徒余龙骨绕云衢。
旃檀巧镂如来躯，紫金光里巢蜘蛛。
角灯唧唧走蝼蛄，寒彭咿咿睡野狐。
磬为瓢，炉为盂，老衲披衰带露濡。
铁臂憨山真滥竽，到此亦应仰天呼。

# 试金滩

## 海边石子

周思璇

石子何处寻，遥涉沧海曲。
奇色烂纷披，晶莹美如玉。
光润俱可嘉，赤白兼苍绿。
搜觅采其尤，陆离常耀目。
乃知山海间，琐屑亦无俗。

# 书带草

## 书带草

### 黄念瀛

宅近郑公乡，有草名书带。
当门不肯除，冒雪无能害。
竹简结青葱，葩经萦杳霭。
他时化为萤，仍在芸窗外。


## 书带草

### 王赓言

带影纷披绿一丛，也同兰蕙泛光风。
入帘草色休教混，别有丰姿待郑公。

# 书带草

## 周如锦

三鳣讲堂坠，不见一经存。
何似书连屋，仍留草护门。
崔王捃拾好，袁孔表章尊。
吾道信东矣，家家绿满盆。

# 松风口

## 松风口

周　璠

悬崖古树尽虬龙，行到仙坛别有风。
一片涛声天上落，袭人犹觉翠濛濛。

# 桃花涧

## 桃花涧

### 杨还吉

北涧窈而阻，屡折穿其奥。
上下忽高深，云岚依奔峭。
石路杳无人，流泉先找到。
忆昨临觞处，烂漫红霞照。
再来陵谷非，空潭寄萝茑。
行行造孤峰，独立一舒啸。

# 梯子岭

将至梯子岭，同人勇气百倍，不以跋陟为苦，而佳境复层出不穷，较前尤为险绝，喜而有赋

潘味篁

壮游不觉困，斩棘更披荆。
石乱山无路，风尘谷有声。
奇峰如奔马，怪壑似长鲸。
绝境人游少，翛然世莫争。


## 梯子岭

潘味篁

攀岩登绝顶，忙杀一枝筇。
路僻泉声碎，峰高雾气重。
石奇踞虎豹，树老卧虬龙。
莫懈凌云志，前途正荡胸。

# 天波池

天波池

仁　济

寺南山势耸嵯峨，船眼偏东西涧多。
惟此广池临巇顶，是谁赐号曰天波。
金茎承露曾疑似，石磴凌烟莫奈何。
数欲攀登偿宿愿，峰高路险竟蹉跎。

# 天井山

## 天井山

范炼全

寻春萧散过龙山，杖扪苍苔四眺间。
石液倒衔星斗入，云根常带雨雷还。
西连雉堞屯霞色，东接鲸溟近曙颜。
一自幽人泼墨后，蛟珠错落起苔斑。

## 天井山

黄守平

谁凿混沌核，或由造化钟。
寒湫森毛发，碧色何溶溶。
净绿不可唾，其下有蛟龙。
幽窅深无际，密与沧海通。
云物潏然发，倏尔弥苍穹。
灵境莫延住，恍惚惊隆丰。

# 天井山谒龙神祠

### 林钟柱

奇石横空凿，遥遥不记年。
铁摇风铎冷，铜铸雨牌圆。
岭谷千重抱，波涛四壁悬。
料应天井底，长有老龙眠。

# 天井山

### 欧　信

昨宵风雨涨寒泉，神物蟠依积水眠。
试听春雷从地起，为霖飞向九重天。

# 天井

### 吴　纪

百尺清泉卧蛰龙，一源深与海波通。
行云未慰苍生望，吐物先施造化功。
井底夜光常射斗，泥中春暖定飞虹。
康时不得禳丰岁，头角峥嵘翔九空。

## 天井

### 于凤喈

巨峰相对两清幽，玉井天成最上头。
自是深源通海窍，不妨神物伏灵湫。
明珠有价轻千镒，甘泽乘明遍九州。
闻说层冰寒彻骨，人间炎暑坐来收。

## 天井山

### 周　璠

玉井高擎类鬼工，每于旱岁慰三农。
片云贮石藏灵雨，勺水惊雷起蛰龙。
色映松杉春漠漠，气流星斗夜溶溶。
甘泉自有清冷味，无用蒙山问紫茸。

## 天井

### 周铭旗

壁就云根水，奇观得大东。
环山成雉堞，近海凿龙宫。
平地出雷电，半天来雨风。
苍生无远迩，盼泽故乡同。

# 天门峰

## 天门峰

### 蓝恒矩

帝阍排挞矗云根，胜景当前试攀跻。
峰并天齐无上下，峡分壁立各东西。
千年华表嫌巫小，万里洪涛一望低。
难兄难弟恰相似，左右提携影不迷。

## 度天门峰

### 李云麟

悦我情者，高山大泽多奇雄。
瘁吾力者，崎岖险阻深难穷。
巉岩矗直绝飞鸟，何况人迹焉能通。
奈余幼有登临癖，穿壑越涧升穹窿。
猿攀兽跃到斯境，手足疲隳心忡忡。

进步悬崖更无地，忽睹异境群峦中。
石壁千寻正幽暗，天光一隙开玲珑。
两崖劈裂见红日，万里豁达来长风。
我欲乘风破浪去，藐身却被诸缘误。
翘首峰头但怅然，碧霄苍海茫无路。

# 天蒲池　天蒲峰

## 登天蒲峰

### 韩凤翔

直驾天风访列仙，佛成兼浴此山巅。
地高秋杪先霏雪，脉活峰头也出泉。
平绕晴空低鸟道，俯临碧海小商船。
东劳蒲叶经千仞，西与瑶池可并传。

## 天蒲池

### 韩凤翔

四望尽围天，登临转怵然。
仙桥一足过，佛境只身悬。
蒲见殊凡界，根闻济歉年。
同俦惊顾处，健助小僧便。

# 天柱山

## 咏天柱山

邱处机

天柱巍峨独建标，上穿云雾入青霄。
不知日月星辰谢，但觉阴阳气候调。

## 天柱山下

杨士钥

群壑正逶迤，一峰独翠峨。
天关何处是，风雨此中多。
炼石终难补，凌云旧有歌。
欲知天上路，看我度烟萝。

# 望天柱山

## 周　璠

华表撑空压二劳，更无梯迹可攀高。

何由一借丁公翼，好使天风散郁陶。

# 田横岛

## 吊田横客

### 陈性善

事敌无宁死，豪哉五百人。
齐王洵得士，汉帝不能臣。
欲立千秋节，何论八尺身。
高风今已杳，海岸石粼粼。


## 田横岛

### 郭绥之

英雄束手似无能，天命攸归自不胜。
灞上军来戎马乱，临淄破后阵云崩。
栖身未必无余地，孤岛原难事再兴。
此处精魂聚五百，几人殉义为长陵。

## 田横岛

### 韩凤翔

赤帝略东土，英雄死非苦。
汉止四百秋，此岛自千古。

## 田横岛

### 贺敬之

史家是非置勿论，中华千秋浩气存。
田横五百殉此岛，海潮如诉告来人。

## 田横岛

### 黄守绁

螺堆一点望嶙峋，落落英风不可寻。
四塞河山归日角，千秋义烈吊忠心。
青峰碧血沦苍翠，大海生潮咽古今。
太息田齐尚余此，咸阳宫阙几销沉。

## 吊田横

### 靳云鹏

幼年读史慕高风，壮烈何人可继踪。
沧海清风明月夜，只鹍斗酒吊先生。

沥肝披胆信誓盟，韩生竟自卖郦生。
可怜卅里尸乡驿，成就先生千载名。

昨夜征书下未央，海滨人自气昂藏。
英雄壮志空千古，宁愿分身不愿王。


## 田横岛

### 林钟柱

祖龙逞余威，六国悉失驭。
战守无寸长，一例纵横误。
田横实人豪，独立延国祚。
呼群蹈东海，羞读汉王谕。

拔剑谢先君，义士悉从附。
五百英魂在，千古任人数。
漠漠荒岛愁，寂寂狂涛怒。
极目倍神伤，苦雨洒古墓。

## 蓝剑锋以横岛石砚见赠诗以纪之

刘廷桢

岛中义士结精英，截作砚田洁且莹。
金石如君交谊重，琳琅赠我宦装轻。
八千里外修书日，二十年前同学情。
他日归来重拂拭，肯将磨涅渝坚贞。


## 田横岛

刘廷桢

千古庙貌重气节，功德在民尤骏烈。
忆昔齐王遭扤陧，运会使然非计拙。
击走项王功谁捋，立烹郦生恨诡谲。
瀛下失计志剀切，东入海岛志郁结。
长吁一声岛云咽，大王小侯志不屑。
忍与五百壮士诀，壮士五百尽奇杰。
生既同心死同穴，岛外不见西向辙。
岛中常啼杜鹃血，纲常廉耻未歇绝。
端恃此岛为补缀，往事千载汉唐阅。
姓氏犹闻牧竖说，田安田都皆销歇。
惟闻横名独心折，丁卯捻匪恣盗窃。
邑人入岛心惙惙，须臾海风鸣金铁。
贼旗摧折惊电掣，齐王拯民显英哲。
歌功颂德声不辍，愿建祠宇壮节棁。

俎豆千秋蘋蘩撷，灵旗闪闪风飘瞥，
灵之来兮海天澈。

## 题田横岛

### 马桐芳

创国既无成，真应尽此生。
汉廷功狗辈，争及一田横。

## 田横岛

### 孙　镇

贤豪无近图，烈侠羞人下。
所输隆准公，逐鹿先得者。
岂惟齐田横，不能保家社。
其徒五百人，安不逃之野。
王侯如浮梗，身名等飘瓦。
仗剑尽从之，血流海波赭。
汉庭何辉煌，如此高义寡。
万古怀英声，临流泪盈把。

# 田横岛

## 王　埕

虫沙猿鹤共酸辛，同塚谁怜五百人。
亡国余生惟痛泪，无家何处寄闲身。
贞心一旦归苍昊，毅魂千年化碧磷。
古岛荒祠香火少，我来凭吊泪沾巾。

# 和张叔威部郎

## 叶泰椿

世乱家浮西复东，梦回孤啸海天鸿。
卷将忧乐归花鸟，啖遍酸咸事韭菘。
引睡要余书味在，逃禅不放酒杯空。
秦椎未击惭为客，岛有田横已自雄。

# 田横岛

## 郁达夫

万斛涛头一岛青，正因死士义田横。
而今刘豫称齐帝，唱破家山饰太平。

# 田横岛

### 张　铃

刎颈见陛下，神归兹岛中。
岛中五百人，心与二客同。
孰死不归土，孤屿生白虹。
六国争得士，市道相罗笼。
食客号三千，见危几人从。
乃知夫子贤，义高薄苍穹。
薤露痛已晞，图画莫能工。
我来寻遗迹，剑璏血晕红。
吊古鬼雄多，怀抱纷横纵。
泪洒秋涛上，大海起悲风。

# 田横

### 张长弓

细雨微茫六月时，波涛万斛一岛诗。
田横五百英豪士，挺立中流化砥石。

## 望田横岛

### 赵士喆

海波原不定，回风始激成。
望中无数岛，只着一田横。

## 田横岛怀古

### 赵书奎

田横为齐王，兵败走大梁。
楚灭汉称帝，岛屿自匿藏。
海上诏书驰，乘传诣洛阳。
义高不受辱，自刎抑何刚。
其徒五百人，慷慨俱同亡。
虽死气犹存，义裂照尸乡。
吊墓有昌黎，作诗忆子长。
薤露与蒿里，悲曲持未详。
至今千余载，古意犹昭彰。
日落沧溟阔，惟见水汪洋。

# 田横岛

## 赵熙煦

汜水炎炎来汉节，偃师城外声呜咽。
英雄慷慨掷头颅，霸业已随剑光灭。
同仇壮士把鱼肠，却将颈血谢齐王。
魄化青磷依海屿，魂逐寒潮忆洛阳。
荥阳旧事还如昨，纪信一死高皇脱。
乘传中道刿田横，可怜五百填沟壑。
沟壑千年恨未平，终当义气笑韩彭。
藏弓烹狗亦何为，至今侠骨谁铮铮。
赤帝山河如转烛，满眼兴亡难更仆。
岛云日暮黑漫漫，啾啾夜雨山鬼哭。

# 田横寨咏古

## 赵执信

骨换黄金赤骥趋，何烦绝海觅龙刍。
但吟和氏能知玉，漫道齐门总滥竽。
食客三千两鸡狗，岛人五百一头颅。
凭谁寄问重瞳子，死到虞兮更有无。

## 呜呼岛吊田横

### 郑道传

晓日出海赤，直照孤岛中。
夫子一片心，正与此日同。
相去旷千载，呜呼感予衷。
毛发竖如竹，凛凛吹英风。

## 渡海登田横岛作

### 周　璠

山函巨谷水茫茫，欲向洪涛觅首阳。
穷岛至今多义骨，汉庭谁许有降王。
断碑卧地苔痕重，古庙无人祀典荒。
识得灵旗生气在，暮潮风卷早潮扬。

栖栖穷岛苦奔波，长铗归来可奈何。
到此化龙无我分，当年逐鹿愧人多。
英雄本色洛阳道，门客伤心蒿里歌。
海若代鸣不平气，怒涛澎湃石嵯峨。

# 田横

## 周如锦

田横客五百，慷慨殉所感。
至今岛中魂，犹惊天吴胆。


# 田横岛

## 周至元

英雄贵割踞，人下岂所屑。
倔哉田公横，不愧铮铮铁。
嬴秦失其鹿，海内争逐撷。
沛公伊何人，先得夸足捷。
岛外聚残军，义士广纳结。
雄图未及伸，汉廷忽召说。
壮志既不酬，此腰岂肯折。
慷慨洛阳道，乌江剑同掣。
噩耗传岛上，多士齿尽切。
同心五百人，一朝并流血。
浮生薤上露，仰俯本如瞥。
死足重泰山，千秋钦义侠。
吊古来荒岛，怒涛如翻雪。
仿佛英灵在，呜咽眦欲裂。

# 万年船

万年船

蓝　水

只许巨灵造此船，沧桑变化万年前。
多应狂飚吹离海，何日飞龙负上天。
望去全无锦帆影，泊来赖有彩虹牵。
张骞归自银河后，更复阿谁敢扣舷。

## 王乔崮

### 董锦章

笙鹤数声空谷闻，满山松竹碧纷纷。
二劳踏遍无寻处，飞过前峰一片云。

## 王乔崮

### 董守中

我到王乔崮上游，碧桃朱李自春秋。
天风夜吼玄坛树，犹似吹笙过陇头。

# 王乔崮

### 柳培缙

仙人飞舄山深处，回望苍茫路不分。
半空嘹唳一声鹤，三百六峰生白云。

# 王乔崮

### 秦景容

突兀高千尺，仙踪云气孤。
攀援无石磴，何处觅双凫。

# 王乔崮

### 王思诚

仙子吹笙何处游，碧天明月几千秋。
谁知万叠劳峰顶，犹有遗踪在上头。

## 王乔嵦

### 赵鹤龄

海上双凫等闲游，风月孤笙数百秋。
借问王乔仙迹处，道人指点上峰头。

## 王乔嵦

### 周　璠

缥缈晴翠峰接天，孤掌南府华楼巅。
玉棺一去无消息，何处重招叶县仙。

## 王乔嵦

### 周如锦

凫飞八极恣遨游，赤舄何年憩海陬。
大地正思王叶县，高风空表碧山头。

# 王乔崮

## 朱 铎

凫舄翩翩物外游，风箫声远洞门秋。
自从仙驭腾空去，更有何人到岭头。

# 文笔峰

## 文笔峰

### 林钟柱

纵步寻幽趣，悠然见一山。
雪迷峰万点，云湿屋三间。
有石波涛急，无人竹柏闲。
萧萧成独坐，风起掩柴关。

回首斜阳没，归途屡屡看。
烟消山有骨，云冻水无澜。
孤戍余残垒，业祠剩古坛。
耸肩诗兴在，泥壁一灯寒。

# 文笔峰夜坐

### 林钟柱

暝色四围合，苍然隐画屏。
山连残寺黑，天压暮潮青。
夜静泉喧石，洞深狐讽经。
料无人迹到，倚槛望春星。

# 雨后登文笔峰

### 林钟柱

滚滚飞泉下，环山不暂停。
浪喷双涧白，雨洗万峰青。
路转云俱活，烟消树似醒。
遥看村落外，曲水正堪听。

# 无影山

## 无影山

### 黄肇奎

凡山皆有影，其影各随形。
独浑阴阳迹，并融日月明。
太初还沕穆，至静不将迎。
北路多杏花，春来有鸟声。

## 无影山

### 周思繡

城南二三里，风景绝人寰。
为爱青山好，肯教白日闲。
杏花开屋角，沙岛立溪湾。
不觉天将暮，牧童驱犊还。

# 无影山

## 周思缄

天晴出郊郭，迤逦到前山。
雨屐不须着，孤峰容易攀。
断云堆石壁，老柳卧溪湾。
忽有炊烟起，隔林屋数间。

# 夕阳涧

夕阳涧

董守中

落日下流水，空岩生白烟。
归鸦呈画样，接翅过前川。

夕阳涧

王思诚

西山云敛乱霞收，残日荒荒下树头。
无限东岩好光景，一声啼鸟四山幽。

## 夕阳涧

### 周 璠

曲曲西流不滥觞，泠泠风佩出松篁。
似闻山鸟啾啾说，好与泉声送夕阳。

## 夕阳涧

### 朱 铎

逸兴飘飘散不收，夕阳正在古溪头。
仙家自有长生术，晚景从知分外幽。

# 仙古洞

## 九水仙古洞

### 黄 坰

我闻黄河之水共九曲，一曲乃有千里长。

龙门以下为积石，澎湃之势不可当。

兹我初来游九水，大河蜿蜒如龙翔。

每行一折为一境，其中别有天地藏。

红叶满山山色变，忽飞绛雪与玄霜。

河中巨石何累累，两岸夹立千仞冈。

雪浪翻从石上飞，几回欲济无桥梁。

土人为指骆驼峰，峰头瞥见落日光。

薄暮欲投九水寺，荆棘满目寺荒凉。

古洞高悬万木巅，中有道士羽为裳。

数声清磬静尘纷，殷勤为我煮黄粱。

君不见：

流水浩浩无今古，不分昼夜归东洋。

# 宿仙古洞

### 杨还吉

一溪九折逶迤出，水绕山回古洞存。
谢客不知穷雁宕，渔人何事问桃源。
涛声入夜连孤岛，清磬流云失暮村。
自有登临来我辈，遥惊羽士下昆仑。


# 题仙古洞

### 周　鲁

云烟霭霭映青山，山藏古洞洞藏仙。
仙人缥缈乘云去，遗留古洞后世传。


# 仙姑洞

### 宗方侯

迢遥仙洞辟灵区，题者何人周鲁书。
看得古今只一瞬，摩崖丹嶂是吾庐。

# 仙鹤洞　鹤山洞

## 鹤山仙鹤洞

### 许　铤

孤鹤飞来几万秋，因餐白石化丹丘。
回翔似顾三标秀，振翮疑登七星楼。
流水桃花春片片，青天碧海日悠悠。
兴来跨鹤扬州去，海畔苍生为勉留。

## 同陈石亭游鹤山洞次韵

### 蓝　田

洞府北岩里，微茫草径通。
潮声惊席上，山色落樽中。
野鹤何年去，孤云此日同。
还将远游意，挥笔向霜风。

# 题鹤山洞

## 范炼金

鹤来石室静梳翎，几叩玄关启玉扃。

坐对海天一岛白，依看山树四围青。

丹邱日月春团圃，姑射烟霞碧结屏。

人去千秋云未散，万桃深处半幽经。

# 仙鹤洞

## 王悟禅

环山傍海景幽奇，短刻长镌满有诗。

石鹤引首曾驻此，长春开辟遇真时。

# 仙人桥

## 仙人桥

### 李　岩

寻胜仙桥上，参差万壑冥。
云流迁海甸，石卧列天星。
鸟下依人静，山明照眼青。
胡麻应有待，洞口未深扃。


## 仙人桥

### 邹　善

共上仙人桥，活活石泉响。
流去还复留，谛听心神爽。

# 仙岩

仙岩

周　璠

一径斜穿万树松，梯云宛转出蒙茸。
人间不识神仙窟，指与东南十二峰。

# 小蓬莱

## 小蓬莱

范九皋

岛屿萦洄见一峰，蓬莱小蘸碧芙蓉。
虽无弱水环千里，也有瑶台列九重。
楼阁由来传宫墅，桑麻终自属杖农。
要知转盼兴亡事，玉检何曾定汉封。

## 小蓬莱望海

黄　埙

谡谡松风吹敝裘，偶登小阁望瀛洲。
蓬莱宫阙知何处，惟见洪涛白日流。

滔滔雪浪拍长天，银汉沧洲半接连。
为问祖龙桥下水，何时更变作桑田。

## 小蓬莱志感

### 黄 垍

比日樵渔径，凄然感旧游。
潮声犹在耳，花萼莫登楼。
不尽苍松色，难回大海流。
欲随鸥鸟去，风雨共沉浮。

## 小蓬莱盘石坐饮

### 黄作孚

偶然来骋目，并与化人行。
鹤似辽东至，鱼传海大名。
浮空霞阁映，拍岸雪花明。
纵酒舒长啸，千秋感慨情。

## 小蓬莱

### 蓝恒矩

神山空说有蓬莱，突兀奇峰出水来。
一片随波断鳌足，半轮明月剖珠胎。
谁投孤注沧浪上，欲使参天海眼开。
不见当年紫霞阁，晚潮但继早潮回。

# 小蓬莱

### 蓝启华

大壑渺无际，苍茫日夕流。
百年怜逝水，千里送孤舟。
岛屿移鳌背，阴晴变蜃楼。
空闻不死药，何处是丹丘。

# 鹤山道望小蓬莱

### 蓝启肃

策马上崔嵬，惊鸿天际哀。
云从岩半落，花绕涧边开。
牧笛穿林去，渔舟隔浦回。
苍茫烟雾里，遥指是蓬莱。

# 春日过小蓬莱

### 周逢源

紧簇三山海四回，一舟春渡小蓬莱。
正堪宫阙鳌头动，忽涌楼台蜃气开。
松老不知秦汉树，碑藏莫辨古今才。
主人似有神仙分，每到无风引棹回。

## 小蓬莱杂咏

### 周逢源

#### 瀛洲

三山举眼尽，何处是殊庭。
须弥如芥子，六鳌自焦螟。

#### 日观

秀岭如圆峤，明霞是赤城。
日华生海底，人世仅三更。

#### 老人石

天上老人星，地下老人石。
老人郑子真，谷口耕自适。

#### 自然碑

沂山之罘间，秦帝此留意。
笔穷丞相斯，磨砻无一字。

## 小蓬莱观海

### 周如锦

大海无波碧似银，潮来惟见水粼粼。
平铺万里天昊静，倒晕长空地镜新。
圣世楼船来复去，异口漕舶故能驯。
不看岛屿云帆影，犹是淮阳转粟人。

# 春日约诸君游小蓬莱

## 周文编

万山东下小蓬莱，山在海边海四回。
未必金银作宫阙，可能无意碧桃开。

# 徐福岛

## 徐福岛

### 黄公渚

乘槎万里别人间，男女三千去不还。
终古浪淘徐福岛，何曾海外有仙山。

## 徐福岛

### 黄体中

东海茫茫万里长，水天何处是扶桑。
海船一去无消息，徐福当年赚始皇。

# 徐福岛

## 周至元

孤屿海中峙，惊涛四围捣。
舟子谓予言，此即徐福岛。
忆昔秦始皇，雄心超八表。
六国既已平，更思身难保。
乘间进妄说，方士亦太巧。
夸说蓬莱中，有药可医老。
勒使航海求，扬帆由兹道。
同行五百人，个个尽姣好。
仙舟去未还，沙丘死已早。
未知舟中人，终向何处了。
我来访遗踪，惟剩烟蔓草。
三山不可见，东望空浩渺。
盖世英雄主，反教竖子欺。
神仙古安有，蓬岛说尤奇。
泛泛舟去远，悠悠药返迟。
沙丘回辇日，应即恨含时。

# 玄真洞

## 玄真洞

### 李佐贤

不知太古初，谁凿混沌窍。
壁此团圞形，不同人工妙。
未许白云封，时邀明月照。
仙人去不还，我来坐长啸。

## 玄真洞

### 林钟柱

玄真不可极，寥落笔三峰。
地隔人间世，寺闻天上钟。
山空任鹤耸，洞古倩云封。
倏尔餐霞饱，飘然访赤松。

## 玄真洞晚眺

### 王大来

石径梯悬杖到巅，玄真洞下海连天。
遥看几点白如鹭，知是夕阳明处船。
潮涌银山鱼激浪，仙回瑶岛鹤冲烟。
乘风欲访成连叟，积水苍茫何处边。

## 题玄真洞

### 佚　名

洞里乾坤岁月长，霞光顶上见明光。
仙人骨格谁能识，万里云山一握藏。

## 玄真洞

### 周肇祥

弥山尽松竹，古洞蛰沧溟。
径曲穿云入，钟清隔涧听。
茶烟微袅白，海气远涵青。
奇语谁能解，玄真归有铭。

# 驯虎山

## 驯虎山怀古

### 董锦章

盛德能教异类驯，童公治化信如神。
生之有道千山煦，杀亦铭恩万象春。
从识渡河感明义，转叹设阱昧深仁。
而今孰奏鸣弦绩，日对云岩祝凤麟。

## 不其令驯虎

### 周瀛文

不其令何贤，驯虎史策列。
猛虎能杀人，缚来善剖决。
伏首甘就刑，冤仇此消雪。
从兹永无患，南山留石碣。
时维千余年，纷纷说奇绝。

讵知事非奇，在其人之别。

昌黎鳄鱼驱，不过心皎洁。

虎渡九江东，宋均曾持节。

邑令存恶心，人比虎更烈。

真虎即潜消，役吏饮人血。

虎害犹可为，苛政肝肠裂。

宰若布惠仁，豚鱼信格彻。

猛虎不难驯，矧兹民易悦。

善念人所同，作之使无灭。

格物人争新，片言狱已折。

仍是理顺正，非以计述谲。

缅怀童府君，劳墨恩不竭。

# 烟云涧　烟雾涧

## 烟云涧

### 范九皋

涧路何重重，烟云锁碧峰。
黄精初煮夜，红蕊正凌冬。
绝壁看栖鹤，深山数晓钟。
不知尘世外，多少羽人踪。

## 烟雾涧

### 蓝　漪

飞雾飞烟绕涧渠，依山傍水远村居。
东望岛屿青葱色，仿佛仙人旧结庐。

# 窑货堤

## 窑货堤

林钟柱

缘溪下复上，山翠望重重。
洞古雾蒸湿，岩空云压崩。
花魂闲卧草，石腹怒吞藤。
渐觉仙源近，风光似武陵。

# 银壁洞

银壁洞

蔡叔逵

金壁银壁紧相连，紫阳真人炼金丹。
炼丹炉灶依然在，不见真人在哪边。

# 迎仙岘

迎仙岘

周　璠

衲衣草履竹皮冠，冷眼尘中两跳丸。
设使谪仙主风会，定应携我到天坛。

# 鱼鳞瀑　玉鳞口　潮音瀑

## 潮音瀑

### 崔景三

吾爱潮音瀑，源源落石潭。

深藏幽谷里，怕为俗人探。

鸟道殊难度，云峰未易参。

悠悠绝壁望，无限好烟岚。

## 鱼鳞口

### 黄念昀

九水之游遍其九，拟看瀑布鱼鳞口。

道人相引东南行，层累压叠连冈阜。

穿云何处鸡犬声，石屋一双如比耦。

忽然峰开高插天，涧水潆洄石隙走。

渐行渐讶拆云根，隔断飞泉丰其蔀。

南上径仄磴复绝，策杖攀藤瘁足手。
几历巉岩披蒙茸，怪形诡状阴崖陡。
蛇行俯伏踞危巅，下瞰匹练蛟龙吼。
奔波直泻注深潭，斜飞旁洒响琼玖。
想见分派作鳞容，皎晶隐现璨纷纠。
薄暮高歌濯缨客，高悬定使人翘首。
我非坐石快仰观，转喜登临得未有。

## 鱼鳞口瀑布

### 黄体中

巨峰之阴九水源，万壑曲折通天门。
鹰窠岩畔罗怪石，蛟龙腾攫狮象奔。
东南陡壁飞瀑布，半天澎湃声远闻。
乍疑银河忽溃决，还惊长鲸吸百川。
水帘横空垂不卷，万斛雪浪涌山根。
其下澄潭更深碧，鉴人毛发无纤尘。
年来劳海恣游历，对此愈觉清心魂。
匡庐自古擅名胜，风烟遥隔江西津。
金山中冷泉第一，曾忆煮名挽轻轮。
何图近在鱼鳞口，甘醴石饴真味存。
一水旧辟半弓地，怡老无过此山村。
酒醒梦回松风满，涛声恍惚盈前轩。

# 鱼鳞瀑

## 蓝　水

惊看玉龙拔地飞上天，谛视乃是山巅泄下之流泉。
顺壁走下未及半，石忽凹入大且圆。
水入辄复出，奔怒四喷溅。
一叠复一叠，滚滚浪花旋。
万斛珠玑一时撒，百尺琉璃断复连。
跌宕错落声声急，清韵逸响如敲珊瑚鞭。
更有乱沫耻落后，腾空随风化雾烟。
我来却立未敢前，不忧山高水压顶，
生恐水猛掣倒碧山巅。

# 九水瀑布

## 蓝中珪

峭壁层岩一径开，飞来倒挂水潆洄。
玑珠乱涌穿水出，风雨雷霆杂沓来。

# 靛缸湾瀑布

## 柳亚子

响彻云霄匹练开，乱流危石足低徊。
潮音马尾纷纭甚，输与题名小螯雷。

靛缸湾瀑布，叶遐庵题"潮音"，傅藏园为易"马尾"，抗白云：不如"小螯雷"三字为佳。

# 鱼鳞口

## 沈信卿

潮音一瀑吐清池，六角亭前小立时。
峭壁如屏开两扇，风摇娟翠舞高枝。

鱼鳞口下水无鱼，那有渔翁此卜居？
莫笑观天如坐井，最宜消夏结茅庐。

# 玉鳞瀑

在崂山靛缸湾

## 硕　甫

试向崂峰深处行，屐声渐小瀑声清。
非钟非鼓非琴瑟，似代人间鸣不平。

崖悬怒瀑石嶙岣，宠锡嘉名曰玉鳞。
纵有靛缸湾水浊，纤毫总不染嚣尘。

雪练两条上下生，峰腰迸出自分明。
游人最是关心处，泻到潴池满不盈。

穷搜幽胜到山隈，九水东西折复回。
若欲寻源山尽处，声声瀑自此山来。

闻道天台有石梁，匡庐风景亦仙乡。
而今鼎立三名胜，各自争流各自强。

年年岁岁自潺潺，化作源泉出岫闲。
我愿流行兼坎止，不兴波浪到人间。

## 由九水至鱼鳞口

### 王大来

闲出九水庵，环山皆可爱。
行过双石屋，渐觉两山隘。
投足无处所，萦路涧底濑。
险蹑水中石，脚底流万派。
山势逼人来，横皱如折带。
鬼斧劈纵横，危岩欲崩坏。
宿莽蟠蝮虺，幽谷秘妖怪。
大石累巍峨，攀跻幸不惫。

行到水穷处，双峰屹相对。
中间豁一门，飞泉响澎湃。
却立飞泉下，浪花溅肩背。
值此炎热时，顿入清凉界。
祓濯百虑空，幽情从此快。

## 鱼鳞口观瀑

### 王大来

谷口锁重重，攒天划两峰。
半空飞瀑布，一客柱长筇。
净洗尘嚣耳，清浇磊块胸。
悬流穿地底，下有老蛟龙。

## 劳山潮音瀑

### 翼　谋

未跻劳山巅，姑探劳山腹。
石喷不尽云，松结无始绿。
崖腰悬一亭，晶帘俯层瀑。
鹄立神为寒，猱挂手堪掬。
竹风袭蕉衫，盛暑夺三伏。
兹山多仙踪，宜号道士狱。
何日买山栖，茯苓春可劚。

## 鱼鳞瀑

### 赵　贤

盘空瀑布飞泉落，拂面吹花如雨来。
碧水澄潭堪洗涤，青松白水任徘徊。


## 鱼鳞口

### 郑大进

双阙庐南夜听雷，天门转傍海云开。
泉添白鹤鱼鳞动，涧落飞虹夕日来。
静里风涛声远近，空中练色影徘徊。
况临潭水深千尺，疑有神龙掉尾回。


## 鱼鳞瀑

### 周至元

飞瀑悬三叠，奇峰环几层。
游人凭槛瞩，如濯玉冰壶。

# 玉皇洞

## 玉皇洞

### 秦景容

混沌不可凿，上帝非神仙。
我闻广成子，崆峒居自然。

## 玉皇洞

### 王思诚

白石龛中白玉仙，洞门日日锁云烟。
道人自爱寻幽胜，凿破云根几百年。

# 玉皇洞

## 朱仲明

石窍崆峒透上方，云封紫翠郁苍苍。
谁开混沌烟霞窟，呼吸阴阳纳晚凉。

## 玉女盆

### 王锡极

绝顶盆池终古留，相传玉女洗云头。
当年谱下蛾眉样，水底青天月一钩。

# 月子口

月子口

王卓如

锁住全山胜，烟岚第一重。
盘云撑怪石，夹道峙危峰。
烟树远村合，芙蓉万朵浓。
荒祠留古迹，灵异说双钟。

# 云头崮

## 云头崮

### 王卓如

同仙洲槐村游峨峦嵯，至山半不果上，深以为憾。仙洲独登绝顶，并简以诗。为作长歌聊以寄意。

人生饮啄皆前定，当局无权悉退听。
块垒场中莫不然，况复烟霞恣清兴。
峨峦东望郁岩峣，竹林有约探名胜。
攀萝扪葛陟其腰，危石争跨数百磴。
寻碑不觉屡生云，潵衣惟见苔封径。
耸身已越峰头巅，当前突兀横石峻。
神惊目眩汗沾濡，心急足违苦难进。
力绵仍欲强支撑，小憩愈形颓莫振。
画地虽非出本衷，惹甚安知非福悋。
我甘半途君独前，贾来余勇何奋迅。
凌虚直上去如飞，绝顶攀登才一瞬。
须臾览遍寻归途，下坡予犹难追趁。

归来时羡君坚强，窃愧步虚输鹤胫。
君更谱出画中诗，眼前好语相持赠。
道是遇仙有石桥，路接天台几误认。
羊肠曲折侧身行，一步一挪一顾徇。
崎岖未几忽平坦，庙供山神资坐镇。
仰视屃然达重霄，寥天一幕低雁阵。
东南海水与云齐，方丈瀛洲堪指证。
回看诸山如垤藏，叱犊声声空谷应。
为语约略握其尤，纵欲详言笔难罄。
我闻此景益神驰，反悔当时空蹭蹬。
奋然一往须直前，漫将退缩为谨慎。
假使一鼓作气行，未必前途招悔吝。
愧我半生病在斯，沾沾辄复恋坠甑。
畏首畏尾事无成，漂泊新添霜满鬓。
触景兴怀拟改图，收将桑榆思报称。
吾侪奋发在精勤，律己先求能自信。
年来半百尚可为，期与古人心相印。
著书闭户日偏长，谁谓褐夫无美瑾。
玉成仰体彼苍仁，智慧由来生疾疢。
学山功与登山同，莫以一篑亏九仞。

华严寺之山道

*淡彩* 13.7cm × 19.7cm

1986 年

由仰口到曲家庄途中

水彩　19.5cm × 13.7cm
1986 年

崂山唯一蒙文刻石

水彩　19.9cm×13.7cm

1986 年

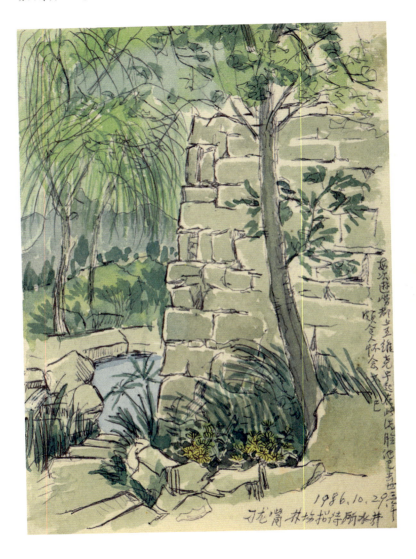

刁龙嘴林场招待所水井

淡彩　13.5cm×19.7cm
1986 年

华严寺小学

淡彩　13.5cm×19.1cm

1986 年

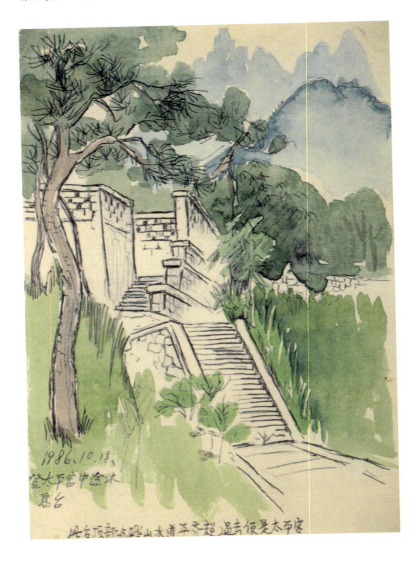

登太平宫中途休息台

淡彩　13.7cm×19.6cm

1986 年

仰口曲家庄村口

淡彩　19.7cm×14cm

1986 年

1986.5.5
净峰在望

崂山余脉浮山九峰

水彩　19.3cm×13.3cm
1986 年

浮山社会福利院远眺

水彩　19.3cm×13.3cm

1986 年

从海边小丘看石老人

水彩　　19.7cm×13.6cm
1987 年

石老人村东双石峰

水彩　　19.7cm×13.6cm

1987 年

石老人小渔港

水彩　19.7cm×13.6cm
1987 年

1987.10.22
于龙潭瀑（由八岁水汇聚而成上致口名八水河）

龙潭飞瀑

淡彩　13.5cm×19.7cm

1987 年

始皇帝游崂山刻石

水彩　18.5cm×14.8cm
1987 年

从八水河到垭口环山公路

水彩　19.4cm×14.9cm

1987 年

由八水河到沙子口的公路

水彩　19.4cm×13.6cm

1987 年

太清宫内耐冬绛雪

淡彩　19cm×14.2cm

1987 年

埡口道中

淡彩　13.8cm×19.7cm

1987 年

## 文脉基金

青岛教育发展基金会文脉出版基金，是由马春涛创立的全国首个个人发起的非盈利性公益出版基金。以发掘本土思想资源，研究城市文明形态，梳理文化脉络系统，推动青岛人文历史出版和录制为己任。

## 青岛文库

青岛文库是文脉出版基金支持出版的青岛首套大型人文历史书系。以追溯青岛历史真相和探究青岛人文发展为主旨，集合档案、文献、文本、口述、叙述、研究等诸多形态。涵盖百余年城市社会不同发展阶段的各个方面，拟设人文系、地理系、影像系、人物系、百科系、学术系、科学系、创作系八大子书系。

青岛文脉出版基金支持出版

赵夫青 编

崂山诗典

中

中国海洋大学出版社

· 青岛 ·

**图书在版编目（ＣＩＰ）数据**

崂山诗典：上中下／赵夫青编. — 青岛：中国海洋大学出版社，
2023.12

ISBN 978−7−5670−2807−4

Ⅰ. ①崂… Ⅱ. ①赵… Ⅲ. ①诗词—作品集—中国 Ⅳ. ①I22

中国版本图书馆CIP数据核字（2021）第132701号

崂山诗典：上中下

LAOSHAN SHIDIAN：SHANG ZHONG XIA

| | | |
|---|---|---|
| **出版发行** | 中国海洋大学出版社 | |
| **社　　址** | 青岛市香港东路 23 号 | **邮政编码**　266071 |
| **策　　划** | 文脉·崂山书房　马春涛 | |
| **出 版 人** | 刘文菁 | |
| **网　　址** | http://pub.ouc.edu.cn | |
| **电子信箱** | 1774782741@qq.com | |
| **订购电话** | 0532−82032573（传真） | **电　　话**　0532−85902533 |
| **责任编辑** | 邹伟真　赵孟欣　孙宇菲 | |
| **装帧设计** | 李开洋 | |
| **平面制作** | 青岛齐合传媒有限公司 | |
| **印　　制** | 青岛东方华彩包装印刷有限公司 | |
| **版　　次** | 2023 年 12 月第 1 版 | |
| **印　　次** | 2023 年 12 月第 1 次印刷 | |
| **成品尺寸** | 130 mm × 210 mm | |
| **总 印 张** | 31 | |
| **总 字 数** | 930 千 | |
| **印　　数** | 1~1000 | |
| **总 定 价** | 298.00 元 | |

发现印装质量问题，请致电 0532-83777611，由印刷厂负责调换。

# 目录

## 百福庵

## 瀚河庵

## 华楼宫

## 华严庵　华严寺

## 华阳书院　华阳山房

## 慧炬院

## 经神祠

## 蓝氏山庄

## 崂山饭店

## 崂山碌石

## 那罗延窟

## 山寺

## 上清宫

## 上庄　快山堂

## 神清宫

## 太清宫　下清宫

28

## 太乙祠

## 舞旗埠

## 西莲台

## 峡口庙

## 紫霞阁 紫霞观

# 白榕庵　白云庵

## 白榕行呈张并叔

宋　琏

南山白榕当春绿，干如虬龙盖如蠹。
巉岩之上土不深，盘根十步一卷曲。
虫啄雨蚀不记年，生理因之无完足。
斧斤旦旦麂与触，朝辞繁柯暮为束。
白榕白榕违其性，尔生胡亦多荣辱。
我来山中日翱翔，劲姿瘦骨历冰霜。
物无贵贱不可忘，嗟乎年命亦何常。
东家女儿发垂墙，座中老妇失辉光，
从来无用弃道旁。

# 白云庵二首

周如砥

### 一

崎岖千涧野云赊，乘兴遥遥访道家。
门外清泉滋碧草，甑中白石变丹砂。
平台客上凌寒露，斜日人归带落霞。
最喜诸真频见恋，洞天几度饭胡麻。

### 二

翠柏丹枫相映新，清波白石故粼粼。
羽人总解谈黄老，尘世谁知是汉秦。
樵语每从天外落，仙丹自许鼎中真。
流连岁杪浑忘返，气候时时似暮春。

编者注：此白云庵系标山西麓白榕庵，已圮。

# 自上宫步登三十里至巨峰白云庵

高　出

壮气体顽痴，不习筋骨劳。
陟险披榛荆，趫捷羡猿猱。
膝颐相支拄，踵背蹑儿曹。
树交避巨石，涧响殷春涛。
累俯白云低，益信青天高。
待后矜自健，引兴直为豪。

瀺瀺暗淙飞，唧唧新羽嘈。
步重茧生足，脸赤汗流尻。
兀然得憩息，道人进浊醪。
香闻白蜜脾，倦把紫芋毛。
万峰互奔腾，势欲举神鳌。
虚风传谷籁，泠泠如云嗷。
扰扰半生间，利欲久煎熬。
愿得轻身术，骑鹤翔九皋。


# 白云庵

## 黄宗臣

朝行陟高岗，旭日阴初上。
轻烟散林薄，樵径人孤往。
循林入幽邃，零露沾草莽。
结庐有幽人，悠然寄玄想。
枯藤屋上垂，暗水阶前响，
乔木多蔽亏，户牖转清朗。
我来赋玄虚，喜未罹世网。
古人亦已远，遗风在吾党。

三月桃花红，四月杏子结。
哑哑枝上鸟，飞飞林际鷝。
中有幽人庐，图史左右列。
出门积大石，虬龙据潆汈。
俯瞰临深谷，苔轩凝冰雪。

好风自南来，清泉时幽咽。
日夕下林麓，怅与故人别。

## 白云庵

### 傅增湘

一

夜月清皎，海气苍寒。
玩石抚松，飘然登仙。

二

西风吹霁，夕阳满山。
丹枫苍松，白云掩洞。

# 白云洞 白云观

## 白云洞

### 白永修

登白云洞东麓，转西北，下竹洞苍翠无际，与松石交亚，盘纡行竹松中数里，抵道院宿。

孤峻拔荒陬，屹为名岳冠。
直上出青天，霄壤从兹判。
东溟在肘腋，飞涛转滋漫。
西偏得幽区，烟翠自相乱。
竹石斗交纠，松势不能间。
齐奔群岫巅，余劲犹未散。
所过遗杂阴，冥冥山鸟唤。
而我于其间，耳目得奇玩。
攀缘密竹行，中有云横断。
前后诸游侣，时露身之半。
竹尽继以松，松径趋仙观。
薄暮憩精庐，帆影拂枕畔。

四顾来时路，童指无底涧。
颇诧血肉躯，胡乃生羽翰。
至夜气迥然，海黑天无岸。
不知卧处高，向下瞰星汉。
怪蛇来窥人，睒睒目如电。
顾余学道心，终不为此眩。
静息神魄清，室虚绝梦幻。
明发怀灵踪，听钟坐达旦。

## 窥妙子道室

### 白永修

到门无冗杂，静气散空林。
白日松坛净，青山鹤庑深。
壁间泉倒泻，几上海平临。
揽取灵岩胜，坚余学道心。

## 白云洞望海

### 高凤翰

中原地尽处，大麓接洪流。
日月浮终古，乾坤没一沤。
浑疑通八极，何处指沧洲。
虚说鱼龙夜，潮声卷石楼。

# 白云洞

## 宫　昱

长松环古寺，合沓白云间。
欲去疑无路，开门惟乱山。
道人能避俗，古洞枕潺湲。
惜未囊书至，山深好闭关。

# 白云洞

## 郭恩孚

云树乱山青，山门昼亦扃。
鹤鸣长夏静，龙起午潮腥。
倚竹思横笛，餐松想茯苓。
道人无别事，风定诵黄庭。

# 题白云洞客堂

## 郭恩孚

石室临绝涧，岂止仞二千。
推窗一俯仰，飘飘若飞仙。
此外更无地，空中唯有天。
白云铺沧海，丹嶂喷玉泉。
长松百万株，修竹交其间。

极巅露一峰，一为龙凤攀。
林杪见番舶，帆影落目前。
平生斯游最，逢人诩奇观。
山水仇十洲，画以金碧传。
我昔宝一帧，展视不忍悬。
今日历真境，得鱼欲忘筌。
彼或亦到此，不尔故能然。

## 白云洞

### 郭绥之

大石亘苍天，未凿混沌样。
怪龙穿石出，一孔漏明亮。
初行若易尽，渐觉不可量。
如蚁入珠中，九曲迷所向。
每穷辄得通，路乃随足创。
鸿蒙初开辟，廓然见清旷。
洞中复有洞，内罗诸天像。
羡彼黄冠徒，此中惬幽尚。
昨出酢峰头，蛰龙起瓮盎。
导我观破甑，犹作飞腾状。

# 宿巨峰白云洞

## 蓝　田

石洞丹梯上，掀髯一笑留。
山高碍新月，潮长失孤舟。
樵笛穿林入，渔灯隔岛浮。
客怀浑不寐，直拟访蓬邱。

# 大仙山

## 李佐贤

直上峰千仞，奇观入望中。
仙云排远岫，海月渡长风。
岛屿三山见，帆樯万里通。
明朝宾出日，会看一轮红。

编者注：大仙山在白云洞东南侧。

# 白云洞

## 林钟柱

洞外郁沧溟，洞前松竹青。
楼高栖鹤稳，钵冷贮龙腥。
海气覆如盖，山痕张似屏。
五更钟动处，有客诵残经。

力疲神已倦，松底忽听涛。
众绿迷山海，浓青沁发毛。
窗中群鸟列，槛外两峰高。
下视心魂悸，涛头闪六鳌。

## 白云洞坐月

### 林钟柱

我有一片月，照见南山松。
偶来倚石望，隐隐起暮钟。
时有白云至，遮断两三峰。
顷刻风吹散，满山碧影重。

## 游白云洞

### 林钟柱

峻绝白云洞，苍茫十里悬。
万峰攒翠霭，一岛逼青天。
犬坐溪头吠，童蹲牧背眠。
赤松如可访，便是此中仙。

# 白云洞

## 潘味篁

路惟通一线，塔影半空悬。
烟锁层峦顶，门开乱峡巅。
花残春在地，峰矗客摩天。
身在青云上，应将俗虑蠲。

# 白云洞

## 蒲松龄

古洞深藏碧山头，羽士一去白云留。
愿叩柴扉访逸老，不登朱门拜公侯。
砚水荡净海底垢，笔尖点消九天愁。
不求人间争富贵，但做沧桑一嘹鸥。

# 劳山白云洞

## 谭　灵

不知何时雪，天山一片白。
走出白云洞，笑迎今夜月。

# 登白云洞二仙山

### 陶镕

万顷松涛接海涛，海涛尽处白云高。
峰头放眼空三界，愿驭神虬上下翱。

# 白云洞

### 王葆崇

上界鸡声隐约闻，仙凡路到此时分。
茫茫大地都成海，湛湛青天亦出云。
胸次自然消垒块，脚根何处着尘氛。
山房容我长留住，一瓣心香竟体芬。

# 白云洞雨后

### 王大来

一灯明古寺，山气夜氤氲。
伏枕千峰雨，开门万壑云。
岚光蓑笠湿，霁色海天分。
独立松篁下，晨钟时一闻。

# 白云洞

## 王统照

"白云洞"乃崂山高险处一所道观，倚巨岩凹覆，利用巨石建成。院宇数进，风景奇丽，已有六七百年的历史。游客宿洞观日出最宜。抗战中受日军搜山扫荡，屋宇既毁，道士死者颇多。今藉此题聊抒所感；固不止为"白云洞"作也。

> 突岩下平凹深陷，
> 峭壁险径回峰转：
> 一叠叠松，阴，间列着
> 曲柏，石楠，把大石丸
> 幽藏，低护；如屏障坎。
> 更堆些尖塔，角盘；
> 虎额，狮腹，蹲，伏，忽隐见。
> 猜得到亿千万年
> 海底曾重现——冲刷，搏荡，
> 风涛大力任团旋，
> 凝泥，沉沙，冰块与漩湍，
> 宙合不灭是时间！
> 海底大力——更比巨石坚，
> 圭棱磨削无凸陷。
> 是"古话"中神奇的巨人弓弹？
> 是洪荒时妖龙吞余坠飞澜？
> 也许——共工触柱，柱屑落此间？
> 为补天女娲漏下粒砂嵌？
> 大如圆楼，"团焦"，如轮，碾，
> 直比似指顶文石在晶盘。

多滑，多软，手肤微抹感温黏，
海星，海草——依结随旋翻，
听：飓风吹滚，奇响动山川；
地老天沉，但等人间换。

"白云"密封，石丸撑空跰，
越涧凌空，何人初到？
是何年凿道开？山是何年，
葺茅筑室经营全？
高阁，前轩，低宇围曲院，
间时人力用奇偏，
偏向荒山秘岩堆石成"仙观"。

人间——铸巧，争美，有意斗天然，
无分今古一周环。——有多少
技巧，精能，苦辛总在创成先；
把一己的奇艺心血恭奉献。
抹不了大众劳奴力与汗，
是一座飞楼，一个塔院，
全凭靠啊呼，急喘，手裂与足"茧"，
为生活鞭逐得偿他人愿！
以势，以威，以权；更藉以德，以名，以福缘；
伟大艺品，留形追始，
终难与天成地结的自然比头，肩。
你仔细数算：——从既有社会
自由，平等真曾几次身影现？
就是风掠一阵，雨阻一天——
巧艺，劳工，都来自"愿情"发展；

都不为充肠，鞭痕，自力图周全？
你再数：法令，教条，口号，尊荣与奖劝，
一切都是逼他，己方便！

（你绝对过激，抹煞人世无饶恕，思入虚空终何补？）

可是，花样——美好；月样——皎圆；
醇酒芳冽；纯蜜甜，
这官能享受中，你澄一下心
——设想：盟生，吐炫，宿酿与
采化的经历辛劳非神幻！
更要想：残红落蕾，缺月西沉偏；
酸臭余滴；是何口味苦中甜？
人间——创造自古受用难；
自由有道，原备他人践；
血汗流沾，空惹"见者"嫌。
有几个，曾为这点点"旨"觉心尖颤，
能直向造物追质人生权？

且放下无用空思拆回意：
十年前——念年前——不是
分春，冲暑，斗雨，滑雪迹？
大海灵涛出没里曾来几度？
草鞋，竹枝，飞车，还多徒行步，
爬上云峰，披莽攀枝，晚投"古洞"宿。
黎明前坐等金轮浴；
夕阳下山，红霞衬天碧；
伴酣眠，艾香幽细茶音沸；

一夜瀑注，惊听千嶂雨——
例流落响青灯光闪避，
雷轰风逐，自然战斗真伟巨！
朝来，万峰含笑舒新绿，
山鸟贺客传喜语。
兜一掬清泉甘冽吞浆乳。
…………
…………

那一株合抱凌霄，一丛幽细金黄竹，
一"洞"晴晖，一院花头露。
青袍老道拈香啃道书：
是白费，是教愚，是不生产惰民
同聚在荒凉奇秘此巢窟。
还有更多余，更浪费的五彩绘壁，
与几百年前雪纸精刻道家篆。
是啊！——这良时佳日我们游山客子，为么
把时间兴趣空逐"洞"中步？
还抚树，倚石；望浩瀚飞涛；
白鸥踏了旋空舞。
…………
…………

然而——
人间岂有常幽趣，
人间难展和平路，
强欲烈焰捺不住横冲，烧，杀，
遗留的蛮性揭翻文明罩面幕！
教化韧丝紧缠上科学利器。

烈火突发燕雪蔽，芦沟浅水尸填布，
那一座秋树孤城黎明
开战路。从此，血洗灰飞，寸寸
河山被割取！那一个人民，
那一处村落，那一棵花木，
不披上血衣——生荆棘——被蹂辱？
道路奔驰骨骼集，看中原云低，
硝烟火弹同飞舞。是廿七年新年
方过没几日，胶澳湾中铁舰高悬
赤日旗，齐州遍地烽火吐，
二崂峰头空自封春绿。

八年——多艰苦！亿万年中短岁期，
是人类行程的短迈步。
田园墟，房舍圮，万落千村
走狐兔，农夫失耕马无枥，
儿童何罪值得枪尖舞？
谁无妻女，却尽蛮军辱？
饿毙，水狱，木笼与土窟；
到处杀，逼，病，死，一例如草薙！

八年——屈抑，幽泣，哀痛，烦冤那可数，
　　　　更加上强掠，明取，毒素，
　　　　一套套丑行点尽人间污。一手
　　　　造成生灵无数真悲剧！

八年——你切记那两颗"原子弹"堕日，
　　　　凶梦才醒，血海波澜息；

才能长舒一口自由气，
此身尚存——在你的髅壳住！


但，多少荒原白骨，半生残肢无归处？
老，弱，男，女？多少田园任荒芜？
一饱真难足？更多少人体兽状——
草根树皮观音土？多少乘时大盗
不肯纵去千载机？多少汗血精华
都随战火没？空留下余生，苦命，
在胜利音中重复近刀俎！
猛虎去后豺狼足，才脱蒸笼堕冰窟。
谁相顾，邑有流亡道"饿莩"，
城郊同看人相吃！依然——荣光国土再血污！
——这点滴热血问自谁身出？
长江南北黄淮域……
海角塞上，火云争驰逐，
热弹穿肌肌如腊！是谁肯，
"屠刀"善放，能饶你父老兄弟
残生还将息？几多恶辱岂自取？
还留存几多血脂再熬煮？


重来——荆针刺衣难举步，
小憩崖头重来觅洞窟：
山门半侧，焦黑橡柱挂
高处，临沟高室，变一堆
瓦砾，纷忙虫蚁穿穴入；
好鲜丽的光明花朵，柔条
尚自攀枯木。木根欹伏——

雪发毵毵盖一个皱颜颅，
半瓢煮芋和粗麸，这余存老道
硬向荒山寻幸福！"他——六十年中，
吃，睡，游，息，负柴，煮米，生与
'白雪'侣。"赤脚少年全告语：
"九十岁差月不很足，十几个
同伙埋黄土，是那年扫山耀武——
放火，掘墙，覆瓦底；他，命该此，
隔皮半寸挑枪刺！一天一宿，
'洞'中薰火直浇煮——却也怪，
在鲜尸堆中能得凑付去！
看，那瓦堆不是招待室？——
七个'带发'，两火夫，弹头破脑
肠拖出，山门前，草绳提颅
如雕塑，把山上老雕引起
人味欲。通院泉流和血污，
这儿，支洞圆石磨刀砺，醉跳，
歌呼，庆那场毫无抵抗快攻取！

"烧散'白云'还面目，独有这
没奈何的圆石没曾走样式。
劫后三朝无人迹——只他
九十老道还喘生人气。
咱，山前雕龙嘴里渔家户，
从山窟偷出趁星光掖他
逃他处——于今，他执意重回
天天能守度，拾栗，锄草，
抚摩着片瓦，焦橼，心恋慕！

先生，他不听人言眼生膜，

可每日里，十遍嘟囔，要把这

'白云'洞宇重兴筑！忘怀年纪

忘辛苦，更不知多大难关。

小鬼打退自打起，更不管山穷

民苦，人人都空肚。这疯颠

老道——命大的怪物，聋如痴，

挣得个全尸归西还不足！

像一个个的圆石，你那能

说动他，点头心服走向活方去！

人说，老颠倒便多孩儿气，

他！——不像跌倒爬起的顽童

揎拳露袖无输意？他！——

没出过一滴眼泪，一口仰天气，

只横咬舌尖，要重见这

'白云'洞室新面目。一天几次，

跪伏在大石前诚心祷祈，

一任那野鹊吱叫海风拂，

饿鼠偷听，冤鬼洞中哭。

…………

送一碗粗粮，咱，情自欠肚皮，

可不是？人心都从肉中出！

…………"

一九四六年中夏写于青岛

## 白云观

### 王统照

幽谷丛篁一径深，荡胸云气涤尘襟。
山中偶作今宵宿，抛却沧溟万古心。

## 题白云洞和王大来韵

### 王祖昌

游遍海西岛，方来登此巅。
笙吹明月夜，人在白云天。
久别山中客，应逢鹤上仙。
何当七夕至，长啸下秋烟。

## 寻白云洞

### 王祖昌

藤鞋竹杖觅仙踪，万壑飞泉走白龙。
处处秋云生绝巘，不知洞口在何峰。

# 劳山白云洞

## 吴重憙

千松万松何离奇，千石万石何累垂。

松寻石罅逞夭矫，石凌松上争厜㕒。

主峰一石最奇崛，俯首乃受松之欺。

直据其巅醢其脑，苍髯恣肆鳞之而。

左轩一石势峛崺，蛟背如立湘妃危。

右伏一石于菀卧，不甘帖耳形祇祇。

两株鸭脚那肯让，腾空四散青珊枝。

道人何年觊天奥，梯以石栈支以簃。

阴崖不借鬼斧劈，奥突应是天工施。

门前双峰屹相向，崭如头角真嶷嶷。

沧溟万里泻濒洞，直来脚底如奔驰。

我当重九命山屐，杖藜犹待人扶持。

骨酸趾茧乃得到，冥搜不觉忘辛疲。

西峰亏蔽日易落，结璘早射长空辉。

银鳞倒卷云万叠，谡谡时有西风吹。

为我送云东海去，好教鸡唱看朝曦。

# 登劳山宿华严寺晨起遍游至白云洞题石

## 心　亘

夜宿华严寺，萧然万籁清。

心空山月朗，梦定海潮平。

曙色催人起，闲云结伴行。

劳生今小憩，倚石听泉声。


# 白云洞

## 翟　启

昔闻白云洞，众胜非所敌。
今兹一从游，幽境果足适。
径通碧天外，门掩红树侧。
随步乃烟霞，夹路尽松柏。
仰瞻树万状，俯瞰海一色。
阴崖夏犹寒，深洞昼亦黑。
倚杖星斗近，开轩岚翠碧。
萝竹有净阴，渔樵无杂迹。
无怪窥妙子，专此炼玉液。


# 白云洞

## 钟惺吾

微行黄叶路，小憩白云巅。
晴翠飞衣上，沧溟落足前。
临风数归鸟，倚石听流泉。
抛却人间累，神仙驻洞天。

# 白云洞

## 周至元

海滨拔地涌层岚，怪石奇松别有天。
绝岩千重奔眼底，沧溟万顷落阶前。
白云常护洞边寺，旭日早升海外天。
更有苍松多奇古，枝枝卷作老龙蟠。

# 百福庵

## 百福庵

### 王悟禅

怪石崚嶒百福蟠，仙家风月古桃源。
水通夹涧流东海，山映高标枕左垣。
息养真人成道果，爱留后世启玄门。
至今遗像松阴下，仿佛音容课我勤。

## 百福庵

### 周至元

当日华严境，而今作讲坛。
山深人意冷，地静鸟声欢。
怪石侵庭小，幽篁逼径弯。
衣襟如可涤，不惜屡来看。

# 餐霞观

## 餐霞观

林钟柱

一望明如昼，遥山雪尽融。
梅开香欲活，草近色还空。
雷起茁新笋，檐低苏蛰虫。
眼前皆物理，何必问苍穹。

## 餐霞观望云

林钟柱

平地接青天，苍茫尽作烟。
乱团空谷外，浓压古祠前。
结队冲天去，凭虚入户穿。
只愁衾枕湿，夜冷不堪眠。

太清宫环海公路

水彩　19.4cm×13.2cm

1987 年

麦收后的卧龙村

水彩　19.6cm×13.2cm
1987 年

2001.6.16日由吗华联系一辆面包车全家去遊崂山经由石老人「太清宫」「垭口」「青山」「黄山」「华严寺」「白云洞」「仰口」「王戈底」「大崂」整个崂山绕了一圈为解放后几十年求节一次遊东幺远以前我与青山黄山也就是几个荒凉渔村现在与楼栉比成了开发区变化太大了

「長风幾萬里吹度玉门关」
1987.10.31 重阳节

东海雄风刻石

水彩　14.7cm×18.8cm
1987 年

太清宫汉柏

淡彩　13.6cm×19.8cm
1987 年

雨后水道中的山蟹

淡彩　13.8cm×19.6cm

1987 年

由臥龙村向前行为我禹村
再前行遇此桥取名「一水」桥
桥北为菊陵桥南 1987.6.15. 崂东礁
有玉笋峰桥侧有卧虎山

一水桥

淡彩　19cm×14.1cm
1987 年

美丽的早晨
由北九水走向八水七水
小路曲曲山村阶；
1987.6.16
走到大崂得化四五小时

崂山晨曦

淡彩　19.8cm×13.8cm

1987 年

外二水雨后小山头

水彩　19.6cm×13.5cm
1987 年

北九水待客来饭店一角

水彩　19.5cm×14cm
1987 年

骆驼峰

水彩　13.5cm×19.8cm
1987 年

北九水疗养院门外石桥

水彩　19.5cm×13.5cm
1987 年

北九水道中的山道石门

水彩　13.7cm×19.9cm
1987 年

卧龙村工商干校

水彩　18.9cm×14.2cm

1987 年

顽石交响乐

水彩　19.4cm × 13.3cm
1987 年

石老人东头汽车站

淡彩　19.5cm×13.5cm

1987 年

由旅游船上看太清宫及垭口

水彩　19.5cm×13.8cm
1988 年

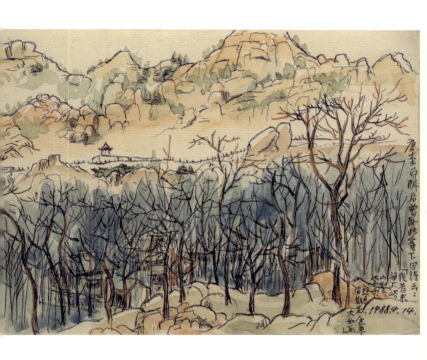

由太清宫东山坡远望环海公路及蟠桃峰

淡彩　19.9cm×13.8cm

1988 年

仰口宾馆门外山景

淡彩　19.6cm×13.4cm
1988 年

# 岔涧

## 九月九游岔涧三官庙

### 周紫登

绝壁层层涧水深，青红绿叶满长林。
香瓜熟透玲珑影，围绕宫庭万点金。

# 朝阳庵　朝阳寺　朝海庵

## 朝阳洞晚眺

### 程敏政

朝阳洞口震天风，磴绝松门一线通。
虚榭贮烟谢鸟道，古藤系日瞰龙宫。
帆樯历乱浮云外，岛屿参差落照中。
万里扶桑如可接，不妨从此蹑鸿濛。

## 庚戌初冬游浮山朝阳寺伯曾祖高平公遗诗在焉谨依韵和之

### 黄　埙

寂寞朝阳寺，汪洋大海临。
飓涛浮落日，鸟道出危岑。
剥落苔痕古，苍茫手泽深。
百年遗迹在，聊复续高吟。

## 游浮山朝阳寺

### 黄　壎

闻道浮山好，探幽偶一临。
云烟连大壑，台树倚高岑。
听偈鱼龙出，看碑岁月深。
先人题咏在，追慕复成吟。

## 朝阳庵

### 黄玉瑚

荦确荒山寺，禅扉掩白云。
泉从松顶落，径自岭头分。
飞鸟樵风引，午钟隔溪闻。
遥知戒坛月，花散晚纷纷。

## 浮山朝海庵

### 黄作孚

浮山雄海畔，乘兴一登临。
拂草寻幽径，攀萝陟峻岑。
水天连共远，岛屿接还深。
纵览乾坤阔，擎杯发啸吟。

# 朝阳寺

## 李宪乔

不识朝阳寺，牵萝度石门。
海云青矗矗，山气郁浑浑。
半壁灵楸大，悬崖古佛尊。
更寻南涧水，危坐听潺湲。

# 慈沾塔

## 慈沾塔

### 仁　济

塔势巍峨足七重，交柯围抱有双松。
苔浸斑染梵文润，月上荫遮道气浓。
干耸枝横栖宿鸟，皮皴鳞起疑盘龙。
乘风吹送涛声远，好共潮音到海峰。

# 长春洞

## 长春洞

### 杨还吉

昔读长春传，今入长春洞。
本自岩栖人，乃为君洞动。
忆当西赴时，万里阴山冻。
积雪没马鞭，诸戎劳转送。
若衷拟玩世，甘言类托讽。
往迹已百年，名犹此山重。
故老谬传闻，昆仑辄伯仲。
洞前双珠树，十围有余空。
道人指余言，西征于此种。
树老烟云生，山空鸾鹤痛。
远望疑飞帆，近视犹覆瓮。
阿阁三五重，偃蹇巢成凤。
有时风雨来，不为忧华栋。
洞前松柏声，洞里蝴蝶梦。
想象洞中人，生涯犹聚讼。

# 大崂观

## 大劳观

### 高　出

入山就险塞，转路得茂蔚。
蓟蕭桐柏林，密植兼枣栗。
深溪触哀石，绿畴交葱郁。
马上涤尘襟，劳胫凉至膝。
晚饭脱粟饱，岩端系斜日。
松脂代明烛，花气成崖蜜。
独游谢宾侣，喜无此俗物。
赏遇不借人，酒肉使心怵。
浃旬苦病脱，豁兹耳目毕。
明发大道上，车马如虮虱。
惆怅风泪酸，恍惚默自失。

# 大劳观

### 黄念昀

山深露坐景苍茫，翻觉闲庭入夏凉。
断续钟声沉远寺，高寒月色上东方。
看碑小立衣襟润，扫榻供眠土壁香。
道侣漫谈兴废劫，放教清梦到羲皇。


# 游大劳观

### 黄　岩

山村人境寂，平地起琳宫。
鸟性犹惊网，松涛自任风。
大劳峰独辟，九水道初通。
入里尘嚣静，幽深不可穷。


# 晚宿大劳观

### 王卓如

斜阳下西岭，炊烟远弄影。
道人知客来，仁立久延颈。
山深天易暝，连床人尚醒。
万籁寂无闻，泠然一声磬。

# 三兄读书大劳观春日携友过访

杨兆鲲

春明携友伴，迢递入天坛。
水绕蛟龙窟，地当虎豹关。
风过千树雨，月照万峰寒。
银烛连深夜，清音响暮山。

# 游大劳观即景

翟熙典

西山凝暮霭，谁识访道心。
滩石疑卵积，流泉学鼓音。
薯农眠侧磴，药女下遥岑。
迟我步南寺，禽言玉涧深。

# 道人

## 白云洞李道人赠杖

### 董书官

涉水登山不用扶，何悉前路大崎岖。
道人赠我花椒杖，好挂诗瓢与酒壶。


## 太平宫老道人

### 郭恩孚

道人今年九十八，但有须眉无鬓发。
自言曾侍李石桐，亲与先生共笔札。
有泉可汲田可耕，晚卧不诵黄庭经。
青松手种一百尺，那解松根掘茯苓。
无营无虑亦无苦，出作入息几寒暑。
心君日泰寿自长，上界真人应羡汝。

# 赠下清宫扫花道士

## 黄念昀

当年奢愿李青莲，落花闲与仙人扫。
耐冬花发太清宫，持帚颓然一老道。
海上紫霞朝夕餐，不知何物安期枣。
此身温饱浑无事，始识仙真惟皞皞。


# 赠劳山道人

## 黄宗扬

木青青兮欲发，鸟关关兮鸣春。
泉瀺瀺兮触石，山嶐嶐兮入云。
山之人兮何为，将采药兮山根。
鹿豕游兮道上，虎豹踞兮河濆。
斸茯苓兮松下，掘黄精兮石门。
入城市兮易酒，聊混迹兮红尘。
卧黄垆兮沉醉，歌慷慨兮消魂。
问姓字兮不答，指东山兮嶙峋。
日薄暮兮归来，入山径兮黄昏。
海月上兮皎皎，离犬吠兮狺狺。
山既高兮水长，将终老兮此村。

## 寄太清宫薛道人琴

### 匡　源

闻师结习未能忘，三尺孤桐远寄将。
好伴闲云栖涧鹤，试临流水谱宫商。
天风欲起松涛泛，海月初生石洞凉。
仙籁倘容凡耳听，他年来访老重阳。

## 送戴道人入劳山

### 蓝史孙

领略青山今有主，白云曾许等闲居。
分泉洗钵烹灵剂，就石支床看道书。
风入古松轩常乐，月窥春洞化人庐。
日长漫作餐霞计，桔井丹炉却是余。

## 赠邓子鹤道士

### 林钟柱

未入东坡梦，名山忽遇君。
倦看聊摄月，来对大劳云。
龙睡钵藏蜕，鹤归炉闭薰。
但期尘事了，日日仰清芬。

# 赠胡松泉道士

## 林钟柱

万军战戈壁，绝域奏奇勋。
倏尔抛胡马，飘然逐海云。
榻余相心帙，囊冷纪功文。
回首怜金甲，炉香不忍薰。

# 入觐回劳山

## 刘若拙

东来海上访道玄，幸遇一见有仙缘。
宋朝天子丹书诏，奉命敕修道宫院。

海角天涯名最胜，秦皇汉武屡敕封。
古来游仙知多少，元君老子初相逢。

# 云岩子自题

## 刘志坚

三十二上抛家计，纵横自在无拘系。
来到劳山下死功，十年得个真力气。

# 牢山道士歌

## 乔巴百

牢山道士人不识，学透先天耀红日。
厌薄神仙不肯为，咳唾一声天地裂。
夜来传道怕高声，语落人间鬼神泣。

# 赠崂山郑先生

## 王处一

志坚心稳住崂山，华盖曾兹炼大丹。
无限峰峦深掩映，自然尘事不相干。

# 太清宫访一了道人

## 王大来

东南山尽处，万里水连天。
唐宋前朝寺，烟霞太古仙。
奇花容有种，老树不知年。
为访成连叟，听琴大海边。

海上路迢迢，幽人喜见招。
素琴眠石榻，秀句满诗瓢。

排闼千山翠，迎门万里潮。
却愁无道骨，不耐伴清寥。


## 太清宫同牧亭道人夜话

### 王大来

潮生明月上，寂寞掩柴门。
石庵藏山魅，庭阴宿竹魂。
露濡云衲冷，泉贮瓦瓶温。
相对不知晓，清谈古树根。


## 夏日雨中作寄太清宫牧亭道人

### 王大来

昔住东海涝，山水供赏玩。
养此镇静心，渐觉闻根断。
一夕大雨来，轰轰挟雷电。
风卷沧海水，乱落猛如霰。
澎湃且砰訇，天拆倾河汉。
力拔众山摇，气噎大块颤。
万壑争喧豗，突怒蛟龙战。
四壁郁溟濛，森悄鬼魅瞷。
耳未三日聋，目先五色眩。
返视摄惊魂，迟久神乃敛。

至人无畏怖，小人无忌惮。
二者吾不居，天变吾亦变。
寄语方外人，内外均须炼。
炼形不炼心，声色足为患。
大麓舜弗迷，万古人争羡。


## 赠蔚亭道人

### 王大来

欲践茅君约，来从福地游。
雨晴云入座，潮涌月当楼。
石菌携篮采，松花满瓮篘。
山中容一醉，世上几春秋。


## 游仙

### 吴　筠

碧海广无际，三山高不极。
金台罗中天，羽客恣游息。
霞液朝可饮，虹芝晚堪食。
啸歌自忘心，腾举宁假翼。
保寿同三光，安能纪千亿。

# 齐道人赞

## 杨懋科

性根元始，气括鸿濛。
栖真海上，洞洞空空。

急水迴帆，啖糠绝粒。
百折其坚，矍然骨立。

孤峰扫月，空谷吹云。
纵横自在，遁魔消氛。

恍逗心花，笔精墨妙。
朗吟飞渡，出窈入窕。

光翻银海，法转金轮。
天门寥阔，身外有身。

化鹤归来，爰止其庐。
嘘吸仙风，叫醒迷愚。

# 劳山听韩太初琴

## 杨士骧

我揖太清宫，道士善弹琴。
访得韩道长，琴床眠龙吟。

为我再一弹，领略太古音。
右手弹古调，左手合正音。
泛音击清磬，实音捣寒砧。
声声入淡远，余音绕拙林。
指点断文古，传留到如今。
不求悦俗耳，但求养自心。
斯言合我意，清谈忘夜深。

## 赠白云洞道人

### 于笛楼

相见浑疑有宿缘，浪游飞凫说从前。
神仙不惯红尘住，归卧白云又几年。

白云仙洞海西头，万里烟霞放眼收。
方丈蓬莱如隐现，问君骑鹤几回游。

## 寄夏道士劳山

### 翟熙典

寻山又此地，海气动凌凌。
独宿下宫月，同吟海上僧。
棕围穿竹罅，栗杖挂云棱。
许我追芳躅，华楼与梦登。

## 访李一壶留题

### 赵　瀚

寻胜时孤往，兹来更破颜。
眼中无俗子，榻畔即真仙。
树满莺声合，庭虚蝶梦闲。
最宜永夜坐，依月醉潺湲。

## 下宫道士

### 钟惺吾

不记人间岁，山栖幽复深。
栽花收晚蜜，种树引灵禽。
月落寒林色，风来空谷音。
何缘得到此，已涤俗人心。

## 孙昙采药谷

### 周至元

道人采药处，泉石自清幽。
涧阔秋风细，林深竹影修。
落花浮水面，野鸟鸣枝头。
即此堪供隐，烟云朝夕稠。

# 东华宫

东华宫

李　岩

来自邯郸道，梦深未肯醒。
晓钟催五夜，使我见山青。

# 斗母宫

## 咏斗母宫

### 周至元

隔山闻钟声，到岭始见寺。
寺宇亦何高，缥缈在空翠。
解骑拾级登，数步辄一憩。
夹径尽修篁，掩映天光蔽。
级尽平台出，豁然尘世异。
回看四围峰，万朵争献媚。
山外海光露，清澈似可挹。
忽生出尘想，早有凌云意。
西邻斗母宫，精室悬崖置。
入室无纤埃，疑是清虚至。
岚光杂云影，海色与蜃气。
悠悠万象呈，历历一窗备。
道人更爱客，留我竹床睡。
到耳风泉声，终夜不成寐。

# 法海寺

## 法海寺

### 黄象昺

凭临风气爽，红叶万山秋。
古木云边合，飞泉树上流。
龙吟潭底月，蜃起海中楼。
总有金丹诀，虚无何处求。

## 法海寺夜听僧然超吹笛

### 王大来

远过招提寺，松门日已曛。
试吹一声笛，吹落半山云。
茗约花间啜，香邀月下焚。
夜深同卧处，还向梦中闻。

## 题法海寺云瑞上人房

### 王祖昌

细雨昼霏霏，披蓑上翠微。
寺前山气冷，殿下海云飞。
夜静疏钟磬，僧闲补衲衣。
萧然尘世外，相对两忘机。


## 游法海寺二首

### 周如砥

一

云尽寒山石窦开，西风古寺一徘徊。
树当十月犹青色，碑载前朝总绿苔。
护法似闻天犬吠，听经曾有夜龙来。
<br>天犬吠：有山，名天狗。
须知胜地宜杯酒，未许斜阳促客回。

二

幽岩欲尽见浮图，峭级穿云百尺孤。
四面山风围翠霭，千年花雨暗平芜。
人寻鸟道迷南北，篆杂蜗文半有无。
欲问慈航何处是，斜阳古木一啼乌。

# 斐然亭

## 斐然亭晚眺

### 汪兆铭

蔚蓝波染夕阳红，天宇昭昭暮色融。
海作衣裾山作带，飘然我欲去乘风。

# 观海寺

## 同一了道人游大石台观海寺

### 王大来

携琴共上钓鳌台，天外惊涛脚底回。
雪浪怒喷摧石骨，银山迸倒散珠胎。
涵空色挟千峰雨，动地声喧万壑雷。
欲奏清商写怀抱，望洋一叹却归来。

# 海村

## 村晚

郭恩孚

村路连沧海，柴门对晚山。
林深岚气合，岛迥夕阳殷。
牧竖随牛下，船人载网还。
浮生何所托，惆怅鬓毛斑。

## 海上渔家

黄玉瑚

拨剌秋鳞入馔香，渔罾潮退起方塘。
孤舟晚泊看帆影，远在山头紫蟹庄。

## 渔家

### 蓝史孙

半世喜为渔，青山对结庐。
柴门受湖水，石榻积烟书。
蓑笠身常伴，纶竿手不除。
辋川图画里，风景复何如。


## 海村秋夜

### 杨　盐

山馆清秋夜，相逢小宴开。
野人供海味，好客醉村醅。
叶落三更雨，潮听半夜雷。
梦回凉气肃，清露月中来。


## 海村

### 周思璇

斥卤无禾稼，老农殊不嫌。
人家多晒网，村落半烧盐。
潮退滩愈阔，鸥飞意自恬。
坐看烟起处，斜日入西崦。

## 海村晚照

### 周思璇

绿杨阴系钓鱼船，芦荻萧萧夹岸连。
一带渔村烟水渺，鹭鸥晒翅夕阳天。


## 先四伯洪海别墅

### 周思璇

地僻半渔樵，离城五十遥。
窗含冬岭雪，座对海门潮。
问俗知风朴，为农远市嚣。
数行题壁字，墨迹未全消。

# 海印寺

## 海印寺道中

### 范养蒙

海气腾朝雾，山岚四野齐。
衣沾青霭重，人踏白云低。
茅屋松林外，钟声古坞西。
生平幽寂意，到此欲岩栖。

## 观海印寺故址在下宫西

### 高　出

　　寺为僧憨山德清所营，颇极体势之壮，羽流怼之，上疏得报，逮僧论戍，寺以是毁，令人感叹焉。

笙鹤千春地，黄金间劫沙。
诸天弥蔓草，大地覆苔花。

龙象驱何迹，牛羊牧已嗟。

蕊乌啼古树，羽士种胡麻。

伊昔闻多事，因缘意太奢。

庄严存具体，功德涉生涯。

开凿秦丁力，崇宏魏阙赊。

雷霆天有耳，墉屋鼠无牙。

予夺宜如此，流行亦一家。

泉犹飞卓锡，星直贯浮槎。

使者青鸾翼，真人白鹿车。

野花藏醉蝶，异药护蟠蛇。

阶址埋檐溜，墙隅断石华。

惊涛侵岸动，倒影避岩斜。

估舶春潮涨，渔舟夜火遮。

问名知锦贝，食澹采灵芽。

兴废关情妄，山川阅世遐。

百年生露菌，四月熟王瓜。

观海身俱幻，求仙事近夸。

津梁思宝筏，默坐吸归霞。

## 舟中梦入海印寺闻雁声惊醒

### 憨　山

空水连天一叶舟，即看身世等浮沤。

雁声叫破缘生梦，明月芦花古渡头。

## 海印寺遗址

### 黄玉书

无边色相总空花，修竹万竿隐暮霞。
一去粤东魂不返，云山依旧道人家。


## 吊海印寺故地

### 江如瑛

楼阁当年亦壮哉，香台此日尽成灰。
云封古碣埋黄土，雨洗残碑长绿苔。
莲社已同流水散，山花自向夕阳开。
至今夜月潮声急，飞锡犹疑过海来。


## 海印寺

### 林钟柱

寂寂如来去，何人翩法门。
遗迹荒海寺，古树冷云根。
雨久山皴黑，潮多浪影昏。
暮年藤葛断，对此定忘言。

## 牢山访憨清公

### 真 可

吾道沉冥久，谁唱齐鲁风。
闲来居海上，名误落山东。
水接田横岛，云连慧炬峰。
相寻不相见，踏遍法身中。

## 牢山海印寺

### 真 可

珠林完旧物，天子锡灵文。
鸟道悬丹嶂，僧堂起白云。
鱼龙阶下宿，尘世海边分。
佛火谁相续，心香朝暮熏。

## 游海印不遇憨山上人

### 杨 盐

海外论真君独高，到来踪迹委蓬蒿。
此时相忆不相见，依旧山门对海涛。

# 海印寺访憨山上人

### 周日灿

地迥空诸界，天围敞四封。
泉鸣深浅涧，云驶往来峰。
法象留遗蜕，经声起梵钟。
虽云开五叶，到此总归宗。

# 瀚河庵

## 仲秋宿瀚河庵

### 尤淑孝

仲秋皓月愈光明，公务宵投古寺中。
雨过风来惊气肃，云收山静映晴空。
钟声不似柝声急，蛩语偏过佛语丛。
片刻安闲真乐境，明朝又复事匆匆。

# 华楼宫

## 游华楼宫

宋怡素

松青竹绿拥华楼，宫殿嵯峨几百秋。
芍药牡丹争点缀，天然画本望中收。

## 宿华楼宫遇雨

王大来

暮寻仙观宿，一径入翠微。
枕底春雷起，松梢夜雨来。
残云归碧海，晓日耀丹台。
山气晴犹好，朝餐未肯回。

# 游华楼宫

## 王大来

华楼绝顶问神宫，杖履盘旋曲径通。
烟气倒含山下雨，天声低掠竹梢风。
谁将世界移尘外，都教峰峦聚院中。
欲唤云岩仙子出，飘然直过大荒东。

# 华严庵　华严寺

## 华严精舍题壁

### 白永修

香积藏经富，虚空置屋牢。
楼形松失峻，塔势竹争高。
雾蚀千峰翠，风驱万壑涛。
兴来无近远，径欲策灵鳌。


## 华严晚归

### 白永修

暝鸟正乱飞，孤游兴自迴。
回望竹梢齐，高与青岑等。
风泉杂樵音，烟海散渔艇。
前林钟一声，白云露塔顶。

# 题华严禅院赠义安上人

## 白永修

危刹挂虚空，备极神工巧。
殿脊压乱松，苍龙隐鳞爪。
轩墀绝游尘，经阁逼参昴。
篝包丛石生，树共海云搅。
净翠沁我肠，似欲令人饱。
方丈真僧居，夜禅恒至卯。
有时作为诗，往往凌庾鲍。
冥悟与吟怀，群动谁敢挠。
誓从远师游，同甘蔗根咬。

# 宿华严寺

## 蔡绍洛

踏遍青山偶倦游，飘然一鸟向林投。
云迷叠嶂晴犹雨，风袭空堂夏已秋。
竹影暗摇三径外，钟声静听五更头。
渐看晓日曈昽近，万顷澄波宿瘴收。

## 华严庵

### 蔡朱澄

倚遍飞楹积翠通，万松围绕法王宫。
心旌静蹑虚能白，佛火高悬冷更红。
梵呗有时惊鸟梦，秋花随意落岩风。
坐深尘虑都消尽，便已忘机似海翁。

## 华严庵

### 崔应阶

傍海依山曲径通，华严深处有琳宫。
云归叠嶂千层翠，日浴扶桑一点红。
清磬出林闻梵语，玉琴横膝响松风。
此中已隔人间世，得住何惭绿发翁。

## 华严寺

### 董锦章

大海环奇峭，镜中兰若藏。
木凋岩孕翠，竹亘涧衔苍。
未闷灵鸾响，常悬佛火光。
此间多宝轴，普渡仗慈航。

## 华严庵

### 范九皋

静入名山独爱僧，每从方丈问三乘。
洞云闲补禅房衲，海月常悬佛国灯。
窟里黄花晨露洗，林中红叶晚霞蒸。
磬声一发尘心尽，欲学戴颙苦未能。

## 华严庵

### 高凤翰

为问华严海上行，仙山楼阁眼初明。
盘空磴折松为槛，跨海峰攒玉作城。
孤塔遥连潮色动，危岩倒看涧云生。
不知下界通何处，一路烟霞接上清。

## 华严庵

### 宫　昱

踏尽巉岩径转平，琅玕绿拥化入城。
西连棋石群山绕，坐纳波光旭日明。
山木着花低涧曲，梵音入夜落潮声。
僧寮深窈伊蒲美，仿佛金焦江上行。

# 华严庵

### 郭恩孚

忽入华严界，经楼泻石淙。
盘风来鹳鹤，听梵有鱼龙。
海水吞溪水，岩松俯涧松。
朝暾光灿烂，先射最高峰。

# 华严庵观海

### 韩凤翔

夕风残照入华严，望海楼高矗翠岩。
水面苍茫飘几点，老僧指是远来帆。

# 宿华严庵

### 韩凤翔

日落华严上界游，老僧语罢客堂幽。
经声时逐人声静，峰影频移月影稠。
山缺东偏夜先曙，寺藏北面夏含秋。
诘朝天净风云敛，早起同登望海楼。

# 华严庵

## 黄　概

纵目南楼望，山山隐晚村。
藏经高建阁，修竹不知门。
云起松偏密，潮来月欲昏。
先人金布处，殿宇此犹存。

# 暮投华严庵止宿

## 黄公渚

至味伊蒲馔，圆机法象庐。
海尘吹垫马，林籁杂丝鱼。
峰落蓬瀛外，云开草昧初。
归禽先入定，禅地月如如。

# 华严庵观日出

## 黄念昀

冲融趋脚底，东望到扶桑。
乍拟天鸡唱，谁驱海若藏。
云霞纷不定，檠烛总难量。
不学寅宾侣，乌踆已高翔。

# 宿华严庵

## 黄念昀

胜游参法象，策杖入禅林。
竹密山犹影，楼高月倍深。
蘧蘧初地梦，默默上乘心。
况复中宵静，钟鱼彻梵音。

# 游侣盛誉华严庵聊赋一律

## 黄念昀

吾宗梵刹大瀛边，远客来游喜欲颠。
金碧楼台山匼匝，幽深松竹水沦涟。
钟鱼静处歊全洗，笋蕨餐时味更鲜。
为问炉香清丈室，高僧几辈学安禅。

# 华严寺

## 黄　坦

林杪晚生烟，寒光与树连。
云归山雨后，松落海涛前。
疏磬传清夜，长波没远天。
一时人境寂，不复梦游仙。

## 华严庵

### 黄象埙

云深山路幻，地僻客来迟。
泉泻峰头瀑，松蟠石上枝。
霜红僧醉酒，月黑鬼吟诗。
境失乾坤外，蓬瀛今可期。

## 华严庵后有弃官入释凿洞修真者

### 黄　岩

峭然石壁矗云危，一隙凿来境倍奇。
岂是三千如许大，翻将芥子纳须弥。

热中陡觉十分凉，色相般若任世忙。
三昧可能传妙谛，从容指点木犀香。

## 华严寺

### 黄　岩

深夜僧初定，空山月正明。
心虚万感寂，梦冷一身清。
近塔珠光绕，当窗竹影横。
卧听群籁寂，四面但松声。

## 宿华严庵

### 黄　岩

竹林暝色覆层檐，挂月峰头清影添。
遍地云光如水净，禅窗夜坐话楞严。


## 游华严庵

### 黄　岩

仙山楼阁好，高出碧云中。
鹤点松梢白，花明石窟红。
千岩迎旭日，大海翕长风。
色相原非幻，开樽酒不空。


## 华严庵

### 黄玉瑚

古刹结层岩，僧房石窦嵌。
壁泉流厨水，门径护丛杉。
霜隼云中下，鳆鱼海底鑱。
那罗开法界，境地迥超凡。

# 华严庵

## 黄玉书

万树浓阴一径斜，参差楼阁碧云遮。
只今檀越春风里，犹识当年御史家。

# 华严庵

## 黄　植

招提环杂树，塔铃遥相招。
庙貌何巍巍，突兀入云霄。
窟传那罗古，峰推挂月高。
望海楼头望，浩荡大海潮。

# 宿华严庵

## 黄　植

一榻高闲仙客居，朦胧云月映窗虚。
趺跏到处尘缘息，惟有松风响木鱼。

## 华严庵

### 黄宗臣

秋色淡孤烟，危桥断复连。
人过幽渚下，思发小山前。
石气寒生雨，涛声暮接天。
夜阑清磬起，寂寞礼金仙。

## 题华严庵

### 惠　龄

佛生西域极乐天，秉教沙门演妙玄。
慧能六祖传梵语，渐引佛教进中原。

## 华严庵

### 姜铭九

华严古寺慈沾修，明末遗迹今尚留。
翠竹犹能争气节，青桐应不记春秋。
欲求解脱僧嫌俗，再问升平佛亦愁。
惆怅禅房痴立处，夕阳无语下山头。

# 华严庵前诗碑

### 靳　林

雨过山峰秀，悠然听松风。
海市蜃楼现，坐观缥缈中。


# 华严庵

### 蓝恒矩

依山扶海势隆崇，门外深深竹径通。
新月先临高阁上，归云多在小楼中。
空庭无客移峰影，凿石得泉汲筱筒。
谁荡扁舟乘兴去，田横岛近一帆风。

楼阁参差标上方，老松修竹郁苍苍。
钟声扣出云深处，梵响听来夜未央。
火解飞升那罗佛，偷住小隐骆宾王。
憨山傥果真居此，何至南迁牵恨长。


# 华严庵

### 蓝中高

何处寻春好，华严日暮时。
流泉喧竹籁，宿鸟栖林枝。

涧曲风生暖，山高月上迟。
夜阑烧短烛，梵响更吾伊。


## 丁丑同刘锡觊游华严庵

### 蓝中珪

结骑遵海滨，寻胜华严道。
仙岭重重度，万叠松风老。
崎岖盘云根，仰蹲身欲倒。
钟声穿林际，层塔矗天表。
望海跨云楼，浴日寅宾早。
翘首扶桑外，恍接蓬莱岛。
兴酣恣磅礴，一气但浩浩。

岱宗有风雨，会当通缥缈。
夜来春雨落，青翠连树杪。
涧底轰灵派，烟云浑缭绕。
海涵星河动，山挂天月小。
卧云空色相，风清花如扫。
泉石入膏肓，俯仰醉怀抱。
永得结静缘，抛去尘中恼。

## 华严庵

### 李诒经

危构依山势，下临沧海空。
树缘无地尽，路为到天穷。
倚槛云霄外，看帆日月东。
自从开辟后，那得世人通。

## 晚阴赴华严道中

### 李云麟

路转溪回暮景浓，崔嵬复见矗云峰。
苍茫树色迷山色，浩瀚云容杂海容。
不见仙人参鹿鹤，但愁窟穴隐蛟龙。
会看明日阳乌浴，照散烟霞亿万重。

## 华严庵夜雨题壁

### 李中简

鱼龙警禅关，夜作空山雨。
松门万重暗，佛火一灯聚。
苍茫神灵意，颒洞天地府。
钟鱼夜沉沉，寒梦杳何许。

# 雨登华严庵

## 李中简

奇树记修真，名山路可循。

风潮方汩没，云木迥嶙峋。

浩荡寰中步，推扬物外因。

飘然松未雨，荦确喜无尘。

怪石森千状，神鞭遂古余。

几时归法象，长与护仙闾。

花竹上方影，海山开士居。

晚斋一绳榻，清梦若遽遽。

# 华严庵

## 李佐贤

白云洞中方夜宿，醒来窗牖明朝旭。

重扶竹杖下山行，乱石荦确不容足。

峰回路转入华严，华严何有自修竹。

谷名应合号篔筜，行行照我须眉绿。

丛篁尽处现禅关，嵯峨石磴云间矗。

崇冈峻岭起楼台，曲径禅房饶花木。

饭罢忽惊海月升，奁开双镜辉光触。

蛟宫贝阙彻空明，鲸波息怒鱼龙伏。

清风爽飒入襟怀，万壑千岩秋气肃。

眺罢山僧更索书，静夜虚堂烧明烛。
持去由来听座人，一挥何妨三十幅。


## 登华严庵绝顶

### 林钟柱

万转横空际，行行最上头。
云飞难到地，叶落不因秋。
山势逼天阙，涛声入佛楼。
下方何处觅，一望海云稠。


## 华严寺

### 林钟柱

碧树蘸峰头，峰峰入卧游。
翠飞天外阁，红结海边楼。
觉路诸天敞，长廊万瓦浮。
松声归院落，飒爽石坛遒。

## 华严寺石碣

### 刘锡信

苍翠空濛入望遥，白云深处渡浮桥。
如何卅载劳薪客，又向劳山学采樵。

## 华严庵中百卉争放前所未见也

### 柳亚子

争春杂卉睹华严，郁李辛夷取次看。
开到荼蘼花未尽，珠梅蓓蕾耐冬残。

## 华严道中书所见

### 柳亚子

丰姿少妇总嫣然，蓝袄红裈驴背妍。
只惜时光成错误，不应仍与步金莲。

## 二十二日偕佩宜、公展、冠玉重游劳山华严庵

### 柳亚子

征轺又复指劳山，促膝潘唐足解颜。
仰瞰峰峦俯沧海，上方宝刹是华严。


## 华严庵

### 路朝銮

昔经北九水，观瀑玉鳞口。
奔流下绝壁，喷沫蛟龙吼。
幽深入穹谷，瞑莫辨箕斗。
兹山割阴阳，奥旷殊前后。

去夏取道北九水达玉鳞口观瀑布，是为劳山之阴，兹游则山阳也。

飚轮驰峻阪，迅逾丸脱手。
步越林莽间，一庵据高阜。
山中多羽流，禅栖独无耦。

劳山道观甚众，僧居惟此而已。

华严楼阁现，弹指幻诸有。
憨师卓锡处，传衣嬗谁某。

庵为明憨山大师驻锡之所。

起登藏经阁，梵夹罗左右。
维摩不二门，文字轻敝帚。
回心向初地，如来真义受。
平等泯冤亲，澄观无净垢。

不知修罗场，何苦斗纷纠。

吾将扩奇袍，宇宙纳户牖。

巨峰作糟邱，溟渤化醇酒。

巨峰为劳山最高处。

醉携嵇与阮，逃名卧林薮。

誓超蛮触界，永结麋鹿友。


## 宿华严寺

### 陆福廷

　　癸酉年十月，余偕辛君阜春同游崂山，经太清宫华严寺而至
白云洞，偶题数句以留鸿爪。


夜宿华严寺，力疾访胜名。

海潮聋耳啸，山月入帘青。

永舰同游返，肩舆结伴行。

白云洞口上，潺潺听泉声。


## 华严寺

### 孟昭鸿


乱峰藏古寺，风度塔铃声。

不到俗人迹，时闻春鸟鸣。

此中堪避世，有客正逃名。

活火煮新茗，寒泉窗下清。

# 华严寺

### 潘味篁

招提暂寄宿，山静夜尤凉。
粥淡分僧饭，灯明借佛光。
竹声浑若梦，花气自来香。
此境人间少，禅关未可忘。

# 劳山华严寺

### 冉　慎

曲径悦苍峭，山泉碧一池。
莲花黄金色，微风动涟漪。
莲一种曰睡莲，皆黄花。

丛篁澹筛影，古松森蟠枝。
巍峨见楼阁，龙象何威仪。

午钟竑然鸣，云容峰峰奇。
那竟绝俗扰，山林清百思。

# 华严寺

## 沈信卿

驱车直抵华严寺，竹径无风冒暑行。
细雨如烟凉未透，下山观海正潮生。

# 华严寺

## 孙凤云

名山十载重相见，仿佛犹识故人面。
欢呼一笑素筵开，薇蕨满前恣欢宴。
我来正值雨初晴，山犬吠客鸟鸣散。
峰峦岌嶪深且幽，云树明灭隐复现。
松磴屈曲绕僧廊，楼台突兀见佛殿。
流水玖玎鸣琴筑，怪石嶒岈森戟剑。
琪花异草竹连空，参差红翠岩壑乱。
峰回路转见洪涛，闪烁波光接云汉。
鲸雾恍惚幻蜃楼，蛟龙怒吼风雷战。
人生何必苦营营，名缰利锁自牵绊。
独恨流光速如电，青山如故朱颜换。
安得茅屋住此山，芒鞋布袜从吾便。

# 华严庵

## 汪 圻

松盘石径逶迤通，足蹑云根到梵宫。
无际浪花连屋白，几株园树傍溪红。
藏经龙听三生偈，浴日鲸吞万里风。
横膝一琴抒朗抱，海天清籁叶天翁。

# 华严庵

## 王葆崇

山僧遥打饭前钟，引我高登最妙峰。
回前海天全一色，扑入云树几千重。
空中楼阁参差起，就里烟岚变化工。
更爱南窗支枕卧，涛声镇日听淙淙。

# 夜宿华严南楼

## 王大来

夕梵音从月下飘，十年尘虑已全消。
檐铃风定僧归院，卧听沧溟夜半潮。

# 华严庵

## 王　升

历历华严法界通，谁将海若筑幽宫。
浮光树色参差绿，着雨山花错落红。
十仞经幢高映日，数声梵呗细含风。
何当半偈寻真谛，趺坐长随般若翁。

# 华严庵

## 王卓如

石磴临空上，飞泉夹道流。
池台工结构，花木自清幽。
钟度斜阳岭，门迎万里舟。
深宵闻梵呗，妙境悟丹邱。

# 宿华严庵

## 王卓如

西半插高峰，大海界其左。
云水郁混茫，楼角斜阳锁。

# 华严庵

## 吴重熹

天风海水声刁骚，忽闻细籁吟笙匏。
路转山腰入山腹，万竿凤尾萦儵儵。
凿幽绾险拓此径，幽庵乃峰巅之茅。
寺门那许世人识，鞚龙鞭起围周遭。
青霞斜截断厓脚，绿云密补虚岩坳。
槐龙对盘势挐攫，级尽始叩禅关遥。
地僻尽多花木趣，秋深红紫纷僧寮。
篮舆才歇凉雨至，四山如沸沧溟潮。
我闻二劳胜非一，此山此竹应翘翘。
春雷怒迸蛰地笋，秋风齐扫干云梢。
昔访桃源武陵境，幽谷趣与筼筜饶。
二十年来系心目，旧怀新赏同相撩。
鬓丝禅榻感变易，夜窗怕听声萧萧。
已知食肉素无相，禅有玉版吾将逃。

# 华严庵

## 萧继宗

到此萧然万虑空，聊将登览讳疏慵。
管他尘市春如海，独坐禅床看耐冬。

# 宿华严庵

徐世昌

山中三日行，两宿华严庵。
灵境闭奇险，登陟穷幽探。
岩峦互耸抱，松竹绿毵毵。
细泉漱石齿，空翠泼烟岚。
孤寺嵌山骨，下有寒碧潭。
绝壁俯沧海，天地一镜涵。
远帆来如豆，渔舟忽两三。
此山集道流，禅栖胜伽蓝。
月出万峰静，妙悟证瞿昙。
洗心尘不起，来共弥陀龛。

# 至华严庵复偕蔚若、季皋、柳溪步出寺门林下晚坐

徐世昌

一径入苍翠，幽篁隐寺门。
云阴生石罅，泉响出松根。
暝色缘林起，清言坐石温。
波摇平海上，明月吐还吞。

# 华严言志

## 佚 名

积翠浮云海上岑，香台选胜惬幽襟。
也知恋树本无树，其奈安心即是心。
千里云峰杖鬓影，半龛灯火夜潮音。
马归又赠空门别，更入名山不愿深。

# 题华严寺

## 曾 琦

倭陷青岛，李先良君以文人率兵守劳山，始终未失，越八载卒获光复，故物爰赋一绝以纪其功。

百战犹存射虎身，临淮韬略信无伦。
劳山胜地凭君护，我欲移居东海滨。

# 华严庵

## 翟 启

朝辞明霞洞，暮宿华严庵。
花里见禅室，松下礼佛龛。
佛龛何辉煌，金碧比上方。
兰墀扬宝幡，经阁架霤梁。

礼罢一纵步，静境更足慕。
方池覆幽篁，瑞塔隐深树。
树里微径转，溶溶水清浅。
登高一长啸，入望群峰选。
我本耽幽静，到此又何情。
何如终住足，从此学无生。


## 华严庵

### 翟熙典

山嵚崎，阁连绵，碧海吹浪石吹烟。
献花仙禽来翩翩，松竹流响学管弦。
罗延涅槃岁几千，铙鼓幽咽空年年。


## 华严一宿

### 张公制

吾登巨峰顶，高呼呼和平。
四山皆响应，长留万古青。

我爱山中人，勤劳而愉悦。
迎接东方红，不待日出作。

兹山锡嘉名，名劳良非偶。
耕作争上山，劳名今民有。

山乡首农事，下笔夺天工。
奥区足游览，写胜导游踪。

## 甲申春日寄景伯言

### 张公制

惊破游崂梦，于今七见春。
行吟犹海上，高卧自湖滨。
身饿吾儒分，天淘举世人。
华严仍有约，好待寄声频。

## 秋月怀景伯言

### 张公制

华严不可到，七载鬓霜侵。
寺宿清凉梦，廛居去住心。
秋阳犹暵暵，海气欲沉沉。
遥忆城南士，拈髭方苦吟。

## 华严庵

### 张鸿猷

佛窟藏云秘，天地浴日幽。
岚光青绕塔，海气冷侵楼。
窗渡危峰月，泉鸣曲涧秋。
忽看松影乱，白鹤舞枝头。

## 华严庵

### 张允抡

黄昏山云低，飒然过微雨。
游人倦临卧，幸无霜濡苦。
夜分禅堂白，起灭伊谁主。
群动安息深，视听一无取。
但闻沧溟潮，池底殷雷鼓。
鸡鸣东天红，金轮波即吐。
万象此先开，扶桑近庭户。
山僧向此中，禅理尚可睹。
何以供客斋，盘芋出晨釜。
何以赠客行，削杖下山挂。
微觉山水中，仆马来伛偻。
惆怅云关别，下界犹尘土。

# 华严庵

## 赵念曾

饭罢下高阁，寻幽临水扉。
石间乱流出，树里一僧归。
山鸟怡人耳，池花沾客衣。
那罗岩窟畔，徙倚恋清晖。


# 华岩寓居

## 赵似祖

山僧爱客远相迎，入竹穿林地不平。
暮雨庵中参佛像，白云峰上听经声。
网来海物形容怪，制得山茶气味清。
晓起随人闲寓目，琪花瑶草不知名。

少不成名老复狂，游人如到白云乡。
树间劚药衣全绿，花里题诗字亦香。
一盏青灯明佛阁，五更残月下回廊。
晓来空院无人迹，卧听钟声出上方。

山色迎人不断青，入门松竹满空庭。
观音高托莲花座，墨客闲翻贝叶经。
暮雨声中千佛寺，夕阳影里半山亭。
野人不省人间事，一枕沉沉睡未醒。

## 寄居华岩庵即事

### 赵似祖

前有楼台后有山，小桥流水日潺潺。
我来绿雨春三月，僧让白云房一间。
刺眼青藤休乱折，齐腰新笋莫轻删。
此行也比天台路，景物流连何日还。

矗矗楼台结石牢，海天东望月轮高。
风声怒折三秋树，山势横当万里涛。
高有蜂房藏薜荔，低悬马乳架葡萄。
我来恨少谢公屐，直上丹崖意气豪。

一路亭台湿翠微，天风吹处瀑布飞。
拾来野果穿云去，折得黄花压帽归。
牧童闲吹牛背笛，渔家静掩渡头扉。
秋来落叶盈阶砌，只为外间到此稀。

与君石上话三生，聪慧全然是夙成。
明月何时移塔影，乱云原不碍钟声。
一般橡栗全离树，大半亭台不记名。
何必生公能说法，自然看破世间情。

此中仙境亚蓬莱，万壑千峰次第来。
小寺门前秋草合，茅庵池上白莲开。
拾来野果先猿到，移得山花带雨栽。
一幅云林画不尽，须教羽客再追陪。

半空烟雨洒烟梢，柯斧丁丁山上樵。
落木阴中人到寺，夕阳影里客攀桥。
秋花过雨偏清瘦，野果经霜欲动摇。
安得营邱图书笔，好将山水手亲描。

二劳山在白云边，云里看山山似连。
有客夙传逃难地，随僧闲到放生泉。
家因水近常航海，寺为人多半垦田。
满径松云满院竹，萧然一榻正安禅。

插天峭壁势嶙峋，附磴攀萝人上人。
识路仙童闲作引，临崖老屋更无邻。
松杉日久全然秃，砂砾田多不厌贫。
每到夜来楼上望，水天倒影月重轮。

茅庵幽寂竹朦胧，若比天元讶许同。
一片丹霞西去日，满林红叶北来风。
客当高处神偏爽，人到闲时念亦空。
暮雨佛堂灯影暗，听他说法有生公。

野店无僧尽敞门，绿萝深处且开樽。
风林摧折山头秃，金壁凋零扁额昏。
修竹千竿遮屋角，清泉万道出云根。
古来多少游山客，入眼风光合断魂。

飘渺凉云望里收，月轮高挂一枝秋。
路因雨废多凸凹，树到年深得赘疣。
隔岸空留多宝塔，出门便是看山楼。
可怜往事都陈迹，烟雨苍凉起暮愁。

## 劳山华严寺

### 枕　刍

峭壁峻嶒一径开，华岩古寺隐云堆。
满天蝉响随风送，万树松声作雨来。
群玉峰头当户起，六鳌海上驾山回。
藏经阁外清奇绝，可有登高作赋才。

## 华严庵

### 郑大进

华严还得一径通，为爱林泉访贝宫。
石溜钻空常透碧，岩英泻磴并浮红。
云浸古塔连山海，松挟层涛伴雨风。
仙佛由来尘界外，忘机谁许狎鸥翁。

## 登华严庵

### 钟惺吾

路转峰回上，楼台画不如。
野花依径竹，山鸟窥池鱼。
海气藏经阁，灵光护法居。
诗情与禅意，仰首问空虚。

# 宿华严庵

### 钟惺吾

风尘征客面，相见愧山僧。
拳菜供宵饭，禅机话古灯。
雁过霜正肃，犬吠月初升。
夜半闻钟梵，灵峰最上层。

# 华严庵

### 周来馨

云里层崖画里楼，马嘶渐到虎溪头。
入山听有高僧偈，一点遥心总不收。

# 华严庵

### 周思璇

夹道苍烟合，华严境界幽。
松风响樵径，山翠落僧楼。
窟老藏云雾，池高浸斗牛。
祗林一声磬，清韵绕峰头。

# 华严庵

### 周　绌

锡飞临绝巘，塔影出重霄。
涧曲松风细，山深鸟意骄。
丹青晃佛座，衣钵肃僧寮。
咫尺沧波险，经声杂晚潮。

# 宿华严寺

### 周学熙

海角名蓝又一奇，绝无人处忽开基。
峰峦回互溪多折，楼阁参差路亦危。
万籁松喧供梵呗，百年花发见孙枝。
残生倘得身长健，愿借茅庵后日期。

# 华严寺

### 周肇祥

薄宦辞江浦，归来却布金。
山书成父志，海月净禅心。
丹碧俨图画，烟霞无古今。
翻愁驰道筑，车盖日相寻。

华严真佛窟，楼阁总清遒。
海水连天碧，松风乱壑秋。
窠书留寺壁，垩塔压林陬。
莫问雷阳戍，生还已白头。


# 华严寺

## 周至元

那罗延山势东注，岩峦回亘幻幽谷。
中有禅宫曰华严，辉煌高踞山之腹。
海滨拾级入松林，一径盘回深复深。
涧底清风生飒飒，顶上绿盖荫沉沉。
林间巨石多奇状，虎踞狮蹲怒相向。
琪花迎客衣袂香，空翠扑人肌骨爽。
松径尽处竹更幽，高高古塔矗天陬。
门前饱贮方塘水，竹根流泉似箭抽。
幽篁深处禅关辟，四围岚翠浓欲滴。
磬音低来舄底萦，危楼高自松梢出。
深深花木护禅房，累累怪石压回廊。
红叶满庭僧意静，青松绕院鹤梦长。
波光岚影满高阁，凭栏顿教双瞳阔。
东南大海似镜明，西北群峰如玉削。
俯视来处路已无，但见翠波万顷铺。
空明乍疑莅三岛，高敞直可凌清虚。
视久忽讶乱峰失，始悟身在白云里。
最爱清听听不足，梵音方歇潮音起。

# 华阳书院　华阳山房

## 宿华阳书院

### 冯文炌

谢傅东山屐，苔痕万古青。
纵游时伴月，执法尚垂星。
石坼泉争发，林深鸟自停。
夜楼谁载酒，独醒薄云亭。

## 华阳书院

### 郭绥之

华阳绝壁下，何人结云构。
牢落百年间，荒凉总非旧。
苔色上院墙，蜗篆缭屋漏。
罡风折古松，坏道急寒溜。
却立一太息，百感来辐辏。

见兹庭阶倾，剩有岩壑秀。
山翠罘罳开，泉声琴筑奏。
当年文酒会，而今定难又。
人生如露电，谁得还丹救。
何不却万缘，清静以自寿。
山中樵童返，问讯来相就。
其话无多时，攀遍藤花瘦。


## 华阳书院

### 黄念昀

紫云峰下阁，先达读书处。
枕石久无人，谈经谁可侣。
文窗暗蜘蛛，竹榻穿狐鼠。
草木长庭除，尘埃满柱础。
崖崩花尚发，地古同歌黍。
瞻眺盍归来，欲归几延伫。


## 华阳书院

### 黄象昺

岁月几沉沦，先贤古道存。
文章光两世，诗礼足诸昆。
花木秋官宅，林泉柱史村。
昔贤高隐地，凭吊足销魂。

# 题蓝侍御华阳书院

## 黄宗臣

名世兴隆地，渊源德业优。
文章延世泽，勋烈嗣前修。
乔木隐书幌，卿云映石楼。
巉岏千嶂碧，薜荔一庭幽。
白间风犹懔，青藜炬未收。
丛生新草树，世济旧箕裘。
追琢当年事，簪缨奕世庥。
伫看绳祖武，姓字覆金瓯。

# 冬日读书华阳书院次二兄见怀诗

## 蓝海庄

当户岚光日又斜，惜阴应不念离家。
登楼喜有书堪读，闭户曾无酒可赊。
蝌蚪含烟留古篆，薜萝积雪印苔花。
何当聚首空山内，黄卷青灯映紫霞。

## 华阳书院

### 杨士钥

华阳高阁矗天齐，咫尺空濛望转迷。
栖鸟傍檐微雨过，轻烟笼树野云低。
穿林雁阵翻红叶，夹岸松关枕碧溪。
问道辋川何处是，横秋一幅画中题。

## 游华楼夜入华阳书院

### 张大咸

路黑尾人声，深崖厨火青。
松鸣千嶂雨，壁掩半天星。
海月随钟起，山烟共鸟停。
不逢骢马客，惟见草玄亭。

## 华阳书院

### 张　侗

千岩飞雨洗虹桥，桥上仙人吹洞箫。
梦与弄珠游九水，一时落尽海门潮。

# 华阳书院

### 周　璠

山花满径下南冈，四序长春一草堂。
只为松鸣千嶂雨，教人清梦到华阳。

## 宿蓝侍御华阳山房

### 周如锦

夕阳下山暝，涧霭合林青。
犬吠有人境，鹤迎自客亭。
琴书松火照，风露绵衾醒。
不意神仙宅，天垂柱史星。

# 黄石草堂　黄石崮　张良洞

## 黄石洞

### 蔡朱澄

林峦掩映路中分，迥隔尘凡净俗氛。
坯上曾闻传秘笈，岩边常自护重云。
琳宫露重迷行迹，石洞秋阴冷夕曛。
不有高吟传胜概，谁知仙迹绝人群。

## 黄石崮

### 黄体中

此地何奇险，连峰接太清。
龙蟠松夭矫，石卧虎狰狞。
异迹迷沧海，高风入谷城。
坯桥谁进履，千载竟同名。

# 黄石草堂

## 吕润生

欲作帝王师，偏来拜草堂。

翠屏垂汉隶，丹嶂写羲皇。

进履三更冷，圯桥五夜凉。

素书传卷轴，黄石现文章。

字迹皆蝌蚪，情殷道肺肠。

天空云墨墨，山外水茫茫。

竹扫檐前雪，庭飞瓦上霜。

谁为门下士，千古一张良。

# 黄石崮

## 王秉和

一径仙凡自此分，琼岩绀宇绝尘氛。

浇花泉引峰头水，步月坪生足底云。

石上华芝风正暖，坛边清磬日初曛。

留侯一去无消息，此地应联鸾鹤群。

## 黄石宫张良洞

### 王大来

黄石宫前洞，松花满路香。
圯桥称孺子，海峤避高皇。
我亦餐霞客，谁传辟谷方。
适逢离乱际，不必问行藏。

## 题华楼山留侯洞

### 王思诚

挂冠解袍别汉庭，孤身飘蓬任西东。
遥望关山家何在，白云深处问仙童。

## 黄石崮

### 周知佺

回环细路杳难分，杖屦初来破晓氛。
古木晴飞千嶂雨，灵源瀑泻一溪云。
醉眠萝洞天初小，梦到华胥日未曛。
亲见安期何足计，翩翩八百自为群。

# 黄石宫

## 黄石宫

### 崔应阶

曲径逶迤上下分，清游到此乃无氛。
仙宫高出凌黄石，古洞行穿碍白云。
壁底流泉添夜雨，阶前柏子拂朝曛。
名山胜迹今初步，足力犹堪领后群。

## 黄石宫

### 高　出

路绝穿云洞，崖根液石泉。
甘凝钟乳白，窈入贝宫玄。
古树高仙掌，灵芽腻女拳。
振衣堪脱屣，问道果何年。

# 题黄石宫

## 高弘图

要觅桃源路，穷观渤海东。
虚无道德藏，金碧圣人宫。
庙貌徇名象，俗呼任异同。
不能真面目，何用此山中。

# 黄石宫

## 黄守绳

圯桥旧事漫拘墟，奕代空传俶诡余。
可是仙人高隐地，有无秦火未烧书。

# 黄石宫偶步

## 王　偁

东林独往时，幽籁动耿耿。
万木澄夕阴，飞鸟破山影。
委曲披众妙，所遇非所领。
好风松际来，淡然为之冷。

## 黄石宫微晴

### 王　偁

林际滴疏响，犹余半山雨。
一气收混茫，岩壑势相赴。
倏尔含晴意，雨醒晴不足。
淡荡看无著，散而为轻雾。
水边逗微白，不辨石与鹭。

## 黄石宫喜王靖乾过访

### 王　偁

正欲寻君去，开扉即见君。
深山存古道，残碣证遗文。
鸠唤千峰雨，松屯万壑云。
相依人境外，幽事许平分。

## 游黄石宫

### 王祖昌

欲觅黄石宫，青山成独往。
仙榻绿云间，披襟挹朝爽。
不见张子房，空闻玉泉响。

## 黄石宫

### 杨　泽

山巅一醉醒，百虑真亡绝。
虚白映松窗，危峰吐残月。

## 黄石宫

### 杨　舟

胜地何年属道家，天常子在学餐霞。
仙关钟鼓晨昏在，石磴崎岖草木遮。
对酒暂忘尘世虑，倚窗闲看晚蜂衙。
山深夜静寒难寐，起见松梢月未斜。

## 老子宫

### 张　铃

海影动檐端，山光泼空界。
招我双瞳人，飘飘天之外。
天外多丹邱，三岛更十洲。
夙昔梦到处，瞬息遍遨游。
神仙不可接，怅望我心忧。
一叟云中来，问我何所求。
长跪白老叟：大药可致不。

老叟莞尔笑，手出一卷书。

赠子千周读，读之可致虚。

置书怀袖中，心疑黄石公。

华楼之阴有黄石洞。

山后有黄石，仙迹得勿同。

发视五千字，恍然遇犹龙。

## 题黄石宫

### 周　璠

松风萝月老人居，刘起嬴颠那关渠。

博浪一椎搜不得，何曾黄石付奇书。

## 黄石宫二首

### 周如砥

黄石遗踪海畔留，一宫深锁乱山秋。

松风时送波涛出，泉窍疑通河汉流。

泉名天液。

济北天空云漠漠，圮桥云断水悠悠。

殷勤独向高峰觅，应有藏书在上头。

石径萧条栗叶黄，我来怀古倍心伤。

世人犹自传云鸟，海上于今正虎狼。

白日苍茫迷细柳，丹梯仿佛见扶桑。

登临转觉添愁思，醉把寒花嗅野香。

时有朝鲜之役。

# 黄石宫

## 周如锦

山头黄石老髶髶，天子不臣王佐才。

近日边廷急三略，何人亲授素书来。

# 黄石宫

## 周如纶

鸦鹊峰头草阁悬，幽人爱此学长年。

地通瀛海川原润，天近扶桑日月偏。

何物笙箫来涧底，无端鸡犬下云边。

诸山尽处人间路，得意谁回急水船。

# 慧炬院

## 游慧炬院

### 黄　埴

逦逦休辞杖履劳，西邻精舍绝尘嚣。
香生金界天花落，光满祇园海月高。
松柏荫深藏员员，楼台夜静响蒲牢。
远公自是超玄箸，定许渊明醉浊醪。


## 慧炬院上人

### 蓝　田

已知世网皆成幻，谁信禅宗独是真。
涧底春云初印月，定中老衲记前身。

东海青山今始归，回头四十九年非。
山中老衲频招我，月下残棋未解围。

解祟那能如柳子，投荒只合礼空门。
山僧留偈无多句，石榻蒲团度晓昏。

放臣飘泊醉荒村，海上禅僧赠衲裙。
袍笏已还明主去，愧无玉带镇山门。


## 赠慧炬院白云上人

### 袁继肇

一杖虚无力，群峰次第飞。
芙蓉开佛座，薜荔挂僧衣。
海月传灯过，岩云作雨归。
怪来称净土，无自著尘机。


## 慧炬院

### 张鸿猷

绕舍千竿竹影斜，青山门外夕阳赊。
老僧斋罢浑无事，步上峰头看晚霞。

# 慧炬院

## 宗维翰

东麓招提境，荒凉碧涧阿。

颓垣过鹿雉，残碣隐松萝。

法象花龛合，藏书壁阁多。

哲人今杳矣，惆怅意如何。

# 经神祠

## 经神祠

### 林钟柱

穷经沧海上，栗主肃千年。
潮势近遮屋，山痕远入天。
书堂蒌草带，石鼎冷茶烟。
党锢谁贻祸，黄巾胜尔贤。

## 经神祠观大水

### 林钟柱

天际双流下，夹祠跃玉龙。
狂涛撞石壁，急响乱山钟。
雨息竹犹滴，烟消苔更浓。
连朝声到耳，潮势激汹汹。

# 镜岩楼

## 登镜岩楼

### 黄宗庠

我登城中楼，见山以为喜。
今来危栏上，豁然洞源委。
以兹乐眺听，流连不能已。
鸟雀终日喧，云霞朝夕起。
日晏坐北窗，把卷不衫履。
触物多远情，余心湛如水。
百年尘网内，白发欲掩耳。
谁能干物役，侧身羡青紫。
遗荣岂暗投，不辱在知止。
君看王乔崮，苍翠无泥滓。

## 冬日镜岩楼即事

### 黄宗庠

残雪倚岩在，浮云隐岫昏。
鸟喧渔子路，犬卧老农门。
避俗聊酤酒，违时敢放言。
临风怜野鹤，天外自飞翻。

## 九日镜岩楼

### 黄宗庠

高卧逃尘俗，闲登物外楼。
窗虚山荐爽，天阔雁横秋。
霜霭当樽合，云烟傍枕流。
还将野人意，珍重语沙鸥。

## 夏日镜岩楼即事

### 黄宗庠

一村山色里，山意与村幽。
断霭连高树，群峰入小楼。
野人耕石垄，新雨涨沙洲。
物外惟鸥鸟，同来静者游。

不敢称真隐，频来远市喧。
尘清开士榻，树暗野人园。
岩回云轻度，洲空鸟共翻。
不知息机处，相对复何言。

夏山云不歇，尽日倚空濛。
风度川原外，雨来天地东。
远畴馨黍稷，新籁出梧桐。
何处遥相答？渔歌片月中。

家家短篱上，一片是青山。
久驻人谁觉？初来目未闲。
野田多浅绿，急水下空湾。
又值斜阳晚，栖禽取次还。


## 雨中登楼

### 黄宗庠

对酒闻秋雨，登楼视远山。
尘中缘乍息，物外意多闲。
天地容高枕，江湖老闭关。
坐怜明镜里，白发改朱颜。

# 九水庵　太和观

## 宿九水庵

黄念昀

茅庵天欲暮，候客敞柴扉。
町疃饶闲趣，林岚淡晚晖。
西溪渔子到，小径牧人归。
一醉高眠外，无劳说息机。

## 九水庵

孙笃先

茅屋倾欹柴户闭，绕篱修竹间蔬麻。
道人十日九不在，游客空来踏落花。

## 宿九水庵

### 王大来

合沓碧玲珑，崎岖杖短筇。
冲云寻九水，溯涧转千重。
泉吼深宵雨，霞明近海峰。
道人疏懒甚，不打饭前钟。

## 太和观

### 王寒川

柳树台空雁叫哀，香车遥载美人来。
种桃道士今犹在，不话风光话劫灰。

## 太和观

### 郑板桥

板桥胸中无成竹，放性挥毫任意涂。
非为空心留色相，借他枝叶扫尘污。
节历严寒骨坚秀，风摇清影淡而疏。
贞操廉洁独幽雅，十八君子超尘俗。

# 聚仙宫

## 聚仙宫

陈　沂

遥观海上有仙家，楼倚群峰住赤霞。
来就青沧息嘉树，道人于此饭胡麻。

## 聚仙宫

高　出

残碑尚可识，记自太平年。
双树此其始，君看长拂天。

平畴散碧溪，古殿枕奇石。
苔斑久无人，一步一留迹。

# 聚仙门

## 王悟禅

名山遥对海门开，石壁玲珑列外台。
中有诸仙真迹在，玄风吹得玉人来。


# 聚仙宫

## 徐　注

堡戍巡行路转艰，壮怀无奈鬓毛斑。
魂消征雁家千里，梦破啼乌霜满天。
楼角声哀青嶂暮，海涯春到白云闲。
太平何处堪投隐，仙子遗宫烟霭间。


# 聚仙宫

## 周至元

宫后依危岩，门前对大海。
长风卷浪花，乱向空庭洒。
峦峰不可状，俄顷烟云改。
院静人迹稀，松阴孤鹤在。

# 康成书院

## 康成书院怀古

### 黄体中

崂山嵯峨碧云端，三月涧深墨水寒。
万壑纡回丹凤舞，千岩起伏紫龙蟠。
烟雾层层锁三标，巨峰华楼郁岩峣。
一蛇蜿蜒成曲势，万马奔腾逐怒涛。
路转峰回地忽变，群山到此开生面。
牛羊践没惟荒榛，内有康成读书院。
昔闻开讲不其阳，相从负笈皆贤良。
毛诗周礼尽在是，至今翰墨余馨香。
落日空山鸟鸣幽，物换星移几度秋。
行人争觅书带草，过客尚怀篆叶楸。
从来世事有新故，秦汉遗迹何足数。
山阴谁识神人鞭，姑岛空传天子墓。
何如先生一亩宫，山高水长永无穷。
道接洙泗源流外，名垂谢范史册中。
我欲为起通德里，肖像康成祀故地。
左列逄萌右王扶，直与劳山相终始。

# 康成书院

### 黄 岩

黉宫古井水长清，书带年年自向荣。
昔日礼堂无觅处，遗馨犹可识先生。

# 郑公乡

### 黄宗和

秦汉遗踪久渺茫，居民犹说郑公乡。
诸生散后余书带，野老相逢问礼堂。
一带名山堪托处，千秋大业未全荒。
传经为想当时地，处士星高夜有光。

# 康成书院

### 毛遇凯

东汉有大儒，书堂依不其。
不曳尚书履，乃笺我公诗。
阶下书带草，青青岁寒时。

# 康成书院

## 周　璠

三征不起老生徒，汉业中屯未易扶。
赤帝但知穷党锢，黄巾偏识拜真儒。
只今闾里传通德，在昔山灵贶啬夫。
欲向讲堂寻妙绪，离离书带系芳模。

# 郑玄

## 周如锦

峛崺不其山，司农驻书屋。
绛帐乐无声，书带草犹绿。

# 康公祠

## 康公祠

### 黄象昃

制锦城荒遗爱长，宫声不减古桐乡。
画堂照满鳌峰月，玉署清飞雁塞霜。
一带川原生异色，千秋椒木发奇香。
孤碑直拟岘山上，读罢凄然泪满裳。

## 题康公祠

### 杨还吉

康公祠屋华楼东，伏腊年年走野翁。
堂上一盘脱粟饭，里中十限自投封。
桐乡自古恋召父，国士知君赖武公。
后有华阳前姑蔑，千年遗爱将无同。

# 康有为墓

康墓吟
——《青岛百吟》之三十三

刘少文

忧国离谗遍五洲，归来意气未全休。
可怜地老天荒后，留得南山土一抔。

康南海先生墓，先生既客死青邱，即葬李村南山之麓，一棺长闭，意气都休矣！

## 蓝氏山庄

江如瑛

访友华楼去，石桥小径通。
山林新意味，鸡黍旧家风。
茶煮寒泉白，薪添落叶红。
登楼待明月，清露在梧桐。

## 草堂落成

蓝　润

新辟茅堂桑柘村，二劳山色落当门。
莓苔满径对尘迹，薜荔缘墙补漏痕。
花底营巢来燕子，竹根解箨长龙孙。
三间屋外饶余地，自织青蓑学灌园。

# 崂山饭店

## 赠劳山大饭店主人栾君夫妇

柳亚子

奕䚪清门世所嘉，临邛贳酒更堪夸。
满山樱李都开遍，点缀春风要鬓鸦。

## 饭于华峰饭店

柳亚子

一白无端眼底空，失声咤叹足奇雄。
华峰饭店供鸡黍，草草杯盘日正中。

# 九月十五日游劳山题柳树台酒店

### 郑孝胥

缘涧渐深天渐小，回看惟有乱峰围。
山风吹得尘劳尽，酒酽花斑莫念归。


## 为侍者题扇二绝

### 郑孝胥

### 一

不俗真天赋，何须更读书。
犊裈前取酒，疑是马相如。

### 二

饮罢山风吹酒颜，劳生应自愧劳山。
佣儿亦解求题扇，此地风流非等闲。

# 崂山碌石

劈石口至碌石滩观大海日出

郭绥之

凌晨破烟去，深度嶂几重。
天风声浩浩，摇动万株松。
散步任芒鞋，长歌倚寒筇。
料此疏狂态，山灵能见容。
大海忽当前，波涛翻汹汹。
朝阳欲出海，云霞红正浓。
烁销浮空蜃，震起潜眠龙。
日光散水面，有如金初镕。
浊浪打山脚，又如撼金钟。
涤我局促气，宽我磊块胸。
坐我碌石滩，酌我琉璃钟。
徐市何处去，不见三山峰。

## 碌石滩

### 黄念昀

潮汐涨滩声，沙泥日汩没。
余淤蹙靴纹，碌玉幽光发。
磊砢拾即是，何必穷开掘。
盈握笔架峰，砚田已突兀。

## 碌石滩

### 黄守绸

星精昭回危宿躔，真气孕地停山渊。
芙蓉南列攒嵚崟，东瀛春飓回狂澜。
中间配坎离坤乾，金马碧鸡百宝阗。
磅礴郁积势纠蟠，仙人窈窕锄芝田。
披沙运水工剖刌，翡翠比玉同刚坚。
獭髓羊脂碧琅玕，蜡黄墨黑勾砂丹，
得之洗剔开心颜。
投报应薄琼琚珍，东南大石非一卷。
支峰蔓壑青裕裕，日剥雨蚀潮头翻。
轮囷诡谲锼花毁，横者侧者曲者环。
未阴绿滴润不干，天梯石栈相勾连。
登椒出洞劳攀援，高兴迥发神飞邅。
眼不及眨银海眩，怒猊怪虬漓血鼋。
齿角撑拒鳞而盘，鸾翼凤颈翘鷷轩。
渴虹饮海雌连蜷，苍黄开辟亿万年。

俶诡幽讨无从原，娲皇炼补青冥天。
疑余块久藏山间，斫霞捻浪呈奇偏。
空洞摩荡云与烟，潮落山脚浓蛟涎。
石华镂雪粘蠡鲜，溪女雾鬓来山前。
长镵短袖风翩翩，凌波上下轻将翾。
隔石闻语径莫沿，出险入易开平滩。
玉沙的砾澄清妍，石罅漱涤流甘泉。
参枒术苗红瓜缠，冬来陡崖度仞千。
崄岈离落危如悬，岩洞劈喜阔又圆。
龙卵沐日灵光全，前有平几平且延。
珠蛟鼎魅高华筵，海气莽荡鲸游蜒。
冒雨蹑顶尽衣襄，双屏还辟夔怜蚿。
欲进未迣足迍邅，支祁断锁来酣眠。
如象如狝腹硕瘨，从仆愕眙心胆寒。
变化倏忽绝倪端，莞尔此类灵异宣。
山经虽读存不诠，海叫石动啸骊骈。
巨蟹砮水鳌连山，语奇事怪述讵殚。
宣尼是学无讹传，归去回望景苍然。
天低水高无幅边，深怀酩酊醉圣贤。
大风扬簸屋摇船，秃笔挥扫砚铁穿。
幽怪灯下来纷繁，采摭强作碌石篇。
摩崖书字鸿腾骞，石工手凿不敢镌，
恐神灵降笑余颠。

## 碌石滩晚归

### 黄守绂

风势催潮紧，平沙望渺漫。
岛云遮远寺，水鸟下空滩。
径僻归村晚，山深向夕寒。
应知持此去，东海袖中看。

## 题单太守劳山绿石

### 李宪噩

谁凿东劳骨，巉岩一片分。
宝光曾近海，山性欲生云。
压径迷莎影，临阶合藓纹。
怪来最清澈，相对有虞君。

## 峰山下石滩

### 张允抡

下山路渐低，缓辔入沙碛。
亭午初退潮，晴景开卤斥。
嵚嵜乱石崖，观涛历咫尺。
石理皆横生，如墨讶光泽。
或削如堵墙，或利如剑戟。

或蹲如虎豹，或圆如营栅。

棱角金缕坚，终古撞潮汐。

或行近水边，玲珑拾青碧。

波涌高如人，湉然侵履迹。

风簸雪花翻，石斗雷霆拍。

山中溯湃泉，到此涓涓液。

石临坤轴亏，焉知百谷窄。

黄卿真好事，食客携筵席。

釜突即石炊，沙际陈肴核。

俄顷边翁至，饷品添酒炙。

列坐乱石上，几席妙假借。

难君方外友，谈笑并肝膈。

况复好客殷，绸缪曾不敦。

盘残壶亦倾，并辔从所适。

斜日倚西山，彩翠松柏射。

回首有余兴，气色揽朝夕。

登山登其巅，临水临其底。

尽日心相营，颇穷高深理。

天地化鲲鹏，一徙几千里。

二劳虽云高，回眺尽一指。

主人寄其隈，醯鸡胡为尔。

旷然荡心胸，齐物从自始。

# 李村

## 李村吟
### ——《青岛百吟》之四十一

### 刘少文

乘马耕牛集此间，李村重镇傍浮山。

日斜人散市声寂，古寺长林相对闲。

李村距青岛市三十里，当李村河之中流，为四通八达之地，有地方分院、农林试验场、山东第六监狱。自德国时即视为重镇，二、七日集会，百里内辐辏并进，不下二三万人。枣园、流亭、华阴等处，皆百里内之大市镇，概不如李村之盛，市南有清凉寺，正当浮山，日斜人散，幽雅绝伦。

# 过李村

## 郁达夫

果树槐秧次第成，崂山一带色菁菁。

民风东鲁仍儇薄，处处瓜田有夜棚。

过李村九水一带，见瓜田内亦设有守夜棚台。

# 龙泉观

## 龙泉观

周至元

陡觉烟霞此地多，绀宫寂寂寄岩阿。
苍松翠竹藏幽寺，丹壁峭崖缠薜萝。
老树枝疏无鹤至，断桥苔冷少人过。
翛然空谷谁相伴，独对寒泉自窅歌。

# 明道观

## 明道观

### 孙不二

四面青山八面屏，万类寂然静无声。
冬尽春来无历日，听候心弦子午钟。

## 棋盘石明道观自咏

### 孙　昙

日上万峰雪渐消，负笈携铲不辞劳。
一生采得长生药，救生济苦疾病消。

# 明道观

## 周至元

寂寂仙观少客寻，绕阶泉响日黄昏。
不知采药人何去，野鸡双双为守门。

# 明霞洞

## 明霞洞

### 董锦章

拾级不辞劳，松篁涨晚涛。
岚光横地峻，海色逼天高。
绝顶霞粘屐，精庐雪润袍。
三壶皆似削，俯势瞰灵鳌。

## 游明霞洞

### 冯观涛

地与尘氛隔，仙家屋盖茅。
路沿山嘴转，云压树头交。
波远舟犹远，峰高月亦高。
酣眠松树下，日日梦吞爻。

地是真仙地，明霞古洞边。
云光白似雪，树色碧于天。
坐对松间月，闲听石上泉。
茗余无一事，独阅逍遥篇。


## 明霞洞

### 郭绥之

我闻明霞洞，深在万山里。
我来坐洞中，但见沧溟水。
众峰环巨峰，浑如旋磨蚁。
洞在巨峰前，高旷故无比。
浪浪天风寒，大海回澜紫。
一气走茫茫，岛屿纷罗峙。
句丽出足下，扶余来眼底。
谈笑指顾间，已穷七千里。
奇绝冠平生，兹游诚可喜。
何须御风行，始足继列子。


## 明霞洞

### 黄念昀

明霞探胜日，觅径尾樵薪。
荦确通幽屟，弯环访隐真。

万山围匼匝，一簇上嶙峋。
已近栖仙窟，何妨揽景身。
指迷途有磴，招憩草为茵。
礒礇看云起，潺湲听水频。
迟迟蓬岛路，蔼蔼葛天民。
邀饮开房室，追陪话主宾。
倾谈能爱客，供饭不言贫。
粟脱蔬同粝，泉甘茗倍醇。
危峰随道契，古洞认玄真。
洞户依高巘，沧波涤远尘。
丹炉红熄火，石窦自流津。
复下修篁里，幽寻曲涧滨。
藤深时唤鸟，苔满讶无人。
此地谁耽静，于中自守神。
褰裳行绿莽，赠竹截青筠。
隔笠松花馥，沾衣竹粉新。
南从林樾外，北顾画图春。
老鹤飞飞去，宽闲未可驯。

# 明霞洞

## 焦凤苞

峭峭明霞洞，山光压水隈。
柴门关不住，放进白云来。

# 丙寅七月偕愚勤仁兄游崂山明霞洞口占

## 康有为

别峰度岭涧潺潺，巨石崔嵬松柏顽。

万竹青青盘磴道，明霞仙在海中山。

# 明霞洞夜坐

## 李佐贤

耸身已近斗牛间，历历星辰手欲攀。

万里风涛临大海，千林霜叶响空山。

秋光渐逐蟾光老，客梦浑如鹤梦闲。

漫说蓬瀛人不到，蓬瀛今已在人间。

# 明霞洞

## 林钟柱

仿佛神仙境，浮摇望不真。

乱潮吞日月，寒夜耿星辰。

烟重残经湿，苔浓古殿皴。

此间足幽赏，何必问前津。

## 明霞洞

柳培缙

石洞窈然深，疑出神工凿。
云随屦底飞，瀑自面前落。

## 明霞洞

路朝銮

言从青山麓，策杖入山去。
巉岩履危石，径折疑无路。
峥嵘崇冈陟，蜿蜒曲涧度。
仰攀蚁珠穿，俯瞰蛇蜑赴。
松篁夹幽磴，风籁宛相语。
鼓勇跻层巅，隐约朱甍露。
拾级叩扉入，古洞知何处。
旧洞今无道存，惟道流构屋以居。
飞仙久阒寂，玄关秘扃锢。
杂花犹炼颜，红紫粲无数。
时牡丹、丁香、紫荆、紫藤盛开。
纵眺独凭栏，邈然忘俗虑。
群峦环翠障，拱揖竞当户。
踬涝渺沧澥，云帆焉得渡。
不逢餐霞人，流霞玉梧注。
徙倚憺忘归，寥天豁烟雾。

何年离世缘，移家此中住。
安期枣如瓜，且暮倘可遇。


## 明霞洞

### 芮　麟

廓然尘累尽，俗虚不须删。
放眼峰千笏，抬头海一湾。
名逃天地外，身置画图间。
古洞人来少，白云日往还。


## 明霞洞

### 沈信卿

一从洞口望明霞，上下盘纡石径斜。
迥绝苍崖环四野，此中耕凿几人家？


## 明霞洞

### 王大来

仙区人罕到，春日此同游。
松覆万山绿，花明一洞幽。

奇峰争露骨，玄窍碍昂头。
惟爱栖真地，藏修永不秋。


## 明霞洞

### 周学熙

春晓丹台照绮霞，漫山灵药茁新芽。
秦皇倘识神仙境，何事空劳海外槎。
黄精玉竹遍山新苗。


## 明霞洞

### 周至元

蹬道盘云竹径深，餐霞有客快登临。
仙山楼阁空中起，何必蓬莱海外寻。


## 明霞洞

### 庄心如

明霞奇胜处，山海势平分。
有石皆含水，无峰不住云。
洞天幽以俎，竹木修而纹。
笑问燕齐客，神仙或是君。

# 那罗延窟

## 咏那罗延窟赠达观禅士

### 憨　山

泠泠三脉自曹溪，到处随流路不迷。
忽自石梁桥上过，为谁沾惹一身泥。

久向天台卧石梁，水晶宫殿是行藏。
因知多病为无酒，且向曼殊问治方。

冷照一钵望空行，拄杖横担不计程。
才踏清凉台上月，万年冰雪太无情。

拟欲投身入窟中，窟门紧闭不通风。
饮牛池遇牵牛叟，只道文殊不是侬。

蓦鼻相逢是一家，三乘相悟总无差。
痴心欲向其中住，劈面浇来一盏茶。

低头一跌失行踪，只见寒岩百尺松。
因恨老曼心甚毒，就中何苦不相容。

拽回拄杖下层峦，破衲蓝毵又度关。
遥望海天空界月，夜深烟水正弥漫。

凄凄抱恨福城东，入望烟波意转浓。
此去不知千里外，德云可在妙高峰。

入门一笑见来端，醒眼殊非醉眼看。
信手擎来香积饭，劝君于此更加餐。

向从无著识天亲，梦里相逢信有因。
此处固非兜率院，知君应是白椎人。


## 游那罗延窟和蓝汝封

### 黄立世

华严之西那罗窟，穿空怪石竞崒嵂。
游人晓起理轻策，云梯直上蹑鹏鹘。
雨色雾气天蒙蒙，深山封闭无人踪。
层峦叠嶂不可见，但闻海水薄虚空。
行行失路忽深省，劈面削口压参井。
欲进不进却不却，徘徊石上空引领。
山僧幼小如猿猱，跳掷轻捷狎峻岭。
攀藤附葛牵衣上，前人脚踏后人顶。

那罗仙窟高且寒，人迹不到鸽飞烟。
云消雨止海历历，石齿流水声潺潺。
六花薝卜清净域，我闻此窟达诸天。
老僧知我皈依久，煮茗闲参山水禅。


## 那罗延窟

### 黄玉瑚

荒山留佛骨，卓锡何年至。
那罗延窟存，东来识大意。


## 那罗延窟

### 黄　植

谁凿混沌岩石间，洞门中开忽豁然。
如何排闼更延仁，巨石横亘不可攀。
依约脚踪微有迹，蹑迹方得登石盘。
上有空明通一窍，玲珑下彻顶正圆。
高座悦若栖大厦，石屋直可坐群仙。
造化设施中雷象，昭昭何妨坐井观。
呼声通与谷声应，虚极生灵玄又玄。
人心虚灵亦如此，须当透出性中天。

# 游那罗延窟

## 黄宗臣

咫尺灵岩不可寻，秋山迢递绿萝深。
相过共会无言意，持得白云赠素心。

# 登那罗佛窟

## 江如瑛

面壁沧溟不记年，玲珑石室尚依然。
云穿窟底侵苔湿，珠走空中坠露圆。
失足佛门皆火宅，回头东海即西天。
蒲团坐破青山在，雨雨风风总是禅。

# 那罗延窟

## 蓝中高

万壑千岩一罅开，那罗曾此坐莓苔。
想因拾得寒山后，心境空明绝尘埃。

## 登那罗延窟

### 真　可

菩萨僧常住，皈依上翠微。
山高疑日近，海阔觉天低。
岛屿屏中国，波涛限外夷。
重来防失路，拂石一留题。

## 游华严庵那罗延窟

### 杨铭鼎

那罗延佛已飞去，此地空余那罗窟。
奇峰矗矗上插天，嵯峨雄峙对溟渤。
海山回环十万春，灵气郁拂常不没。
老僧结宇华严庵，宝阁香篆起突兀。
东望沧溟万顷波，下临无地鸟兽猝。
我来寻胜遵海滨，怪石林立如迎人。
崎岖鸟道千百转，愈折愈胜海相亲。
波浪上下水天阔，参差出没石粼粼。
悬崖飞壁相撞激，余波涌起溅我身。
策杖彳亍惊夺目，时倚老松且逡巡。
楼阁掩映苍霭间，丹霞飞甍半天邻。
海山磨荡历万古，释子玄真不可数。
参禅学道人阅世，独有成佛那罗祖。
山有仙兮水有龙，览胜纷纷相接武。

海上名山随地有，天下奇观此为首。
徘徊日暮浑忘归，尘世曾有此乐不。
我欲长啸老其间，何事碌碌苦奔走。


# 游那罗延窟

## 周　璠

入深幽不已，陟险胜弥贶。
我寻那罗窟，造化营心匠。
阴阴树交横，森森石背向。
岩风吹落花，山禽吐灵吭。
人语答邃谷，日色含青嶂。
纤余行益窄，攀窦宇始旷。
翻从井臼中，道出青筹上。
海天跃诸秀，群岛沸高浪。
千里一以俯，指点绝屏障。
超然足道心，咄哉万乘相。
二崂天下奇，面面俱殊状。
诘朝饱搜览，振衣气慨慷。
得趣乃忘疲，足茧故无恙。

太清宫前的旅游小码头

淡彩　19.5cm×13.9cm

1988 年

北九水外二水采石场

淡彩　19.8cm×13.5cm
1988 年

卧龙桥

淡彩　20cm×13.6cm

1988 年

卧龙村前山峰

淡彩　19.7cm×13.6cm
1988 年

卧龙村停车站

淡彩　18.8cm×13.8cm

1988 年

太平宫

*淡彩* 19.7cm×13.9cm
1989 年

充满阳光之山村人家

水彩　13cm×19.4cm
1989 年

179

大崂村居标志大银杏树

水彩　13.4cm×19.6cm

1989 年

大崂秋夜

水彩　19.8cm×13.5cm

1989 年

淡彩

大崂临时停车点

淡彩　19.7cm×13.3cm
1989 年

大崂村远眺

水彩　19.5cm×13.5cm

1989 年

锦屏岩

水彩　19.4cm×13.6cm
1989 年

外二水石桥

水彩　19.7cm×13.6cm

1989 年

外二水之盘山公路

水彩　19cm×16.7cm
1989 年

游外九水

水彩　18.7cm×16.6cm

1989 年

住五龙时路经工商干校

水彩　18.1cm×12.1cm
1989 年

由卧龙村流过之河水直奔崂山
水库陷峰逆水而迹

1989.8.29

由卧龙流过的河水直奔崂山水库

淡彩　13.7cm×19.4cm

1989 年

石门即在目前

淡彩　13.1cm×17.5cm
1989 年

# 凝真观

## 凝真观

### 白永修

观门临迥野，山翠万重包。
笋折鸦争啄，松深鹤暗巢。
花香疏幔入，草长万阴交。
尘妄都消尽，磬音时一敲。

# 乔木村庄

## 乔木村庄

### 佚 名

即墨山里好山庄，干霄乔木傍村旁。
乔木非他柿树老，年年硕果压枝黄。

山庄处处水穿谷，山房窄窄茅覆屋。
老人插篱常护花，余来隙地复栽竹。

石径陂陀草木深，或群或友时来鹿。
四围缭绕乱山青，白练千尺悬飞瀑。

飞瀑落地争喧豗，函胡潺湲出山来。
万派朝宗归远海，海鲸一撼水仍回。

水气浮松拥山曲，繁枝密叶遍山绿。
海门水立鼓天风，山裂松涛响碎玉。

别有天地非人间，始知此中隔尘俗。
君住此庄山水聚，二崂到处好风雨。

风雨一收遍归云，峰峰壑壑迷去路，
何时海上访名山，乔木庄边我去住。


## 乔木村庄杂咏

### 周来馨

古木凌霄覆屋斜，望中遥识野人家。
晖章殿里盘根后，又向深山老岁华。

好就云岩筑草庐，岚光掩映入庭除。
奚囊括尽峰头色，架上又添种植书。

溪水绕村九折余，主人意兴自蘧蘧。
潭清酿出桃花酒，河涨捉来柳叶鱼。

# 僧人

## 归山吟

### 昌 仁

林下卜幽居，山深好读书。
亦知老眼倦，倍觉世情疏。
倚杖看新竹，临池数细鱼。
南园种瓜豆，得雨倩人锄。

苫草补茅庵，终身学瞿昙。
禅心虽未了，世味已深谙。
斫地栽新竹，开轩面碧岚。
兴来弄笔墨，以外总无贪。

久拟作高隐，今朝返旧林。
峰峦开画本，泉石响琴音。
招得云中鹤，遍游海上岑。
人生已老大，白发漫相侵。

寺寂门常掩，山幽客到稀。
卷帘放燕子，倚树听莺儿。
寻药穿樵径，观鱼坐钓矶。
拾来新荷叶，补我岁寒衣。

## 还华严寺

### 昌 仁

业海茫茫十数年，归来松竹尚依然。
重开丈室安吟榻，细补轩窗置砚田。
一事无成深自愧，千篇有在许人传。
山中毕竟胜朝市，日上三竿犹复眠。

## 赠义安上人

### 董锦章

皎然齐己后，释子艳为诗。
禅悦宗风在，生公说法遗。
上人违尘事，一卷沁心脾。
静绝招提境，摄生理可推。

# 山中秋夜忆恩兄

## 憨　山

严霜凋万木，落叶下纷纷。
月色流丹壑，秋声响白云。
栖迟聊玩世，萧索感离群。
忆尔虚堂夜，音徽似可闻。


# 卧病

## 憨　山

山海客高卧，乾坤一病夫。
众缘从起灭，四大入虚无。
心死念何寂，身存世已疏。
寥寥深夜月，独照海天孤。

六根元是病，况复又相违。
远离幻已幻，保持非更非。
百骸诚假聚，一息实幽微。
若问其中意，生前向上机。

向以毗耶病，今知不偶然。
此中原没物，怪道只无言。
寂尔还空谷，寥兮自觉天。
曼殊如有问，莫向外人传。

性空非水火，寒热自何生。
知是妄缘合，安令真宰惊。
此身蜩翼重，外物羽毛轻。
觉起无人问，空堂水月明。

## 午 日

### 憨 山

端午过重午，前三与后三。
净生空日月，浊世此岩龛。
法以无言说，心从罔象参。
回看驱逐者，老大可羞惭。

## 夏 日

### 憨 山

白日流如火，青山冷似冰。
澄空双碧眼，幽壑一然灯。
阳焰谁堪把，浮云孰可凭。
茫茫尘土客，输却石岩僧。

# 月夜

### 憨　山

寥寥一片挂寒空，去住浮云不系踪。
长夜冥冥聊一照，可怜都在梦魂中。


# 自题

### 憨　山

痴今吾已绝，憨似尔何稀。
瘦骨颓堪并，孤怀壮可依。
云霞生杖屦，风雪掩荆扉。
遮莫从人去，聊将此息机。


# 和憨山韵送达观禅士西游

### 黄嘉善

数语怜君为我宽，乍逢苜蓿共盘飧。
云山飞锡飘蓬后，风雨连床会面难。
袖里烟霞随处满，眼中湖海向谁看。
悬知杖履经行地，会使关门紫气寒。

岁月逍遥一杖藜，翩翩独鹤任东西。
乾坤何地非苍狗，踪迹从人试木鸡。
剑阁云寒留紫翠，峨眉春晓逗清凄。
怀中抱得片珠在，蜀道虽难不自迷。

## 谢憨山上人过访

### 黄嘉善

羡尔长干隐，来过五柳家。
谈空时拂尘，烧竹旋烹茶。
片语成玄赏，千秋感岁华。
不逢休惠早，那得见天花。

## 吊憨山海印寺废址

### 江如瑛

卓锡当年卜筑成，花香馥馥夜谈经。
如今秋色残阳里，惟有潮声似梵声。

## 途中逢紫函上人为张阳扶甥

### 李宪乔

秣马天向晚，望乡愁不胜。
碛风上谷驿，山语大劳僧。
鸟啄倾盆饭，虫缘汲水绳。
故人嵩少住，几岁别南能。

## 华严庵独坐有怀慈沾大师

### 林钟柱

独坐华严顶，晴霄卷万云。
山光不可掩，潮水几回闻。
远树静天籁，残香生暮薰。
慈沾不可复，寂寞倚斜曛。

## 题义安上人《唯心集》

### 林钟柱

秀绝二劳峰，披裟一笑逢。
闲寻香界塔，静听佛楼钟。
歌罢海动色，吟成天改容。
所嗟良友没，旧雨已尘封。

# 憨山大师墨迹

## 柳亚子

憨老开山龙象灵，遗书长与镇门庭。

妙高台上高吟处，不似当年病虎狞。

庵僧出示憨山大师墨迹"题妙高台"一律，诗字均佳。

# 山僧答

## 马　其

山中何所有，垒垒木与石。

木石亦无情，岁月空弃掷。

客从何方来，竟言灵境辟。

尽日快登临，竟夕话幽僻。

好景夸不尽，山僧空踧踖。

动静互相根，久住皆不适。

# 华严寺外塔院鱼池

## 仁　济

华严寺外竹栏西，石砌方池俯瞰低。

中架小桥通塔院，上流活水出山溪。

鸟声听去无尘韵，鱼影时来得乐栖。

好是放生消杀业，还看莲花出淤泥。

## 华严庵同义安上人夜话

### 王大来

游客投山寺，回环过几峰。
海云迷古径，风磬出深松。
梵呗中宵坠，诗僧月下逢。
孤灯挑不尽，挥尘到晨钟。

## 寄昌仁禅师

### 毓赞臣

扁豆花开压短篱，寻君相遇早秋时。
翻经击钵了无事，听雨看云常有诗。
因说名山僧话久，为游古寺客归迟。
世间真乐无如此，语向旁人总不知。

## 游劳山华严寺次憨山大师原韵

### 曾 琦

避地齐东愿久荒，偶携良友一褰裳。
名僧佳句留禅寺，大海潮音送夕阳。
蹑足未曾登绝巘，濯缨犹喜在沧浪。
劳人例合劳山住，且枕诗囊卧石床。

# 昌仁上人塔

## 周至元

嵯峨古塔竹松间，佛骨何埋却教闲。
想当清风明月夜，诗魂应绕旧云山。

# 山寺

## 山寺

黄垍

杖屦来初地，入门香霭深。
楼台悬木末，钟磬落花阴。
碧草春前思，白云悟后心。
迢迢归路晚，片月下遥岑。

## 山寺即事

黄立世

幽壑频游屐，寺临百丈峰。
夕阳落短草，花外一声钟。

## 僧舍

### 黄美中

何处寻秋色，东皋黄叶村。
人家连雨脚，僧舍倚云根。
花落香侵径，鸟啼客到门。
远公须贳酒，容我醉祇园。

## 山寺

### 黄守思

兰若何年建，巍然大海东。
殿深山气暗，壁古日光红。
梵韵惊栖鸟，经声度远风。
从知清净理，世事已成空。

## 山寺

### 黄宗臣

野寺霜林外，盘回入路遥。
梵清人寂寂，僧老树萧萧。
暗火依灯古，孤云近户飘。
上方钟动处，半夜应寒潮。

# 宿劳山僧寺

## 蓝　田

僧龛小构万峰巅，布被清秋借榻眠。
磴接云霞浮足下，天低星斗落樽前。
平生漫有餐芝癖，此地宁无绝粒仙。
逆理偷生难两尽，且寻山茗试寒泉。

# 山寺

## 周思璇

瘦木带苍斑，嶙峋上晚山。
茅庵倚岩下，石路出林间。
境僻人皆古，色空心自闲。
老僧扃小阁，时有片云还。

## 上清宫

### 蔡绍洛

三丰曾此寄游踪，手植花犹说耐冬。
奇石多难烦米拜，古松高不受秦封。
崖悬云表标灵鹫，岭插天门隐瘦龙。
更向飞仙桥上望，空中朵朵玉芙蓉。

## 上清宫

### 蔡朱澄

玉清最上妙难穷，施设灵区费化工。
涧饮双虹山径断，潮惊半夜海门通。
石床倚壁秋初冷，贝阙凌崖势更隆。
宜抱道书参奥旨，好从此地悟真空。

## 上清宫

### 陈心源

羊肠拮曲上天梯，直到高峰万象低。
入眼纵观沧海阔，此身欲与白云齐。
山中岁月忘秦汉，世外烽烟痛鼓鼙。
安得诛茅开净土，长随道侣证菩提。


## 上清宫

### 崔应阶

尽日探奇路欲穷，巨灵平劈夺天工。
千峰涧水双桥下，万壑松声一径通。
坛影生寒凌峻岳，海门入夜隐丰隆。
载童鞭石真成错，宝藏徒归撒手空。


## 上清宫

### 董锦章

一寺辟山腰，箫声云外飘。
泉高瀑自孕，松老石难凋。
羽士今谁在，真仙自古昭。
大丹如可问，从此谢尘嚣。

# 晚宿上清宫

### 范汝琦

归来涧壑暮云平，一路烟岚入上清。
四面群峰攒月色，一行疏竹动秋声。
闲寻妙偈共僧语，坐对寒潮带月明。
见说年年峰头上，缥缈鹤舞静闻笙。

# 上清道院

### 宫　昱

松风吹不断，一径翠微间。
飞鸟自来下，孤云相与闲。
幽花攒怪石，清磬定空山。
莫道樵踪绝，仙人时往还。

# 如上清宫

### 韩凤翔

两宫分路后，高岭更攀跻。
泉对山腰挂，云随谷口低。
岩花樵不惜，仙药女争携。
殿阁层峦外，先看白鹤栖。

# 上清宫

### 黄念昀

修竹苍松绕四周，崎岖一径款仙扉。
悄无羽客来空谷，惟有游人对夕晖。
流水玎玱似鸣玉，琪花开落澹忘机。
静阶坐憩何妨久，陇上闲云天际归。

# 游上宫

### 黄宗臣

秋林多佳气，古寺层岩下。
前有双乔木，樾荫连精舍。
幽岩返照来，石路清泉泻。
跫然闻足音，黄冠忽相迓。
短垣半已颓，庇屋惟藤架。
庭际起高飙，空檐落古瓦。
我来慕静理，玄谈向深夜。
愿言忘得丧，陶陶观物化。

# 咏上清宫白牡丹

### 蓝恒矩

见说返魂花有神，牡丹盛开又逢春。
琼楼玉宇贮仙女，翠水瑶池来美人。
素眼嫦娥拟奔月，淡妆西子欲含颦。
洛阳园里尽凡器，魏紫姚黄何足论。

百合香拥花一丛，白牡丹放上清宫。
宿宜粉蝶恨无影，翻向瑶台微有风。
林下靓女自适逸，堂前玉佩欲丁东。
留仙宜作返魂记，说鬼直如倩女同。

# 咏上清宫银杏

### 蓝恒矩

久镇山门威凛凛，华盖亲植倚山云。
四朝历当伻元志，大树真堪称将军。
貌古常教标道院，手摩暂去作征君。
永存本色栖空谷，恰似稳身焉用文。

## 同陈石亭游上清宫次邱长春韵

### 蓝　田

载酒来登海上山，松风危坐月如环。
岚光湿逼吟怀透，幻出仙宫在世间。
涧水清泠下作渊，山峰崒嵂上摩天。
危桥路黑无人到，古渡风摇香篆烟。

## 上清宫

### 李佐贤

门前排列锦为屏，门内清阴绿满庭。
百岁牡丹千岁杏，一花一木亦通灵。

古宫寥落阅兴亡，往迹追寻未易详。
满地荒苔萦蔓草，残碑没字卧斜阳。

## 游上清宫看劳山

### 刘志坚

万路山前一路平，都通那得有人行。
十年华盖劳峰隐，今日群仙游上宫。

## 上清宫僧答

### 马 其

客从东方来，浑身满雨雪。
空名多误人，诳君到岩穴。
我来山中久，修行无可说。
涧中饶竹树，四山石陡绝。
情欲未能捐，山水少欢悦。
努力奔衣食，谁得长生诀。


## 游劳山自上清宫宿韩寨观

### 马 其

朝发下清宫，路险不容马。
巉岩三十里，直上又直下。


## 上清宫

### 王悟禅

艳说龙门访道来，三山隐迹洞云开。
诗题妙句鳌峰立，调寄青词玉案排。
桥架朝真跨瀑涧，墓留遗壳显灵台。
迎仙真接宫门外，到此游人莫浪猜。

## 游上清宫示刘抱月炼师

### 王祖昌

上清何处寻，曲径入遥岑。
白鹿空山洞，青芝秀石林。
泉声清几榻，竹色上衣襟。
云外流仙梵，松间响素琴。
瑶台搜道侣，潭水净尘心。
木屐秋岚湿，荷巾晓雾侵。
箫鸣神凤至，曲罢老龙沉。
日冷千岩翠，波明万顷金。
红霞真可服，玉液足长斟。
愿逐安期去，朝天听乐音。

## 上清宫

### 吴重熹

黄山口接青山口，断崖一线蜿蜒走。
行人导我上清宫，肩舆倒挂山蹊陡。
门外霜林灿若霞，丹黄锦抱屏风九。
入门堂宇已荆棘，铜铺剥落丹青朽。
道人指我阶下碑，道兹山数兹宫久。
自宋昌陵御宇初，华盖真人相为友。
赐额流传直至今，渊源遗事从耆耇。
阶前银杏大百围，浮来老树难为偶。
传云一千五百年，密荫纵横将过亩。

元时仙子邱长春，十诗大刻摩崖首。
又有莲盆至正铭，毡蜡无难辨谁某。
地运从来有废兴，山灵或亦分衰阜。
芝房久已委榛芳，青精日渐艰升斗。
零落榱题古木荒，凄凉殿宇名山丑。
自从客年议兴造，鸠工始将选身手。
恢复时虞旧地难，经营颇虑规模苟。
我闻此语为太息，沧桑境且仙家有。
何时东海更扬尘，扶舆但听天风吼。


## 上清宫

### 尤淑孝

水复山深望欲穷，上清接引尽天工。
烟林回合青筇转，楼阁参差碧汉通。
两道流泉分跌宕，千年老树自穹隆。
双桥坐立忘归处，暮色翛然百虑空。


## 上清宫观眺

### 张应桂

石径盘旋接上清，群峰斜抱是仙城。
平堆有意云为敛，咽水何言喧自生。
过眼晴光遥绿树，几年粉署听寒更。
登临独对门楼洞，万丈明霞卧晓莺。

# 上清宫

## 周芳亭

路入上清侧，举目尽骇异。
绿萝攀石磴，足外疑无地。
大海互三面，巨峰露金臂。
危径插碧天，行人半空坠。
松崖积层雪，奔浪泻空翠。
峭壁绝飞鸟，立马惧纵辔。
崒崮可千盘，回顾生怖悸。
我欲登绝顶，苦无凌云翅。

# 上清宫

## 周　绌

夜起爽星汉，波声撼殿阁。
中宵不成眠，披衣起磅礴。
郁迂穿林麓，岩洞纷漠漠。
木魅冲人啸，怪石惊错愕。
三面云峰峻，当中海潮恶。
极目信浩淼，怀人入寥廓。
雪浪骇长鲸，天风骄海若。
广陵渺秋涛，龙门轻禹凿。
心动余欲还，月向西山落。

# 上清宫

## 周肇祥

山川齐赴海，元气独蟠幽。
造化钟神奥，真灵肃冕旒。
高风想华盖，遗迹访丹丘。
鸾鹤谁曾见，庭前双树留。

# 上庄　快山堂

## 上庄感旧

### 黄承膺

大庵东偏是上庄，傍山曾住度支郎。
百年佳话人争道，老凤来巢雏凤翔。

名流自古好山居，富贵文章三世余。
岭上云松溪上柳，都教秀色入庭除。

当户群峰簇簇青，竹窗石榻遍横经。
深山无别关心事，夜起频看列宿星。

燕台风景懒回头，海上隐居又几秋。
赖有浦江同归老，握谈聊破书空愁。

竹坞菊篱尽草莱，快山堂下野花开。
村前剩有砚池水，岁岁浮萍岁岁苔。

堂前燕子不飞来，老树婆娑根已摧。
绿水青山谁作主，教人欲去首重回。

# 上庄别墅杂咏

## 黄鸿中

### 快山堂

门对高山陲，堂枕北山足。
出门见沧海，殊胜鉴湖曲。
卜筑四山中，山高堂亦敞。
快哉堂中人，时时纳朝爽。

### 竹凉亭

满地苔衣碎，龙孙初奋角。
对此故不俗，何必扬州鹤。
海日射青光，薰风动素籁。
十万玉参差，吹向柯亭外。

### 荷花池

落日射空塘，中有孤峰影。
莲叶何田田，乃在蓬山顶。
方塘入晴空，寒泉泻白玉。
谁将细柳阴，揉蓝作深绿。

## 和快山佺见赠

### 黄 垍

秋深天宇高，清气浑以灏。
长风西北来，浮云净如扫。
醒我百年梦，指汝邯郸道。
矫矫山中树，枝叶常相保。
茫茫大海流，日夜环三岛。
白云最深处，与子采灵草。


## 简快山堂

### 黄 垍

自解归田乐，十年卧草莱。
墙头垂薜荔，木末起亭台。
碧海当窗尽，白云入户来。
一花兼一石，俱见谢公才。


## 快山堂

### 黄 垍

修竹青青十万竿，门前山色几千盘。
亭台南向风云迥，沧海东来天地寒。

落尽黄花秋欲暮，歌残白雪夜将阑。
可怜皓首相逢日，犹是当年旧鹖冠。

## 忆快山

### 黄　埍

犹忆林塘路，行行入转幽。
冥鸿归极浦，野鹭泛空洲。
水木俱明瑟，山川半郁缪。
武陵何处是，仿佛意中求。

## 忆快山书舍

### 黄　埍

万顷龙鳞千顷玉，东风吹作山光绿。
浅深浓淡各相宜，浓是松阴淡是竹。

一区书舍正当中，鱼鱼雅雅声不穷。
蛟龙自此得云雨，乘风破浪凌虚空。

# 赠快山侄归田之作

## 黄 垍

十载宦游余，于今返旧庐。
到门山色活，回首世情疏。
坎坷存吾道，烟霞遂尔初。
好将慷慨意，细读古人书。

嗟余贫且病，汝亦赋归来。
出处皆疏拙，衣冠任草莱。
竹深三径寂，松静一亭开。
从此东皋上，白云共徘徊。

但解归田乐，相逢莫黯然。
樽中余白堕，墙上出青山。
鸟语隔帘静，松涛入梦间。
萱花秋正茂，素心舞衣斑。

# 上庄别墅杂咏

### 黄克中

## 快山堂

开窗延淡翠，卷帘入平楚。

短垣但及肩，幸有青山补。

## 竹凉亭

微雨落亭阴，满亭空翠滴。

龙团烹竹露，顿使肝肠碧。

## 来鹤亭

孤亭起六末，四顾何清朗。

不见鹤飞来，松涛终日响。

## 藤台

附托本高峻，枝叶相纠葛。

海阔山亦空，去胡不解脱。

# 上庄望海

### 黄　坦

万里乘风溯海源，今从秋水忆张骞。

松涛欲接诸峰合，云影初来落日昏。

岂有鱼龙藏远屿，但闻鸡犬出孤村。

悠悠情思方无极，何处传芭礼素魂。

# 上庄望海次韵

### 黄 坦

东南悬象尽，云际起新涛。
绝岸成孤屿，连天识断鳌。
中流舟楫渺，过目雁鸿高。
奔浪殊难御，长风振二劳。

# 雨中忆山庄

### 黄贞麟

积雨不可止，怀我旧山林。
瀑布如练悬，泉声响高岑。
茅屋应漂摇，修竹正森森。
百川东到海，海水何其深。
客子思故乡，悠悠劳我心。

# 快山堂竹亭

### 黄宗臣

物外闲相赏，幽亭把酒时。
野人随鹿去，孤客与云期。
新竹翻疏影，寒梅绽好枝。
百年堪啸傲，愿与世相违。

## 雨中忆上庄竹园

### 黄宗犀

不寐听寒雨，游情到竹林。
影添山翠重，香入草堂深。
玉响风临砌，春声鸟和琴。
如何花尽发，犹自问徽音。

## 题花萼馆

### 周祚显

久爱谢公墅，近宜此地幽。
竹深迷出处，松影动浮沤。
风入潮声远，烟含暮色秋。
南窗堪笑傲，疑是泛沧洲。

# 神清宫

神清宫

黄念昀

溪上望东南，崒嵂但修岭。
坐起时搴裳，许久到异境。
临壑地逾高，负山丹房整。
东户岩为屏，杂花发新颖。
北眺多松阴，欲登空延颈。
出门循西麓，攀缘陟其顶。
倚卧得盘石，侧看夕阳景。
复下沿涧流，仿佛洗耳颍。
道人呼晚餐，山岩宿未醒。
灭烛不成眠，砭人山气冷。
热酒破寂寥，待月闭深静。
不令仙犬吠，却将灯火屏。
时出观山壁，朦胧卉木影。
意境增肃然，心神亦清迥。
无言悄相对，幽窗渐耿耿。

## 神清宫次壁上韵

### 江如瑛

为爱长春洞，登临足胜游。
一从黄鹤去，只有白云封。
炉火虚丹灶，松阴下石楼。
孤峰凭眺处，归雁几行秋。


## 神清宫道中

### 孙笃先

翠烟深处一峰孤，岚气珑璁半有无。
扶杖漫随樵径转，穿林惟听鸟声呼。
须臾似现三山影，咫尺新开五岳图。
几岁别来成恍惚，频寻野老问前途。


## 题神清宫

### 王大来

翠积柏窗暗，云深石榻凉。
清潭印月影，性定道味长。

茗约花前啜，香邀月下焚。
夜深同卧处，还向梦中闻。

227

# 宿神清

## 王大来

上尽登山路，山花晚更香。
悬崖缀高阁，怪石抱回廊。
翠积松窗暗，云深竹榻凉。
道人知爱客，晓起煮黄粱。

# 神清宫题诗

## 佚　名

春水春池满，春时春草生。
春人饮春酒，春鸟弄春声。

# 神清宫题壁

## 翟熙典

踏云寻古寺，殿阁覆岩唇。
洞敞萝为幕，松干藓作春。
石纹穿水脉，峰顶露河身。
单道远难问，寥寥忆脱尘。

# 石门庄别墅

## 步和高子素过其文忠先生别墅有感

### 黄　垍

风拥海涛天地浮，东南烟树入新愁。
几区台榭余青草，满目兴亡付白鸥。
天柱孤悬灵气在，石门高枕日星流。
荒园依旧多松柏，岁岁凌霜护此丘。


## 石门庄别墅

### 周　燦

郁葱王气顿消沉，长使孤臣泪溅襟。
雪暗禁城宗国难，月愁上苑楚氛深。
青山如恨啼春鸟，流水含声泣碧岑。
朝市可怜鸣玉在，伤心满目飞烟尘。

# 寿阳庵

## 寿阳庵

潘味篁

微风吹细雨，导我入禅林。
古径浮青藓，小桥傍绿阴。
画图劳指点，花木费搜寻。
此地初游赏，已生物外心。

## 寿阳庵

孙凤云

古庙结云巅，谁知何代传。
无名花树满，是处路通天。
乱石杂修竹，双峰挂瀑泉。
千岩万壑里，到此即仙缘。

# 太平宫　上苑

## 太平宫

### 陈　沂

蓬莱之山乱插天，大劳小劳青可怜。
清秋播荡入沧海，落日缥缈生晴烟。
眼前此景出人世，便可羽化凌飞仙。
挹取南溟酌北斗，枕石大醉云峰巅。

## 太平宫

### 高　出

密树俯跻攀，虚涵沧海间。
藤萝怒怪石，风雨瞑前湾。
暮鸟投花隐，山童鬻药还。
驻颜应有术，解道不如闲。

# 题太平宫

### 惠　龄

庙对银波万里遥，海上宫殿落山腰。
山清海晏升平世，龙飞凤舞庆云霄。

# 夏日上苑

### 蓝昌伦

一径岩峣道院幽，海天万里望中收。
阶前云拥千岩削，松下风生六月秋。
龙洞深如巢父谷，狮峰高并尹真楼。
相逢羽客消清昼，仿佛嵩阳观里游。

# 太平宫

### 蓝　田

蜃气几层楼阁，潮声一片宫商。
羲驭早离旸谷，野人高卧石床。

潮涨沙头鸥起，风来林外渔歌。
隔浦淮山几点，玻璃盘拥青螺。

# 太平宫

### 李佐贤

言寻太平宫，苍翠越层巘。
蜒蜿赴修蛇，峰回路更转。
曲折入烟萝，乘兴浑忘远。
入门渐平旷，寻胜恣流览。
寥落古仙踪，丰碑没草藓。
崱屴狮子峰，高崿类弁冕。
拾级不可登，老夫兴非浅。
扪葛更攀藤，何妨足徒跣。
登眺凌虚空，小坐息余喘。
怪石竟横生，幻出岩下庵。
中有明昌题，字画蛟鼍断。
金石有时泐，望古徒生感。

# 太平宫

### 宋肇麒

昔我登临处，春风策杖游。
岩垂花倒发，涧合水重流。
怪石东峰古，仙桥小洞幽。
山中成小憩，怅望忆同俦。

# 太平宫

## 孙凤云

峰势叠苍翠，涛声绕曲廊。
云深千峰合，花落百泉香。
远色明孤岛，中流失太阳。
顿教天地外，跃足到扶桑。

# 上苑

## 杨　泽

上苑蟠松阵，半山宫殿森。
嶙峋深石洞，烂熳叠花簪。
峭壁文苔篆，巉岩曲鸟吟。
仙人桥下水，声响戛鸣琴。

日出田横岛，潮回不夜城。
涛声悬殿阁，云气结蓬瀛。
梦寐疑前世，虚空即太清。
奇峰相拱揖，下界异阴晴。

# 太平宫

### 杨　舟

三月春将暮，重游览物华。
云开山见骨，潮长海生花。
嫩竹森寒玉，夭桃灿晚霞。
尘间无此景，知是羽人家。

# 游太平宫

### 张允抡

#### 一

云际濛濛锁翠微，东南瀚海漾春晖。
安生饵枣谈空在，王子吹笙驾不归。
白日虬龙护古碣，闷宫丹碧照云衣。
尘踪惆怅山栖晚，洞口幽花半欲飞。

#### 二

西山对面削青屏，石洞环岩凿杳冥。
日日海风相触处，诸声并作静中听。

## 再游太平宫

### 张允抡

石径绿阴遮，薰风应乳鸦。
梧花垂紫蒂，柳叶穿红芽。
潮落人争鳆，烟香灶制茶。
闲中书触目，博物也余赊。

## 登上苑太平宫

### 周　璠

金碧辞尘界，岧峣接太清。
路从千嶂入，钟自半天鸣。
鸟变岩花发，龙腥海雨生。
明朝迎始旭，更向碛头行。

## 太平宫

### 周　正

仙桥凌绝壑，石磴参差度。
苔痕绀色深，松花落无数。
仰首见林梢，屋宇半烟雾。
扪萝陟其巅，岚气莽回互。
此中足幽栖，读书清神虑。

时时古洞中，恍惚真人语。
侧身欲从之，苍茫不知处。

## 太平宫

### 邹　善

山院鸣钟唤客醒，狮峰趺坐望东溟。
阳乌晓映群仙岛，隐约空明数点青。

# 太清宫　下清宫

## 太清宫西山

### 白永修

山下有白云，山上有长松。
云松相晚暮，日令空翠浓。

## 宿太清宫道房

### 白永修

投宿指云宫，攀援倍藤葛。
新月耀辉辉，入门清景豁。
可喜绛桃花，春残犹未脱。
静室肃心魄，明灯息机括。
岩空夜气高，星河断若割。
怪石立中庭，揖人似欲活。

激湍泻竹间，归鸿响云末。
喧寂两难言，但觉异嘈聒。
劳顿倚欠伸，欢然拥短褐。
谈余就枕眠，片梦海天阔。


## 太清宫

### 蔡绍洛

上清宫下下清连，绀宇凌霄更近仙。
修竹万竿青入海，老松一路碧参天。
山中鸡犬皆离世，水底蛟龙欲问禅。
夜半钟声惊客梦，不知身枕白云眠。


## 题太清宫

### 曹鸿勋

鸡催钟声曙光明，斗移星转日将升。
耐冬尚开容色艳，梦回愈觉魂魄清。

# 游崂山太清宫并引

## 陈德亭

　　五月六日，市长招游崂山，行抵下宫，暮色苍茫，爰在该寺之南轩，借宿一宵。名山古刹，偶寄尘踪，感怀身世，不禁怃然！率成七绝四章，聊为雪泥鸿爪之志。

### 其一

一片汪洋抱浅沙，修篁古刹映烟霞。

道人毕竟多清福，镇日庭前数落花。

### 其二

无计能容落拓身，回思往事都成尘。

从事寻得桃源路，愿借一枝且避秦。

### 其三

琴剑飘零二十年，落花流水总无缘。

世情不似道情好，贪语玄机夜不眠。

### 其四

太清宫里月如弓，一枕黄粱万事空。

寄语俗尘名利客，荣枯原在刹那中。

# 寄题太清宫兼呈果园先生

## 丁钖纶

蓬壶方丈二崂东，无怪先生住此中。
日对犹龙参大道，闲看野鹤舞高空。
幽篁深处啼山鬼，雪浪翻时沃海童。
莫与麻姑谈往事，沧桑遗恨总难穷。

# 太清宫

## 范九皋

谁夺仙宫辟翠微，黄冠终不化缁衣。
经藏古洞龙犹护，锡去炎州鹤自飞。
诸相空时人与我，群言纷处是还非。
至今指点荒基在，野竹秋风绿一围。

# 下宫

## 高　出

峻嶒山势入无垠，潮泊云根灏气新。
锦石繁花天上出，珠宫疏树镜中真。
春浓已负看鱼鸟，海吼时闻怒鬼神。
怅望安期生不见，恍疑风雨下仙人。

青霞碧岛气霏微，眩眼空明白羽飞。
道士铢衣翻藏坐，仙灵虹驾步虚归。
水云市远连鳌起，药草春深秣马肥。
最好更寻餐玉诀，长绳难挽欲斜晖。

## 再游下清宫

### 高弘图

如此哉山不可僧，复从何处问传灯。
争山输了憨和尚，山体居然最上乘。

## 太清宫道中口占

### 高俊选

曲折山腰路几迷，巉岩矗立海云低。
渔船不住随波转，一棹斜阳送马蹄。

夏木阴阴日欲昏，人家三两不成村。
西来涧水东流去，漱玉声中犬吠门。

月照丛林鸟倦还，前途渺渺隔云烟。
黄山经过青山住，夜傍渔翁抱石眠。

凌晨一路菜花风，旭日初升大海东。
行到山门松竹翳，逢人犹问太清宫。

# 太清宫

## 耿义兰

大劳小劳天下奇，海岳名山世间稀。
修真野客能避世，万古长春道人居。

东海名高上鳌峰，初开茅庵是太清。
恩深一观明帝主，敕谕颁来道藏经。

# 留题太清宫

## 郭恩孚

地尽山逾壮，岩深日见迟。
中天分紫翠，一径下逶迤。
羽客留陈迹，经神有旧祠。
海滨风浪恶，徐福尔何之。

草阁延暝色，高楼当晚风。
乌明残照外，人语绿荫中。
伐木逢山客，乘潮识海童。
炼师殊解事，为我理枯桐。

桑下不三宿，斯言殊未然。
试看门外地，长对海中天。
辟谷真人诀，围棋静者便。
神仙非所慕，此别惜云烟。

# 太清宫步虚词

### 郭恩孚

云旗前导后霓旌，山环水佩锵复铿。
风气肃肃空香升，石坛爟火参列星。

夜半参横斗亦转，鸾鹤招摇回凤辇。
好题书札问麻姑，几见蓬莱水清浅。

# 下宫观海

### 韩凤翔

高峰三面匝崇垣，宫阙前头枕海源。
鹤带岛云来殿角，鱼随潮水上山根。
天遥旭日移帆影，地尽悬崖交浪痕。
咫尺蓬莱应有路，乘槎消息与谁论。

# 由华严庵入下宫

### 韩凤翔

才转黄山路，青山又隔村。
岩藤高结蔓，崖树倒生根。
地僻稀人迹，泉多没雨痕。
紫霞何处觅，即此是仙源。

## 下清宫

### 黄公渚

海印基残竹万丛，耐冬花老梦成空。
诛茅还与山争地，羽士能专十亩宫。

## 下清宫

### 黄念昀

芝术芬芳石气浓，万山深处客扶笻。
寻幽时有沾衣藓，美荫常悬偃盖松。
翠巘四围初转屐，琳宫一簇不闻钟。
地偏浑欲忘长夏，犹自嫣红发耐冬。

## 太清宫

### 黄象昺

四围峰峛崺，岚影落平皋。
竹戛千山雨，松鸣万壑涛。
气喷云窟险，海吐月轮高。
信是神仙界，秋深喜独遭。

# 游太清宫

## 黄　岩

闲着屐裙步晚晴，洞天深处白云横。
海从绿石滩中转，人在青山道里行。
远树层层分日影，洪涛汩汩杂泉声。
扶筇直登憨僧阁，一抹烟痕见太清。

岩峣楼观任攀寻，静境悠然物外临。
竹色一坡经雨洗，松风万叠带钟沉。
张仙塔下云常满，徐福岛中水正深。
安得琳宫无个事，篆香杳霭散琴音。

# 游下清宫

## 黄玉书

飞飞高鸟下云梯，回首东山路欲迷。
日出扶桑峰未晓，恍疑身在海天西。

# 登下宫西山

## 黄宗臣

登临时极目，势险步维艰。
杳杳双鸿去，潆潆一水还。

寒光分石渚，秋思淡云山。
日夕望沧海，移情浩淼间。


## 太清宫

### 惠　龄

霞罩禅宫碧竹深，疑是阆苑落海滨。
瑶草奇花晶翠珍，胜似仙岛七宝林。


## 丙寅七月二十一日，青岛地方长官陪游崂山太清宅口占

### 康有为

青山碧海海波平，汗漫重游到太清。
银杏耐冬多历劫，崂山花闹紫薇明。


## 太清宫次邱长春韵

### 蓝　田

天涯海角太清宫，几曲羊肠草径通。
不是爱山应不到，留题自笑雪中鸿。

云护茅庵枕海涯，风鸣幽涧泛奇花。

危桥险径游人到，丹灶茶瓯羽士家。

大劳小劳压三齐，东岳虽高翻觉低。
野子来游登绝顶，一壶春酒月华西。

石坛一诵五千言，令我尘襟便洒然。
自愧不如忘世客，海山风月了流年。

## 太清宫

### 李南园

不愁冰雪路难通，拄杖看山一笑中。
五里松风三里竹，盘旋直到太清宫。

不凭香火作生涯，竹是儿孙松是家。
闲然道人无一事，春来忙扫耐冬花。

## 下清宫道房

### 李诒经

万山攒海曲，门掩万山中。
白首无人到，青天与世同。
庭花开到腊，径竹迥连空。
岂似武陵峡，渔舟尚可通。

# 登太清宫最高顶

## 李云麟

青溪高峙何连延，游人到此行难前。
崎岖独历数十里，摄衣侧足犹迍邅。
羊肠险狭已莫识，那堪灌莽纷纠缠。
扪萝附葛尽危殆，屈曲盘折蜿复蜒。
偶遇樵夫辨微径，乘兴直上穷其巅。
悬崖怪石欲崩裂，移步倏忽形为迁。
向顾诸峰并屹若，俯临巨壑何茫然。
惊涛怒浪淬磐石，晦暝浩渺涵远天。
点点如蝇见飞鸟，飘飘一叶看行船。
海之滨兮山之麓，山容海色长相连。
久闻此地萃灵秀，奇雄包孕谁能研。
猛兽毒蛇敛形迹，琪花瑶草呈鲜妍。
万顷长松动暮景，千竿修竹含秋烟。
漠漠白云挂孤岫，泠泠绝顶生流泉。
只有长风豁心目，岂容垢俗相拘牵。
缅想红尘实纷浊，但祈羽化从神仙。
何时凤业得了竟，脱巾洗耳清诸缘。
奕世勋名尚弗系，浮生富贵奚足怜。
纳气餐霞自怡悦，壶中日月无历年。
举足进蹑赤松履，引手直拍洪崖肩。
今日登临三太息，愧余凡骨无能捐。
灵根夙慧非一世，骖鸾跨鹤方腾骞。
名缰利锁犹尔羁，焉能与彼同周旋。

# 太清宫

## 李佐贤

东南山尽处，开辟太清宫。
千竿万竿竹，前山后山松。
封谢大夫号，请来君子风。
地依山屏翰，门对海朝宗。
仙居何缥缈，杰构撑虚空。
高低恣游瞩，云树互玲珑。
从容寻胜概，羽士快相逢。
长春留好句，扪石怀仙踪。
游倦山斋宿，暮鼓兼晨钟。
山灵欲留客，朝起雨溟濛。
纵笔任挥洒，墨与云痕浓。
更寻来鹤洞，题字待镌砻。
我去仍留迹，爪印踏雪鸿。

# 夜宿太清宫

## 林绍言

相约访仙界，今宵宿太清。
烟澄山月小，夜静海潮平。
微雨五更冷，新秋一叶惊。
悄然我独坐，细数晓钟声。

# 太清宫

## 柳培缙

浓云封窈窕，十万碧琅玕。

行尽山中路，萧然生暮寒。

空堂纳海色，回岭抱经坛。

却羡幽居者，岚光尽日看。

# 游太清宫

## 柳亚子

吴生兀傲宿山巅，潘谢同归一怃然。

无分太清宫里去，苍茫横海失楼船。

退庵、藏园游太清宫，咸以兵舰，今不可得矣。

# 太清宫

## 路朝銮

太清果何界，琳宫依海隅。

规制古且朴，如览卢鸿图。

宫观结构古朴，林木葱蔚，风景与曩见唐画卢鸿《嵩山草堂图》相似。

背山复枕流，清旷诚仙都。

殿前两银杏，屹立五丈余。

苍官拥修盖，奋怒张髯须。

耐冬留晚花，堕碎红珊瑚。

翻阶木芍药，骋妍色敷腴。

庋橱列道藏，颁自万历初。

兵燹幸无恙，縢箧有时胠。

明万历时颁发道藏全部，内缺百余卷，盖昔为有力者攫去云。

夐哉众妙门，宜镇六丁符。

守雌长抱一，豪贵敢凯觎。

闻有一奇士，鼓琴耽道书。

成连刺船去，我来空嗟吁。

闻道士庄紫垣颇能鼓琴。

## 下清宫

### 马　其

甫越青山岭，轩然异境开。

地当初尽处，海自远环来。

绿竹凌空秀，耐冬任意栽。

餐霞吾素志，道侣又奚猜。

# 太清宫

### 潘味篁

探奇逢道院，薄暮扣禅扉。
雨过山新沐，风来云乱飞。
刹幽千磴石，树老数重围。
有壁难题字，笼纷心事违。

# 太清宫

### 沈信卿

上清宫后太清宫，万木参天秀更雄。
一碧无涯经数里，不知身在画图中。

未甘遗世学神仙，陵谷何时不变迁？
千岁耐冬今剩一，眼看沧海又成田！

## 上宫口看日出遇海雾不见

### 孙凤云

潮声寒绕寺，夜色尚濛濛。
斜月凝虚雾，残星敛远空。
野禽喧海曙，清磬响山风。
即此寅宾候，仙缘谁许通。

松磴高千仞，崚嶒接上方。
泉声寒咽月，树色晓凝霜。
海面深埋雾，山容淡扫妆。
扶桑咫尺近，烟水望茫茫。

## 太清宫道中

### 王大来

一

山盘海曲郁溟濛，绝境惟留一线通。
转过青山盘下路，松篁深处太清宫。

二

竹杖芒鞋步仙蹊，上清东畔太清西。
深山游惯人多识，隔岁重来境欲迷。
野老留餐煮石菌，樵夫引路出花畦。
荒村茅舍吟诗处，古壁尘封认旧题。

# 太清宫东山看云铺

### 王大来

春云蔼蔼复漫漫，独上东山放眼看。
平白一函云覆海，依稀万里雪明滩。

闲煞春风懒作缘，白云无力上青天。
分明欲障观澜眼，剪下兜罗万顷绵。

海涛鼓动似洪炉，渣滓消融半点无。
水炼成云云成水，望洋一抹水银铺。

支筇俯瞰海云堆，一气氤氲郁未开。
不辨潮头喷雪浪，直从云上听春雷。

停云浸水接蓬瀛，上有仙人自在行。
栩栩往来无迹相，惟闻风送步虚声。

# 太清宫雨后闲步

### 王大来

海泼门前浪接天，山排楼后树含烟。
遥看一片岚头雨，落下千重木杪泉。
笠卷松风声簌簌，衣沾竹露滴涓涓。
道人邀饭钟初叩，缓步归来意洒然。

# 太清宫

## 王悟禅

路转峰回绕下宫，琪花瑶草列西东。
回环船泊吴门碧，隐约灯悬海国红。
古树耐冬传志异，仙人绛雪不从同。
名臣高蹈分明在，书院犹存翰苑风。

# 太清宫

## 王　埁

行到二劳东复东，峰回遥见太清宫。
千岩合抱倚天外，二水环流落海中。
足下白云连宿霭，眼前碧浪涌长风。
道家胜境神仙宅，尘世谁知造化功。

四周山簇玉芙蓉，华盖真人此隐踪。
敕赐林泉宋太祖，特颁经卷明神宗。
海天一色尘氛隔，岩壑千年道气钟。
今日宫前荆棘满，寻幽有意且从容。

# 太清宫即事

## 王卓如

太清俯海滨，天工巧布置。
保障抵洪涛，奇辟匪思议。
去年墨水来，志探烟霞秘。
中道复逗遛，未获穷幽邃。
木落露孱颜，排空极苍翠。
相约续前游，竹林有同嗜。
迤逦逐海行，澎湃辄心悸。
足胫几欲僵，始达清幽地。
东依青山肩，门户如天畀。
南北郁高峰，两行排雁翅。
西向凌沧溟，拍天浪涛恣。
下视但苍苍，松竹围周致。
寻途不见人，闻声始识寺。
耐冬大十围，冒雪花争媚。
遍地尽修篁，卓尔青云致。
古树绕成篱，小桥流涨腻。
中有古碣横，上载大憨子。
道是缁衣徒，直犯道家忌。
巅末叙何详，语多含讥刺。
吁嗟佛老流，道本无轩轾。
憨山具清才，择地延法嗣。
假使大其成，定为快睹记。
胡为郁郁终，翻遭黄冠詈。
过客辄欷歔，重叹志未遂。
我来吊遗踪，扼腕亦再四。

似此清净场，付托膺重寄。
彼苍爱惜深，珍重等名器。
蓉城尚待人，踌躇香案吏。
为古人担忧，笑煞杨朱泪。
且自整芒鞋，遄归无蹇踬。
回路重徘徊，名山倏掉臂。
长歌纪壮游，好慰平生思。


## 太清宫

### 吴重熹

丛篁古木连蜷起，中藏大谷幽无底。
不留一线漏天光，云影涛声难计里。
憨山当年开此场，负山襟海灵区启。
奇青环抱四围山，惊飙怒卷南溟水。
究以不终事煙窣，神仙洞里浮图圮。
鸾鹤笙箫接渺茫，相传数百年如此。
仙境非仙总浪游，古今乃一青莲耳。
我昔少年侍游窀，海内名山多屐齿。
豫章桂林楚汴梁，蜀黔秦晋并桑梓。
分无仙骨与仙缘，纵遇神仙将何以。
移我成连海上情，痴顽难悟琴中理。
且向潮音洞口看，风回万里波涛紫。

## 下宫三官殿怀想

徐世昌

临汾会稽九嶷山，三陵遥隔路八千。
古今名士谒陵墓，歌功颂德千万年。

## 游劳山太清宫

徐世昌

同游者为吴蔚若、于晦若、李季皋、李柳溪、张弨楼

天风激浪万丈强，一山久与海低昂。
我来登山观海澜，山回海曲如虬蟠。
中藏一寺山之坳，吞吐云海走龙蛟。
羽衣道士来蹁跹，万松不动鹤巢巅。
天然灵境世所争，阇黎攫取来说经。
当时斗法出神怪，失而复得亦殊快。
千年草木孕幽灵，九水滋溉青山青。
老松偃蹇苦竹瘦，奇花不数人间寿。
抱虚守寂出幻尘，孤琴道士含天真。
流泉漱尽石藓纹，回看海上多白云。

# 冬游太清宫

## 尹琳基

我慕东海劳，翩然辞巍阙。
卜居即墨城，光阴迅十月。
每欲策杖游，离群兴转遏。
忽遇餐霞客，邀我访古刹。
路过修真庵，奇峰插万笏。
崎岖四十里，樵路细如发。
危岫上凌云，惊涛下堆雪。
陵苔昔何崇，经霜齐摧折。
绿萝托高林，柔姿转衰歇。
独有松与竹，森然挺峻节。
悲风西北来，清音满岩穴。
怪石海底奔，冷泉带冰咽。
远岛浮空起，势若争突兀。
刻露见精神，繁华岂足悦。
行行至太清，意境忽轩豁。
三面环青山，门对沧海阔。
灼灼耐冬花，孤芳自高洁。
道人取琴弹，泠泠音清越。
叶落鸟不惊，梦恬云霞窟。
即此悟仙真，何事求丹诀。

## 登下清宫绝顶

张　铨

层层幽岫各峥嵘，足底沧波且暮生。
花开花落知凉燠，云收雨起变阴晴。
夕阳影里冥鸿远，碧海滩头白鹭鸣。
乘兴登高频眺望，西风一扫野烟平。

## 太清宫

张鸿猷

群峰抱三面，一面前喷雷。
鸟入暮烟去，船载斜照来。
雨中看竹绿，雪里赏花开。
胜地烟云外，夕阳去复回。

## 太清宫

张允抡

叠嶂峻嶒拄太清，地割东南浸大瀛。
翠微之间开玉京，上帝圭冕拥幢旌。
前有三清群神并，位如天子临公卿。
吁骇侍卫俨铠兵，九头三目何峥嵘。
金简宝符六手擎，敦胅异状杂裸裎。

座有仙童侍簪缨，玉女窈窕花钿明。
群龙蟠宸势回萦，业簾班班列鼓钲。
庭柏连蜷翠盖倾，古碑年代不知名。
朝朝暮暮海潮轰，有时头上雷雨惊。
雄虹雌霓绕前楹，窈冥闪烁慑心晴。
仿佛偓佺下南荣，玄螭虫象纷来迎，
万千气象变阴晴。
我来卜居近五城，登高临深觉体轻。
俯仰之际春夏更，飞红糁素阅林英。
蕊馥幽香杂芷蘅，帘户啁哳百禽声。
南邻道士何所营，时然松液煮黄精。
幽谷丁丁樵采行，或向清夜奏管笙。
听如天半噌凤鸣，惜也金丹学未成。
我叩天关欲上征，问以久视指南程。
帝谓大道在孩婴，悲忧恐惧勿撄情。
宅心恬愉以虚宁，何必离遁市与城。
诸象假设喻愚盲，悟者寡欲即长生。

## 劳山太清宫道上

### 枕　刍

十里崎岖上太清，黄山才过青山迎。
闲云出岫奇峰耸，老树遮村翠盖擎。
峭壁摩崖传吕政，海天孤岛见田横。
穿林越涧凭高立，缕缕烟霞足下生。

# 太清宫

### 钟惺吾

深山日亭午，秋色入云宫。
松竹太古里，海天无际中。
奇缘绛雪子，仙迹紫霞翁。
石上重来访，花飞洞亦空。


# 下清宫

### 周来馨

仙宇依稀近眼前，碧峰阴阴接遥天。
梦回羡煞闲鸥鹭，飞破夕阳数点烟。


# 太清宫

### 周抡文

琳宫带海倚崔嵬，矫首乾坤万里开。
地是昆仑到头处，水从蓬岛拍天来。
空门争有前朝狱，游客高无太白才。
遥忆餐霞千载后，阿谁怀古更徘徊。

振衣濯足两从容，俯仰天涯倚短筇。
盘古依然此沧海，吾曹又上最高峰。

扶桑突兀开朝日，洞口苍茫起暮钟。
长啸一声须郑重，窗前咫尺有蛟龙。


# 太清宫

### 周铭旗

廿年探宿处，兰若夜峥嵘。
如斗星辰大，浮鸥岛屿轻。
松窗山月色，药鼎海风生。
终古神仙宅，尘途梦不成。


# 太清宫

### 周思璇

已临山尽处，海水若鸣雷。
峰抱三方列，潮迎一面来。
黄杨云外起，红蕊雪中开。
潇洒万竿竹，哲人安在哉。

# 夜游下宫海上

## 周　绅

夜气爽星汉，波声撼殿阁。

中宵不成眠，披衣起磅礴。

郁纡穿林麓，岩洞纷漠漠。

木魅冲人啸，石怪惊错愕。

三面云峰峻，当中海潮恶。

极目信浩渺，放怀入寥廓。

雪浪骇长鲸，天风骄海若。

广陵渺秋涛，龙门轻禹凿。

心动余欲还，月向西山落。

# 重游太清宫

## 周学熙

清光绪间先公抚东时，七弟及发侄尝信宿寺中，有韩道士善
鼓琴。今其徒刘道士行伍出身，曾隶先公部下，犹津津谈往事。

梦醒黄粱二十年，天留老眼看云烟。

久经沧海犹身健，再到名山亦宿缘。

树杪着花皆古干，竹根绕石遍清泉。

羽师能记前朝事，欲访知音问七弦。

## 太清宫延月楼

### 周至元

危横高与竹梢齐，楼上回看天海低。
好是此中明月夜，白云横断碧玻璃。


## 劳山下清宫西峰望海

### 左懋第

天风吹杖过潮西，揽佩凭高望未迷。
飘渺乱帆遮铁板，苍茫云屿控金堤。
沉沉响振蛟宫鼓，剪剪寒飘蜃市旗。
没绪断鸿云外叫，多情客使浪中题。
耽仙徐福乘轻舫，图霸虬髯挈短犀。
依岛何人闲煮海，停纶若个静窥蜺。
拚涎独索山头果，尽听桃都树下鸡。
覆篑漫矜忙暂歇，好携琴史傍岩栖。

# 太乙祠

## 太乙祠

### 黄凤文

南冈有坏刹，佛像高隆隆。
太乙汉贵神，何年寓其中。
髡者多不识，顶礼惟村童。
城阳庙既废，钟阜寺亦空。
明神有代谢，人事将无同。
赫赫孝武帝，克继高文功。
文成与五利，扰乱犹沙虫。
茂陵出铜碗，汾水长秋风。
珠襄忽已委，洒泪余仙铜。
长安东南郊，坛毁神应恫。
不如在山县，归依梵王宫。
碑仆蛰霸下，梁危欹蝛蛛。
瓦当雨苔绿，篝火宵虫红。
禅林复寂寞，吊古思何穷。

# 塘子观

## 塘子观赠林砥生

### 郭恩孚

吾爱林和靖，全家住翠微。
到门鸡不去，见客鹤争飞。
生计竹千亩，行吟花四围。
风尘方涩洞，谁道著书非。

## 塘子观

### 林钟柱

极目西南望，山腰屋数弓。
竹间高树出，石底暗流通。
寂寞松阴绿，萧条寺壁红。
遥看村叟过，策蹇小桥东。

# 童公祠

## 童公祠

黄念昀

万古循良最，千秋庙貌崇。
看碑思吏治，画壁见民功。
我泽传闻外，人心肃拜中。
桐乡知不远，俎豆走村翁。

## 过童府君墓

杨还吉

海上双凫飞复还，府君祠墓正东偏。
当年歌哭人何在，此日威仪思黯然。
玉佩风来松自舞，石麟秋老月空悬。
南阳帝里萧条甚，独有空山纪汉年。

# 童恢

## 周如锦

虎不早渡河，童公伏其辜。
豚鱼固可格，岂必在咒符。

# 王哥庄

## 宿山店

### 黄念昀

买鱼沽酒息劳筋，茅屋相酬夜已分。
灭烛窗来山月照，关门枕有海风闻。
西邻道院宵犹诵，舍外市人眠不纷。
卧想明朝双笠影，万峰东畔又冲云。

## 题友人村居

### 黄守绲

茅屋槿篱村路斜，仙乡真果住烟霞。
小园半种疏疏竹，仄径全开密密花。
樵水渔山能避俗，父书祖砚足传家。
清游到此还相约，为我汲泉一煮茶。

# 王哥庄早起

## 黄守绲

向晨起视月横斜，活火风炉试煮茶。
小市东风人语闹，筠篮新上琵琶虾。

# 望海楼 望海石

## 望海楼观日出

韩凤翔

雨收云净夜初阑，日出半轮潮水宽。
闻道中央千里岛，渺茫止许此时看。

## 望海楼观日出见巨鱼

韩凤翔

鱼首如山忽岸然，晓霞远映水连天。
片时出没容相见，我与仙鳌或有缘。

## 望海石观日出

### 黄　岩

扶桑隐隐起红涛，曙色渐开大小劳。
雾散狮峰天半彻，云烘贝阙海门高。
琪花迎旭明三岛，羽客凌晨策六鳌。
谁见瀛洲三界路，晴光万里点轻舠。

## 华严庵望海楼观日出

### 马　其

壮志穷山海，登临意兴豪。
弥天飞石焰，遍地响松涛。
日色瞳昽紫，波光潋滟高。
蓬莱如可到，身世等鸿毛。

## 望海楼独游

### 杨嘉祜

碧海青山抱一台，祖龙曾此驻徘徊。
神仙东望终成梦，旅榇西归何处埋。
古砌苔衣经雨绿，寒空雁阵逐云开。
赏心翻到悲来极，落日秋风画角哀。

# 蔚竹庵　蔚儿泊　苇儿铺

## 蔚竹庵

### 傅增湘

峭石开青壁，嶙峋不记年。
叩门惊宿鸟，隔涧听流泉。
树老含秋色，峰高入暮烟。
逢君栖隐处，遥望白云间。

## 崂山途中作示蔚竹庵道士

### 郭杜邻

峭壁白云中，深林曲径通。
石巉森竹笋，叠嶂列屏风。
涧草葱芊绿，山花淡浅红。
崎岖乱石里，莫辨路西东。

门户开天堑，从来协万邦。

山上有德日人建筑。

石泉声不断，弹月影成双。

胜境营茅屋，迷途踏藓矼。

乍闻人语响，惊吠隔花牻。

瀑布石崖悬，云山小洞天。

聚餐还煮蕨，解渴饮流泉。

翠竹扶疏影，苍松不计年。

依稀闻鸟语，啼破绿杨烟。

道士煮蕨饭客，植梧捧泉解渴。

小憩坐蒲团，参禅强目觉。

王淦雅君好道，坐蒲团静憩。

温泉濯赤足，素壁补幽兰。

叔衡临流濯足，道士乞予与叔衡各画兰一幅。

养性身无分，看花兴未阑。

庵中芍药花盛开。

谢君香积饭，劝客共加餐。


## 游劳山之九水庵遇雨宿苇儿铺

### 马　其

昔闻九水好，今来九水游。

九水分前后，穷源溯其流。

所见不逮闻，野草弥荒丘。

天阴景复晚，地滑路且险。
人疲腹更饥，村稀寺并远。
欲投人处宿，踟蹰不能断。
闻有王道士，去此六七里。
努力过山岗，暮或可宿止。
行行重行行，须臾暮云平。
石磴险更高，置足忧难牢。
山径认依稀，数步便喘息。
汗流挟遍体，力乏不敢息。
忽闻犬声促，岩下见茅屋。
到晚已黄昏，得此应已足。


## 蔚竹庵

### 潘味篁

处处风光好，山山景色新。
有峰皆峭拔，无石不鳞峋。
十里笼苍翠，一庵傍绿筠。
微风忽飘拂，为我豁襟尘。

## 蔚竹庵

### 孙凤云

古庙结云巅，谁知何代传。
无名花满树，是处路通天。
乱石杂修竹，双峰挂瀑布。
千岩万壑里，到此即仙缘。


## 蔚儿泊

### 王大来

玄都近在最高峰，石磴追寻樵客踪。
履下泉声三十里，杖边山色一千重。
深藏胜境疑无路，绿到仙宫遍是松。
更爱道人闲似我，邀看万朵碧芙蓉。


## 蔚竹庵墨竹石

### 王荙翰

蔚竹庵西路曲折，得一片石似刀削。
其色皎皎白如雪，正面侧面墨斑结。
斜倚老竿竹一节，森森个个舞风叶。
与可画竹素绢裂，胸中楂枒露芒角。

形似神仙各精绝，能事良田笔墨设。
石兮石兮斫云骨，人工胡为天工奇。
我与山灵共怡悦，此俗难与俗人说。


## 蔚竹庵

### 张允抡

峭石开青壁，嶙峋不计年。
叩门惊宿鸟，隔涧听流泉。
树老含秋色，峰高入暮烟。
逢君栖隐处，遥望白云间。


## 蔚竹庵道中

### 周学熙

山深不见市尘喧，始信淳风太古存。
叠石为田才片土，依岩结屋自成村。
千寻绝壁疑无路，一派清溪直到门。
满耳松声满眼竹，虽非世外亦桃源。

# 蔚竹庵

## 周肇祥

一庵依涧曲，四面拥云岚。
落落长松古，翛翛野竹毵。
归真空有塔，弥勒尚同龛。
饱领山蔬美，毋为肉食谈。

# 乌衣巷

## 易居劳山

### 杨遇吉

懒性常闭门，所畏在征途。
移居向南山，始惬此幽独。
结茅倚岩阿，前后绿树覆。
散发坐深林，袒背入空谷。
驱犊耕晓云，课童种原菽。
朝看山之巅，夕看山之麓。
山色朝夕异，豁然悦心目。

## 甲寅移居

### 杨遏吉

堪笑年来事事乖，此身只合在岩隈。
意中想望随流水，梦里生涯成冷灰。
漫道青蝇为吊客，且喜麋鹿是吾侪。
竹窗布被忘朝夕，日到晨炊门始开。

## 乌衣八景

### 杨进吉

#### 四围青嶂

乱山深处绕陂田，别业远开溪树边。
暮望白云连碧落，晓看青雾接厨烟。
人行空翠如拱揖，座对层岩似幕联。
闻道武陵迷去棹，何如此地镇流连。

#### 莺语梨花

深山习静避尘喧，春暖梨花莺语繁。
百啭娇音春似海，千林香雪月为魂。
迎风乳燕斜穿径，逐水桃花共到门。
斗酒真堪随意醉，绿阴高卧已黄昏。

#### 避暑岩潭

炎暑歊蒸日正长，寻幽自爱晚风凉。
澄潭碧映千寻石，翠柏寒生六月霜。

清绝真同中泠水，萧疏不让辋川庄。
科头趺坐长松下，薄暮归樵话路旁。

### 墨矶垂钓

孤松山畔光斜晖，乱石滩头一钓矶。
百折溪流清澈底，千章夏木荫成围。
樽中薄酒三分醉，潭底倏鱼几尺肥。
聊以适情非为钓，把竿日日对翠微。

### 东山待月

寂寂秋山入夜清，数峰翠削月盈盈。
水光潋滟浮空白，树影参差落照明。
蓇屋凝霜良夜静，寺钟摆杵万峰晴。
萧然坐待梧阴转，静听渔梁落雁声。

### 长河秋涨

深林积雨涨河流，万壑涛声回不休。
浪起噌吰惊水底，风来镗鞳泊山头。
波摇云树千层卷，雪涌渔矶两岸浮。
棹入沧溟随所适，乘槎还欲访瀛洲。

### 千林红叶

策杖秋园入远岑，山村茅屋觅知音。
崖悬薜荔石张锦，霜薄檀楸花满林。
野菊幽香堪载酒，曲溪流水当鸣琴。
蒙眬醉眼拟春色，卧对高人点笔吟。

## 雪满群山

朔风萧萧冻云流，群玉峰头望玉楼。

碧宇遥连素影积，琼林弥望瑞华浮。

晓山落月迷千里，银海摇光眩两眸。

惟羡平台词赋客，阳春一曲至今留。


## 山巷赏杏花

### 杨进吉

灯前流水倍思君，二妙何来入梦频。

万里归鸿寒食夜，一年芳草鹿堤春。

已经杨柳飞成絮，更怕杏花踏作尘。

明日不须重折简，知予桥上望行人。


## 山居

### 杨连吉

皤皤白发，何处可栖。

曰此山阿，可以乐饥。

朝随鹿豕，暮把锄犁。

吁嗟山阿，实惟余宜。


皤皤白发，与世靡争。

来此山阿，可以怡情。

白云摇曳，秋水洁清。
吁嗟山阿，老我余生。


## 山居秋凉

### 杨连吉

帷帘渐渐下，节候初觉凉。
满径藓花碧，隔溪山果黄。
河声犹作涨，露色已成霜。
自爱千嶂静，凭阑待夕阳。


## 乌衣巷梦游得句

### 杨连吉

星稀月没众山高，鸟雀群飞过大劳。
十里松风潮未落，一天春色雪全消。
千株桃柳围农圃，几派清流漾月桥。
处处武陵迷去路，居人休复问前朝。

## 乌衣巷还山

杨连吉

九月下山三月还，门庭如故草芊芊。
东风吹绽杏花色，始悔城中又半年。


## 山居秋夜闻涛

杨还吉

树鸣长谷风，雁集滩头石。
促促夜何短，鸡鸣霜欲白。
因念桃花源，宜迷后来迹。
参斗南北横，照见长河碛。
之子欲褰裳，临河翻脉脉。
昏黑涉风波，风波恐不易。


## 晚阅诸子课毕题壁

杨还吉

两年步尽空山月，一榻长惊半夜钟。
谁是乌衣佳弟子，比来开口望胡封。

# 胡京兆乌衣巷诗

## 周叔文

山中何得乌衣巷，曾有乌衣隐此间。

不是逢萌挂冠去，定缘房凤作州还。

二劳归属神仙窟，万壑森如虎豹关。

风气最宜京兆老，可知须眉未成斑。

# 舞旗埠

## 舞旗埠

### 周　璠

燕兵东下振枯槁，七十余城似搽扫。
安平间行乐生走，此日田齐手再造。
安平矫矫人中龙，凿城破敌驱云风。
火牛怒奔疾雷发，义旗夜卷天为红。
呜呼七雄运方否，弱肉强食噬不已。
潜王万乘尚走死，海上孤城守何俟。
烬余一战幸成功，忠义岂因成败拟。
城东峨峨百尺岗，武功千载垂轩昂。
恨无祠庙荐清醑，岗上空传舞旗处。

# 西莲台

## 西莲台

蓝中珪

晚照空山里，万松护寺基。
磬声依石静，幡影动云迟。
花落春归日，鸟啼雨歇时。
高峰僧对语，何处着尘思。

# 峡口庙

## 峡口庙道中

### 黄守绅

清游不用有人从，闲访樵渔云外踪。
路出村前皆荦确，山来深处渐葱茏。
陂陀秀麦连高下，花竹围篱间淡浓。
到此红尘洗欲净，烟云万叠一声钟。

# 醒睡庵

## 醒睡庵

### 黄　垍

到此春将暮，危桥芳草分。
钟声过涧水，香霭逐溪云。
风定林花落，日高山鸟闻。
禅房聊一憩，下界隔尘氛。

## 宿醒睡庵

### 黄宗臣

古寺层岩几度过，高林残月影婆娑。
当年醒睡传幽胜，今日云山入梦多。

# 杏树庵

## 怀九水杏树庵

### 王大来

劳山似仙人，灵秀幽且耀。
忆昔游九水，搜讨得其奥。
涧壑秘窈窕，峰峦逞逶峭。
蕴蓄生百籁，呼吸通万窍。
我呼山亦呼，我笑山亦笑。
我歌山亦歌，我啸山亦啸。
窃喜和者多，随声忽飞到。
盈耳空谷音，移情流水调。
逝将寄一廛，静坐收众妙。
闲诵黄庭经，渐识丹诀要。
群动有真宰，一息无妄照。
造化虽无私，岁月尤可傲。

# 修真庵

## 修真庵

### 白永修

道院荒村外，当门古石坛。
磬飞松顶衣，泉泻竹根寒。
经有诵残本，鼎藏烧千丹。
前山气象满，朝夕得闲看。

## 初入山宿修真庵

### 宫　昱

三峰如建标，峭茜出云际。
山灵使前驱，远迓游客至。
荒村几茅屋，修竹拥寒翠。
宿雨杏花林，斜阳愈明丽。
鹤山翔其旁，大海引远势。

岩岩插万笏，清晖不可蔽。

譬如读楞严，已了第一义。

## 宿修真庵

### 黄 垍

贝阙珠宫气象殊，仙居远在海东隅。

林泉风暖宜丹灶，霜露秋深长白榆。

鹤舞千年松树老，客游三径月明孤。

夜来更向蓬山上，醉我琼浆满玉壶。

## 宿修真庵

### 黄念昀

薄暮山凝紫，投林众鸟喧。

游人欣有托，羽客朴无言。

海近潮闻枕，庭宽月满轩。

夜深清不寐，重起倒芳樽。

## 宿修真庵望华严白云诸胜

### 黄守绌

百里樵风引，仙踪访道寻。
闲门奇石古，修竹野园深。
寂寞题桥柱，凄凉布寺金。
山川情不改，秋至感登临。

## 修真庵大雨

### 林钟柱

白点劈空下，浪花檐底摇。
浓烟迷大壑，急雨涨平桥。
屋瓦强吞溜，川原怒涌涛。
风来云忽卷，毒日射晴霄。

# 修真庵

## 翟　啟

未见二劳胜，到此心已适。
人家隔花林，池馆连翠壁。
客径覆莓苔，村肆临川泽。
开轩山入户，移榻竹拂席。
昼坐无微尘，夜禅有余寂。
山麓犹如此，明发将奚似。
伏枕一想像，愈觉兴难已。

# 尹琅若别墅

## 尹琅若别墅

### 王大来

松篁深处绿云堆，面壁潜修绝点埃。
一闭洞天终不出，衲衣叶叶绣莓苔。

# 玉蕊楼

## 故园

### 黄宗昌

新葺干茅白板扉，寻常高卧到斜晖。
遥怜初植青桐树，久贮清阴待我归。

四山菡萏玉嶙峋，中有危楼耸处新。
十亩长松半亩竹，康成书院北为邻。

污尽元规十丈尘，即归面目亦非真。
何当散发山中去，还我松涛月下人。

昨年种树满东皋，问道花先着绛桃。
桃李梨花三百树，春风千里客心劳。

## 楼上晚眺

### 黄宗昌

夕阳东北口，苍翠锁山隈。
昨夜明月里，穿花此路来。

## 雨中杏花盛开与张季枒同饮玉蕊楼

### 黄宗崇

山楼松梢青无数，春色鸣鸠不肯住。
风雨倾壶此对君，况复杏花开满树。
人生富贵安可期，谁能郁郁待来兹。
君不见：
红花烂漫樽前色，明日不如今日时。

## 黄氏山庄

### 宋继澄

山中分小径，深入不辞劳。
门立云根隐，堂临木末高。
地偏人简易，物朴理坚牢。
持此须全力，终身亦自豪。

# 过玉蕊楼

## 张允抡

高楼暝色接层岑，薄霭霏微裛客襟。
饮涧归牛依曲巷，择枝倦鸟入幽林。
无家泪溅芳春色，没齿愁生落日心。
最羡虞卿工著作，蹉跎虚愿到于今。

## 遇真庵

周至元

兴来曳杖鹤山游，庵到遇真境更幽。
浩渺海光悬殿角，玲珑洞府结峰头。
泉清桐井饮偏冷，路险仙人过也愁。
借取蒲团成小坐，顿教尘梦一时收。

## 遇真庵避乱

左　灿

避地远人烟，山深太古天。
潮回沙路出，树老石根穿。
落日收渔网，寒风护稻田。
故园隔烽火，客里欲经年。

# 张仙塔

## 张仙塔

### 憨　山

屹立千寻险，岩峣一径通。
坐观丹峤外，遥映白云中。
泽隐鱼龙稳，波涵世界空。
到来堪寄足，何必问崆峒。

## 张仙塔

### 蓝中珪

雪浪怒起阴风吼，云黑樯倾舟不走。
一峰矗出海尽头，倒蘸水天龙露肘。
棱棱石嘴当空凸，仙塔亭亭就中结。
孤尖崩砢鬼神惊，直运娲石补地缺。
岂是仙墩临海东，故显神奇兴天工。

淘漾曦轮光射彩，一朵芙蓉散空濛。
云中蛟龙击霹雳，飞来奇峰吞不得。
天朗气清波涛静，缥缈依旧照颜色。
凭览骨悚气不息，虎啸猿啼一片石。
瞿塘滟滪是也非，青牛函关吹铁笛。


## 张仙塔

### 周至元

古塔崚嶒叠石成，下临沧海上青冥。
仙踪一自三丰置，留得耐冬万古青。

# 贮云轩

## 宿贮云轩

周至元

庐结悬崖上，前探大壑深。
窗中峰乱入，案上海平临。
时有闲云宿，更无尘虑侵。
竹床清不寐，一夜听潮音。

# 紫霞阁 紫霞观

## 登紫霞阁

### 黄 珀

高阁近星躔，东临大海边。
白云阶下宿，明月座中悬。
对酒闻笙鹤，开帘见偓佺。
北窗留一榻，好共斗牛眠。

## 紫霞阁观日出

### 黄 珀

凭栏东望气雄哉，雪浪横空岛影开。
此去扶桑三万里，六鳌飞送赤轮来。

## 紫霞阁

### 杨还吉

凭高极目出危楼，暮色冥冥大海秋。
一径自容麋鹿到，浩歌顿失古今愁。
樽开石上鸥来下，潮落滩头网未收。
更欲闲寻灵宝迹，苍茫烟雾起瀛洲。

## 紫霞观题壁

### 易顺鼎

溪回路转听流泉，隔绝尘寰别有天。
诸涧好花如静女，数峰奇石似飞仙。
三春海上寻三岛，一日山中抵一年。
罢倚桥阑更惆怅，斜阳红到古松边。

五龙山果园

淡彩　19.5cm×13.4cm

1989 年

卧龙桥

水彩　19.7cm×13.4cm
1989 年

红梅报喜

淡彩　17.5cm×12cm

1989 年

五龙农机站外石桥

淡彩　19.7cm×15.7cm
1989 年

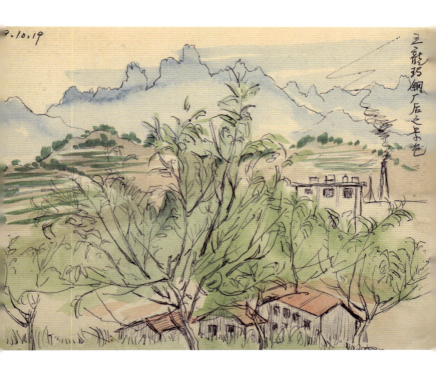

五龙玛钢厂之景

水彩　18.5cm×13.6cm

1989 年

石门插入云端

淡彩　13.6cm×19.8cm

1989 年

位于五龙的崂山十一中

淡彩　19.8cm×13.7cm

1989 年

五龙农机站

淡彩　19.7cm×13.4cm

1989 年

石门水库

水彩　20cm×13.6cm

1989 年

工商干校前的石桥

淡彩　15.3cm×18.5cm
1989 年

北宅玛钢厂后的远山

水彩　18cm×13.5cm

1989 年

大崂新居内院

水彩　19.3cm×14.3cm
1990 年

大崂村后即景

水彩　19.3cm×14.5cm

1990 年

客居大崂村董家

水彩　20.6cm×13.8cm
1990 年

崂山彩虹

水彩　39.2cm×27.4cm
1990 年

山高谷深南北岭

淡彩　19.5cm×13.7cm
1990 年

大崂通东坡公路桥

*淡彩　14.8cm×20cm*
1990 年

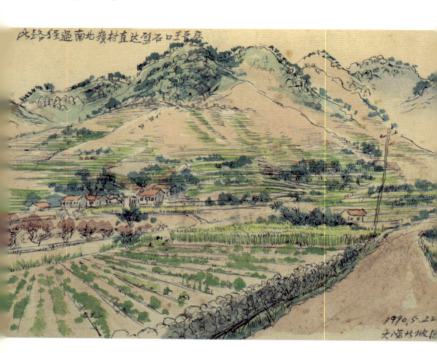

大崂北坡风凉崮

淡彩　20.5cm×14.4cm
1990 年

## 文脉基金

青岛教育发展基金会文脉出版基金，是由马春涛创立的全国首个个人发起的非盈利性公益出版基金。以发掘本土思想资源，研究城市文明形态，梳理文化脉络系统，推动青岛人文历史出版和录制为己任。


## 青岛文库

青岛文库是文脉出版基金支持出版的青岛首套大型人文历史书系。以追溯青岛历史真相和探究青岛人文发展为主旨，集合档案、文献、文本、口述、叙述、研究等诸多形态。涵盖百余年城市社会不同发展阶段的各个方面，拟设人文系、地理系、影像系、人物系、百科系、学术系、科学系、创作系八大子书系。